D0916754

SANS AUCUN REMORDS

TOM CLANCY

SANS AUCUN REMORDS

2.

roman

Traduit de l'américain
par Jean Bonnefoy

Albin Michel

Ceci est une œuvre de fiction. Les personnages et les situations décrits dans ce livre sont purement imaginaires. Toute ressemblance avec des personnages ou des événements existant ou ayant existé ne serait que pure coïncidence.

Édition originale américaine :

WITHOUT REMORSE

© 1993 by Jack Ryan Limited Partnership
G. P. Putnam's Sons

Traduction française :

© Éditions Albin Michel S.A., 1994
22, rue Huyghens, 75014 Paris

ISBN 2-226-07470-8

Rien ne se fait jamais sans aide :
Bill, Darrell et Pat, pour les conseils « professionnels »,
Craig, Curt et Gerry, pour le complément,
Russell pour son expertise inattendue,

Et pour une aide, *ex post facto*, mais primordiale :
Shelly, pour avoir fait le boulot ;
Craig, Curt, Gerry, Steve P., Steve R.
et Victor pour m'avoir aidé à comprendre.

Songez où débute et finit la gloire de l'homme
Et dites que ma gloire fut d'avoir de tels amis.

William Butler YEATS

Et si je pars,
Alors que tu es encore là…
Sache que je vivrai toujours,
vibrant sur un rythme différent
— derrière un voile pour toi opaque.
Tu ne pourras me voir,
aussi tu dois garder la foi.
J'attends l'heure où nous pourrons à nouveau
prendre notre essor
— mutuellement conscients l'un de l'autre.
D'ici là, vis pleinement ta vie et si tu as besoin de moi,
Tu n'auras qu'à murmurer mon nom dans ton cœur
… Je serai là.

Et il l'est.

En souvenir affectueux de Kyle Haydock,
5 juillet 1983 - 1er août 1991.

« Je chante les armes et les hommes. »

VIRGILE, *L'Énéide*

« Craignez la fureur d'un homme patient. »

John DRYDEN

22

Titres

GRICHANOV était à l'ambassade. Hanoi était une ville étrange, mélange d'architecture française Second Empire, de petits bonshommes jaunes et de cratères de bombes. Voyager dans un pays en guerre était un exercice inhabituel, plus encore lorsqu'on le faisait dans une voiture tartinée de peinture camouflage. Un chasseur-bombardier américain de retour d'une mission avec une bombe non larguée ou quelques balles restant dans son canon de vingt millimètres pouvait très bien prendre sa voiture comme cible d'exercice, même s'ils semblaient ne jamais céder à la tentation. Un hasard heureux voulait que le temps soit couvert, orageux, avec une activité aérienne réduite au minimum, ce qui lui permettait de se détendre, sans pour autant goûter le déplacement. Trop de ponts étaient détruits, trop de routes cratérisées et le trajet était trois fois plus long que la normale. Avec un hélicoptère, le voyage aurait été plus rapide mais c'eût été également de la folie. Les Américains semblaient habités par cette fiction qu'une voiture ne pouvait être que la propriété d'un civil — dans un pays où un simple vélo était un symbole social ! s'étonnait toujours Grichanov. En revanche, un hélicoptère était un appareil aérien, et quand on en abattait un, il s'inscrivait à votre tableau de chasse. Maintenant qu'il était arrivé à Hanoi, il pouvait enfin s'asseoir dans un immeuble en béton où l'électricité était un confort épisodique — d'ailleurs elle était coupée en ce moment — et la climatisation, un rêve absurde. Les fenêtres ouvertes et les moustiquaires mal ajustées laissaient aux insectes la part bien plus belle qu'aux gens qui venaient travailler et transpirer ici. Bref, ça valait le voyage de se retrouver ici, à l'ambassade de son pays, où il pouvait parler sa langue natale et, durant quelques heures précieuses, cesser d'être un diplomate au rabais.

— Alors ? demanda son général.

— Ça se passe bien mais j'aurais besoin de renforts. C'est trop de boulot pour un seul homme.

— Ce n'est pas possible. Le général servit à son hôte un verre d'eau minérale. Question sels minéraux, le principal était le sel tout court. Les Russes en faisaient une énorme consommation, ici. Nikolaï Yevgueniyevitch, il y a eu de nouvelles difficultés.

— Camarade général, je sais que je ne suis que pilote de chasse et pas théoricien politique. Je sais que nos fraternels alliés socialistes sont en première ligne dans le conflit entre le marxisme-léninisme et l'Occident capitaliste réactionnaire. Je sais que cette guerre de libération nationale est un élément vital dans notre lutte pour libérer le monde de l'oppression...

— Oui, Kolya — le général eut un sourire désabusé, dispensant cet homme qui était tout sauf un théoricien politique de poursuivre ses incantations idéologiques —, nous savons que tout cela est vrai. Poursuivez, je vous en prie. J'ai un emploi du temps chargé.

Le colonel acquiesça.

— Ces petits salopards arrogants ne nous aident pas. Ils se servent de nous, ils se servent de moi, ils se servent de mes prisonniers pour nous faire chanter. Et si ça, c'est du marxisme-léninisme, alors moi, je suis un trotskiste. C'était une blague que peu d'hommes auraient pu se permettre de faire à la légère, mais le père de Grichanov était membre du Comité central et politiquement irréprochable.

— Qu'avez-vous appris, camarade colonel ? demanda le général, pour ramener la conversation en terrain plus sûr.

— Le colonel Zacharias correspond en tous points à ce qu'on nous avait dit, et même plus. Nous sommes en ce moment en train d'organiser la défense de la *Rodina* contre les Chinois. Il est chef des « bleus ».

— Quoi ? Le général haussa les sourcils. Expliquez.

— Cet homme est pilote de chasse mais c'est également un expert en contre-mesures anti-défense aérienne. Croyez-le ou non, il n'a piloté des bombardiers qu'à titre d'invité, mais il a bel et bien mis sur pied des missions du SAC et contribué à rédiger la doctrine de celui-ci concernant l'évitement et la suppression des défenses aériennes. Alors, c'est ce qu'il est en train de faire avec moi.

— Vos notes ?

Les traits de Grichanov s'assombrirent.

— Elles sont restées au camp. Nos frères socialistes sont en train de les « étudier ». Camarade général, est-ce que vous vous rendez compte de l'importance de ces données ?

De formation, le général était tankiste, pas aviateur, mais c'était également une des plus brillantes des étoiles montant au firmament de l'état-major soviétique, dépêché tout exprès ici au Viêt-nam pour étudier ce que tramaient les Américains. C'était une des tâches essentielles dévolues aux forces armées de son pays.

— J'ose imaginer qu'elles sont de la plus haute valeur.

Kolya se pencha en avant. D'ici deux mois, peut-être six semaines seulement, je serai en mesure de contrer les plans du SAC. De penser comme ils pensent. Je saurai non seulement quels sont leurs plans actuels mais également dupliquer leur pensée prospective. Excusez-moi, je ne cherche pas à gonfler mon importance, dit-il, sincère. Cet Américain est en train de me donner un cours théorique sur la doctrine et la philosophie de son pays. J'ai vu de mes propres yeux les estimations de renseignements que nous fournissent le KGB et le GRU. La moitié au moins sont fausses. Et ce n'est qu'un seul homme. Un autre m'a parlé de la doctrine de leurs porte-avions. Un autre, des plans de guerre de l'OTAN. Ça avance, camarade général.

— Comment vous y prenez-vous, Nikolaï Yevgueniyevitch ? Le général était nouveau à ce poste, il n'avait rencontré Grichanov qu'une seule fois jusqu'ici, même si sa réputation professionnelle était mieux qu'excellente.

Kolya se cala contre le dossier de sa chaise.

— Douceur et sympathie.

— Envers nos ennemis ? demanda sèchement le général.

— Notre mission est-elle de faire souffrir ces hommes ? D'un geste, il indiqua l'extérieur. C'est ce qu'ils font, eux, et qu'est-ce que ça leur rapporte ? Pour l'essentiel, des mensonges qui sonnent vrai. Ma section à Moscou n'a quasiment tenu aucun compte de ce qu'ont pu nous transmettre ces macaques. On m'a dit de venir ici pour recueillir de *l'information.* C'est ce que je fais. Je suis prêt à endosser toutes les critiques si c'est pour obtenir des informations de cette valeur, camarade.

Le général hocha la tête. Alors, pourquoi êtes-vous ici ?

— J'ai besoin de renforts ! C'est trop pour un seul homme. Imaginez que je me fasse tuer — que j'attrape la malaria ou une intoxication alimentaire —, qui fera mon travail ? Je ne peux pas interroger tous ces prisonniers moi-même. Surtout à présent qu'ils se mettent à parler, je passe de plus en plus de temps avec chacun d'eux, je perds de l'énergie. Je perds le fil. Mes journées n'ont pas assez d'heures.

Le général soupira.

— J'ai essayé. Ils mettent à votre disposition leurs meilleurs…

Grichanov en gronda presque de frustration.

— Leurs meilleurs *quoi ?* Leurs meilleurs barbares ? Ça détruirait tout mon travail. J'ai besoin de *Russes.* D'hommes, d'hommes *kulturnii* ! Des pilotes, des officiers expérimentés. Ce ne sont pas des troufions que j'interroge. Mais de vrais guerriers professionnels. Ils nous sont précieux par ce qu'ils savent. Ils savent beaucoup de choses parce qu'ils sont intelligents et comme ils sont intelligents, ils réagissent mal aux méthodes grossières. Vous savez de qui j'aurais vraiment besoin pour m'épauler ? D'un bon psychiatre. Et j'aurais besoin d'encore une chose, ajouta-t-il, tremblant intérieurement de son audace.

— D'un psychiatre ? Ce n'est pas sérieux. Et je doute que nous parvenions à faire entrer d'autres hommes dans le camp. Moscou retarde les expéditions de missiles antiaériens pour « raisons techniques ». Nos alliés sur place recommencent à nous créer des difficultés, comme je vous l'ai dit, et les désaccords s'amplifient. Le général se cala dans son fauteuil en épongeant son front trempé de sueur. Alors c'est quoi, ce qu'il vous faut d'autre ?

16

— De l'espoir, camarade général. J'ai besoin d'espoir. Le colonel Nikolaï Yevgueniyevitch Grichanov rassembla tout son courage.

— Expliquez.

— Certains de ces hommes sont conscients de leur situation. Tous ont sans doute plus ou moins des soupçons. Ils sont parfaitement informés du sort qui attend les prisonniers ici et ils savent très bien que leur statut est inhabituel. Camarade général, le savoir que détiennent ces hommes est encyclopédique. L'équivalent d'années d'informations essentielles.

— Vous avez une idée derrière la tête.

— Nous ne pouvons pas les laisser mourir, dit Grichanov, tempérant immédiatement ses paroles pour atténuer l'impact de sa proposition. Pas tous. Nous devons en récupérer certains. Certains nous serviront, mais je dois avoir quelque chose à leur offrir en échange.

— Le rapatriement ?

— Après l'enfer qu'ils ont vécu ici...

— Ce sont des *ennemis*, colonel ! Ils ont tous été formés pour nous tuer, quand même ! Gardez plutôt votre compassion pour nos compatriotes ! grogna un homme qui avait combattu dans les neiges aux abords de Moscou.

Grichanov resta sur ses positions, comme le général avait pu le faire jadis.

— Ce sont des hommes pas si différents de nous, camarade général. Ils ont des connaissances qui sont utiles, si nous avons l'intelligence de les extraire. C'est aussi simple que ça. Est-ce trop demander que de les traiter avec des égards, de leur donner quelque chose en échange des moyens qui nous permettront de sauver notre pays d'une éventuelle destruction ? Car ça revenait à cela et le général le savait. Il considéra le colonel de la Défense aérienne et la première idée qu'il manifesta était la plus évidente.

— Vous voulez que je risque ma carrière en même temps que la vôtre ? Je n'ai pas un père au Comité central, moi. *J'aurais bien utilisé cet homme dans mon bataillon...*

— Votre père est un soldat, souligna Grichanov. Et un bon soldat, comme vous. C'était habilement joué, et l'un et l'autre le savaient mais ce qui importait vraiment, c'était la logique et l'intérêt de la proposition de Grichanov, un coup qui avait de quoi ébranler les professionnels de l'espionnage du GRU et du KGB. Il n'y avait qu'une seule réaction possible pour un vrai soldat ayant un vrai sens du devoir.

Le général de brigade Youri Konstantinovitch Rokossovski sortit de son bureau une bouteille de vodka. C'était de la Starka, de l'ambrée, pas de l'incolore, la meilleure et la plus chère. Il en versa dans deux petits verres.

— Je ne peux pas vous obtenir de renforts en hommes. Et certainement pas un médecin, pas même un en uniforme, Kolya. Mais, oui, je vais faire mon possible pour vous donner un peu d'espoir.

*

Le troisième choc depuis son arrivée sous le toit de Sandy était mineur mais néanmoins troublant. Sarah avait réussi à la calmer grâce à une injection de barbituriques dosés au minimum. Les analyses sanguines étaient revenues et Doris était une véritable somme de problèmes. Deux maladies vénériennes différentes, les symptômes d'une autre infection généralisée et sans doute un début de diabète. Elle s'était déjà attaquée aux trois premiers problèmes avec une dose carabinée d'antibiotiques. Le quatrième serait traité par un régime et réévalué un peu plus tard. Pour Sarah, les signes de sévices physiques tenaient du cauchemar venu d'un autre continent et d'une autre génération, et c'étaient les séquelles mentales de cette épreuve qui restaient les plus inquiétantes, alors même que Doris Brown fermait les yeux et glissait dans le sommeil.

— Docteur, je...

— Sandy, voulez-vous me faire le plaisir de m'appeler Sarah ? Nous sommes chez vous, rappelez-vous.

L'infirmière O'Toole réussit à sourire avec embarras.

— D'accord, Sarah. Je suis inquiète.

— Moi aussi. Je suis inquiète devant son état physique. Je suis inquiète devant son état psychologique. Je suis inquiète quand je songe à ses « amis »...

— Moi, je suis inquiète pour John, rétorqua Sandy, note discordante. Doris était en de bonnes mains. Elle y veillerait.

Sarah Rosen était une praticienne douée mais elle avait tendance à s'inquiéter outre mesure, comme c'est souvent le cas des bons médecins.

Sarah sortit de la chambre. Du café les attendait en bas. Elle le sentait et se dirigea vers l'odeur. Sandy la suivait.

— Oui, moi aussi. Quel homme bizarre et intéressant.

— Je ne jette jamais mes journaux. Toutes les semaines, le même jour, je les mets en liasse pour les vieux papiers — et j'ai jeté un œil sur les derniers numéros.

Sarah versa deux tasses. Elle avait des mouvements très délicats, remarqua Sandy.

— J'ai mon idée. Dites-moi la vôtre, dit la pharmacologue.

— Il tue des gens. Cet aveu lui causait une véritable douleur physique.

— Je crois que vous avez raison. Sarah Rosen s'assit et se massa les paupières. Vous n'avez pas connu Pam. Plus jolie que Doris, plutôt svelte, sans doute à cause d'un régime inadéquat. Ce fut beaucoup plus facile de la faire décrocher. Elle n'avait pas subi de sévices aussi graves, physiquement du moins, mais les dégâts psychologiques étaient équivalents. Nous n'avons jamais su le fin mot de l'histoire. Sam dit que John, si. Mais ce n'est pas le plus important. Sarah leva les yeux et la douleur qu'y lut O'Toole était réelle et profonde. Nous l'avions sauvée, Sandy. Sauvée, et puis il s'est produit un événement et ensuite… quelque chose chez John a brusquement changé.

Sandy se détourna pour regarder par la fenêtre. Il était sept heures moins le quart du matin. Elle voyait les gens sortir en peignoir et pyjama pour prendre leur journal et ramasser leur demi-litre de lait. Les travailleurs du matin se dirigeaient vers leur voiture, un manège qui dans le quartier se prolongeait jusqu'à huit heures et demie. Elle se retourna.

— Non, rien n'a changé. Ça a toujours été là. Une chose… comment dire ? qu'il a libérée, qu'il a laissée échapper ? Comme lorsque s'ouvre la porte d'une cage. Quel genre d'homme est-il… ? D'un côté, il ressemble à Tim, mais pour le reste… non, je ne comprends vraiment pas.

— Que sait-on de sa famille ?

— Il n'en a aucune. Il a perdu père et mère, il n'a ni frère ni sœur. Il a été marié…

— Oui, ça, je suis au courant et ensuite : Pam. Sarah hocha la tête. Une telle solitude.

— Quelque chose en moi me dit qu'il est un homme bon, mais d'un autre côté... La voix de Sandy s'éteignit.

— Mon nom de jeune fille était Rabinowicz, dit Sarah en buvant une gorgée de café. Ma famille vient de Pologne. Papa est parti quand j'étais trop jeune pour me souvenir ; maman est morte quand j'avais neuf ans, d'une péritonite. J'en avais dix-huit lorsque la guerre a éclaté, poursuivit-elle. Pour sa génération « la guerre » ne pouvait signifier qu'une chose. Nous avions des tas de parents en Pologne. Je me rappelle quand je leur écrivais. Et puis, ils ont tous disparu. Comme ça. Tous — aujourd'hui encore, c'est dur de croire que ça s'est vraiment produit.

— Je suis désolée, Sarah, je ne savais pas.

— Ce n'est pas le genre de chose dont on parle volontiers. Le docteur Rosen haussa les épaules. Ces gens m'ont pris quelque chose, pourtant, et je n'y peux rien. Ma cousine Reva et moi, nous correspondions beaucoup. Je suppose qu'ils ont réussi à la tuer, mais je n'ai jamais pu trouver qui, où et quand. A l'époque, j'étais trop jeune pour comprendre. Je suppose que j'étais intriguée, avant tout. Plus tard, je suis devenue furieuse — mais contre qui ? Je n'ai rien fait. Je n'y pouvais rien. Et il reste toujours cet espace vide que Reva occupait. J'ai toujours sa photo, en noir et blanc, une petite fille avec des nattes, douze ans, j'imagine. Elle voulait être ballerine. Sarah leva les yeux. Kelly aussi, il a cet espace vide.

— Mais la vengeance...

— Oui, la vengeance. L'expression du docteur Rosen était désolée. Je sais. Nous sommes censées le considérer comme quelqu'un de mauvais, n'est-ce pas ? Appeler la police, le dénoncer pour ce qu'il a fait.

— Je ne peux pas... je veux dire, bien sûr, oui, mais je ne peux simplement pas...

— Moi non plus, je ne pourrai jamais, Sandy. Si c'était quelqu'un de mauvais, pourquoi aurait-il amené Doris ici ? Il risquait sa vie des deux côtés.

— Mais il y a en lui quelque chose de terriblement effrayant.

— Il aurait pu la laisser simplement tomber, poursuivit

Sarah sans vraiment entendre. Peut-être qu'il est de ces individus qui se croient obligés de tout régler eux-mêmes. Mais en attendant, nous avons quelqu'un à secourir.

La remarque fit se retourner Sandy, la distrayant de ses véritables pensées.

— Qu'est-ce qu'on va faire d'elle ?

— Nous allons l'aider à se rétablir, aussi vite que possible, et ensuite, ce sera à elle de jouer. Que peut-on faire de plus ? demanda Sarah en regardant s'altérer de nouveau les traits de Sandy, reprise par son véritable dilemme.

— Mais John, dans tout ça ?

Sarah leva les yeux.

— Je ne l'ai jamais vu commettre quoi que ce soit d'illégal. Et vous ?

*

C'était une journée pour le maniement d'armes. Une dense couverture nuageuse signifiait qu'aucun satellite de reconnaissance, qu'il soit américain ou soviétique, ne pouvait voir ce qui se déroulait ici. On dressa des cibles en carton tout autour du camp, et les yeux sans vie des mannequins regardaient, depuis le portique et le bac à sable, les Marines émerger des bois, franchir la clôture simulée, et tirer à la carabine des balles d'exercice. En quelques secondes, les cibles furent déchiquetées. Deux mitrailleuses M-60 arrosèrent la porte ouverte des « baraquements », censés avoir été déjà démolis par les deux hélicos Huey Cobra — tandis que l'équipe d'extraction se précipitait dans le « bloc prison ». Là, vingt-cinq autres mannequins étaient installés dans des pièces séparées. Chacun était lesté à soixante-dix kilos environ — personne n'imaginait que les Américains de VERT-DE-GRIS arriveraient à ce poids — et chacun d'eux fut tiré dehors pendant que les éléments chargés du soutien de l'artillerie couvraient l'opération.

Kelly se tenait à côté du capitaine Pete Albie qui, dans le cadre de cet exercice, était censé être mort. C'était le seul officier du groupe, aberration compensée par une pléthore de sous-officiers. Tandis qu'ils observaient, les mannequins furent traînés jusqu'aux fuselages simulés des hélicoptères de sauvetage. Ceux-ci étaient montés sur des semi-remorques arrivés à l'aube. Kelly arrêta son chronomètre quand le dernier homme fut monté à bord.

— Cinq secondes au-dessous du minutage nominal, capitaine. Kelly brandit son chrono. Ces petits gars sont plutôt bons.

— Excepté que nous opérons en plein jour, pas vrai, monsieur Clark ? Comme Kelly, Albie connaissait la nature de la mission. Les Marines pas encore — du moins, pas officiellement — même si depuis le temps, ils commençaient à s'en faire une assez bonne idée. Il se tourna et sourit. Bon, d'accord, ce n'est que la troisième répétition.

Les deux hommes entrèrent dans le camp. Les cibles simulées, transformées en charpie, étaient exactement deux fois plus nombreuses que l'estimation la plus pessimiste pour l'effectif de la garde de VERT-DE-GRIS. Ils se rejouèrent mentalement l'assaut, vérifiant les angles de tir. La disposition du camp présentait ses avantages et ses inconvénients. Conformément aux règles de quelque manuel anonyme du bloc de l'Est, il n'épousait pas strictement le relief du terrain. Autre avantage pratique, la meilleure voie d'accès coïncidait avec l'entrée principale. En se pliant ainsi à des règles qui privilégiaient une sécurité maximale contre une éventuelle tentative d'évasion des prisonniers, cette disposition facilitait en même temps un assaut venu de l'extérieur — mais cela, ils ne l'avaient pas vraiment prévu, n'est-ce pas ?

Kelly repassa mentalement le plan d'attaque. L'insertion déposerait le commando de Marines à une crête de distance du camp. Trente minutes de marche d'approche. Des grenades M-79 pour éliminer les gardes des miradors. Deux hélicoptères d'assaut Huey Cobra — que leur élégance meurtrière avait fait baptiser « serpents » par les troupes, et cela lui plaisait bien — arroseraient les baraquements et fourniraient un appui-feu important. Il restait toutefois persuadé que leurs grenadiers au sol seraient capables de neutraliser les tours en cinq secondes, puis de balancer des incendiaires dans les baraquements et de brûler vifs les gardiens sous leurs mortelles fontaines de flammes blanches, quitte à se passer totalement des serpents si nécessaire. Si limitée en moyens que soit l'opération, la taille réduite de l'objectif et la qualité des effectifs engagés devraient permettre de couvrir tous les imprévus. Le mot *overkill* lui vint à l'esprit — le terme « capacité de surextermination » ne s'appliquait pas qu'aux armes nucléaires. En situation de combat, la sécurité consistait à ne pas laisser la moindre chance à l'adversaire, à être prêt à le tuer deux, trois, voire dix ou douze fois, dans le laps de temps le plus réduit possible. Le combat n'était pas censé être équitable. Pour Kelly, les choses se présentaient plutôt bien.

— Et si jamais ils ont des mines ? s'inquiéta Albie.

— Sur leur propre terrain ? rétorqua Kelly. Pas trace sur les photos. Le sol n'apparaît pas retourné. Aucun signe d'avertissement pour mettre en garde leurs hommes.

— Eux, ils sauraient où elles sont disposées, non ?

— Sur l'un des clichés, on voit même une chèvre en train de paître juste devant la clôture, vous vous souvenez ?

Albie hocha la tête, embarrassé.

— Ouais, vous avez raison. Je me souviens.

— Cessons de nous inventer des problèmes, lui suggéra Kelly. Il se tut quelques instants, conscient de n'avoir jamais été qu'un quartier-maître d'échelon E-7 dans la hiérarchie alors qu'il était en train de s'adresser à un homme qui était l'équivalent — voire le supérieur — d'un capitaine de commando de Marines d'échelon O-3. Cela aurait dû être... quoi ? Mal ? Dans ce cas, pourquoi cela prenait-il si bien et surtout, pourquoi le capitaine acceptait-il ses paroles ? Pourquoi était-il ce *M. Clark* pour cet officier habitué au combat ? Il reprit : Nous allons y arriver.

— Je pense que vous avez raison, monsieur Clark. Et comment comptez-vous ressortir ?

— Dès que les hélicos arrivent, je bats le record olympique pour redescendre la colline et rejoindre la ZA. Disons, une course de deux minutes.

— Dans le noir ?

Kelly rigola.

— Je cours particulièrement vite dans le noir, capitaine.

*

— Sais-tu combien de couteaux Ka-Bar sont en circulation ?

Au ton de la question de Douglas, le lieutenant Ryan se douta que les nouvelles étaient mauvaises.

— Non, mais je suppose que je ne vais pas tarder à l'apprendre.

— Les Surplus Sunny ont reçu une livraison de mille exemplaires de ces putains de trucs pas plus tard que le mois dernier. Les Marines doivent en avoir trop, résultat, n'importe quel boy-scout peut s'en procurer un à même pas cinq dollars. Et idem dans d'autres boutiques. Je ne me doutais pas qu'il pouvait en circuler une telle quantité.

— Moi non plus, admit Ryan. Le Ka-Bar était une arme de taille imposante. Les petits voyous avaient des couteaux plus petits, surtout des crans d'arrêt, même si les armes à feu étaient de plus en plus répandues.

Ce qu'aucun des deux hommes n'aurait voulu admettre ouvertement, c'est qu'ils étaient de nouveau dans l'impasse, malgré ce qui avait paru de prime abord une abondance d'indices dans la maison en meulière. Ryan contempla le dossier ouvert et la vingtaine de clichés du labo. Il était *presque* certain qu'une femme s'était trouvée là. La victime du meurtre — sans doute un malfrat, lui aussi, mais ce n'en était pas moins toujours officiellement une victime — avait été identifiée aussitôt grâce aux cartes que contenait son portefeuille ; toutefois l'adresse inscrite sur son permis de conduire s'était révélée celle d'un immeuble abandonné. L'individu, du nom de Richard Farmer, avait réglé toutes ses contraventions dans les délais, en liquide. Il avait déjà eu maille à partir avec la police, mais rien qui vaille une enquête approfondie. Retrouver sa famille n'avait strictement rien donné. Sa mère — le père était décédé depuis longtemps — avait toujours cru son fils représentant de commerce. Pourtant, quelqu'un lui avait quasiment arraché le cœur avec un poignard de combat, d'un geste si rapide et décidé que la victime n'avait même pas eu le temps d'effleurer son arme. Une collection complète d'empreintes digitales de Farmer ne fit que générer une nouvelle fiche. Il n'était pas au sommier du FBI. Ni à celui de la police locale, et même si les empreintes de Farmer allaient être comparées à celles d'un large choix d'inconnus, Ryan et Douglas n'en attendaient pas grand-chose. La chambre avait fourni trois ensembles complets d'empreintes de Farmer, toutes sur les vitres, et les taches de sperme correspondaient à son groupe sanguin — O. Un autre groupe de taches avait été identifié avec le groupe A, ce qui pouvait correspondre au tueur ou au disparu qu'on suspectait (sans aucune certitude) d'être le propriétaire de la Roadrunner. Pour autant qu'ils sachent, le tueur pouvait avoir pris le temps de tirer un petit coup avec la femme supposée — à moins qu'il s'agît d'une affaire d'homosexualité, auquel cas la femme supposée pouvait fort bien n'avoir jamais existé.

Il y avait également une sélection d'empreintes partielles, celles d'une fille (toujours une supposition, compte tenu de leur taille) et celles d'un homme (une supposition encore), mais elles étaient vraiment si fragmentaires qu'il n'espérait guère de résultats. Pis encore, lorsque l'équipe du labo avait voulu procéder aux relevés sur la voiture garée en bas, le soleil torride du mois d'août avait tellement réchauffé l'habitacle que les éventuelles traces qu'on aurait pu comparer aux empreintes du propriétaire officiel du véhicule, un certain William Peter Grayson, s'étaient réduites à une collection de taches déformées par la chaleur. On appréciait modérément d'avoir à corréler des empreintes partielles lorsqu'on n'avait même pas dix points d'identification. C'était, pour le moins, considéré comme délicat.

Une vérification au nouveau fichier criminel centralisé du FBI ne donna rien sur Grayson ou Farmer. Finalement, l'équipe des stups de Mark Charon n'avait rien non plus aux noms de Farmer ou Grayson. Le problème n'était pas tant de se retrouver à la case départ. C'était simplement que la case dix-sept ne les menait nulle part. Le travail d'enquête policière était une combinaison de banal et de remarquable mais il tenait plus du premier que du second. La science médico-légale pouvait vous indiquer bien des choses. Ils avaient réussi à obtenir les empreintes d'une marque de baskets fort répandue grâce aux traces sur le béton — des chaussures neuves, indication intéressante. Ils connaissaient également la foulée approximative du meurtrier, d'où ils avaient déduit une taille oscillant entre un mètre soixante-quinze et un mètre quatre-vingt-sept, estimation malheureusement supérieure à celle fournie par Virginia Charles — dont ils avaient toutefois décidé de ne pas tenir compte. Ils savaient que l'homme était blanc. Qu'il devait être vigoureux. Ils savaient, soit qu'il avait eu une chance insigne, soit qu'il était expert dans le maniement de toutes sortes d'armes. Ils savaient qu'il avait au moins des connaissances rudimentaires du combat à main nue — ou, soupira Ryan, que là aussi, il avait eu de la chance ; après tout, il n'y avait eu qu'un seul affrontement de ce genre, et avec un adversaire drogué bourré d'héroïne. Ils savaient qu'il se déguisait en clochard.

Tout cela ne se ramenait à pas grand-chose en définitive. Plus de la moitié de la population masculine entrait dans la gamme de taille estimée. Bien plus de la moitié des hommes de l'agglomération de Baltimore étaient blancs. Il y avait plusieurs millions d'anciens combattants du Viêt-nam aux États-Unis, dont bon nombre issus d'unités d'élite — et le nœud du problème était que les talents de fantassin restaient des talents de fantassin, qu'il n'y avait pas besoin d'être ancien combattant pour les connaître, et que son pays pratiquait la conscription depuis plus de trente ans, réfléchit Ryan. On pouvait peut-être dénombrer trente mille individus, dans un rayon de quarante kilomètres, qui correspondaient au signalement et aux capacités de son suspect inconnu. Était-il lui-même lié au milieu de la drogue ? Était-ce un voleur ? L'homme se sentait-il, comme l'avait suggéré Farber, investi d'une espèce de mission ? Ryan comptait beaucoup sur cette dernière hypothèse mais il ne pouvait se permettre de négliger les deux autres. Ce ne serait pas la première fois que des psychiatres et des policiers se trompaient. Un simple fait qui ne cadrait pas suffisait à mettre à bas les plus élégantes théories. Bigre. Non, se dit-il, ce gars-là devait exactement correspondre à la description donnée par Farber. Ce n'était pas un *criminel*. C'était un *tueur*, ce qui n'était pas du tout la même chose.

— Il nous manque juste le truc, dit tranquillement Douglas, en déchiffrant l'expression de son lieutenant.

— Le truc, répéta Ryan. C'était un terme de leur jargon. Le *truc* pour résoudre l'affaire pouvait être un nom, une adresse, le signalement ou le numéro d'un véhicule, un témoin qui savait quelque chose. Toujours pareil, bien que souvent différent, c'était pour l'enquêteur l'élément crucial, la pièce manquante du puzzle qui rendait l'image lisible et, pour le suspect, la brique qui, ôtée du mur, entraînait l'effondrement général de la construction. Et ce truc était là, quelque part. Ryan en était certain. C'était obligé, parce que ce tueur était habile, bien trop habile pour son propre bien. Un suspect dans son genre, qui éliminait une seule cible pouvait fort bien ne jamais se faire prendre, mais ce gars-là ne se contentait pas de tuer une seule personne, n'est-ce pas ? Motivé ni par la passion ni par le gain financier, il était engagé dans un *processus,* dont chaque phase impliquait à chaque fois des dangers complexes. C'était ce qui le perdrait. L'inspecteur en était convaincu. Si malin soit-il, ces complications continueraient à s'accumuler jusqu'à ce qu'un détail important finisse par tomber de la pile. Cela s'était même peut-être déjà produit, réfléchit Ryan, supposition correcte.

*

— Deux semaines, dit Maxwell.

— Si vite ? James Greer s'avança, les coudes posés sur les genoux. Dutch, c'est vraiment court.

— Tu crois qu'on devrait finasser ? demanda Podulski.

— Bon Dieu, Cas, j'ai dit que c'était court. Je n'ai pas dit que c'était mal. Encore deux semaines d'entraînement, puis une semaine pour le transport et le déploiement ? demanda Greer et il reçut un signe d'acquiescement. Et la météo, dans tout ça ?

— C'est le seul élément qui échappe à notre contrôle, admit Maxwell. Mais l'arme est à double tranchant. Elle entrave les manœuvres aériennes. Elle brouille également les radars et l'artillerie.

— Comment diable es-tu arrivé à tout mettre en branle aussi vite ? Greer était partagé entre l'incrédulité et l'admiration.

— On trouve toujours des moyens, James. Merde, nous sommes des amiraux, non ? Nous donnons des ordres et tu sais quoi ? Les navires réussissent à avancer.

— Donc, la fenêtre s'ouvre dans vingt et un jours ?

— Affirmatif. Cas s'envole demain pour rejoindre le *Constellation.* Nous commençons l'instruction des gars du soutien aérien. Le *Newport News* a déjà été informé de la mission — enfin, partiellement. Ils pensent que nous allons nettoyer la côte de ses batteries de triple-A. A l'heure qu'il est, notre vaisseau amiral traverse la grande mare. Ils ne sont au courant de rien, sinon qu'ils ont rendez-vous avec la TF-77.

— J'aurai pas mal d'instruction à faire, confirma Cas avec le sourire.

— Les équipages des hélicos ?

— Ils se sont entraînés à Coronado. Ils arrivent à Quantico dès ce soir. Entraînement classique, en fait. La tactique est simple et directe. Qu'est-ce qu'en dit ton bonhomme, ton « Clark » ?

— C'est mon bonhomme, maintenant ? demanda Greer. Il me dit qu'il se sent à l'aise, vu comme les choses se présentent. Ça t'a plu, toi, de te faire tuer ?

— Il t'a raconté ? Maxwell étouffa un rire. James, je savais que ce gars était un bon, connaissant ce qu'il avait fait avec le fiston, mais c'est une autre paire de manches quand on a l'occasion de le voir à l'œuvre — merde, plutôt, de *ne pas* le voir ou l'entendre. Il a cloué le bec à Marty Young et ce n'est pas un mince exploit. Et mis dans leurs petits souliers un bon paquet de Marines.

— Donne-moi un délai estimatif pour l'obtention de l'accord officiel, dit Greer. Il était redevenu sérieux. Il avait toujours considéré que l'opération avait du mérite, et la voir ainsi se développer lui avait enseigné bien des choses intéressantes sur le fonctionnement de la CIA. Désormais, il la jugeait possible. VERT BUIS avait de bonnes chances de réussir si elle obtenait le feu vert.

— Tu es sûr que M. Ritter ne va pas nous mettre des bâtons dans les roues ?

— Je ne crois pas. Il est des nôtres, en fait.

— Pas tant que tous les éléments ne seront pas en place, nota Podulski.

— Il veut assister à une répétition, avertit Greer. Avant de demander à un gars de s'y coller, il faut qu'il ait pleine confiance dans le boulot.

— Rien à dire. On fera une répétition à balles réelles dès demain soir.

— Nous y serons, promit Greer.

*

L'équipe était dans un vieux baraquement conçu pour au moins soixante hommes, et il y avait largement de la place pour tout le monde, au point que personne n'avait eu de couchette supérieure. Kelly disposait d'une chambre individuelle à l'écart, une de celles aménagées dans le baraquement classique prévu pour les sergents d'escouade. Il avait décidé de ne pas coucher à bord de son bateau. On ne pouvait pas faire partie de l'équipe sans s'y intégrer totalement.

Ils goûtaient leur première nuit de repos depuis leur arrivée à la base et une âme charitable avait songé à livrer trois caisses de bière. Cela faisait exactement trois boîtes chacun, puisque l'un d'eux ne buvait que du Dr Pepper et que le sergent-chef artilleur Irvin veillait à ce qu'aucun de ses hommes ne dépasse la dose prescrite.

— Monsieur Clark, demanda l'un des grenadiers, à quoi rime toute cette histoire ?

Kelly estimait qu'il était injuste d'entraîner les hommes sans les mettre au courant. Ils se préparaient au danger sans savoir pourquoi, sans savoir quelle mission exigeait qu'ils risquent leur vie et leur avenir. C'était injuste mais c'était loin d'être inhabituel. Il regarda l'homme droit dans les yeux.

— Je ne peux pas vous le révéler, caporal. Tout ce que je peux vous dire, c'est que vous pourrez en être particulièrement fier. Vous avez ma parole, Marine.

Le caporal qui, à vingt et un ans, était le plus jeune et le moins expérimenté du groupe, n'avait pas escompté de réponse, mais il avait fallu qu'il pose la question. Il salua la réplique de Kelly en levant sa boîte de bière.

— Je connais le refrain, intervint un autre homme, plus expérimenté.

Kelly sourit, finissant sa seconde boîte.

— Oh, j'étais bourré, l'autre soir, et j'imagine qu'on a dû me prendre pour un autre.

— Tous les marsouins bien dressés savent jongler avec une balle, observa un simple sergent, ponctuant sa remarque avec un rot.

— Tu veux que je fasse une démonstration avec les tiennes ? rétorqua Kelly, du tac au tac.

— Bien envoyé ! Le sergent lui lança une autre bière.

— Monsieur Clark ? Irvin indiqua la porte. Il faisait la même touffeur collante à l'extérieur, avec une petite brise qui agitait les pins sylvestres les claquements d'ailes des chauves-souris pourchassant des insectes, invisibles.

— Qu'est-ce que c'est ? demanda Kelly, buvant une grande lampée.

— C'est justement ma question, monsieur Clark, sauf votre respect, dit Irvin, le ton léger. Puis son ton changea. Je vous connais.

— Oh ?

— Troisième Groupe d'opérations spéciales. C'est mon équipe qui vous servait d'appui pour MANTEAU D'HER-MINE. Vous avez fait du chemin, pour un E-6, observa le sergent-chef.

— Le dites à personne, mais j'ai pris du galon avant mon départ. Quelqu'un d'autre est-il au courant ?

Irvin rigola.

— Non, je suis sûr que le capitaine Albie tirerait un nez long comme ça s'il le découvrait ; quant au général Young, il serait fichu d'avoir une attaque. Alors, on gardera ça pour nous, monsieur Clark, dit Irvin, un peu gêné aux entournures.

— Ce n'était pas mon idée... d'être ici, je veux dire. Les amiraux sont faciles à impressionner, je suppose.

— Moi pas, monsieur Clark. Vous avez failli me flanquer une crise cardiaque avec votre couteau en caoutchouc. J'ai oublié votre nom, le vrai, je veux dire, mais vous êtes le gars qu'on appelait Serpent, c'est ça ? Le gars de l'opération FLEUR EN PLASTIQUE ?

— C'est l'un des trucs les plus délicats que j'aie jamais accompli, fit remarquer Kelly.

— On était en soutien sur ce coup-là, nous aussi. Ce putain d'hélico qui nous lâche — moteurs en rideau après trois mètres d'ascension ! — vlan. C'est pour ça qu'on n'y est pas arrivé.

L'appareil de remplacement le plus proche venait du 1er de cavalerie. C'est pour ça qu'on a mis tout ce temps.

Kelly se tourna. Le visage d'Irvin était aussi noir que la nuit.

— Je ne savais pas.

Le sergent-chef artilleur haussa les épaules dans le noir.

— J'ai vu les photos de ce qui s'est passé. Le pilote nous a dit que vous étiez fou d'enfreindre les règles comme ça. Mais c'était de notre faute. Nous aurions dû être sur place vingt minutes après votre appel. Si nous étions arrivés à temps, peut-être qu'une ou deux de ces gamines aurait pu s'en sortir. Et dire que le truc qui a tout fait foirer, c'était un joint défectueux sur le moteur, rien qu'une sacrée putain de petite rondelle en caoutchouc qui a lâché.

Kelly grogna. C'était sur de tels événements que se jouait le destin des nations.

— Ça aurait pu être pire — elle aurait pu lâcher en altitude et là, vous auriez été vraiment dans la merde.

— Vrai. C'est quand même une putain d'excuse dérisoire pour justifier la mort d'un gosse, non ? Irvin marqua un temps, scrutant l'obscurité des bois de pin, comme le faisaient ceux de sa profession, toujours l'œil et l'oreille aux aguets. Je comprends pourquoi vous avez fait ça. Je voulais que vous le sachiez. J'aurais sans doute fait pareil. Peut-être pas aussi bien, mais sûr que j'aurais tenté le coup, merde, et j'aurais pas laissé la vie sauve à cet enculé, il n'y avait pas d'ordres qui tiennent.

— Merci, l'Artillerie, dit Kelly, retrouvant le jargon de la Navy.

— C'est Sông Tay, c'est ça ? observa Irvin quand il reprit la parole, sachant désormais qu'il aurait sa réponse.

— Quelque chose comme ça, oui. Ils ne devraient pas tarder à vous mettre au parfum.

— Il faut m'en dire plus, monsieur Clark. J'ai des Marines sous ma responsabilité.

— Le site a été très bien reconstitué, quasiment à la perfection. Eh, je suis dans le coup, moi aussi, l'oubliez pas.

— Continuez, ordonna Irvin, doucement.

— J'ai contribué à l'organisation de l'insertion. Avec des gars bien choisis, on devrait y arriver. Ce sont des garçons de valeur que vous avez là. Je n'irai pas vous raconter que ce sera une sinécure ou des conneries dans ce genre, mais ce n'est pas non plus si difficile. J'ai fait plus dur. Vous aussi. L'entraînement se déroule bien. En fait, tout cela me paraît plutôt bien se présenter.

— Vous êtes sûr que ça vaut le coup ?

La question était si lourde de sens que peu d'hommes l'auraient pleinement comprise. Irvin avait fait deux rotations sur le front et même si Kelly n'avait pas eu l'occasion de voir sa brochette de décorations, c'était manifestement un homme qui avait roulé sa bosse. A présent, Irvin se voyait contraint d'envisager la destruction possible de son corps de Marines. Des hommes mouraient pour des collines restituées aussitôt après leur prise et l'évacuation des victimes, et ils revenaient six mois après pour remettre ça. Il y avait tout simplement quelque chose chez le soldat de métier qui lui faisait haïr la répétition. Même si l'entraînement se réduisait essentiellement à cela — ils avaient « pris d'assaut » le site un nombre incalculable de fois —, la guerre réelle était censée se réduire à une bataille unique pour une position unique. C'était le seul moyen qui permettait à un homme de mesurer sa progression. Avant d'envisager un nouvel objectif, vous pouviez toujours vous retourner pour considérer votre avance et évaluer vos chances de succès à l'aune des leçons précédentes. Mais quand vous aviez vu pour la troisième fois des gars mourir pour le même bout de terrain, alors vous saviez. Vous saviez parfaitement comment tout cela allait finir. Leur pays continuait à envoyer là-bas des hommes, à leur demander de risquer leur vie pour une terre déjà arrosée de sang américain. La vérité était qu'Irvin n'aurait jamais été volontaire pour une troisième rotation au combat. Ce n'était pas une question de manque de courage, de dévouement ou de patriotisme. C'était qu'il savait que sa vie avait trop de prix pour qu'on la risque pour rien. Ayant juré de défendre son pays, il avait le droit d'exiger quelque chose en échange — une vraie mission pour justifier qu'il se batte ; pas une abstraction, quelque chose de concret. Et pourtant, Irvin ressentait de la culpabilité, il avait l'impression d'avoir rompu son serment, d'avoir trahi la devise du Corps : *Semper fidelis*, Toujours fidèle. La culpabilité l'avait poussé à se porter volontaire pour cette ultime mission malgré ses questions et ses doutes. Comme un homme dont l'épouse bien-aimée avait couché avec un autre, Irvin ne pouvait s'empêcher d'aimer, de manifester sa sollicitude, et il était prêt à accepter la culpabilité que refusaient d'assumer ceux qui auraient été en droit de le faire.

— L'Artillerie, je ne dois pas vous le dire, mais je vais le faire quand même. L'objectif, c'est un camp de prisonniers, comme vous vous en doutiez, pas vrai ?

Irvin acquiesça.

— Ça se tient mieux. Il fallait bien.

— Ce n'est pas un camp régulier. Les gars, là-bas, ils sont tous morts, l'Artillerie. Kelly écrasa la boîte de bière. J'ai vu les photos. On a formellement identifié un des prisonniers : un colonel d'aviation ; les ANV affirment l'avoir tué, ce qui nous porte à croire que ces hommes ne reviendront jamais au pays sauf si on arrive à les récupérer. Je n'ai pas envie de retourner là-bas, moi non plus, mec. J'ai la trouille, vu ? Oh, d'accord, je suis un bon, je suis même très bon dans ce genre de boulot. Bien entraîné, et puis j'ai peut-être le coup. Kelly haussa les épaules, ne voulant pas avouer le reste de son histoire.

— Ouais. Mais vous ne pouvez pas continuer éternellement. Irvin lui tendit une autre boîte de bière.

— Je croyais qu'on était limité à trois.

— Je suis méthodiste, je suis censé ne rien boire du tout. Irvin rigola. Des gars comme nous, monsieur Clark.

— On est quand même des sacrés fils de putes, pas vrai ? Il y a des Russes dans le camp, sans doute interrogent-ils nos hommes. Tous sont des officiers supérieurs, des gradés et nous pensons que tous sont morts officiellement. Les Russes les ont sans doute sérieusement cuisinés pour leur soutirer ce qu'ils savent, à cause de leur rang. Nous savons qu'ils sont là-bas et si nous ne faisons rien... de quoi aurons-nous l'air ? Kelly s'arrêta, il éprouvait soudain le besoin de poursuivre, de révéler ce qu'il faisait d'autre, parce qu'il avait trouvé quelqu'un vraiment capable de comprendre, et parce que le fardeau de son obsession permanente : venger Pam, pesait lourdement sur son âme.

— Merci, monsieur Clark. C'est une putain de mission, dit le sergent-chef artilleur Paul Irvin, en s'adressant aux pins et aux chauves-souris. Alors, vous serez le premier à partir et le dernier à rentrer ?

— J'ai déjà opéré tout seul.

23

Altruisme

Où suis-je ? demanda Doris Brown d'une voix presque inaudible.

— Eh bien, vous êtes chez moi, répondit Sandy. Assise dans un coin de la chambre d'amis, elle éteignit la lampe de chevet et posa le livre de poche qu'elle bouquinait depuis plusieurs heures.

— Comment suis-je arrivée ici ?

— C'est un ami qui vous a amenée. Je suis infirmière. Le docteur est en bas, il prépare le petit déjeuner. Comment vous sentez-vous ?

— Horrible. Elle ferma les yeux. Mon crâne...

— C'est normal mais je sais que c'est dur. Sandy se leva, vint vers elle, lui toucha le front. Pas de fièvre, ce qui était bon signe. Puis elle lui prit le pouls. Vigoureux, régulier, quoique toujours un peu rapide. A voir sa façon de fermer hermétiquement les paupières, Sandy supposa que la gueule de bois due aux barbituriques avait été épouvantable ; cela aussi, c'était normal. La fille sentait la sueur et le vomi. Ils avaient bien essayé de la décrasser mais la bataille avait été perdue d'avance, même si ce n'était pas très important en comparaison du reste. Jusqu'à maintenant, du moins. Doris avait la peau livide et flasque, comme si la personne à l'intérieur s'était ratatinée. Elle devait avoir perdu sept ou huit kilos depuis son arrivée et, si ce n'était pas entièrement négatif, elle était tellement faible qu'elle n'avait pas remarqué les sangles qui lui maintenaient les mains, les pieds et la taille.

— Ça fait combien de temps ?

— Presque une semaine. Sandy prit une éponge et lui essuya le visage. Vous nous avez flanqué une belle trouille. Ce qui était un euphémisme. Pas moins de sept convulsions, dont la deuxième avait presque paniqué l'infirmière et le médecin, mais la numéro sept — modérée, celle-ci — remontait à dix-huit heures à présent et les paramètres vitaux s'étaient stabilisés. Avec un peu de chance, cette phase du rétablissement était dépassée. Sandy laissa Doris boire un peu d'eau.

— Merci, dit la jeune femme d'une toute petite voix. Où sont Billy et Rick ?

— J'ignore qui sont ces gens, répondit Sandy. C'était techniquement correct. Elle avait vu les articles dans la presse locale, en s'interdisant toujours d'y lire le moindre nom. L'infirmière O'Toole se répétait qu'en définitive, elle ne savait rien. C'était sa défense intérieure contre des sentiments si partagés que, même si elle avait pris le temps d'en faire le tri, cela n'aurait servi, elle en était sûre, qu'à accroître sa confusion. L'heure n'était pas à l'analyse. Sarah l'en avait convaincue. Pour l'heure, il fallait faire avec l'apparence des événements, pas avec leur substance. Ce sont les types qui vous ont mise dans cet état ?

Doris était nue, à l'exception des sangles et des couches pour adultes qu'on réservait pour les patients incapables de maîtriser leurs sphincters. Elle était plus facile à traiter dans ces conditions. Les horribles marques sur le torse et les seins commençaient à s'atténuer. Au lieu des affreuses ecchymoses plus ou moins discrètes variant du bleu au noir et du violet au rouge, on ne voyait plus maintenant que de vagues zones mal définies de couleur brun-jaune à mesure que son corps luttait pour la guérison. Elle était jeune, se dit Sandy, et bien que loin d'être en bonne santé, elle pouvait retrouver la forme. Suffisamment en tout cas pour espérer une guérison, intérieure comme extérieure. Déjà, les infections généralisées reculaient face aux doses massives d'antibiotiques. La fièvre était tombée et l'organisme allait pouvoir se consacrer à des tâches de réparation moins critiques.

Doris tourna la tête et rouvrit les yeux.

— Pourquoi faites-vous ça pour moi ?

36

La réponse était simple.

— Je suis infirmière, mademoiselle Brown. C'est mon boulot de m'occuper des malades.

— Billy et Rick, reprit-elle, se souvenant de nouveau. Pour Doris, la mémoire était une chose fragmentaire, variable, formée pour l'essentiel de souvenirs de souffrance.

— Ils ne sont pas ici, lui garantit O'Toole. Elle marqua un temps avant de poursuivre et, à sa propre surprise, elle éprouva une certaine satisfaction à dire : Et je ne crois pas qu'ils vous ennuieront à l'avenir. Sandy crut presque lire de la compréhension dans les yeux de sa patiente. Presque. Et c'était encourageant.

— Il faut que je me lève. S'il vous plaît... Elle voulut bouger et remarqua alors seulement les entraves.

— D'accord, attendez une minute. Sandy retira les sangles. Vous pensez être capable de tenir debout aujourd'hui ?

— Vais essayer, grogna-t-elle. Doris réussit à se soulever peut-être de trente degrés avant que son corps ne la trahisse. Sandy l'assit mais la jeune femme n'arrivait pas à maintenir sa tête droite. La mettre debout se révéla encore plus ardu, mais la salle de bains n'était pas si loin que ça et la satisfaction d'y arriver seule valait bien la douleur et les efforts de sa patiente. Sandy l'assit elle-même, puis lui tint la main. Elle prit le temps d'humecter un gant de toilette et de lui nettoyer le visage.

— Il y a du progrès, observa Sarah Rosen depuis la porte. Sandy se retourna et d'un sourire l'informa de l'état de sa patiente. Elles lui passèrent un peignoir avant de la ramener dans la chambre. Sandy changea d'abord les draps pendant que Sarah faisait boire une tasse de thé à la jeune femme.

— Vous avez l'air en bien meilleure forme aujourd'hui, Doris, dit la toubib en la regardant boire.

— Je me sens mal.

— C'est normal, Doris. Vous devez commencer par vous sentir mal avant d'être capable de vous sentir mieux. Hier encore, vous ne ressentiez pas grand-chose. Vous croyez pouvoir manger un peu de pain grillé ?

— J'ai tellement faim.

— Encore un bon signe, nota Sandy. Le regard au fond de ses yeux était si terrible que la toubib et l'infirmière pouvaient quasiment ressentir elles-mêmes cette atroce migraine, qu'elles ne traiteraient pourtant aujourd'hui qu'avec une vessie à glace. Elles avaient passé la semaine à purger son organisme des drogues chimiques et ce n'était pas le moment d'en rajouter d'autres. Inclinez la tête en arrière.

Doris obéit, posant la tête contre le dossier du fauteuil rembourré que Sandy avait trouvé un jour dans une brocante. Elle ferma les yeux et ses membres étaient si faibles qu'elle resta les bras posés sur les coussins tandis que Sarah lui donnait la becquée. L'infirmière prit une brosse et entreprit de démêler les cheveux de sa patiente. Ils étaient crasseux et auraient mérité un shampooing mais les peigner serait déjà un progrès. Les malades hospitalisés accordaient une importance surprenante à leur aspect physique et, si étrange ou illogique que cette préoccupation puisse paraître, elle était bien réelle et par conséquent Sandy en savait le prix. Aussi fut-elle légèrement surprise de voir Doris frissonner une minute à peine après qu'elle eut commencé.

— Est-ce que je suis en vie ? L'inquiétude de son ton était alarmante.

— Tout à fait, répondit Sarah, souriant presque de cette exagération. Elle vérifia la tension sanguine. Douze sur sept et demi.

— Excellent ! nota Sandy. C'étaient les meilleurs chiffres de toute la semaine.

— Pam...

— Comment ça ? demanda Sarah.

Il s'écoula plusieurs secondes avant que Doris soit capable de poursuivre ; elle continuait à se demander si c'était la vie ou la mort et, dans ce dernier cas, quelle partie de l'éternité elle avait découverte.

— Les cheveux... après sa mort... brossé ses cheveux.

Mon Dieu, pensa Sarah. Sam lui avait relaté cette partie du rapport médico-légal, tout en sirotant, morose, un whisky-soda dans leur maison de Green Spring Valley. Il n'était pas allé plus loin. Cela n'avait pas été nécessaire. La photo à la une du journal avait amplement suffi. Le Dr Rosen caressa le visage de sa patiente le plus délicatement possible.

— Doris, qui a tué Pam ? Elle estimait pouvoir poser la

question sans accroître la souffrance de sa patiente. Elle se trompait.

— Rick et Billy et Burt et Henry... l'ont tuée... regarder...

Elle se mit à pleurer et les sanglots hoquetants ne firent qu'accroître les ondes de douleur qui lui vrillaient le crâne. Sarah planqua sa tartine. La nausée risquait de suivre.

— Ils vous ont obligée à regarder ?

— Oui... La voix de Doris semblait venir d'outre-tombe.

— N'y pensons plus maintenant. Le corps de Sarah fut pris de ce frisson qu'elle associait à la présence de la mort tandis qu'elle caressait la joue de la jeune femme.

— Là, là ! dit Sandy avec entrain, espérant la distraire. C'est bien mieux.

— Fatiguée...

— Bien, on va vous remettre au lit, mon chou. Les deux femmes l'aidèrent à se lever. Sandy lui laissa le peignoir et lui posa sur le front une vessie à glace. Doris s'endormit presque aussitôt.

— Le petit déjeuner est prêt, indiqua Sarah. Inutile pour l'instant de lui remettre les sangles.

— Brossé ses cheveux ? Qu'est-ce que c'est que cette histoire ? demanda Sandy en descendant l'escalier.

— Je n'ai pas lu le rapport...

— J'ai vu la photo, Sarah — ce qu'ils lui ont fait subir — Pam, c'était son nom, c'est ça ? Sandy était presque trop crevée pour se rappeler elle-même les événements.

— Oui. Et je l'ai eue aussi comme patiente, confirma le docteur Rosen. Sam disait que ce n'était pas joli à voir. Le plus bizarre, c'est que quelqu'un lui avait brossé les cheveux après sa mort, c'est ce qu'il m'a dit. Je suppose que c'est Doris qui l'a fait.

— Oh ! Sandy ouvrit le réfrigérateur et sortit le lait pour le café matinal. Je vois.

— Moi, pas, répondit la toubib, avec colère. Je n'arrive pas à imaginer comment des gens peuvent faire une chose pareille. Quelques mois encore et Doris serait morte, elle aussi. A vrai dire, il s'en est fallu de peu...

— Je suis surprise que vous ne l'ayez pas hospitalisée sous un nom d'emprunt, observa Sandy.

— Après ce qui était arrivé à Pam, prendre un tel risque... et cela aurait voulu dire...

O'Toole hocha la tête.

— Oui, ça aurait voulu dire risquer de mettre John en danger. C'est ce que j'ai cru comprendre.

— Hmph ?

— Ils ont tué son amie et l'ont forcée à regarder... les sévices qu'ils lui ont fait subir... Pour eux, elle n'était qu'un simple objet... Billy et Rick, dit-elle à haute voix, sans même s'en rendre compte.

— Burt et Henry, rectifia Sarah. Je ne crois pas que les deux autres nuiront à qui que ce soit, désormais. Les regards des deux femmes se croisèrent par-dessus la table du petit déjeuner : elles partageaient des pensées identiques, même si l'une et l'autre éprouvaient comme une vague honte à la seule idée de les entretenir, et plus encore de les admettre.

— Bien.

*

— Bon, nous avons alpagué tous les clodos à l'ouest de la rue Charles, rapporta Douglas à son lieutenant. Un de nos hommes a reçu un coup de couteau — pas bien grave — mais son agresseur est à l'ombre pour une longue période de désintoxication à Jessup. On en a cuisiné un bon nombre, ajouta-t-il avec un rictus, mais on n'est toujours pas plus avancés. Il n'est pas dans le secteur, Em. Rien de neuf depuis huit jours.

Et c'était vrai. La nouvelle s'était répandue, avec une lenteur surprenante mais c'était inévitable. Les dealers étaient d'une prudence qui confinait à la paranoïa. Cela aurait pu ou non expliquer le fait que pas un n'avait perdu la vie depuis plus d'une semaine.

— Il est toujours là, Tom.

— Peut-être bien, mais il n'agit pas.

— Auquel cas, tout ce qu'il a réussi à faire, c'est descendre Farmer et Grayson, nota Ryan avec un coup d'œil à son sergent.

— Tu vas pas croire une chose pareille ?

— Non, mais me pose pas la question parce que je serais incapable de te répondre.

— Eh bien, ça nous aiderait bien si Charon pouvait nous dire quelque chose. Il s'y entend pour coincer les mecs. Tu te rappelles l'arrestation qu'il a opérée avec les gardes-côtes ?

Ryan acquiesça.

— C'était un bon coup mais il a quelque peu levé le pied ces derniers temps.

— Nous aussi, Em, nous aussi, remarqua le sergent Douglas. La seule chose que nous sachions vraiment sur ce type, c'est qu'il est vigoureux, qu'il chausse des baskets neuves, et qu'il est blanc. Nous ignorons son âge, son poids, sa taille, son mobile, le genre de voiture qu'il conduit.

— Le mobile. Nous savons qu'un truc l'a mis en rogne. Nous savons qu'il sait tuer. Nous savons qu'il est assez impitoyable pour liquider des gens rien que pour couvrir ses actes… et qu'il est patient. Ryan se cala dans son fauteuil. Assez patient pour se prendre un congé ?

Tom Douglas avait une idée plus dérangeante.

— Assez malin pour changer de tactique.

C'était une idée troublante. Ryan la soupesa. Et s'il avait vu leur rafle ? S'il avait décidé qu'on ne pouvait pas toujours continuer pareil, qu'il fallait passer à autre chose ? S'il avait réussi à tirer des informations de William Grayson et que ces informations l'aient porté dans une autre direction — voire conduit en dehors de la ville ? Et s'ils ne devaient jamais savoir, ne jamais élucider ces crimes ? Une telle hypothèse serait une insulte professionnelle pour Ryan qui détestait laisser les affaires en suspens, mais il devait l'envisager. Malgré des douzaines d'interrogatoires sur le terrain, ils n'avaient pas réussi à trouver un seul témoin, hormis Virginia Charles, et elle avait été traumatisée au point que ses informations étaient à peine croyables — et contredisaient le seul indice matériel dont ils disposaient. Le suspect devait être plus grand qu'elle ne l'avait dit, plus jeune et, sans aucun doute, plus solide qu'un arrière de la National Football League. Ce n'était pas un poivrot mais il avait délibérément choisi ce déguisement de clochard. Ces gens-là, on oubliait tout simplement de les voir. Comment décrit-on un chien errant ?

— L'Homme invisible, commenta Ryan, placide ; il avait enfin trouvé un nom à l'affaire. Il reprit : Il aurait dû tuer Mme Charles. Tu sais ce qu'on tient là ?

Douglas renifla.

— Un gars que j'aimerais pas rencontrer seul.

*

— Trois groupes pour rayer Moscou de la carte ?

— Bien sûr. Pourquoi pas ? rétorqua Zacharias. C'est la direction politique de l'État, non ? C'est un important centre de communication, et même si vous évacuez le Politburo, il restera encore la majeure partie des centres de décision politique et de commandement militaire...

— Nous avons les moyens d'évacuer tous nos dirigeants importants, objecta Grichanov, par orgueil national autant que professionnel.

— Bien sûr. Grichanov vit qu'il rigolait presque. Quelque part, il se sentait insulté mais, réflexion faite, il n'était pas mécontent de voir le colonel américain se sentir enfin si détendu. Kolya, nous avons le même genre d'installation, nous aussi. Nous avons aménagé un abri vraiment classe quelque part en Virginie occidentale pour le Congrès et toutes les huiles. Le 1er escadron d'hélicoptères est basé à Andrews et sa mission est d'évacuer fissa tout ce beau monde, mais tu sais quoi ? Ces putains d'hélicos sont pas foutus de faire la rotation jusqu'à l'abri sans devoir ravitailler au retour. Personne n'y a pensé quand ils ont choisi le site parce que c'était en fait une décision politique. Et tu sais quoi, en plus ? Nous n'avons jamais testé le dispositif d'évacuation. Vous avez testé le vôtre ?

Grichanov était assis près de Zacharias, par terre, le dos calé contre le mur de béton sale. Nikolaï Yevgueniyevitch baissa les yeux et se contenta de hocher la tête ; l'Américain lui en apprenait tous les jours.

— Tu vois ? Tu vois pourquoi je dis que nous ne nous ferons jamais la guerre ? Nous sommes *pareils !* Non, Robin, nous ne l'avons jamais testé, nous n'avons jamais essayé d'évacuer Moscou depuis l'époque où j'étais un gamin dans la neige. Notre grand abri est à Jigouli. C'est un énorme caillou — pas une montagne, plutôt comme une grosse... bulle ? Je ne sais pas le nom, un immense cylindre de pierre venu du centre de la terre.

— Un monolithe ? Comme Stone Mountain en Géorgie ?

Grichanov acquiesça. Il n'y avait pas de risque à révéler des secrets à cet homme, n'est-ce pas ?

— Les géologues disent qu'elle est immensément résistante et nous l'avons creusée dès la fin des années cinquante. Je suis allé là-bas deux fois. J'ai contribué à superviser la construction des bureaux de la défense aérienne. Nous comptons — c'est la vérité, Robin —, nous comptons y emmener nos responsables *en train*.

— Qu'importe. On est au courant. Si l'on sait où se trouve l'objectif, on pourra toujours l'éliminer, il suffit d'y mettre le nombre de bombes. L'Américain avait déjà cent grammes de vodka dans le sang. Et les Chinois sont sans doute au courant, eux aussi. Mais ils attaqueront quand même d'abord Moscou, surtout s'il s'agit d'une attaque surprise.

— Trois groupes ?

— C'est ainsi que je procéderais. Les pieds de Robin étaient posés de part et d'autre d'une carte de navigation aérienne du sud-est de l'Union soviétique. Trois vecteurs, partis de trois bases, formés de trois appareils chacun, deux pour transporter les bombes, le troisième pour le brouillage de protection. Le brouilleur prend la tête. On fait arriver les trois groupes de front, disons, espacés comme ça. Il traça sur la carte des itinéraires possibles. On entame la descente de pénétration ici, ce qui les amène pile dans ces vallées, et lorsqu'ils débouche- ront au-dessus de la plaine...

— De la steppe, rectifia Kolya.

— Ils auront déjà franchi la première ligne de défense, d'accord ? Ils volent en rase-mottes, disons aux alentours de trois cents pieds. Peut-être qu'ils n'auront même pas à recourir au brouillage. Tiens, imagine même qu'il y ait un groupe spécial. Des types vraiment entraînés.

— Que veux-tu dire, Robin ?

— Vous avez bien des vols de nuit qui se posent à Moscou, des vols civils réguliers, je veux dire ?

— Bien sûr.

— Eh bien, imagine que tu prennes, disons, un Badger, tu lui laisses ses feux de position, d'accord, peut-être même qu'on a poussé le vice jusqu'à installer, tout le long du fuselage, des petites veilleuses qu'on peut allumer et éteindre à la demande — tu vois, comme des hublots ? Et hop : coucou, les mecs, j'suis un avion de ligne.

— T'es sérieux ?

— C'est une hypothèse qu'on a envisagée. On a encore une escadrille équipée ainsi, elle doit être basée à... Pease, je crois. C'était leur boulot... celui des B-47 basés en Angleterre. Imagine qu'on ait décidé que vos petits gars risquaient de nous intercepter, grâce à l'espionnage ou je ne sais quoi, vu ? Faut bien tout prévoir. Eh bien, c'était un de nos plans ! On l'avait baptisé JUMPSHOT. Il est sans doute enterré dans les archives, à l'heure qu'il est, c'était encore une des idées tordues de LeMay. Moscou, Leningrad, Kiev — et Jigouli. Trois zincs pour chaque objectif, avec deux bombes chacun. Et hop, on décapitait toute votre structure de commandement politique et militaire. Coucou, les mecs, j'suis un avion de ligne !

Ça pourrait marcher, songea Grichanov avec un frisson de terreur. En choisissant bien son heure et la période de l'année... le bombardier arrive en se conformant à l'horaire et à la route d'un vol régulier. Même en période de crise, l'illusion de normalité serait comme une pierre de touche alors que les gens traqueraient le détail inhabituel. Peut-être qu'une escadrille de défense aérienne enverrait un avion, un jeune pilote qui se tape l'alerte de nuit pendant que ses aînés expérimentés roupillent. Il s'approcherait jusqu'à un millier de mètres peut-être, mais la nuit... la nuit, l'esprit voit ce que lui dicte le cerveau. Des lumières sur le fuselage, eh bien, mais évidemment, c'est un avion de ligne. Quel bombardier volerait tous feux allumés ? C'était un plan opérationnel que le KGB n'avait jamais envisagé. Combien d'autres cadeaux dans ce genre allait encore lui servir Zacharias ?

— Quoi qu'il en soit, si j'étais le Chinetoque moyen, c'est une option que j'étudierais. S'ils n'ont pas trop d'imagination et préfèrent attaquer bille en tête, sur ce terrain, ouais, ils peuvent y arriver. Sans doute l'un des groupes servira de diversion. Ils ont un véritable objectif, eux aussi, mais à l'écart de Moscou. Ils volent à haute altitude, en suivant un vecteur entièrement différent. Arrivés à peu près à cette hauteur — sa main balaya la carte — ils opèrent un changement de cap radical et touchent un objectif quelconque, à toi de voir ce qu'il y a d'important, ce n'est pas le choix qui manque. Il y a de bonnes chances que vos chasseurs se lancent à leurs trousses, pas vrai ?

— *Da*. Ils s'imagineraient que les bombardiers sont en train de se détourner vers un objectif secondaire.

— Les deux autres groupes décrivent une boucle et arrivent d'une autre direction, en rase-mottes. L'un d'eux va passer, fatalement. On l'a rejoué des millions de fois, Kolya. On connaît vos radars, on connaît vos bases, on connaît vos avions, on connaît vos méthodes d'entraînement. Vous êtes pas si difficiles à battre. Et les Chinois, ils ont étudié avec vous, pas vrai ? Vous les avez instruits. Ils connaissent votre doctrine, tout ça.

Il parlait en toute franchise. Sans la moindre dissimulation. Et c'était un homme qui avait pénétré les défenses aériennes nord-vietnamiennes plus de quatre-vingts fois. Quatre-vingts.

— Alors, comment est-ce que je peux me...

— Défendre contre ça ? Robin haussa les épaules et se pencha pour examiner à nouveau la carte. J'aurais besoin de cartes meilleures, mais pour commencer, il faut examiner les passes une par une. Rappelle-toi qu'un bombardier n'est pas un chasseur. Il n'est pas d'une manœuvrabilité terrible, surtout à basse altitude. Le mieux que puisse faire son pilote, en gros, c'est de l'empêcher de s'écraser, pas vrai ? Je ne sais pas pour toi, mais moi ça me rend nerveux. Notre pilote va donc sélectionner une vallée assez large pour manœuvrer. Surtout de nuit. Vous, vous mettez vos chasseurs là. Vous placez vos radars au sol, là. Pas besoin de gros machins sophistiqués. Suffit d'un truc pour sonner l'alarme. Puis vous comptez l'intercepter lorsqu'il débouchera de la vallée.

— Reculer nos défenses ? je ne peux pas faire une chose pareille !

— On met ses défenses là où elles peuvent marcher, Kolya, pas pour le plaisir de suivre un pointillé sur un bout de papier. Ou t'apprécies à ce point la cuisine chinoise ? Ça a toujours été une faiblesse avec vous, les Russes. Du reste, ça raccourcit vos lignes, mine de rien. Vous faites une économie d'argent et d'investissement. Étape suivante, tu te souviens de l'autre gars, il sait lui aussi comment pensent les pilotes — tous les combats aériens se ressemblent, pas vrai ? Peut-être qu'il y a un autre groupe chargé de détourner les vôtres avec des leurres, vu ? On a des escadrilles équipées de leurres radar qu'on compte bien utiliser. C'est un truc sur lequel vous devez compter. Vous savez contrôler vos gars. Ils restent cantonnés dans leur secteur, à moins que vous ayez vraiment une bonne raison de les déplacer...

Le colonel Grichanov avait étudié son métier durant plus de vingt ans, il avait étudié les documents de la Luftwaffe, et non seulement ceux ayant trait à l'interrogatoire des prisonniers mais aussi les études confidentielles sur l'installation de la Ligne Kammhuber. C'était incroyable, presque au point de le pousser à boire, lui aussi. Mais pas tout à fait, quand même. Ce n'était pas un document d'instruction en cours d'élaboration, ce n'était pas une communication savante destinée à l'Académie Vorochilov. C'était un livre documenté, hautement confidentiel, mais ce n'était jamais qu'un livre : *Origine et évolution de la doctrine des bombardiers*. Avec le contenu d'un tel bouquin, il pouvait lorgner sur les étoiles de maréchal, tout cela grâce à son ami américain.

*

— Restons bien en retrait, dit Marty Young. Ils tirent à balles réelles.

— Pas d'objection, dit Dutch. J'ai l'habitude de voir les choses péter à deux cents mètres derrière moi.

— Et avec quatre cents nœuds de delta-V, crut bon d'ajouter Greer, évoquant la vitesse de survol d'un zinc.

— C'est beaucoup moins risqué comme ça, James, souligna Maxwell.

Ils se tenaient à l'abri d'un merlon, terme militaire officiel pour baptiser une levée de terre, à deux cents mètres du camp. Cela rendait l'observation difficile, mais deux des cinq hommes avait des yeux d'aviateur et ils savaient où regarder.

— Depuis combien de temps avancent-ils ?

— Une heure environ. Ça ne devrait plus tarder, répondit Young dans un souffle.

— Je n'entends rien du tout, murmura l'amiral Maxwell.

Le site était assez difficile à distinguer. Les bâtiments étaient juste reconnaissables à leurs formes rectilignes, que la nature abhorre pour une raison quelconque. Un surcroît de concentration révélait les rectangles sombres des fenêtres. Les tours de guet, érigées seulement d'aujourd'hui, étaient tout aussi difficiles à repérer.

— On a quelques trucs en réserve, nota Marty Young. Tout le monde a reçu des suppléments de vitamine A. Ça fera toujours quelques pour-cent d'amélioration de la vision nocturne. Faut jouer toutes les cartes possibles, pas vrai ?

Tout ce qu'ils entendaient, c'était le vent murmurant au sommet des arbres. Il y avait quelque chose de surréaliste à se trouver ainsi dans les bois. Maxwell et Young étaient plutôt habitués au ronronnement d'un moteur d'avion, à la pâle lueur du tableau de bord que leurs yeux scrutaient machinalement entre deux manœuvres pour échapper à un appareil hostile, et à la douce sensation de flottement que vous procure le vol dans le ciel nocturne. Se retrouver enraciné au sol leur donnait l'impression d'un mouvement qui n'existait pas, alors qu'ils attendaient d'assister à un événement totalement inédit pour eux.

— Là !

— Pas bon signe si vous l'avez vu bouger, observa Maxwell.

— Monsieur, VERT-DE-GRIS n'a pas un parking rempli de voitures blanches, fit remarquer la voix. L'ombre fugitive s'était découpée devant celles-ci et, de toute façon, seul Kelly l'avait aperçue.

— Je suppose que vous avez raison, monsieur Clark.

La radio posée sur le talus n'avait transmis jusqu'ici que des crépitements de parasites. Cela changea, avec quatre traits en Morse. Auxquels répondirent, à intervalles successifs, un, puis deux, puis trois et enfin quatre points.

— Les équipes sont en place, murmura Kelly. Protégez vos oreilles. Le chef des grenadiers tire la première salve dès qu'il sera prêt et ce sera le signal de départ.

— Merde, ricana Greer. Il le regretta bientôt.

La première chose qu'ils entendirent fut le grondement lointain de rotors d'hélicoptère bipales. Destiné à faire se tourner les têtes, et même si tous les hommes cachés derrière le talus connaissaient le plan dans ses moindres détails, cela marcha quand même, ce qui plut infiniment à Kelly. Une bonne partie du plan était de sa conception, après tout. Toutes les têtes se tournèrent, sauf la sienne.

Kelly crut avoir entrevu le reflet vert de la peinture au tritium du viseur d'un lance-grenades M-79, mais cela aurait aussi bien pu être tout bêtement le clignotement d'un ver luisant. Il vit l'éclair atténué d'un tir et, moins d'une seconde plus tard, l'éclair blanc-rouge-noir aveuglant d'une grenade à fragmentation s'écrasant sur le plancher de l'une des tours. Le claquement sec fit sursauter les hommes à ses côtés, mais Kelly n'y prêta pas attention. Le mirador sur lequel étaient censés se trouver hommes et fusils-mitrailleurs se désintégra. L'écho de la déflagration ne s'était pas encore dispersé dans le théâtre de la pinède que les trois autres tours étaient détruites de façon similaire. Cinq secondes plus tard, les hélicoptères arrivaient en rasant la cime des arbres, moins de quinze mètres séparaient leurs rotors, tandis que leurs mitrailleuses déchiquetaient les baraquements, tels deux longs rayons de néon fouaillant les murs. Les grenadiers étaient déjà en train de balancer des grenades au phosphore par les fenêtres et, en un instant, tout semblant de vision nocturne avait été aboli.

— Seigneur ! Les murs qui confinaient les fontaines de phosphore incandescent à l'intérieur du bâtiment rendaient le spectacle encore plus effroyable, tandis que les pistolets-mitrailleurs concentraient leur tir sur les issues.

— Ouais, dit Kelly, à voix haute pour se faire entendre. Tous ceux qui se trouvent à l'intérieur sont réduits à l'état de grillades. Et les petits malins qui tenteront de s'échapper tomberont sous le feu des pistolets-mitrailleurs. Bien joué.

Le premier élément de la force d'assaut des Marines continuait de déverser un torrent de feu dans les baraquements des dortoirs et de l'administration tandis que l'équipe de récupération fonçait vers le bloc de la prison. C'était au tour des hélicos de sauvetage d'intervenir, derrière les AH-1 Huey Cobra, pour se poser bruyamment tout près de l'entrée principale. La section de tir se dispersa, une moitié se déployant autour des hélicos tandis que l'autre continuait d'arroser les bâtiments. L'un des hélicoptères d'assaut s'était mis à cercler autour du camp, tel un chien de berger inquiet à l'affût des loups.

Les premiers Marines réapparurent, se relayant pour traîner dehors les simulacres de prisonniers. Kelly, nota Irvin, était à la porte pour faire le décompte. On entendait des cris maintenant, des hommes appelant des noms et des matricules, mais ils étaient presque entièrement couverts par le rugissement des gros Sikorsky. Les derniers Marines à embarquer furent ceux des équipes de soutien feu, et puis les hélicoptères de sauvetage firent gronder leurs moteurs et s'élevèrent dans l'obscurité.

— C'était rapide, dit Ritter dans un souffle tandis que le bruit diminuait. Peu après, deux voitures de pompiers apparurent pour éteindre les incendies déclenchés par les divers engins explosifs.

— Quinze secondes en dessous de l'horaire prévu, dit Kelly en levant son chronomètre.

— Et si jamais quelque chose cloche, monsieur Clark ? demanda Ritter.

Un sourire cruel illumina les traits de Kelly.

— Mais c'est ce qui s'est passé, monsieur. Quatre des hommes du commando se sont fait « tuer » pendant l'assaut. Je suppose également qu'il y aura une ou deux jambes brisées...

— Attendez voir, vous voulez dire qu'il y a un risque que...

— Puis-je m'expliquer, monsieur ? D'après les photos, il n'y aucune raison de croire qu'il y ait qui que ce soit entre la ZA et l'objectif. Ces collines ne sont pas cultivées, d'accord ? Pour l'exercice de ce soir, j'ai éliminé quatre hommes au hasard. Disons qu'il s'agit de jambes cassées. Les gars ont dû être transportés jusqu'à l'objectif puis se faire évacuer ensuite, au cas où vous n'auriez pas remarqué. Il faut des renforts à tous les stades. Monsieur, j'escompte bien que la mission se déroulera sans encombres mais j'y ai un peu mis la pagaïe ce soir, histoire de vérifier.

Ritter hocha la tête, impressionné. Je m'attendais à un déroulement conforme au plan pour une telle répétition.

— En situation de combat, les choses se passent mal,

monsieur. J'en ai tenu compte. Chacun des hommes a été entraîné pour exercer au moins une autre fonction en remplacement. Kelly se frotta la nez. Lui aussi avait été nerveux. Ce que vous venez de voir était une simulation réussie malgré des complications plus importantes que prévu. Cette mission va marcher, monsieur.

— Monsieur Clark, vous m'avez convaincu. L'officier supérieur de la CIA se tourna vers les autres. Qu'en est-il de la logistique médicale, ce genre de truc ?

— Dès que l'*Ogden* rejoint la Task Force 77, nous transférons à bord le personnel médical, expliqua Maxwell. A l'heure qu'il est, Cas est déjà parti pour instruire le personnel. Le CTF-77 est un de mes hommes, il jouera le jeu. L'*Ogden* est un assez gros bâtiment. Nous aurons tout ce qu'il faut à bord, le personnel médical, des gars du renseignement pour le débriefing, tout le tremblement. Il évacuera les hommes directement vers Subic Bay. De là, on les transfère ASAP à la base de Clark. Entre le moment du décollage des hélicos et leur arrivée en Californie, disons... quatre jours et demi.

— D'accord, cette partie-là de la mission m'a l'air impeccable. Mais le reste ?

Maxwell se chargea de la réponse :

— L'ensemble des appareils embarqués sur le *Constellation* sera là en soutien. L'*Enterprise* se trouvera un peu plus au nord, pour couvrir la zone d'Haiphong. Cela devrait attirer l'attention de leur réseau de défense aérienne et de leur haut commandement. Le *Newport News* doit patrouiller tout le long de la côte pour éliminer tous les sites de triple-A au cours des prochaines semaines. Il faudra procéder de manière aléatoire, et ce secteur sera le cinquième à être touché. Le bâtiment restera posté à dix milles au large pour pilonner les objectifs. La ceinture de batteries de DCA est à portée de ses canons. Entre le croiseur et l'aéronavale, nous devons être en mesure d'ouvrir un corridor permettant aux hélicos d'entrer et de sortir. En gros, nous allons tout faire pour qu'ils ne remarquent pas cette mission avant qu'elle ne soit quasiment achevée.

Ritter hocha la tête. Il avait déjà épluché le plan, et avait simplement voulu entendre Maxwell l'expliquer — plus exac-

50

tement, entendre comment il s'exprimait. L'amiral était calme et confiant, plus que Ritter ne l'avait escompté.

— C'est quand même très risqué, dit-il après quelques secondes.

— Tout à fait, confirma Marty Young.

— Quel est le risque pour notre pays si les hommes détenus dans ce camp révèlent tout ce qu'ils savent ? demanda Maxwell.

Kelly aurait préféré se retirer de cette partie de la discussion. L'évaluation du danger pour son pays dépassait sa compétence. Sa réalité se limitait à l'échelon de la petite unité — voire à l'échelon encore inférieur, ces derniers temps — et même si la santé et le bien-être de son pays commençaient dès cette cellule élémentaire, les implications de plus grande envergure exigeaient une mise en perspective qu'il ne possédait pas. Mais faute d'un prétexte élégant pour se retirer du débat, il resta donc, écouta et en profita pour apprendre.

— Vous voulez une réponse honnête ? demanda Ritter. Je vais vous la donner : aucun.

Maxwell l'accepta avec un calme surprenant qui dissimulait son indignation.

— Fils, vous voulez m'expliquer ça ?

— Amiral, c'est une question de perspective. Les Russes veulent en apprendre le plus possible sur nous et nous voulons en apprendre le plus possible sur eux. Bien. Donc ce Zacharias peut leur révéler les Plans de guerre du SAC, et nos autres spécialistes détenus pourront leur raconter d'autres trucs. En conséquence... Nous modifions nos plans. C'est l'aspect stratégique qui vous tracasse, pas vrai ? Primo, ces plans sont modifiés chaque mois. Secundo, croyez-vous franchement que nous les appliquerons ?

— On pourrait bien avoir à le faire un jour.

Ritter tira de sa poche une cigarette.

— Amiral, est-ce que vous voulez vraiment qu'on applique ces plans ?

Maxwell se raidit un peu.

— Monsieur Ritter, j'ai survolé Nagasaki avec mon F6F juste après la fin de la guerre. J'ai pu constater les dégâts que peuvent faire ces engins, et encore ce n'était qu'une petite bombe. Il n'y avait rien à rajouter.

Ritter hocha simplement la tête.

— Eh bien, ils éprouvent la même chose. Qu'est-ce que vous dites de ça, amiral ? Ils ne sont pas fous, eux non plus. Ils ont même encore plus peur de nous que nous d'eux. Ce qu'ils vont apprendre de ces prisonniers pourrait même leur flanquer la trouille au point de les dégriser. C'est comme ça que ça marche, croyez-le ou non.

— Alors, pourquoi soutenez-vous... d'abord, est-ce que vous nous soutenez ?

— Évidemment que oui. *Quelle question stupide*, sous-entendait son ton, ce qui mit en rogne Marty Young.

— Mais pourquoi, alors ? insista Maxwell.

— Ce sont nos hommes. Nous les avons envoyés. Nous devons les ramener. N'est-ce pas une raison suffisante ? Mais ne venez pas me parler d'intérêts vitaux pour la sécurité nationale. Vous pouvez vendre ce bobard au personnel de la Maison Blanche, voire au Capitole, pas à moi. Soit vous gardez confiance en vos hommes, soit vous la leur retirez, poursuivit l'officier de renseignements qui avait risqué sa carrière pour sauver un étranger qu'il ne portait pourtant pas spécialement dans son cœur. Si vous commencez à prendre cette habitude, alors vous n'êtes pas digne de sauver ou de protéger, et les gens cessent de vous aider, et c'est là que les ennuis vous attendent pour de bon.

— Je ne suis pas sûr de vous approuver, monsieur Ritter, intervint le général Young.

— Une opération comme celle-ci aura pour seul effet de sauver nos gars. Cela suscitera le respect des Russes. Cela leur montrera que nous sommes sérieux. Cela facilitera mon boulot, qui est de diriger mes agents derrière le Rideau de fer. Cela veut dire que j'aurai la possibilité de recruter plus d'hommes et de recueillir plus d'information. De cette manière, je pourrai obtenir des informations qui vous intéressent, d'accord ? Et ce petit jeu se poursuivra jusqu'au jour où nous en aurons trouvé un autre. Il n'avait pas besoin d'un autre emploi du temps. Ritter se retourna vers Greer. Quand voulez-vous que j'aille informer la Maison Blanche ?

— Je vous le ferai savoir. Bon, c'est important... est-ce que vous nous appuyez ?

— Oui, monsieur, répondit le Texan. Pour des raisons que les autres ne comprenaient pas, et dont ils doutaient, mais qu'ils devaient bien accepter.

*

— Bon, qu'est-ce que t'as encore à râler ?

— Écoute, Eddie, dit Tony, avec patience. Notre ami a un petit problème. Quelqu'un a descendu deux de ses gars.

— Qui ça ? demanda Morello. Il n'était pas spécialement de bonne humeur. Il venait d'apprendre, une fois encore, qu'il n'était toujours pas un candidat valable pour être admis de plein droit dans la famille. Après tout ce qu'il avait fait. Morello se sentait trahi. Incroyablement, Tony prenait le parti d'un nègre au lieu de laisser parler le sang — ils étaient cousins éloignés, après tout —, et maintenant, ce salaud se radinait pour lui demander de l'aide, évidemment.

— On n'en sait rien. Ses contacts, mes contacts, on n'a rien trouvé.

— Voyez-vous ça, n'est-ce pas dommage ? Eddie rappela son emploi du temps personnel. Le Tony, il est venu me voir, moi, t'as pas oublié ? Par l'entremise d'Angelo et peut-être qu'Angelo avait essayé de nous doubler, et on a réglé la question, tu te souviens ? Tu ne voudrais pas me refaire ce coup-là, alors qu'est-ce qui se passe, à présent ? Je dois fermer boutique et lui, il prend la place — allons, allons, c'est quoi, ça, Tony, t'irais me soutenir ce mec-là ?

— On se calme, Eddie.

— Comment ça se fait que t'as pas pris mon parti ? insista Morello.

— Je peux rien y faire, Eddie. Je suis désolé, mais je peux rien y faire.

Piaggi n'avait pas escompté que la conversation se passe bien, mais il n'avait pas envisagé non plus qu'elle tourne aussi mal, et surtout aussi vite. D'accord, Eddie était déçu. D'accord, il avait espéré être admis. Mais ce bougre de connard gagnait bien sa vie dans le réseau, alors qu'est-ce qu'il préférait ? Faire partie de la famille ou bien faire sa pelote ? Henry arrivait à comprendre ça. Pourquoi Eddie en était-il incapable ? Puis Eddie remit ça.

— Je t'offre une affaire en or. Là-dessus, tu as comme un léger problème et faut que tu t'en prennes à qui ? A ma pomme ! Mais tu me dois tout, Tony ! Les implications de cette dernière remarque étaient parfaitement claires pour Piaggi. C'était tout simple du point de vue d'Eddie. La position de Tony dans l'organisation prenait de l'importance. Avec le risque potentiel — et bien réel — de voir Henry devenir un fournisseur principal, Tony aurait plus qu'une position importante : il aurait de l'influence. Il faudrait qu'il continue à manifester respect et obéissance à ses supérieurs, mais la structure hiérarchique de l'organisation était d'une souplesse admirable et les méthodes en double aveugle d'Henry signifiaient que quiconque était son contact avec l'organisation bénéficiait d'une véritable assurance. L'assurance de sa position au sein de celle-ci était un trésor rare. L'erreur de Piaggi avait été de ne pas mener le raisonnement jusqu'à son terme. Au lieu de cela, il regardait vers l'intérieur plutôt que vers l'extérieur. Tout ce qu'il voyait, c'est qu'Eddie pouvait le remplacer, devenir l'intermédiaire, et se retrouver dès lors intégré dans l'organisation, ajoutant le statut social à un niveau de vie confortable. Tout ce qu'avait à faire Piaggi, c'était de mourir, obligé, au bon moment. Henry était un homme d'affaires. Il prendrait les dispositions qui convenaient. Piaggi le savait. Et Eddie aussi.

— Tu ne vois pas ce qu'il est en train de goupiller ? Il se sert de toi, mec. Le plus curieux c'était que, alors que Morello commençait à comprendre que Tucker était en train de les manipuler tous les deux, Piaggi, l'objet même de cette manipulation, ne l'avait toujours pas compris. Résultat, l'observation judicieuse d'Eddie tombait singulièrement à contretemps.

— J'y ai réfléchi, mentit Piaggi. Qu'est-ce qu'il nous mijote ? Un contact avec Philadelphie, avec New York ?

— Peut-être. Peut-être qu'il s'en croit capable. Ces types se prennent incroyablement la grosse tête, mec.

— On réglera ça plus tard, mais je le sens pas faire un truc pareil. Ce que je veux savoir, c'est qui s'amuse à descendre ses gars. Aucun tuyau sur un type qui viendrait de l'extérieur ? *Mets-le sur l'affaire*, songea Piaggi. *Force-le à s'impliquer*. Les yeux de Tony contemplaient de l'autre côté de la table un homme trop en colère pour noter ce que pensait son vis-à-vis et encore moins s'en soucier.

— Rien de rien.

— Sors tes antennes, intima Tony, et c'était un ordre. Morello devrait le suivre, il devrait ouvrir l'œil.

— Et s'il opérait de l'intérieur de l'organisation, disons pour régler des problèmes de fiabilité ? Tu crois qu'il obéit à quelqu'un ?

— Non. Mais je ne crois pas non plus qu'il éliminerait ses propres gars. Tony se leva et lança un dernier ordre. Ouvre l'œil.

— D'accord, renifla Eddie, resté seul à sa table.

24

Saluts

— Ça s'est très bien passé les gars, annonça le capitaine Albie pour conclure sa critique de l'exercice. Il y avait eu plusieurs déficiences mineures dans la marche d'approche mais rien de sérieux, et même avec son œil aiguisé, il n'avait relevé aucun problème notable dans la phase d'assaut de la simulation. Les tirs avaient même été d'une précision quasiment diabolique et ses hommes avaient une telle confiance réciproque qu'ils étaient désormais capables de courir à quelques pas seulement de rideaux de feu pour rejoindre leur position. Au fond de la salle, les équipages de Cobra retraçaient leurs propres performances. Les pilotes et les mitrailleurs étaient traités avec grand respect par les hommes dont ils assuraient le soutien, tout comme les équipages de l'aéronavale à bord des hélicos de sauvetage. L'antipathie traditionnelle, c'est eux-c'est nous, si fréquente entre unités disparates, était ramenée au niveau de la blague amicale, tant ces hommes s'étaient entraînés et impliqués dans l'opération. L'antipathie était sur le point de disparaître entièrement.

— Messieurs, conclut Albie, vous allez bientôt apprendre le fin mot de ce petit pique-nique dans les bois...

— Gaaa-rde à vous ! lança Irvin.

Le vice-amiral Winslow Holland Maxwell gagna le centre de la pièce, accompagné du général de division Martin Young. Les deux officiers généraux avaient revêtu leur grand uniforme d'apparat. La tenue blanche de Maxwell resplendissait littéralement sous les lumières incandescentes du bâtiment et l'étoffe kaki de l'uniforme de Marines de Young était tellement amidonnée qu'on aurait cru du contre-plaqué. Un lieutenant de Marines amena un tableau de présentation qui traînait presque par terre. Il le plaça sur un chevalet tandis que Maxwell prenait place derrière le pupitre. De son poste à l'angle de l'estrade, le sergent-chef d'artillerie Irvin contempla les visages juvéniles de l'auditoire, et il se rappela qu'il devait feindre la surprise en entendant l'annonce.

— Asseyez-vous, Marines, commença Maxwell, aimablement, et il attendit avant de poursuivre. Avant tout, je veux vous dire personnellement combien je suis fier d'être associé avec vous. Nous avons observé attentivement votre préparation. Vous êtes venus ici sans rien savoir de votre mission et jamais je n'ai vu des hommes travailler aussi dur que vous. Voici enfin la raison de tous vos efforts. Le lieutenant retourna la couverture du tableau de présentation, dévoilant une photographie aérienne.

— Messieurs, cette mission est baptisée VERT BUIS. Votre objectif est de récupérer vingt hommes, des compatriotes qui se trouvent actuellement aux mains de l'ennemi.

John Kelly se tenait à côté d'Irvin et, lui aussi, il observait les visages plutôt que l'amiral. La plupart de ces hommes étaient plus jeunes que lui, mais pas de beaucoup. Leurs yeux étaient rivés sur les photos de reconnaissance — une danseuse exotique n'aurait pas attiré une telle attention, entièrement focalisée sur les agrandissements des clichés de l'avion robot Chasseur de bisons. Au début, tous ces visages restèrent impassibles. On aurait dit des statues de jeunes éphèbes élégants, respirant à peine, assis, figés, à l'écoute de l'amiral.

— L'homme que vous voyez ici est le colonel Robin Zacharias de l'US Air Force, poursuivit Maxwell, en se servant d'un long réglet de bois. Vous pouvez constater ce que lui a fait subir le Vietnamien pour avoir simplement contemplé l'engin qui a pris la photo. La règle se dirigea vers le gardien du camp sur le point de frapper dans le dos l'Américain. Rien que pour avoir levé les yeux.

Tous les regards sans exception se braquèrent sur la scène, constata Kelly. C'était une sorte de colère calme, décidée, qu'ils manifestaient là, une colère parfaitement disciplinée, mais parfaitement meurtrière.

Kelly réfléchit, retenant un sourire que lui seul aurait compris. Et il en était de même pour les jeunes Marines dans la salle. L'heure n'était pas au sourire. Chacun des hommes présents dans cette pièce était conscient des dangers. Chacun d'eux avait survécu au minimum à treize mois d'opérations de combat. Chacun d'eux avait vu des amis mourir dans des conditions plus terribles et plus spectaculaires que le plus noir des cauchemars. Mais il n'y avait pas que la peur dans la vie. Peut-être était-ce une quête. Un sens du devoir que bien peu auraient su exprimer mais que tous ressentaient. Une vision du monde que ces hommes partageaient sans réellement la voir. Chacun des hommes dans cette pièce avait contemplé la mort dans toute son épouvantable majesté, et su que toute vie doit finir. Mais tous savaient que la vie, ce n'était pas seulement éviter la mort. La vie devait avoir un but, et l'un de ces buts était de servir les autres. Même si aucun de ces hommes n'aurait sacrifié sa vie de gaieté de cœur, tous étaient prêts à en courir le risque et à s'en remettre à Dieu, à la chance ou au destin en sachant que chacun de leurs compagnons ferait de même. Les hommes sur ces clichés étaient inconnus des Marines, mais c'étaient des camarades — plus que des amis — à qui on devait fidélité. Et donc, ils risqueraient leur vie pour eux.

— Je n'ai pas besoin de vous souligner les dangers de la mission, conclut l'amiral. Le fait est que vous connaissez ces dangers mieux que moi, mais ces gens sont des Américains, et ils sont en droit d'escompter qu'on vienne les chercher.

— Bigrement affirmatif, *sir !* lança une voix dans la salle, surprenant le reste des hommes.

Maxwell faillit être décontenancé. *Alors c'est bien vrai. C'est vraiment important. Malgré les erreurs et tout le reste, on reste quand même ce qu'on est.*

— Merci, Dutch, dit Marty Young en gagnant à son tour le centre de l'estrade. Bien, Marines, vous êtes à présent au courant. Vous vous êtes portés volontaires pour venir ici. Vous allez devoir à nouveau être volontaires pour le déploiement. Certains parmi vous ont une famille, une petite amie. Nous ne vous forcerons pas à partir. Certains parmi vous peuvent avoir envie de se raviser, poursuivit-il, scrutant les visages et constatant l'insulte qu'il avait provoquée, délibérément. Vous avez la journée pour y réfléchir. Rompez.

Les Marines se levèrent, dans un concert de raclements de chaises sur le sol carrelé, et quand tous furent debout au garde-à-vous, ils s'écrièrent comme un seul homme :

— RECONNAISSANCE !

C'était manifeste pour quiconque contemplait ces visages. Ils ne pouvaient pas plus refuser cette mission que renier leur virilité. On voyait des sourires désormais. La plupart des Marines échangeaient des remarques avec leurs amis, et ce n'était pas la soif de gloire qu'ils lisaient dans les yeux de leurs camarades. C'était de la résolution et peut-être le même regard qu'ils verraient dans les yeux des hommes dont ils allaient sauver la vie. *Nous sommes des Américains et nous sommes ici pour vous ramener à la maison.*

— Eh bien, monsieur Clark, votre amiral nous a fait un bien beau discours. Je regrette qu'on ne l'ait pas enregistré.

— Vous êtes assez grand pour ne pas être dupe, l'Artillerie. Ça va pas être du gâteau.

Irvin eut un sourire étonnamment enjoué.

— Ouais, je sais. Mais si vous croyez que c'est un piège, pourquoi diantre y allez-vous tout seul ?

— Quelqu'un me l'a demandé. Kelly secoua la tête, puis alla rejoindre l'amiral. Il avait lui aussi une requête à lui formuler.

*

Elle réussit à descendre l'escalier, en s'agrippant à la rampe, attirée par l'odeur du café et le bruit des conversations. Sa migraine était encore là, mais pas aussi violente ce matin.

Un sourire fendit le visage de Sandy.

— Eh bien ! Bonjour !

— Salut ! fit Doris, encore pâle et faible, mais elle lui rendit son sourire, alors qu'elle passait la porte, en se tenant au chambranle. J'ai vraiment faim.

— J'espère que vous aimez les œufs. Sandy lui avança une chaise et alla chercher un verre de jus d'orange.

— Je boufferais les coquilles, répondit Doris, manifestant son premier signe d'humour.

— Vous pouvez déjà commencer avec ceux-là, et ne vous inquiétez pas pour les coquilles, lui dit Sarah Rosen en versant dans une assiette le contenu d'une poêle à frire, prélude à un premier petit déjeuner normal.

Elle avait passé le cap. Les mouvements de Doris étaient d'une lenteur douloureuse, sa coordination était encore celle d'un petit enfant, mais les progrès depuis seulement vingt-quatre heures étaient miraculeux. La prise de sang de la veille révélait des signes encore plus favorables. Les doses massives d'antibiotiques avaient enrayé les infections et les dernières traces d'intoxication aux barbituriques avaient presque entièrement disparu — ne restaient que celles dues aux doses palliatives prescrites par Sarah et qu'elle lui avait injectées mais qui ne seraient pas répétées. Le signe le plus encourageant, toutefois, était sa façon de manger. Si maladroits que soient ses gestes, elle déplia sa serviette et la posa sur son peignoir en éponge. Elle ne se jeta pas sur la nourriture. Au contraire, elle consomma son premier vrai petit déjeuner depuis des mois avec autant de dignité que le permettaient son état physique et son appétit. Doris était en train de redevenir une personne humaine.

Mais elles ne savaient toujours rien d'elle en dehors de son nom : Doris Brown. Sandy se servit une tasse de café et s'assit à table.

— D'où venez-vous ? demanda-t-elle sur le ton le plus dégagé possible.

— Pittsburgh. Un endroit aussi lointain pour son hôte que la face cachée de la lune.

— De la famille ?

— Juste mon père. M'man est morte en 65, cancer du sein, répondit lentement Doris, avant de tâter machinalement l'intérieur de son peignoir. Pour la première fois depuis une éternité, ses seins ne gardaient pas le douloureux souvenir des attentions de Billy. Sandy remarqua le geste et en devina la signification.

— Personne d'autre ? demanda l'infirmière, d'une voix égale.

— Mon frère... au Viêt-nam.

60

— Je suis désolée, Doris.

— Pas grave...

— Je m'appelle Sandy, vous vous rappelez ?

— Et moi, c'est Sarah, ajouta le Dr Rosen en échangeant l'assiette vide contre une pleine.

— Merci, Sarah. Ce sourire était bien timide mais Doris Brown réagissait désormais au monde environnant, un fait d'une importance insoupçonnée pour le simple observateur. *De petits pas*, se dit Sarah. *Pas besoin qu'ils soient grands. Il suffit que tous aillent dans la bonne direction.* Le médecin et l'infirmière échangèrent un regard.

Il n'y avait rien de comparable. C'était trop dur à expliquer à quiconque ne l'avait pas vu et vécu. Sandy et elle avaient plongé dans la tombe pour arracher cette fille à l'étreinte avide de la terre. Trois mois de plus, avait estimé Sarah, voire moins, et son corps aurait été affaibli au point que la plus infime influence extérieure aurait pu mettre fin à ses jours en l'affaire de quelques heures. Mais plus maintenant. Maintenant, cette fille allait vivre et toubib et infirmière n'avaient pas besoin de mots pour partager le sentiment que Dieu lui-même avait dû connaître lorsqu'Il avait soufflé la vie dans le corps d'Adam. Elles avaient vaincu la Mort, rendant ce que Dieu seul pouvait accorder. C'était pour cette raison que l'une et l'autre avaient choisi leur profession commune, et des moments comme celui-ci aidaient à ravaler la rage, le chagrin et les regrets pour tous les patients qu'elles n'avaient pu sauver.

— Ne mangez pas trop vite, Doris. Quand on arrête de manger pendant un certain temps, la taille de l'estomac diminue quelque peu, lui expliqua Sarah, retrouvant le ton du docteur en médecine. Il était inutile de la mettre en garde contre les douleurs et les problèmes gastro-intestinaux qui n'allaient pas manquer de survenir. Rien ne pourrait les empêcher et réussir à l'alimenter l'emportait sur toute autre considération.

— D'accord. Je me sens un peu gavée.

— Alors, détendez-vous un peu. Parlez-moi de votre père.

— J'ai fugué, répondit Doris, du tac au tac. Juste après... David... le télégramme... et puis papa avait des problèmes, et il me les mettait sur le dos...

*

Raymond Brown était contremaître à l'atelier du Four à oxygène numéro trois de l'aciérie Jones & Laughlin, et c'était tout ce qui lui restait, aujourd'hui. Sa maison était sise Dunleavy Street, à mi-hauteur d'une des collines les plus escarpées de sa ville natale, une de ces innombrables maisons ouvrières en bois bâties au début du siècle, avec un appentis en planches qu'il devait repeindre tous les deux ou trois ans, selon la sévérité de la bise hivernale qui balayait la vallée de la Monongahela. Il travaillait dans l'équipe de nuit, parce que sa maison était encore plus vide la nuit. Ne plus jamais entendre la présence de sa femme, ne plus jamais avoir à conduire son fils au club de football junior, ou jouer au catch avec lui dans le sanctuaire pentu de son jardin, ne plus jamais avoir à se faire du souci pour les fréquentations de sa fille les samedis soir...

Il avait essayé, il avait fait tout ce qu'un homme peut faire, alors qu'il était trop tard, comme bien souvent. Simplement, ç'avait été trop pour lui. Sa femme, découvrant une grosseur alors qu'elle était encore une jolie jeune femme dans sa trente-septième année, sa meilleure et sa plus proche amie. Il l'avait soutenue de son mieux, après l'opération, et puis il y avait eu une **autre** grosseur, une autre intervention, le traitement médical, et l'irrémédiable déclin, mais il avait toujours été fort pour deux, jusqu'au bout. Cela aurait été un fardeau écrasant pour n'importe quel homme, mais un autre l'avait suivi. Son fils unique, David, envoyé au Viêt-nam et tué deux semaines plus tard dans quelque vallée anonyme. Le soutien de ses camarades de travail, leur présence aux funérailles de Davey l'avaient empêché de fuir dans l'alcool, et il s'était raccroché désespérément à ce qui lui restait, mais il s'était raccroché trop fort. Doris avait eu elle aussi sa part de chagrin à supporter, une chose que Raymond n'avait pas su comprendre ou évaluer à sa juste valeur, et lorsqu'elle était rentrée à la maison un peu tard, les habits en désordre, les paroles méchantes et cruelles qu'il lui avait dites ! Il se les rappelait mot pour mot, se rappelait le son creux qu'avait fait la porte d'entrée en claquant.

Ce n'était que le lendemain qu'il avait recouvré ses esprits et pris le volant, en larmes, pour aller au commissariat, s'abaissant devant des hommes dont il n'avait jamais vraiment admis la compréhension et la sympathie, tant il désirait désespérément retrouver sa petite fille, implorer d'elle le pardon qu'il ne pourrait jamais s'accorder tout seul. Mais Doris avait disparu. La police avait fait ce qu'elle avait pu, et ce n'était pas grand-chose. Alors, il avait passé les deux années suivantes à noyer son chagrin dans la boisson, jusqu'à ce que deux camarades de travail se décident à le prendre à part et lui parlent comme des amis. Son prêtre était désormais un hôte régulier dans la maison solitaire. Il se désintoxiquait — Raymond Brown buvait encore, mais sans excès désormais, et il s'efforçait de réduire sa consommation à zéro. Il devait, en homme, faire face à sa solitude de cette manière, il devait l'assumer de son mieux. Il savait que la dignité solitaire était de piètre valeur. C'était une coquille creuse à laquelle se raccrocher, mais c'était tout ce qu'il avait. La prière l'aidait aussi, un peu, et grâce à la répétition des mots, il trouvait souvent le sommeil, même si c'était sans les rêves de la famille qui avait naguère partagé la maison avec lui. Il se tournait et se retournait dans son lit, trempé de sueur à cause de la chaleur, quand le téléphone sonna.

— Allô ?

— Allô, c'est bien Raymond Brown ?

— Ouais, qui est à l'appareil ? demanda-t-il, les yeux fermés.

— Je m'appelle Sarah Rosen. Je suis médecin à Baltimore. Je travaille à l'hôpital Johns Hopkins.

— Oui ? Le ton de la voix le força à ouvrir les yeux. Il fixa le plafond, le carré vide et blanc, reflet parfait du vide de son existence. Et il éprouva une crainte soudaine. Pourquoi une toubib de Baltimore l'appellerait-elle ? Son esprit tournoyait déjà vers une crainte parfaitement définie quand la voix enchaîna très vite.

— J'ai ici quelqu'un qui voudrait vous parler, monsieur Brown.

— Hein ? Puis il entendit des bruits étouffés qui auraient pu être des parasites sur la ligne mais qui n'en étaient pas.

*

— Je ne peux pas.

— Vous n'avez rien à perdre, mon petit, dit Sarah en lui tendant le téléphone. C'est votre père. Faites-lui confiance.

Doris prit le combiné, le tenant à deux mains tout près de son visage, et sa voix n'était qu'un murmure.

— Papa ?

*

Venu de centaines de kilomètres, le mot chuchoté résonna avec la limpidité d'un carillon d'église. Il dut respirer trois fois avant de répondre et sa réponse ne fut qu'un sanglot :

— Dor ?

— Oui... Papa, je suis désolée.

— Tu vas bien, mon bébé ?

— Oui papa, je vais bien. Et aussi incongrue que soit la déclaration, elle n'était pas mensongère.

— Où es-tu ?

— Attends une minute. Puis la voix changea. Monsieur Brown, c'est encore le docteur Rosen.

— Elle est là-bas ?

— Oui, monsieur Brown, tout à fait. Elle est en traitement chez nous depuis une semaine. Elle est souffrante, mais elle va se rétablir. Est-ce que vous comprenez ? Elle va se rétablir.

Sa main se crispa sur sa poitrine. Le cœur de Brown était comme un poing d'acier et sa respiration sortait comme un souffle rauque qui aurait pu induire en erreur un médecin.

— Elle va bien ? demanda-t-il, angoissé.

— Elle va se rétablir, lui garantit Sarah. Cela ne fait aucun doute, monsieur Brown. Croyez-moi, je vous en conjure, d'accord ?

— Oh, Dieu soit loué ! Où, où êtes-vous ?

— Monsieur Brown, vous ne pouvez pas encore lui rendre visite. Nous vous l'amènerons dès qu'elle sera entièrement rétablie. J'hésitais à vous appeler avant qu'on puisse vous réunir, mais... mais on ne pouvait pas non plus ne pas vous prévenir. J'espère que vous comprenez.

*

Sarah dut attendre deux minutes avant de pouvoir entendre à nouveau quelque chose de compréhensible mais les bruits que transmettaient la ligne lui touchèrent le cœur. En plongeant ainsi dans une tombe, c'étaient deux vies qu'elles avaient réussi à en extraire.

— Elle va vraiment bien ?

— Elle a traversé une période difficile, monsieur Brown, mais je vous promets qu'elle se rétablira entièrement. Je suis un bon médecin, d'accord ? Je ne vous dirais pas ça si ce n'était pas la vérité.

— Je vous en prie, je vous en prie, laissez-moi lui reparler, s'il vous plaît !

Sarah rendit le téléphone et bientôt, il y eut quatre personnes en larmes. L'infirmière et la toubib étaient les plus chanceuses, tombant dans les bras l'une de l'autre pour savourer leur victoire contre les cruautés du monde.

*

Bob Ritter gara sa voiture sur West Executive Drive, l'ancienne rue, aujourd'hui fermée à la circulation, séparant la Maison-Blanche de l'immeuble des Services administratifs de la Présidence. Il se dirigea vers ce dernier, qui était peut-être le bâtiment le plus laid de toute la capitale — pas un mince exploit — et qui abritait, naguère, la majeure partie de l'exécutif du gouvernement, les Affaires étrangères, la Guerre et la Marine. Il abritait également la salle des Traités indiens, aménagée dans le but d'en mettre plein la vue à des visiteurs primitifs grâce à la splendeur des pâtisseries architecturales victoriennes et la majesté du gouvernement qui avait édifié ce tipi géant. Le bruit de ses pas résonnait sur le marbre des vastes corridors tandis qu'il cherchait le bon bureau. Il le trouva au premier, Roger MacKenzie, Assistant spécial du Président pour les Affaires de sécurité nationale. « Spécial », en l'occurrence, signifiait, perversement, un fonctionnaire de rang subalterne. Le *conseiller* à la Sécurité nationale jouissait d'un bureau d'angle dans l'aile ouest de la Maison Blanche. Ceux qui lui rendaient compte avaient des bureaux ailleurs, et même si l'éloignement du Siège du pouvoir définissait l'influence, il ne définissait pas l'arrogance de la position. MacKenzie devait avoir son équipe personnelle afin de mieux se convaincre de sa propre importance, réelle ou illusoire. L'homme n'était pas vraiment mauvais et il était même plutôt brillant, estimait Ritter, mais MacKenzie n'en était pas moins jaloux de sa position et, dans une autre époque, il aurait été l'éminence qui conseillait le chancelier qui conseillait le Roi. Sauf qu'aujourd'hui l'éminence devait avoir un secrétaire exécutif.

— Salut, Bob. Quoi de neuf, à Langley ? demanda MacKenzie devant l'ensemble de son secrétariat, histoire de bien leur faire savoir qu'il rencontrait un jeune loup de la CIA, et qu'il était par conséquent un personnage suffisamment important pour que des hôtes de cette envergure se déplacent pour lui rendre visite.

— Le train-train habituel. Ritter lui rendit son sourire. *Finissons-en au plus vite.*

— Des problèmes de circulation ? s'enquit-il, glissant ainsi à Ritter qu'il était presque, quoique pas tout à fait, en retard à son rendez-vous.

— Il y avait un petit problème sur la GW. D'un signe de tête, Ritter indiqua le bureau particulier de MacKenzie. Son hôte acquiesça.

— Wally, nous aurons besoin de quelqu'un pour prendre des notes.

— J'arrive, monsieur. Son secrétaire particulier se leva de son bureau en prenant un bloc-sténo.

— Bob Ritter, je vous présente Wally Hicks. Je ne crois pas que vous vous soyez déjà rencontrés.

— Comment allez-vous, monsieur ? Hicks tendit la main. Ritter la saisit. Encore un de ces petits fonctionnaires gouvernementaux avides de réussite. Accent de la Nouvelle-Angleterre, bien de sa personne, poli, ce qui était bien le moins qu'on puisse attendre de tels individus. Une minute plus tard, ils étaient installés dans le bureau de MacKenzie, portes intérieure et extérieure hermétiquement fermées dans leur chambranle en acier moulé qui donnait à l'immeuble du Secrétariat du gouvernement l'intégrité structurelle d'un bâtiment de guerre. Hicks s'empressa de servir du café à tout le monde, tel un page de quelque cour médiévale, car il en allait ainsi dans la démocratie la plus puissante de la planète.

— Alors, qu'est-ce qui vous amène ici, Bob ? demanda MacKenzie, installé derrière son bureau. Hicks ouvrit son bloc-sténo et entreprit d'y coucher chaque mot de l'entretien.

— Roger, une occasion assez unique vient de se présenter là-bas au Viêt-nam. Dans le bureau, les yeux s'agrandirent et les oreilles se dressèrent.

— Et qui serait... ?

— Nous avons identifié un camp de prisonniers bien particulier au sud-ouest d'Haiphong, commença Ritter, et il lui exposa rapidement ce qu'ils savaient et ce qu'ils soupçonnaient.

MacKenzie l'écouta attentivement. Si imbu de lui-même soit-il, le banquier à la réussite récente avait été aviateur lui aussi. Il avait piloté des B-24 durant la Seconde Guerre mondiale, y compris lors de la mission spectaculaire quoique ratée au-dessus de Ploesti. Un patriote avec ses défauts, se dit Ritter. Il tâcherait de tirer parti de ce premier trait et d'ignorer les autres.

— Voyons voir votre imagerie, dit-il au bout de quelques minutes, recourant au terme de métier plutôt qu'au banal « photos » des rampants.

Ritter sortit de sa serviette le classeur, qu'il posa sur le bureau. MacKenzie l'ouvrit et sortit d'un tiroir une loupe.

— Nous savons qui est ce gars ?

— Il y a un meilleur cliché derrière, crut bon d'indiquer Ritter.

MacKenzie compara le portrait de famille officiel avec la photo prise au-dessus du camp, puis avec son agrandissement.

— Très spectaculaire. La ressemblance n'est pas absolue, mais pas loin. Qui est-ce ?

— Le colonel Robin Zacharias. Air Force. Il a passé un certain temps à la BA d'Offutt, affecté aux plans de guerre du SAC. Il sait tout, Roger.

MacKenzie leva les yeux et siffla, ce qui, estimait-il, était la réaction attendue de lui en de telles circonstances.

— Et ce type-là n'est pas un Viêt...

— C'est un colonel d'aviation soviétique, identité inconnue, mais il n'est pas difficile de deviner ce qu'il fait là-bas. Mais voilà le point vraiment crucial. Ritter lui tendit une photocopie du télégramme annonçant le décès de Zacharias.

— Bigre.

— Ouais, brutalement, tout s'éclaire, pas vrai ?

— Ce genre de truc pourrait ruiner les pourparlers de paix, observa MacKenzie, pensant tout haut.

Walter Hicks ne pouvait rien dire. Ce n'était pas à lui de parler en de telles circonstances. Il était comme un accessoire nécessaire — un magnétophone animé — et la seule raison de sa présence ici était de permettre à son chef d'avoir un enregistrement de la conversation. *Ruiner les pourparlers de paix*, griffonna-t-il, en prenant le temps de souligner la phrase et, même si personne ne le remarqua, ses doigts blanchirent en se crispant autour du stylo.

— Roger, les hommes qui, pensons-nous, se trouvent dans ce camp en savent beaucoup, assez pour sérieusement compromettre notre sécurité nationale. Je dis bien *sérieusement*, insista Ritter d'une voix calme. Zacharias connaît nos plans de guerre nucléaire, il a contribué à la rédaction du SIOP. C'est une affaire extrêmement sérieuse. Par la seule mention du sigle SIOP, de ce nom impie de « Single Integrated Operations Plan », le Plan opérationnel intégré unique, Ritter avait délibérément fait monter les enchères de la conversation. L'officier supérieur de la CIA s'étonnait lui-même de l'habileté avec laquelle il avait énoncé ce mensonge. Les salauds de la Maison Blanche pouvaient avoir des difficultés à envisager l'idée de faire évader des hommes parce que c'étaient simplement des hommes. Ils avaient en revanche leurs sujets brûlants, et les plans de guerre nucléaire étaient le saint des saints dans ce temple du pouvoir gouvernemental comme dans bien d'autres.

— Je suis tout ouïe, Bob.

— Monsieur Hicks, s'il vous plaît ? demanda Ritter en tournant la tête.

— Oui monsieur ?

— Pouvez-vous nous excuser, je vous prie ?

Le jeune secrétaire regarda son patron ; son visage neutre implorait MacKenzie de le laisser rester dans la pièce, mais il n'en était pas question.

— Wally, je pense que nous allons poursuivre en session

exécutive, expliqua l'assistant spécial du Président, qui atténua l'impact du congédiement avec un sourire amical — et un signe de la main vers la porte.

— Bien, monsieur. Hicks se leva et se dirigea vers la porte qu'il referma sans bruit.

Et merde, pesta le secrétaire en retournant s'asseoir à son bureau. Comment pouvait-il conseiller son patron s'il n'entendait pas la suite de l'entretien ? Robert Ritter, songea Hicks. Le gars qui avait pratiquement fait capoter des négociations épineuses à un moment particulièrement délicat en violant les ordres et en faisant sortir un putain d'espion de Budapest. Les informations qu'il avait transmises avaient effectivement quelque peu modifié la position des États-Unis dans les négociations, avec pour conséquence immédiate de retarder de trois mois la signature du traité. Les Américains avaient en effet décidé d'extorquer encore un avantage des Soviétiques, qui avaient été assez raisonnables pour concéder les points sur lesquels on était déjà tombé d'accord. Ce fait avait sauvé la carrière de Ritter — et l'avait sans doute conforté dans l'idée bêtement romantique que les individus étaient plus importants que la paix du monde, quand la paix était bien la seule chose qui importait.

Et Ritter s'y entendait pour mener en bateau Roger, pas vrai ? Toutes ces histoires de plans de guerre étaient du pur bobard. Roger avait les murs de son bureau tapissés de photos du bon vieux temps quand, aux commandes de son zinc, il partait survoler l'enfer et faisait comme s'il remportait personnellement la guerre contre Hitler ; encore une putain de guerre qu'une diplomatie bien comprise aurait pu empêcher si seulement les gens s'étaient polarisés sur les vrais problèmes, comme Peter et lui espéraient un jour y parvenir. Il ne s'agissait pas ici de plans de guerre, de SIOP ou autres conneries de militaires que les occupants de cette section de l'administration de la Maison Blanche se jouaient à longueur de journée. Il s'agissait de la vie des hommes, pour l'amour du ciel. Des hommes en uniforme. Ces cons de militaires, ces crétins à grosses épaulettes et tout petits cerveaux qui ne savaient rien faire de mieux que tuer, comme si ça pouvait améliorer le monde. Et d'ailleurs, pestait Hicks, ils avaient pris leurs risques, pas vrai ?

S'ils voulaient larguer des bombes sur un peuple paisible et amical comme le peuple vietnamien, eh bien, ils auraient dû prévoir que ces gens pouvaient ne pas franchement apprécier. Plus important encore, s'ils étaient assez cons pour risquer leur vie, c'est qu'ils acceptaient implicitement la possibilité de la perdre, et alors qu'est-ce que des Wally Hicks en avaient à foutre du sort de ces mecs si la chance tournait ? Ils devaient apprécier l'action. En tout cas, ça attirait sans aucune doute ces bonnes femmes persuadées que les grosses queues allaient de pair avec les petites cervelles, celles qui appréciaient les « vrais hommes » qui rasaient le sol avec leurs phalanges comme des singes bien dressés.

Cela pourrait ruiner les pourparlers de paix. Même MacKenzie le croyait.

Tous ces petits gars de sa génération, morts. Et voilà qu'ils s'apprêtaient à courir le risque de ne pas mettre fin à la guerre à cause de *quinze* ou *vingt tueurs* professionnels qui aimaient sans doute ce qu'ils faisaient. Ça ne tenait simplement pas debout. *Et s'ils déclaraient la guerre et que personne n'y allait ?* était l'un des aphorismes préférés de sa génération, même s'il savait que c'était un rêve. Parce que les types comme l'autre — ce Zacharias — arriveraient toujours à convaincre les petits gars de les suivre, parce que les braves gens qui n'avaient pas le recul et les informations dont disposait Hicks seraient incapables de voir que ce n'était qu'un pur gâchis d'énergie. C'était bien ce qu'il y avait de plus incroyable. N'était-il pourtant pas *évident* que la guerre était un truc franchement *épouvantable* ? Fallait-il être si intelligent que ça pour comprendre une chose pareille ?

Hicks vit la porte s'ouvrir. MacKenzie et Ritter sortirent.

— Wally, nous allons en face pour quelques minutes. Pouvez-vous dire à mon rendez-vous de onze heures que je serai de retour aussi tôt que possible ?

— Oui monsieur.

N'était-ce pas typique ? Ritter avait réussi son opération de séduction. Il avait tellement bien embobiné MacKenzie que celui-ci allait avertir le Conseiller à la Sécurité nationale. Et ils allaient sans doute foutre la merde autour de la table des négociations, et peut-être retarder les choses de trois mois ou plus, sauf si quelqu'un éventait la ruse. Hicks décrocha son téléphone et composa un numéro.

— Bureau du sénateur Donaldson.

— Salut, j'essayais de toucher Peter Henderson.

— Je suis désolée, le sénateur et lui sont en Europe en ce moment. Ils ne reviendront pas avant la semaine prochaine.

— Oh ! bon, très bien. Merci. Hicks raccrocha. *Merde*. Il était si contrarié qu'il avait oublié.

*

Certaines choses doivent être faites avec le plus grand soin. Peter Henderson ne savait même pas que son nom de code était CASSIUS. Il lui avait été attribué par un analyste de l'Institut américano-canadien dont l'amour pour l'œuvre de Shakespeare était digne d'un professeur d'Oxford. La photo du dossier, accompagnée du profil de l'agent en un feuillet, lui avait fait penser au « patriote » intéressé de la tragédie de *Jules César*. Brutus n'aurait pas convenu. Henderson, avait jugé l'analyste, n'avait pas une force de caractère suffisante.

Son sénateur était en Europe afin de « recueillir des informations », pour l'essentiel en rapport avec l'OTAN, même s'ils comptaient faire étape à Paris où se tenaient les négociations de paix, histoire d'avoir du matériel à diffuser sur les chaînes de télé du Connecticut à l'automne. En fait, la « tournée » était surtout un voyage d'agrément entrecoupé de réunions de travail tous les deux jours. Henderson, qui goûtait son premier déplacement au titre d'expert du sénateur sur les affaires de sécurité nationale, devait être présent aux réunions de travail, mais le reste de son temps était libre et il avait pris ses propres dispositions. Pour l'heure, il visitait la Tour blanche, le fameux donjon de la Tour de Londres de Sa Majesté qui depuis bientôt neuf cents ans montait la garde au bord de la Tamise.

— Belle journée pour Londres, commenta un autre touriste.

— Je me demande s'ils ont des orages, ici, répondit négligemment l'Américain tout en examinant l'imposante armure d'Henry VIII.

— Tout à fait, confirma l'homme, mais pas aussi violents qu'à Washington.

Henderson chercha des yeux une sortie et s'y dirigea aussitôt. Peu après, il déambulait sur la pelouse au pied de la Tour avec son nouveau compagnon.

— Votre anglais est excellent.

— Merci, Peter. Appelez-moi George.

— Enchanté, George. Henderson sourit sans regarder son nouvel ami. C'était vraiment comme James Bond, et faire ça ici — pas seulement à Londres mais au cœur historique même de la famille royale britannique —, ma foi, c'était tout bonnement délicieux.

George était son vrai nom — en fait, Georgi, qui en était l'équivalent russe — et il partait rarement sur le terrain, aujourd'hui. Bien qu'étant un officier supérieur du KGB extrêmement efficace, ses capacités d'analyse étaient telles qu'on l'avait rappelé à Moscou cinq ans auparavant et promu au grade de lieutenant-colonel avant de lui confier une section entière. Aujourd'hui colonel à part entière, George briguait les étoiles de général. La raison de sa venue à Londres, via Helsinki et Bruxelles, était qu'il voulait zieuter personnellement CAS-SIUS — et faire quelques courses pour sa famille. Trois hommes seulement au KGB partageaient son grade, et sa jeune et jolie épouse aimait bien porter des vêtements occidentaux. Et où en trouver ailleurs qu'à Londres ? George ne parlait ni le français ni l'italien.

— Ce sera la seule fois où nous nous rencontrerons, Peter.

— Dois-je être flatté ?

— Si vous voulez. George était d'une jovialité inhabituelle pour un Russe, même si cela faisait partie de sa couverture. Il sourit à l'Américain. Votre sénateur a accès à bien des choses.

— Oui, tout à fait, reconnut Henderson. Il n'avait pas besoin d'ajouter : *et moi aussi.*

— De telles informations nous sont utiles. Votre gouvernement, surtout le nouveau... honnêtement, il nous fait peur.

— Il me fait peur, moi aussi, admit Henderson.

— Mais en même temps, il y a de l'espoir, poursuivit George en s'exprimant sur un ton raisonnable et plein de bon sens. C'est également un réaliste. Sa proposition de *détente* est vue par mon gouvernement comme un signe annonciateur d'une large compréhension internationale. A cause de cela, nous souhaitons examiner la possibilité que son offre de discussions soit sincère. Malheureusement, nous avons également des problèmes de notre côté.

— Lesquels ?

— Votre président, peut-être qu'il est plein de bonnes intentions. Je parle sincèrement, Peter, ajouta George. Mais il est extrêmement... joueur. S'il en sait trop sur nous, il aura tendance à nous presser un peu trop dans certains domaines, et cela pourrait nous empêcher de parvenir à l'accord que nous désirons tous. Vous avez des éléments politiques adverses au sein de votre gouvernement. Nous aussi : des survivants de l'ère stalinienne. La clef de négociations telles que celles qui pourraient s'ouvrir bientôt est que chaque camp sache se montrer raisonnable. Nous avons besoin de vous pour nous aider à contrôler les éléments déraisonnables dans notre propre camp.

Henderson fut surpris de cette proposition. Les Russes pouvaient se montrer si ouverts, si proches des Américains ?

— Comment puis-je faire ?

— Il y a certaines choses que nous ne pouvons nous permettre de laisser s'ébruiter. Sinon, elles risqueraient d'empoisonner nos chances de *détente*. Si nous en savons trop sur vous, et réciproquement, la partie est biaisée. L'un ou l'autre cherche à tirer trop d'avantages et, dès lors, il ne peut y avoir aucun accord, mais seulement de la domination, ce qu'aucun des camps ne pourra tolérer. Vous voyez ?

— Oui, c'est logique.

— Ce que je demande, Peter, c'est que vous nous informiez de temps en temps de certains points particuliers que vous aurez appris nous concernant. Je n'aurai même pas à vous dire précisément lesquels. Je pense que vous êtes assez intelligent pour en décider seul. Nous vous ferons confiance. Le temps de la guerre est derrière nous. La paix qui s'annonce, si elle doit s'instaurer, dépendra de gens comme vous et moi. La confiance doit régner entre nos deux nations. Cette confiance commence d'abord entre deux individus. Il n'y a pas d'autre moyen. J'aimerais qu'il y en ait d'autres mais c'est ainsi que la paix doit commencer.

— La paix... ce serait chouette, avoua Henderson. Mais d'abord, il faudrait terminer notre satanée guerre.

— Nous œuvrons dans ce but, comme vous le savez. Nous sommes en train de … enfin, pas exactement forcer, disons, encourager nos amis à adopter une ligne plus modérée. Trop de jeunes gens sont morts. Il est temps d'y mettre un terme, un terme que chaque camp pourra juger acceptable.

— Cela fait plaisir à entendre, George.

— Alors, pouvez-vous nous aider ?

Ils avaient fait le tour complet de la pelouse et se retrouvaient devant la chapelle. Un billot se trouvait posé là. Henderson ignorait s'il avait ou non réellement servi. Il y avait, tout autour, une clôture basse formée de chaînes sur laquelle se tenait juché un corbeau, un de ceux qui gardaient le domaine de la Tour pour des raisons mêlant tradition et superstition. Plus loin sur la droite, un gardien-hallebardier guidait un troupeau de touristes.

— Je vous ai aidé, George. Ce qui était vrai. Henderson tournait autour de sa ligne depuis bientôt deux ans. Tout ce qu'il restait à faire au colonel du KGB, c'était le ferrer et voir si l'Américain avalerait l'appât et l'hameçon.

— Oui, Peter, je le sais mais maintenant, nous demandons un petit peu plus, des informations extrêmement sensibles. La décision vous appartient, mon ami. Il est aisé de s'engager dans la guerre. S'engager dans un processus de paix peut être bien plus dangereux. Personne ne saura jamais le rôle que vous y aurez joué. Les personnages importants à l'échelon ministériel se mettront d'accord et se serreront la main par-dessus la table des négociations. Les caméras enregistreront l'événement pour la postérité mais les gens comme vous et moi, on ne trouvera jamais leurs noms dans les livres d'histoire. Mais ce sera important, mon ami. Ce sont les gens comme nous qui prépareront la scène pour les ministres. Je ne peux pas vous forcer à agir, Peter. C'est également à vous de décider de ce qu'il convient de nous faire savoir. Vous êtes un jeune homme intelligent et votre génération, en Amérique, a su retenir les leçons qu'il fallait. Si vous le désirez, je vous laisse le temps de la réflexion…

Henderson se retourna, il avait déjà pris sa décision.

— Non. Vous avez raison. Quelqu'un doit aider à instaurer la paix et tergiverser n'y changera rien. Je vous aiderai, George.

— L'affaire est risquée. Vous le savez, avertit George. Il fallait qu'il se retienne de réagir, mais maintenant que l'Américain avait avalé l'hameçon, il s'agissait de ferrer adroitement sa prise.

— Je suis prêt à courir le risque. Ça le mérite.

Aahh.

— Les gens comme vous ont besoin de protection. On vous contactera quand vous serez rentré dans votre pays. George marqua un temps. Peter, je suis père. J'ai une fille de six ans et un fils de deux ans. Grâce à votre travail et au mien, ils grandiront dans un monde bien meilleur — un monde de paix. En leur nom, Peter, je vous remercie. Je dois y aller, maintenant.

— A bientôt, George, dit Henderson. Cela amena George à se retourner et sourire une dernière fois.

— Non, Peter, sûrement pas. George redescendit les degrés de pierre pour gagner la Porte du Traître. Il lui fallut toute sa maîtrise de soi pour ne pas éclater de rire devant la formidable ironie de la conjonction entre ce qu'il venait d'accomplir et le nom de la poterne fortifiée qui se dressait devant lui. Cinq minutes plus tard, il montait dans un taxi noir londonien et demandait au chauffeur de le conduire aux grands magasins Harrods, à Knightsbridge.

Cassius, songea-t-il. Non, ça ne convenait pas. Casca, peut-être. Mais il était trop tard pour le changer maintenant et, d'ailleurs, qui aurait vu l'humour de la chose ? Glazov plongea la main dans sa poche pour sortir sa liste d'emplettes.

25

Départs

UNE seule démonstration, si parfaite soit-elle, n'était bien sûr pas suffisante. Chacune des quatre nuits suivantes, ils la renouvelèrent, et encore deux fois supplémentaires de jour, pour que chacun mémorise bien sa place. L'équipe d'extraction foncerait vers le bâtiment de la prison à moins de trois mètres du rideau de feu d'une mitrailleuse légère M-60 — la disposition physique du camp l'exigeait, ce qui ne réjouissait personne — et c'était en fait le problème technique le plus dangereux que soulevait l'attaque. Mais à la fin de la semaine, les hommes de VERT BUIS étaient aussi parfaitement entraînés qu'ils pouvaient l'être. Ils le savaient, et les officiers généraux le savaient aussi. L'instruction ne se ralentit pas vraiment, mais elle se stabilisa pour éviter le surentraînement et l'accoutumance née de la routine. Ce qui suivit était la phase finale de la préparation. En cours d'exercice, les hommes n'hésitaient pas à s'interrompre pour se faire mutuellement telle ou telle petite suggestion. Les bonnes idées étaient aussitôt répercutées à un sous-officier ou au capitaine Albie et, plus d'une fois, intégrées au plan. C'était l'aspect intellectuel du travail et il était important que chaque membre du groupe sente qu'il avait une chance d'en affecter le déroulement à un titre ou à un autre. C'est de là que naissait la confiance, non pas la bravade si souvent associée aux corps d'élite, mais ce jugement professionnel autrement profond et significatif qui soupesait, ajustait et rajustait jusqu'à ce que tout tourne parfaitement rond — avant de décider enfin d'arrêter.

Fait remarquable, les heures de quartier libre étaient beaucoup plus détendues maintenant. Les hommes connaissaient la teneur de la mission et l'ambiance n'était pas à ces chahuts pleins d'entrain courants avec les jeunes soldats. Ils regardaient la télé au mess, bouquinaient ou lisaient des magazines en attendant le signal du départ, conscients qu'à l'autre bout du monde, d'autres hommes attendaient, eux aussi, et dans le silence de vingt-cinq esprits, des questions se posaient. Les choses tourneraient-elles bien ou mal ? Si ça se passait bien, quel soulagement éprouveraient-ils ? Si ça se passait mal — eh bien, tous avaient décidé depuis longtemps que, gagnée ou perdue, ce n'était pas le genre de mission devant laquelle on se défilait. Il y avait des maris à rendre à leurs femmes, des pères à leurs enfants, des hommes à leur pays. Chacun d'eux savait que s'il devait mettre sa vie en jeu, alors c'était le moment et l'occasion ou jamais.

A la requête du sergent Irvin, des aumôniers vinrent rendre visite au groupe. Les consciences furent soulagées. Quelques testaments furent rédigés — juste au cas où, expliquèrent, gênés, les Marines aux prêtres en visite — et, tout ce temps-là, les hommes se concentraient de plus en plus sur la mission, mettant de côté les préoccupations annexes pour se concentrer entièrement sur une mission identifiée uniquement par un nom de code choisi au hasard dans des listes de mots différentes. Chaque homme se dirigeait vers le site d'entraînement, vérifiant angles et position, en général avec son plus proche compagnon, répétant la course d'approche ou l'itinéraire à emprunter dès que les tirs auraient commencé. Chacun d'eux avait entamé son régime d'exercices personnels, courant de son côté entre quinze cents et trois mille mètres en plus des exercices réguliers du matin et de l'après-midi, à la fois pour évacuer la tension et pour s'assurer un peu plus qu'il était prêt à agir. Un observateur exercé l'aurait constaté à leur regard : sérieux, mais pas tendu, appliqué mais sans obsession, confiant mais sans outrecuidance. Les autres Marines de Quantico faisaient un écart lorsqu'ils croisaient le groupe, s'interrogeant sur l'existence du camp spécial et les horaires bizarres, la présence des Cobra dans le ciel et des équipages de sauvetage de la Marine dans leurs quartiers, mais un simple coup d'œil aux hommes à l'entraînement dans les bois de pins suffisait à faire taire toutes les questions et maintenir ses distances. Décidément, quelque chose de spécial était en préparation.

*

— Merci, Roger, dit Bob Ritter dans le sanctuaire de son bureau à Langley. Il bascula des commutateurs sur son téléphone et composa un autre numéro intérieur. James ? Bob, à l'appareil. C'est oui. Vous pouvez commencer à presser les boutons.

*

— Merci, James. Dutch Maxwell pivota sur son fauteuil et contempla la plaque de tôle accrochée au mur de son bureau, le panneau d'alu peint en bleu de son chasseur F6F Hellcat, avec ses rangées régulières de drapeaux blancs à soleil rouge alignés dessus, un étendard par victime de son talent. C'était son hommage personnel à sa profession. Enseigne Grafton, lança-t-il.
— Oui, amiral ? Un sous-officier apparut à la porte.
— Transmettez ce signal à l'amiral Podulski sur le *Constellation* : « Vert olive ».
— A vos ordres, amiral.
— Faites venir ma voiture, puis appelez Anacostia. J'aurai besoin d'un hélico d'ici un quart d'heure.
— Bien, amiral.
Le vice-amiral Winslow Holland Maxwell, de la Marine des États-Unis, quitta son bureau et se dirigea vers la porte latérale ouvrant sur la coursive E. Sa première étape fut au bureau de la section aviation de l'immeuble.
— Gary, nous allons avoir besoin du transport dont nous avions parlé.
— Vous l'avez, Dutch, répondit le général, sans poser de questions.
— Vous informerez mon bureau des détails. Je pars, maintenant, mais j'appellerai toutes les heures.
— Bien, amiral.

La voiture de Maxwell l'attendait à l'entrée côté fleuve, un quartier-maître de première classe derrière le volant.

— Destination, amiral ?

— Anacostia, quartier-maître, l'héliport.

— A vos ordres. Le sous-officier embraya et se dirigea vers le fleuve. Il ignorait ce qui se passait, mais il savait qu'il se passait quelque chose. Le Vieux avait la même démarche décidée que sa fille quand elle se rendait à un rendez-vous galant.

*

Kelly travaillait de nouveau sur son tour, comme il le faisait depuis plusieurs semaines. Il avait choisi son arsenal avec le fervent espoir qu'il n'aurait jamais à tirer une seule balle. La première arme était une CAR-15, version carabine du fusil d'assaut M-16. Un 9 mm automatique à silencieux alla dans l'étui d'épaule, mais son arme véritable était une radio, et il en emporterait deux, par sécurité, plus des vivres, de l'eau et une carte — et des piles de rechange. L'ensemble atteignait dix kilos et demi, sans compter son matériel spécial pour l'insertion. Le poids n'était pas excessif et il découvrit qu'il pouvait évoluer à travers bois et escalader les collines sans le remarquer. Kelly progressait rapidement pour un homme de sa taille, et sans bruit. Ce dernier point tenait surtout à l'endroit où il posait les pieds, à sa manière de se faufiler entre les branches et les buissons, surveillant à la fois son itinéraire et les alentours avec une égale attention.

Surentraînement, se dit-il. *Tu devrais te détendre un peu, maintenant.* Il se redressa et redescendit la colline, cédant à ses instincts. Il retrouva les Marines qui s'entraînaient par petits groupes, mimant l'emploi de leur arme, tandis que le capitaine Albie s'entretenait avec les équipages des quatre hélicoptères. Kelly approchait la ZA du site quand il vit un hélico bleu de la Marine atterrir et l'amiral Maxwell en descendre. Par chance, Kelly était le premier sur place. Il apprit la raison et le message justifiant la visite avant qu'aucun des autres n'ait eu une chance de parler.

— On y va ?

— Ce soir, confirma Maxwell d'un signe de tête.

Nonobstant l'impatience et l'enthousiasme, Kelly ressentit le frisson habituel. Fini l'exercice. Sa vie était de nouveau en jeu. Et celle des autres allait dépendre de lui. Il faudrait qu'il veille à ce que le boulot soit accompli. *Bon*, se dit-il. *Ça, je sais faire.* Kelly attendit près de l'hélico tandis que Maxwell se dirigeait vers le capitaine Albie. La voiture de service du général Young arriva sur ces entrefaites. On échangea des saluts sous le regard de Kelly. Albie apprit la nouvelle et son dos se raidit légèrement. Les Marines se rassemblèrent, et leur réaction fut étonnamment sobre et terre à terre. On échangea des regards quelque peu dubitatifs, qui se transformèrent bientôt en simples hochements de tête décidés. Le feu vert était donné. Le message transmis, Maxwell regagna l'hélicoptère.

— Je suppose que vous avez besoin de cette brève permission.

— Vous aviez dit que vous me l'obtiendriez, amiral.

L'amiral lui donna une tape sur l'épaule et lui fit signe de monter dans l'hélico. Une fois à l'intérieur, ils coiffèrent un casque tandis que l'équipage emballait les moteurs.

— Quel délai, amiral ?

— Soyez de retour ici pour minuit. Le pilote se retourna pour les regarder, depuis le siège de droite. Maxwell lui fit signe de ne pas décoller.

— À vos ordres, amiral. Kelly ôta le casque et sauta au sol pour rejoindre le général Young.

— Dutch m'a prévenu, dit Young sur un ton désapprobateur. C'étaient des choses qui ne se faisaient pas. Point. Qu'est-ce qu'il vous faut ?

— Retourner au bateau pour me changer, ensuite, que vous me rameniez à Baltimore, d'accord ? Je conduirai moi-même au retour.

— Écoutez, Clark..

— Général, j'ai aidé à mettre sur pied cette mission. Je serai le premier à entrer et le dernier à sortir. Young avait envie de jurer mais il se retint. A la place, il indiqua successivement son chauffeur, puis Kelly.

Quinze minutes plus tard, Kelly était dans une autre vie. Depuis qu'il avait laissé le *Springer* au mouillage, le monde s'était arrêté et il avait reculé dans le temps. Désormais, il était reparti en marche avant pour une brève période. Un rapide coup d'œil lui permit de constater que l'officier de port avait veillé à tout. Il prit une douche en vitesse, enfila des vêtements civils, puis retourna vers la voiture de service du général.

— À Baltimore, caporal. Au fait, je vais vous faciliter la tâche. Vous n'aurez qu'à me déposer à l'aéroport. Je finirai le trajet en taxi.

— Pas de problème, monsieur, dit le chauffeur à son passager qui glissait déjà vers le sommeil.

*

— Alors, qu'en est-il, monsieur MacKenzie ? demanda Hicks.

— Ils l'ont approuvé, répondit l'assistant spécial, tout en signant quelques papiers et en apposant son paraphe sur quelques autres destinés à diverses archives officielles ; les historiens du futur relèveraient son nom comme celui d'un acteur mineur des grands bouleversements de son époque.

— Pouvez-vous me dire quoi ?

Et puis merde, se dit MacKenzie. Hicks avait les autorisations et cela lui donnait une chance de donner à ce garçon une idée de son importance. En deux minutes, il lui avait brossé à grands traits l'opération VERT BUIS.

— Monsieur, mais c'est une invasion, fit remarquer Hicks, du ton le plus neutre possible, malgré sa chair de poule et son estomac noué.

— Je suppose qu'ils pourraient voir les choses ainsi, mais pas moi. Ils ont envahi trois pays souverains, pour autant que je sache.

Sur un ton plus pressant :

— Mais les pourparlers de paix... vous l'avez dit vous-même.

— Oh, au diable les pourparlers de paix ! Bordel, Wally, nous avons des *gars* à nous, là-bas, et ce qu'ils savent est d'une importance vitale pour la sécurité nationale. En outre (il sourit), j'ai aidé à vendre l'idée à Henry. *Et si celle-là se répand...*

— Mais...

MacKenzie leva les yeux. Ce gamin n'entravait donc rien ?

— Mais quoi, Wally ?

— C'est dangereux.

— C'est le propre de la guerre, au cas où vous ne le sauriez pas.

— Monsieur, je suis censé pouvoir parler librement, ici, n'est-ce pas ? demanda Hicks, l'air entendu.

— Évidemment, Wally. Alors, parlez.

— Les négociations de paix en sont arrivées à une phase délicate...

— Les négociations de paix sont toujours délicates, non ? Poursuivez, ordonna MacKenzie, assez satisfait de son couplet pédagogique. Peut-être que ce gamin apprendrait quelque chose, pour changer.

— Monsieur, nous avons déjà perdu trop d'hommes. Nous en avons tué un million, un million. Et pour quoi ? Qu'avons-nous gagné ? Qui a gagné quoi que ce soit ? Le ton était presque implorant.

Ce n'était pas précisément une nouvelle, et MacKenzie était las d'y réagir.

— Si vous me demandez de justifier les raisons qui nous ont amenés dans ce bourbier, Wally, vous perdez votre temps. C'était un bourbier dès le début mais le gouvernement actuel n'y est pour rien, non ? On nous a élus sur la promesse de nous tirer de là-bas au plus vite.

— Oui monsieur, reconnut Hicks, comme il se devait. C'est exactement mon argument. Un telle action risque de compromettre nos chances de terminer la guerre. Je pense que c'est une erreur, monsieur.

— Très bien. MacKenzie se détendit et gratifia son jeune secrétaire d'un regard tolérant. Ce point de vue peut avoir — allons, je serai généreux — a effectivement du mérite. Mais les gars, Wally ?

— Ils ont pris leurs risques. Ils ont perdu, répondit Hicks avec la froideur de la jeunesse.

— Vous savez, ce genre de détachement peut avoir son utilité mais la différence entre nous, voyez-vous, c'est que moi, je suis allé là-bas et pas vous. Vous n'avez jamais porté l'uniforme, Wally. C'est regrettable. Ça aurait pu vous apprendre quelque chose.

Hicks fut sincèrement désarçonné par cette remarque hors de propos.

— Je ne vois pas vraiment quoi, monsieur. Cela n'aurait qu'entravé mes études.

— La vie n'est pas un livre, fils, dit MacKenzie, voulant se montrer chaleureux mais ne réussissant qu'à paraître condescendant envers son jeune adjoint. Les citoyens réels saignent. Les citoyens réels ont des sentiments. Des rêves, une famille. Ils ont une vraie vie. Ce que vous auriez appris, Wally, c'est qu'ils ont beau peut-être ne pas vous ressembler, ce sont malgré tout des citoyens réels, et si vous voulez travailler dans ce gouvernement des citoyens, il faudra bien que vous en teniez compte.

— Oui, monsieur. Que pouvait-il dire d'autre ? Il lui était impossible de remporter l'argument. Bigre, il allait vraiment falloir qu'il s'en ouvre à quelqu'un.

*

— John ! Pas un mot en quinze jours. Elle avait redouté qu'il lui soit arrivé quelque chose mais à présent, elle se retrouvait confrontée à la notion contradictoire qu'il était bel et bien vivant, et qu'il accomplissait peut-être des actes qu'il valait mieux envisager de manière abstraite.

— Salut, Sandy. Kelly souriait. Il était de nouveau vêtu décemment, cravate et blazer bleu. Le déguisement était si flagrant, son aspect tellement différent de sa dernière apparition que même son allure était déroutante.

— Où étiez-vous passé ? demanda Sandy en lui faisant signe d'entrer, car elle préférait ne pas alerter les voisins.

— Parti faire un truc, esquiva Kelly.

— Quoi donc ? Le ton pressant réclamait une réponse concrète.

— Rien d'illégal, promis.

— Vous êtes sûr ? Un ange passa. Kelly restait planté sur le seuil, balançant soudain entre colère et culpabilité, se demandant ce qu'il faisait ici, pourquoi il avait réclamé une faveur exceptionnelle à l'amiral Maxwell. Il ne savait pas encore au juste.

— John ! lança Sarah du haut des marches, les distrayant l'un comme l'autre de leurs pensées.

— Eh, toubib ! répondit Kelly, et tous deux furent soulagés par cette interruption.

— Vous savez qu'on a une surprise pour vous !

— Quoi ?

Le docteur Rosen descendit l'escalier, toujours aussi mal fagotée et souriante.

— Vous avez l'air changé.

— J'ai fait régulièrement de la gymnastique, expliqua Kelly.

— Qu'est-ce qui vous amène ici ? demanda Sarah.

— Je m'apprête à partir et je voulais passer vous voir avant mon départ.

— Pour où ?

— Je ne peux rien dire. La réponse jeta un froid.

— John, dit Sandy. Nous savons.

— Bien. Kelly hocha la tête. Je m'en doutais. Comment va-t-elle ?

— Elle va bien, je vous remercie, répondit Sarah.

— John, nous avons besoin de parler, d'accord ? insista Sandy. Le docteur Rosen se plia à son vœu de bonne grâce et remonta à l'étage, tandis que l'infirmière et l'ancien patient se glissaient dans la cuisine.

— John, qu'avez-vous fait au juste ?

— Récemment ? Je ne peux rien dire, Sandy. Je suis désolé mais je ne peux pas.

— Je voulais parler... de tout. Qu'est-ce que vous tramez, vraiment ?

— Il vaut mieux que vous restiez en dehors de ça, Sandy.

— Billy et Rick ? lança l'infirmière O'Toole, jouant cartes sur table.

D'un signe de tête, Kelly indiqua l'étage.

— Vous avez vu ce qu'ils lui ont fait ? Ils ne recommenceront plus.

— John, vous ne pouvez pas faire des choses pareilles ! La police...

— ... est infiltrée, l'interrompit Kelly. L'organisation a

réussi à compromettre quelqu'un, sans doute haut dans la hiérarchie. Raison pour laquelle je ne peux pas me fier à la police, et vous non plus, Sandy, conclut-il de son ton le plus raisonnable.

— Mais il y a d'autres moyens, John. D'autres gens qui... Sa révélation pénétra enfin l'esprit de la jeune femme. Comment savez-vous une chose pareille ?

— J'ai posé à Billy quelques questions. Kelly marqua un temps d'arrêt et l'expression de Sandy accrut encore sa culpabilité. Sandy, est-ce que vous croyez vraiment que quelqu'un va se décarcasser pour enquêter sur la mort d'une prostituée ? Qu'est-ce que ça représente pour eux ? Vous croyez que quelqu'un se préoccupe vraiment de ces filles ? Je vous ai déjà posé la question, souvenez-vous. Vous m'avez dit qu'on n'avait même pas de programme pour les aider. Vous, vous vous occupez d'elles. C'est pour ça que je l'ai amenée ici. Mais les flics ? Non. Peut-être que je pourrais soutirer quelque information permettant d'interrompre la filière de la drogue. Je ne suis pas sûr, je n'ai pas été formé à ça, mais c'est pourtant ce que j'ai fait. Si vous voulez me dénoncer, ma foi, je ne peux pas vous empêcher. Je ne vous ferai pas de mal...

— Je le sais ! Sandy cria presque. John, vous ne pouvez pas faire une chose pareille, ajouta-t-elle, plus calmement.

— Pourquoi pas ? insista Kelly. Ils tuent des gens. Ils commettent des actes horribles, et personne n'y trouve rien à redire. Et les victimes, là-dedans, Sandy ? Qui prend leur défense ?

— La loi !

— Et quand la loi ne marche pas, qu'est-ce qu'on fait ? On les laisse mourir ? Mourir comme ça ? Vous vous rappelez la photo de Pam ?

— Oui, répondit Sandy, elle avait perdu, elle le savait. Elle aurait voulu qu'il en soit autrement.

— Des heures, ils se sont acharnés sur elle, Sandy. Sous les yeux de votre... de votre protégée. Ils *l'ont forcée à regarder*.

— Elle me l'a dit. Elle nous a tout dit. Pam et elle étaient amies. Après... après la mort de Pam, c'est elle qui lui a brossé les cheveux, John.

Sa réaction la surprit. Il était manifeste que le chagrin de

Kelly était caché derrière une porte et que certains mots pouvaient le révéler au grand jour avec une soudaineté terriblement douloureuse. Il détourna quelques instants les yeux et prit une profonde inspiration avant de la regarder à nouveau.

— Elle va bien ?

— Nous allons la ramener chez elle d'ici quelques jours. Nous la reconduirons en voiture, Sarah et moi.

— Merci de me dire ça. Merci de vous occuper d'elle.

C'était cette dichotomie qui la troublait tant. Il pouvait parler de donner la mort à des gens avec un tel calme, on aurait dit Sam Rosen discutant d'une technique chirurgicale particulièrement délicate — et comme le chirurgien, Kelly se préoccupait du sort des gens qu'il... sauvait ? qu'il vengeait ? Était-ce la même chose ? Il le pensait.

— Sandy, c'est ainsi : ils ont tué Pam. Ils l'ont violée, torturée et tuée — pour faire un *exemple*, pour pouvoir exploiter les autres filles de la même manière. Je compte bien les avoir tous, et si jamais je dois mourir dans l'opération, je suis prêt à en courir le risque. Je suis désolé si cet aspect de moi ne vous plaît pas.

Elle prit une profonde inspiration. Il n'y avait rien à ajouter.

— Vous avez dit que vous alliez partir.

— Oui. Si tout se passe bien, je devrais être de retour d'ici une quinzaine.

— Ce sera dangereux ?

— Pas si je m'y prends bien. Kelly savait qu'elle ne serait pas dupe.

— De quoi s'agit-il ?

— D'une mission de sauvetage. C'est le plus que je puisse dire et, s'il vous plaît, ne le répétez à personne. Je pars ce soir. J'étais allé m'entraîner en prévision, dans une base militaire.

Ce fut au tour de Sandy de détourner les yeux vers la porte de la cuisine. Il ne lui laissait pas une chance. Il y avait bien trop de contradictions. Il avait sauvé une fille promise à une mort certaine, mais pour cela, il avait dû tuer. Il aimait une fille qui était morte. Il était prêt à tuer d'autres gens à cause de cet amour, prêt à tout risquer pour cela. Il leur avait fait confiance, à Sarah, Sam et elle. Était-il bon ou méchant ? Le mélange des

86

faits et des idées était impossible à concilier. Avoir vu ce qu'avait subi Doris, faire maintenant tant d'efforts pour qu'elle se rétablisse, pour entendre sa voix — et celle de son père —, tout cela avait eu pour elle une cohérence logique, au début. Il était toujours facile d'envisager les choses sans passion. Mais plus maintenant, en face de l'homme qui était à l'origine de tout cela, qui s'était expliqué avec calme et franchise, sans mentir, sans dissimuler, exposant simplement la vérité et escomptant une fois encore qu'elle le comprenne.

— Le Viêt-nam ? demanda-t-elle après quelques instants. Elle temporisait, cherchait à donner un peu de cohérence à un magma d'idées passablement embrouillées.

— Exact. Kelly se tut. Il devait s'expliquer un minimum pour l'aider à comprendre. Il y a des gars là-bas qui ne reviendront pas sauf si nous intervenons, et je suis dans le coup.

— Mais pourquoi est-ce à vous d'y aller ?

— Pourquoi moi ? Il faut bien que quelqu'un se dévoue et c'est moi qui ai demandé. Pourquoi faites-vous ce que vous faites, Sandy ? Je vous ai déjà posé la question, souvenez-vous.

— Bon Dieu, John ! Je commence à me tracasser pour vous, lâcha-t-elle.

La douleur revint sur les traits de Kelly.

— N'en faites rien. Vous pourriez de nouveau vous faire du mal et ça, je ne le veux pas. C'était précisément ce qu'il ne fallait pas dire. Les gens qui s'attachent à moi se font du mal, Sandy.

Sarah arriva sur ces entrefaites, précédant Doris dans la cuisine, les sauvant l'un et l'autre d'une confrontation avec eux-mêmes. La jeune femme était métamorphosée. Ses yeux étaient désormais pleins de vie. Sandy lui avait coupé les cheveux et lui avait trouvé des vêtements convenables. Quoique encore faible, elle était maintenant autonome. Ses doux yeux noisette fixèrent Kelly.

— C'est vous, dit-elle calmement.

— J'imagine, oui. Comment vous sentez-vous ?

Elle sourit.

— Je vais bientôt rentrer à la maison. Papa... Papa veut que je revienne.

— J'en suis sûr, m'dame, dit Kelly. Elle était tellement différente de la victime qu'il avait vue à peine quelques semaines plus tôt. Peut-être que tout cela avait, un sens, en définitive.

La même idée traversa l'esprit de Sandy au même moment. Doris était innocente, elle était la véritable victime de forces qui l'avaient assaillie et, sans Kelly, elle serait morte. Rien d'autre n'aurait pu la sauver. D'autres morts avaient été nécessaires, mais... mais *quoi* ?

*

— Donc, c'était peut-être Eddie, dit Piaggi. Je lui ai demandé de fureter un peu et il m'a dit n'avoir rien trouvé.

— Et il ne s'est rien passé depuis votre entrevue. Tout a plus ou moins repris un cours normal, rétorqua Henry, ne lui révélant rien de nouveau et parvenant à une conclusion qu'il avait déjà envisagée : Et s'il essayait juste de secouer un peu le cocotier ? S'il voulait simplement avoir un peu plus d'importance, Tony ?

— Possible.

Ce qui entraînait la question suivante :

— Combien es-tu prêt à parier que si Eddie fait un petit voyage, il ne se produira plus rien ?

— Tu veux dire qu'il tenterait un coup ?

— T'as une autre explication logique ?

— Qu'il arrive quoi que ce soit à Eddie, ça pourrait faire du vilain. Je ne crois pas que je puisse...

— Tu veux que je m'en occupe ? J'ai une méthode impeccable.

— Dis voir. Deux minutes plus tard, Piaggi, d'un signe de tête, marquait son approbation.

*

— Pourquoi êtes-vous venu ici ? demanda Sandy tandis qu'elle débarrassait la table avec Kelly. Sarah reconduisit Doris à l'étage pour qu'elle continue de se reposer.

— J'avais envie de voir comment elle allait. Mais c'était un mensonge, et pas particulièrement habile.

— Vous êtes bien seul, n'est-ce pas ?

Kelly mit un long moment à répondre.

— Ouais. Elle l'avait forcé à se confronter à quelque chose. La vie de solitude n'était pas celle qu'il recherchait, mais le destin et sa nature propre l'y avaient conduit. Chaque fois qu'il avait voulu en sortir, quelque terrible événement s'était produit. Se venger de ceux qui avaient fait de sa vie ce qu'elle était lui procurait certes un but, mais qui ne suffisait pas à combler le vide qu'ils avaient d'abord créé. Et maintenant, il était manifeste que tout ce qu'il faisait n'était qu'un moyen de s'éloigner de quelqu'un d'autre. Comment l'existence pouvait-elle devenir à ce point compliquée ?

— Je ne peux pas dire que tout est pour le mieux, John. J'aimerais pouvoir. Sauver Doris, c'est très bien, mais pas en tuant les gens. On est censé recourir à d'autres méthodes...

— Et s'il n'y en pas pas, alors, quoi ?

— Je peux terminer ?

— Pardon.

Elle lui toucha la main.

— S'il vous plaît, soyez prudent.

— Je le suis en général, Sandy. Franchement.

— Ce que vous allez faire, cette mission, ce n'est pas...

Il sourit.

— Non, c'est un vrai boulot. Avec bénédiction officielle et tout le bataclan.

— Quinze jours ?

— Si tout se déroule conformément au plan, oui.

— Ce sera le cas ?

— Ça arrive parfois.

Elle serra violemment sa main.

— Je vous en prie, John, réfléchissez-y. S'il vous plaît ! Essayez de trouver un autre moyen. Laissez courir. Arrêtez. Vous avez sauvé Doris. C'est magnifique. Peut-être que ce que vous avez appris pourra sauver les autres sans... sans autres meurtres ?

— Je tâcherai. Il ne pouvait pas lui dire non, pas avec la chaleur de sa main sur la sienne ; le piège était que lorsqu'il avait donné sa parole, il ne pouvait pas la reprendre. Il ajouta : De toute façon, j'ai d'autres soucis, désormais. Ce qui était la stricte vérité.

— Comment le saurai-je, John — je veux dire...

— Pour moi ? Il était surpris qu'elle cherche simplement à le savoir.

— John, vous ne pouvez pas me laisser dans l'incertitude.

Kelly réfléchit un instant, sortit de sa poche un stylo et griffonna un numéro de téléphone. Il vous mettra en contact avec un gars... un amiral du nom de James Greer. Il sera au courant, Sandy.

— Je vous en prie, soyez prudent. Son étreinte, son regard étaient désespérés, maintenant.

— Promis. Je sais tenir mes promesses, d'accord ?

Tim également. Elle n'eut pas besoin de le dire. Ses yeux parlaient pour elle et Kelly comprit à quel point il pouvait être cruel d'abandonner quelqu'un.

— Il faut que j'y aille à présent, Sandy.

— Faites tout pour revenir, c'est tout ce que je vous demande.

— C'est promis. Mais les mots sonnaient creux, même à ses propres oreilles. Kelly avait envie de l'embrasser mais il ne pouvait pas. Il s'écarta de la table, sentant toujours sa main posée sur la sienne. C'était une femme vigoureuse, pleine de force et de courage, mais elle avait déjà beaucoup souffert et Kelly redoutait de lui causer de nouvelles souffrances. Je vous revois dans une quinzaine. Dites au revoir pour moi à Sarah et Doris, d'accord ?

— Oui. Elle le raccompagna jusqu'à l'entrée. Et John, quand vous rentrez, arrêtez.

— J'y réfléchirai, dit-il sans se retourner parce qu'il avait peur de la regarder de nouveau. Oui.

Kelly ouvrit la porte. Il faisait déjà sombre dehors, il allait devoir se dépêcher s'il voulait être rentré à Quantico dans les délais. Il l'entendait derrière elle, il l'entendait respirer. Deux femmes dans sa vie, la première perdue par accident, la seconde par meurtre, et maintenant peut-être une troisième qu'il cherchait délibérément à éloigner de lui.

— John ? Elle ne lui avait pas lâché la main et il fut bien obligé de se retourner, malgré ses craintes.

— Oui, Sandy ?

— Revenez.

Il lui effleura le visage, baisa sa main, et se libéra. Elle le regarda gagner la Volkswagen et démarrer.

Même maintenant, se dit-elle. *Même maintenant, il essaye de me protéger.*

*

Est-ce suffisant ? Je peux arrêter maintenant ? Mais c'était quoi, « suffisant » ?

« Réfléchis bien, se dit-il à haute voix. Qu'est-ce que tu sais que d'autres pourraient utiliser ? »

Un bon paquet, en fait. Billy lui en avait déjà dit beaucoup, peut-être suffisamment. La drogue était raffinée à bord d'une de ces épaves de bateau. Il avait le nom d'Henry, et celui de Burt. Il savait qu'un inspecteur des stups mangeait la soupe chez Henry. Cela donnait-il à la police de quoi établir un dossier suffisamment solide pour tous les mettre derrière les barreaux pour meurtre et trafic de drogue ? Henry pouvait-il écoper de la peine de mort ? Et si la réponse à chacune de ces questions était oui, cela suffisait-il ?

Au même titre que les doutes de Sandy, sa collaboration avec les Marines avait fait renaître en lui des questions identiques. Que penseraient-ils si jamais ils venaient à apprendre qu'ils étaient associés à un meurtrier ? Verraient-ils les choses sous cet angle ou seraient-ils prêts à admettre son point de vue ?

« Les sacs puent, avait dit Bill. Ça pue le cadavre, comme le truc qu'ils utilisent. »

Qu'est-ce que ça voulait dire, bordel ? se demanda Kelly, en traversant la ville une dernière fois. Il croisa des voitures de police en patrouille. Elles ne pouvaient quand même pas être toutes conduites par des flics pourris, non ?

— Merde, grogna Kelly, en pestant à cause des embouteillages. Éclaircis-toi les idées, moussaillon. T'as un boulot qui t'attend, un vrai boulot.

Mais cela résumait tout. VERT BUIS était un vrai boulot, et la prise de conscience fut aussi claire et limpide que les phares des voitures venant en sens inverse. Si une fille comme Sandy ne comprenait pas — c'était une chose de faire ça tout seul, seul avec ses pensées, sa rage et sa solitude, mais quand d'autres voyaient et savaient, en particulier des gens qui vous aimaient bien et savaient précisément à quoi s'en tenir... Quand ils en venaient à vous demander d'arrêter...

Où était le bien ? Où était le mal ? Où était la frontière entre les deux ? C'était facile de circuler sur l'autoroute. Des ouvriers peignaient les lignes, vous n'aviez qu'à garder la bonne file, mais dans la vie, ce n'était pas aussi évident.

Quarante minutes plus tard, il était sur la I-495, le périphérique du district de Washington. Qu'est-ce qui était le plus important, tuer Henry ou libérer ces autres femmes ?

Quarante minutes encore, et il traversait le fleuve pour pénétrer en Virginie. Voir Doris — quel nom idiot — en vie, après l'avoir découverte à deux doigts de la mort. Plus il y réfléchissait, plus il était convaincu.

L'objectif de VERT BUIS n'était pas de tuer l'ennemi. Mais de sauver des gens.

Il prit au sud, l'Interstate 95, et un dernier changement de cap de quarante-cinq degrés à peu près l'amena à Quantico. Il était vingt-trois heures trente lorsqu'il pénétra dans le camp d'entraînement.

— Content de vous voir dans les temps, observa un Marty Young aigre-doux. Pour une fois, il avait troqué sa chemise kaki contre une tenue civile.

Kelly vrilla son regard dans les yeux du général.

— Monsieur, j'ai eu une soirée difficile. Alors, soyez sympa et fermez-la, d'accord ?

Young le prit bien, en authentique baroudeur qu'il était.

— Monsieur Clark, vous m'avez l'air d'être fin prêt.

— Là n'est pas la question, monsieur. Les gars de VERT-DE-GRIS sont prêts, eux.

— Bien vu.

— Puis-je laisser la voiture ici ?

— Avec toutes ces épaves ?

Kelly marqua un temps, mais la décision fut vite prise.

— Je crois qu'elle a fait son temps. Balancez-la avec les autres.

— Alors venez, notre bus nous attend un peu plus bas, au pied de la colline.

Kelly récupéra ses affaires personnelles et les mit dans la

voiture de service. Le même caporal était au volant. Il s'assit à l'arrière, avec l'aviateur des Marines qui ne les accompagnerait pas.

— Votre opinion, Clark ?

— Mon général, je pense réellement que nous avons de bonnes chances.

— Vous savez, j'aimerais bien qu'une fois, rien qu'une putain de fois, on puisse dire, ouais, ça va marcher.

— Ça vous est déjà arrivé ? demanda Kelly.

— Non, admit Young. Mais l'espoir fait vivre.

*

— Comment c'était, l'Angleterre, Peter ?

— Très joli. Mais il a plu à Paris. Bruxelles, c'était pas mal, je ne connaissais pas encore, répondit Henderson.

Leurs appartements n'étaient qu'à deux rues d'écart, dans des immeubles confortables de Georgetown construits à la fin des années trente pour accueillir l'afflux de bureaucrates au service d'un gouvernement en expansion. Avec leur construction en poutrelles et parpaings, ils étaient bien plus solides que les bâtiments plus récents. Hicks disposait de deux chambres, ce qui compensait la taille quelque peu exiguë du séjour.

— Alors, qu'est-ce qui s'est passé dont tu voulais m'entretenir ? demanda le secrétaire du sénateur, encore sous le coup du décalage horaire.

— Nous envahissons de nouveau le Nord, répondit le secrétaire de la Maison Blanche.

— Quoi ? Eh, mais j'étais aux pourparlers de paix, je te signale ! J'ai pu observer les retombées de leurs petits bavardages. Ça avance gentiment. L'autre camp vient de lâcher un sacré morceau.

— Eh bien, tu peux lui dire au revoir pour un bout de temps, observa Hicks, morose. Sur la table basse, il y avait un sac en plastique de marihuana et il commença de préparer un joint.

— Tu devrais laisser tomber cette saloperie, Wally.

— Ça me flanque pas la gueule de bois comme la bière. Merde, Peter, quelle est la différence ?

— La différence, c'est ton putain de visa de sécurité ! remarqua Henderson, l'air entendu.

— Tu parles d'une importance ! Peter, ils écoutent rien. Tu leur causes, tu leur causes, tu leur causes, et ils écoutent rien. Hicks alluma son joint et tira une longue bouffée. Je crois que je vais pas tarder à tout lâcher, du reste. P'pa veut que je le rejoigne dans l'affaire familiale. Peut-être qu'une fois que j'aurai ramassé quelques millions, quelqu'un daignera me prêter l'oreille, une fois de temps en temps.

— Tu devrais pas te monter la tête, Wally. Ça prend du temps. Tout prend du temps. Tu crois pouvoir régler les problèmes du jour au lendemain ?

— Je ne crois pas qu'on puisse régler quoi que ce soit ! Tu sais à quoi ça se résume, tout ça ? C'est comme dans une pièce de Sophocle. Nous avons notre défaut fatal, ils ont leur défaut fatal, et le jour où le putain de *deus* sortira sa putain d'*ex machina,* le *deus* se révélera un nuage d'ICBM et la question sera définitivement réglée, Peter. Exactement comme on le pensait il y a quelques années, sur les bancs de New Hampshire. Ce n'était pas son premier joint de la soirée, constata Henderson. L'intoxication rendait toujours son ami morose.

— Wally, dis-moi quel est le problème.

— On parle d'un camp... Et Hicks commença de relater ce qu'il savait, les yeux baissés, sans regarder son ami.

— Mauvaise nouvelle.

— Ils *croient* qu'il y aurait un tas de nos gars là-bas mais ce n'est qu'une supposition. Pour l'instant, on n'en a identifié qu'un. Imagine un peu qu'on fasse capoter les pourparlers de paix rien que pour un seul mec, Peter ?

— Éteins-moi ce putain de truc, dit Henderson en buvant une gorgée de bière. Il ne pouvait pas supporter l'odeur de cette saloperie.

— Non. Wally tira une longue bouffée.

— C'est prévu pour quand ?

— On ne sait pas au juste. Roger n'a pas précisé.

— Wally, il faut pas que tu lâches ça. On a besoin de gens comme toi dans le système. Un de ces jours, ils finiront bien par écouter.

Hicks leva les yeux.

— Ah ouais, et quand ça, à ton avis ?

— Imagine un peu que la mission échoue. Qu'il apparaisse en définitive que c'est toi qui avais raison ? Roger sera bien forcé de t'écouter, à ce moment, et Henry écoute Roger, non ?

— Ouais, enfin, des fois.

Quelle chance insigne, songea Henderson.

*

Le bus spécial rejoignit la base aérienne d'Andrews, refaisant en sens inverse, nota Kelly, plus de la moitié de son propre parcours. Il y avait un nouveau C-141 sur la rampe de chargement, peint en blanc sur le dessus et en gris par-dessous, feux de position tournant déjà. Les Marines descendirent du bus pour retrouver Maxwell et Greer qui les attendaient.

— Bonne chance, dit Greer à chacun des hommes.

— Bonne chasse, fut l'encouragement que leur donna Maxwell.

Prévu pour embarquer le double de passagers, le Lockheed Starlifter avait été réaménagé en avion sanitaire, avec un total de quatre-vingts lits boulonnés sur un côté de la cabine, et une vingtaine de sièges pour le personnel médical. Cela donnait à chaque Marine un endroit où s'allonger et dormir, plus de la place pour tous les prisonniers qu'ils comptaient récupérer. L'heure nocturne incitait à profiter des aménagements et le Starlifter se mit à faire tourner ses moteurs sitôt la porte de la soute refermée.

— Seigneur, j'espère que ça marchera, dit Maxwell en regardant l'appareil s'éloigner en roulant dans l'obscurité.

— Vous les avez bien entraînés, amiral, observa Bob Ritter. Quand partons-nous ?

— Dans trois jours, Bob, répondit James Greer. Vous avez libéré votre agenda ?

— Pour ça ? Je veux !

26

Transit

A PPAREIL récent, le Starlifter était toutefois d'une lenteur désespérante. Sa vitesse de croisière plafonnait à 800 km/h et leur première escale fut à la base d'Elmendorf, en Alaska, après 3 350 nautiques et huit heures de vol. Kelly ne cessait de s'étonner que la plus courte distance d'un point à un autre sur Terre soit une courbe, mais c'était parce qu'il utilisait une carte plate et que le monde était une sphère. Le grand cercle de Washington à Da Nang aurait dû leur faire survoler la Sibérie, ce qui, expliqua le navigateur, était hors de question. Lorsqu'ils atterrirent à Elmendorf, les hommes avaient récupéré. Ils descendirent pour contempler la neige et les montagnes assez proches, alors qu'ils avaient quitté quelques heures plus tôt un endroit où le thermomètre flirtait avec les 35° et le taux d'hygrométrie avec le chiffre 100. Mais ici, en Alaska, ils trouvèrent des moustiques assez gros pour emporter l'un d'entre eux en s'y mettant à plusieurs. La plupart des hommes profitèrent de l'occasion pour courir quelques kilomètres, au grand amusement du personnel de la base qui avait en général peu de contacts avec les Marines. La visite d'entretien du C-141 était programmée pour durer deux heures quinze. Après le plein de carburant et le remplacement d'un instrument secondaire, les Marines furent ravis de rembarquer pour la deuxième étape du voyage, Yakoda, au Japon. Trois heures plus tard, fatigué par le bruit et l'atmosphère confinée, Kelly gagna le poste de pilotage.

— C'est quoi, ça, là-bas ? demanda-t-il. Dans la brume

au lointain, apparaissait une ligne vert-brun dénotant une côte.

— La Russie. Leurs radars viennent de nous accrocher.

— Oh ! super, observa Kelly.

— Le monde est petit, monsieur, et ils en possèdent un bon morceau.

— Vous leur parlez — genre dialogue avec les contrôleurs aériens ?

— Non. Le navigateur rigola. Ils sont pas vraiment conviviaux. On est en liaison HF avec Tokyo pour cette étape ; après Yakoda, nous dépendrons du contrôle de Manille. Tout se passe bien ?

— Pas d'anicroche jusqu'ici. Mais c'est quand même long.

— Ça c'est sûr, reconnut le navigateur en reportant son attention sur ses instruments.

Kelly quitta le poste de pilotage. Le C-141 était bruyant, un gémissement aigu constant dû aux réacteurs et à l'air qu'ils traversaient. L'Air Force ne dépensait pas d'argent, comme les compagnies civiles, en isolation phonique. Chaque homme avait mis des boules Quies, ce qui rendait la conversation difficile et d'ailleurs, les tampons finissaient par perdre leur efficacité. Kelly estimait que le plus pénible dans les voyages aériens, c'était l'ennui, encore renforcé par l'isolement dû au bruit. On ne pouvait pas passer son temps à dormir. Certains des hommes affûtaient des couteaux qu'ils n'auraient pas vraiment à utiliser, mais ça vous donnait quelque chose à faire, et un guerrier devait toujours posséder un couteau, quelle qu'en soit la raison. D'autres faisaient des pompes sur le plancher métallique de la soute. Les militaires de l'Air Force qui composaient l'équipage les regardaient, impassibles, essayant de ne pas rire, se demandant à quoi se préparait ce groupe de Marines manifestement triés sur le volet, mais ils étaient incapables de poser la question. Pour eux, ce n'était jamais qu'un mystère de plus, tandis que leur appareil descendait le long de la côte sibérienne. Ils en avaient l'habitude, mais ils leur souhaitaient bonne chance, quelle que soit leur mission.

*

Le problème fut la première chose à lui revenir à l'esprit dès qu'il ouvrit les yeux. *Qu'est-ce que je vais bien pouvoir en faire ?* se demanda Henderson, perplexe.

La question était moins ce qu'il avait envie que ce qu'il serait en mesure de faire. Il avait déjà livré des informations. Au début, sans le savoir, par l'entremise de contacts au sein du mouvement pacifiste, il avait... enfin, moins livré des informations que participé à de vagues discussions dont le thème s'était progressivement affiné ; jusqu'au moment où l'une de ses amies l'avait interrogé de manière un peu trop directe pour que ce ne soit qu'une simple question en passant. Certes, elle l'avait posée amicalement, et dans un moment de chaude amitié, mais son regard avait été un peu trop intéressé par la réponse de Peter et pas assez par Peter lui-même, situation qui s'était renversée sitôt qu'il avait répondu à la question de la belle. Un su-sucre, s'était-il dit par la suite, un rien vexé d'être tombé dans un piège aussi éculé et démodé — enfin, pas vraiment une erreur, en fait. Il l'aimait bien, partageait ses vues sur un monde idéal, et la seule chose qui l'ennuyait, c'était qu'elle ait jugé nécessaire de manipuler son corps pour obtenir ce que la raison et l'intellect auraient pu sans difficulté soutirer de son esprit... enfin, probablement.

Elle était partie, à présent, quelque part. Henderson ne savait où, même s'il était certain qu'il ne la reverrait plus. Ce qui était bien triste, en vérité. C'était un super coup. Puis tout s'était enchaîné en une succession d'étapes qui avaient, tout naturellement semblait-il, débouché sur sa brève conversation à la Tour de Londres ; et aujourd'hui... aujourd'hui, il tenait un truc dont aurait vraiment besoin l'autre camp. Le seul problème, c'est qu'il n'avait personne à qui le dire. Est-ce que les Russes savaient ce qu'ils avaient sous la main, dans ce putain de camp installé au sud-ouest d'Haiphong ? C'étaient des informations qui, à condition d'être exploitées comme il le fallait, pouvaient leur faire voir d'un bien meilleur œil la *détente*, leur permettrait de faire un pas en arrière, permettant à son tour à l'Amérique de faire de même. Ça devait commencer ainsi. Il était vraiment dommage que Wally ne saisisse pas que ça devait commencer par de petites choses, qu'on ne pouvait pas changer le monde d'un seul coup. Peter savait qu'il devait faire passer le message. Il ne pouvait pas se permettre de voir Wally quitter la fonction publique en ce moment, pour aller grossir les rangs de ces salauds de banquiers, comme si on n'en avait pas déjà suffisamment. Non, il était inestimable là où il se trouvait. Wally avait la langue trop bien pendue. Cela allait de pair avec son instabilité émotionnelle. Et son usage de la drogue, estima Henderson, tout en se rasant devant la glace.

Le petit déjeuner était accompagné du journal du matin. C'était encore là, à la une, comme chaque jour. Une nouvelle bataille d'importance moyenne, pour une colline quelconque déjà passée une douzaine de fois d'un camp à l'autre, au prix de X Américains et X Vietnamiens. Les implications pour les négociations de paix de tel ou tel raid aérien, encore un éditorial aussi ennuyeux que prévisible. L'annonce d'une prochaine manifestation. *Et un et deux et trois / Votre putain de guerre, on n'en veut pas.* Comme si un truc aussi puéril rimait vraiment à quelque chose. Pourtant si, en un sens, il le savait. Cela faisait effectivement pression sur les hommes politiques, cela attirait l'attention des médias. Il y avait une masse de politiciens qui voulaient voir la guerre se terminer, comme Henderson, mais leur chiffre n'avait pas encore atteint la masse critique. Son propre sénateur, Robert Donaldson, était encore partagé. On le considérait comme un homme raisonnable et réfléchi, mais aux yeux d'Henderson il était surtout indécis, toujours à considérer toutes les implications possibles pour suivre en fin de compte le troupeau, comme s'il n'avait aucune idée personnelle. Il devait bien y avoir une meilleure solution, et Henderson y travaillait, conseillant avec soin son sénateur, nuançant imperceptiblement les choses, prenant son temps pour acquérir sa confiance afin de réussir à apprendre des détails que Donaldson était censé ne révéler à personne — mais c'était le problème avec les secrets. On était bien obligé de les révéler aux autres, estima-t-il en gagnant la porte de son appartement.

Henderson se rendait au travail en autobus. Se garer sur la Colline était tellement chiant, et le trajet en bus l'amenait quasiment de porte à porte. Il trouva une place au fond où il pourrait tranquillement terminer de lire son journal. Deux rues plus loin, le bus s'arrêta et aussitôt après, un homme vint s'asseoir à côté de lui.

— C'était comment, Londres ? demanda celui-ci sur le ton de la conversation, masquant à peine le bruit de diesel du véhicule. Henderson, lui, jeta un bref coup d'œil. Il ne l'avait encore jamais vu. Étaient-ils donc efficaces à ce point ?

— J'ai rencontré quelqu'un, là-bas, répondit Peter, sur ses gardes.

— J'ai un ami à Londres. Il s'appelle George. Pas le moindre accent, et maintenant que le contact était établi, l'homme se plongea dans la page des sports du *Washington Post*. Je ne crois pas que les Sénateurs gagneront le championnat, cette année. Et vous ?

— George m'a dit qu'il avait un... ami dans la capitale.

L'homme sourit en regardant les résultats de boxe.

— Mon nom est Marvin ; vous pouvez m'appeler ainsi.

— Comment allons-nous... comment vais-je... ?

— Que faites-vous pour dîner ce soir ? demanda Marvin.

— Pas grand-chose. Vous voulez venir...

— Non, Peter, ce ne serait pas malin. Connaissez-vous le restaurant chez Alberto ?

— Sur Wisconsin Avenue ? Ouais.

— Dix-neuf heures trente, dit Marvin. Il se leva et descendit à l'arrêt suivant.

*

La dernière étape partait de la base aérienne de Yakoda. Après une nouvelle escale technique réglementaire de deux heures quinze, le Starlifter parcourut la piste d'envol pour se hisser de nouveau dans le ciel. C'est à ce moment que chacun sentit qu'on passait vraiment aux choses sérieuses. Maintenant, tous les Marines s'efforçaient de dormir. C'était le seul moyen de supporter la tension qui croissait en raison inverse de la distance de leur objectif. Les choses étaient différentes, à présent. Il ne s'agissait plus d'un simple exercice et leur comportement s'adaptait à la réalité nouvelle. Sur un vol différent, peut-être à bord d'un avion de ligne où la conversation aurait été possible, on se serait raconté des blagues, des récits de conquêtes amoureuses, on aurait évoqué la famille, le pays, les projets d'avenir, mais le bruit du C-141 l'interdisait, alors on échangeait des sourires braves sous des regards méfiants ; chaque homme était seul avec ses peurs et ses pensées, qu'il avait besoin à la fois d'échanger et d'esquiver, mais c'était impossible dans la soute bruyante du Starlifter. C'était la raison pour laquelle ils étaient si nombreux à faire de la gymnastique, pour évacuer la tension, s'épuiser afin de trouver ensuite l'oubli dans le sommeil. Kelly regardait tout cela en témoin, il l'avait déjà vu et vécu lui-même, perdu dans ses pensées qui étaient encore plus complexes que les leurs.

Il s'agit toujours de sauvetage, se dit Kelly. Ce qui avait lancé toute l'aventure était qu'il avait sauvé Pam et qu'il avait été responsable de sa mort. Puis il avait tué, pour égaliser la marque, se disant que c'était par amour et en souvenir d'elle, mais était-ce la vérité ? Quels bienfaits apportait la mort ? Il avait quand même torturé un homme et maintenant, il était bien obligé d'admettre qu'il avait tiré plaisir de la souffrance de Billy. Si Sandy l'apprenait, que penserait-elle de lui ? Son opinion prenait soudain une grande importance. Elle qui faisait tant d'efforts pour sauver cette fille, qui nourrissait et protégeait, poursuivant son entreprise de sauvetage toute simple, que penserait-elle d'un homme qui avait mis en pièces le corps de Billy, cellule après cellule ? Après tout, il ne pouvait pas supprimer tout le malheur du monde. Il ne pouvait pas remporter la guerre à laquelle il retournait à présent, et si entraînée que soit son équipe de Marines, ils ne pourraient pas non plus gagner cette guerre. Ils y allaient pour autre chose. Leur objectif était une opération de sauvetage car si ôter la vie ne donnait guère de satisfaction, la sauver était un acte ou on pouvait se souvenir avec fierté. Telle était sa mission désormais, et telle devait être sa mission à son retour. Il y avait encore quatre filles enchaînées au réseau. D'une façon ou d'une autre, il les libérerait... et peut-être réussirait-il à informer les flics de ce que tramait Henry, et ainsi pourraient-il ensuite passer un marché avec lui. D'une façon ou d'une autre. Comment, il ne le savait pas au juste. Mais au moins pourrait-il accomplir une chose que sa mémoire ne chercherait pas à effacer.

Tout ce qu'il avait à faire, c'était survivre à cette mission. Kelly bougonna. Pas de quoi en faire un plat, non ?

T'es un dur, se dit-il avec une bravade qui sonnait faux,

même confinée sous son crâne. *Je peux y arriver. Je l'ai déjà fait.* Étrange, songea-t-il, que l'esprit ne se souvienne pas toujours des passages terribles avant qu'il ne soit trop tard. C'était peut-être une question de proximité. Peut-être était-il plus facile d'envisager les dangers lorsqu'ils étaient situés à l'autre bout du monde, mais lorsque vous commenciez à vous en approcher, la perspective changeait...

— Le plus dur, monsieur Clark, dit Irvin, d'une voix forte, en s'asseyant à côté de lui après avoir fait ses cent pompes.

— Vous m'en direz tant, répondit Clark, criant presque.

— Un truc que t'as intérêt à pas oublier, le calmar — t'es entré et t'as réussi à m'avoir, l'autre nuit, pas vrai ? sourit Irvin. Et je suis pourtant un bon.

— Ils ne devraient pas être aussi en alerte que ça, ils sont sur leur terrain, observa Kelly après quelques instants.

— Sans doute pas, en tout cas, pas autant que nous cette nuit-là. Merde, on était au courant de votre arrivée. En revanche, vous pouvez vous attendre à des soldats du genre territoriale, pressés de retrouver leur régulière tous les soirs et de s'envoyer en l'air après dîner. Pas comme nous, mec.

— Il n'y en a pas beaucoup comme nous, reconnut Kelly avec un sourire. Pas beaucoup qui soient aussi cons que nous.

Irvin lui flanqua une claque sur l'épaule.

— Bien vu, Clark. Le sergent-chef artilleur changea de place pour encourager un autre homme, car c'était sa façon de procéder.

Merci, l'Artillerie, songea Kelly, en se calant contre le dossier du siège et en se forçant à retrouver le sommeil.

*

Alberto méritait le détour. Petit restaurant italien assez typique, cuisine familiale, où le veau était particulièrement succulent. En fait, tout était bon, et la mamma et le papa qui dirigeaient l'établissement attendaient patiemment que le critique gastronomique du *Post* vienne faire un tour chez eux et leur amène la prospérité. D'ici là, ils gagnaient leur vie grâce à la foule estudiantine de l'université Georgetown toute proche et surtout grâce à cette clientèle régulière de gens du quartier sans qui aucun restaurant ne pourrait réellement survivre. La seule fausse note était la musique, des cassettes guimauve d'opéra italien qui suintaient d'enceintes à bas prix. La mamma et le papa auraient besoin de revoir la question.

Henderson trouva une alcôve au fond. Le garçon, sans doute un immigré clandestin mexicain qui cherchait comiquement à faire passer son accent pour un accent italien, craqua une allumette pour allumer la bougie sur la table et repartit chercher le gin-tonic demandé par le nouveau client.

Marvin arriva quelques minutes plus tard, en tenue sport, portant le journal du soir qu'il déposa sur le table. Il avait l'âge d'Henderson et l'air parfaitement anodin : ni grand ni petit, ni gros ni maigre, les cheveux châtain neutre et de longueur moyenne, le nez chaussé de lunettes munies ou non de verres correcteurs. Il portait une chemise bleue à manches courtes sans cravate, et ressemblait tout à fait à un habitant du quartier qui ne se sentait pas d'humeur à dîner seul chez lui ce soir.

— Les Sénateurs ont encore perdu, dit-il quand le garçon arriva avec l'apéritif d'Henderson. Et pour moi, du rouge, cuvée du chef, indiqua-t-il au Mexicain.

— Sì, dit le garçon et il repartit.

Marvin devait être un clandestin, se dit Peter, en jaugeant son vis-à-vis. En tant qu'assistant d'un membre du Comité spécial du Renseignement, Henderson avait reçu un début d'instruction des gars de la Division de renseignements du FBI. Les agents « officiels » du KGB avaient une couverture diplomatique et, s'ils se faisaient pincer, on ne pouvait que les déclarer PNG — persona non grata — et les expulser. De la sorte, ils étaient à l'abri de tout mauvais traitement de la part des autorités américaines, ce qui était le point positif ; le point négatif était qu'ils étaient également plus faciles à repérer, puisque leur résidence et leur véhicule étaient connus. Les clandestins n'étaient en revanche que de simples agents de renseignement soviétiques qui entraient dans le pays sous une fausse identité et qui, s'ils étaient pris, se retrouvaient dans une prison fédérale jusqu'au prochain échange, ce qui pouvait prendre des années. Cela expliquait l'anglais excellent de Marvin. La moindre erreur pouvait avoir des conséquences graves. Cela rendait d'autant plus remarquable son allure dégagée.

— Fan de base-ball, hein ?

— J'ai appris à y jouer il y a bien longtemps. J'étais un assez bon bloqueur mais je n'ai jamais réussi à lancer une balle avec effet. L'homme eut un grand sourire. Henderson le lui rendit. Il avait vu des images satellite de l'endroit précis où Marvin avait appris son métier, cette intéressante bourgade au nord-ouest de Moscou.

— Comment ça va marcher ?

— Bien. Revenons à nos moutons. Nous ne ferons pas cela très souvent. Vous savez pourquoi.

Nouveau sourire.

— Ouais, paraît que les hivers à Leavenworth, c'est pas de la tarte.

— Pas de quoi rire, Peter, contra l'officier du KGB. C'est une affaire très sérieuse. *Oh non, pas encore un de ces putains de cow-boys, se dit Marvin.*

— Je sais. Pardon. Je débute dans le métier.

— Avant tout, il faut mettre au point une procédure pour me contacter. Votre appartement a des rideaux aux fenêtres sur la rue. Quand ils seront complètement ouverts, ou complètement fermés, c'est qu'il n'y aura rien d'intéressant pour nous. Dans le cas contraire, laissez-les entrouverts. J'examinerai vos fenêtres deux fois par semaine, les mardis et vendredis matin, vers neuf heures. Est-ce acceptable ?

— Oui, Marvin.

— Pour commencer, Peter, nous utiliserons une méthode de transfert simple. Je garerai ma voiture dans une rue près de chez vous. C'est une Plymouth Satellite bleu foncé, immatriculée HVR-309. Répétez le numéro après moi. Surtout, ne l'écrivez jamais.

— HVR-309.

— Glissez vos messages là-dedans. Il fit passer un objet sous la table. Petit et métallique. Ne l'approchez pas trop de votre montre. Il contient un aimant puissant. Quand vous passerez devant ma voiture, vous n'aurez qu'à vous pencher pour ramasser un papier, ou poser le pied sur le pare-chocs et relacer votre soulier. Collez alors le boîtier à l'intérieur de la lame du pare-chocs. L'aimant le maintiendra en place.

Cela paraissait bien compliqué pour Henderson, même si tout ce qu'il avait appris jusqu'ici était de l'espionnage du niveau jardin d'enfants. La méthode était bonne pour l'été. Les intempéries hivernales exigeraient autre chose. Le garçon apporta les menus et les deux hommes choisirent du veau.

— J'ai déjà quelque chose, si ça vous intéresse, dit Henderson à l'agent du KGB. *Autant leur faire comprendre au plus tôt mon importance.*

*

Marvin, de son vrai nom Ivan Alexeïevitch Yegorov, avait un véritable emploi et tout ce qui l'accompagnait. Employé comme actuaire dans une compagnie d'assurances, l'Aetna Casualty and Surety Company, il avait suivi le stage de formation de l'entreprise au siège de Farmington Avenue, à Hartford, Connecticut, avant de retourner au bureau régional de Washington où son boulot était d'évaluer les possibilités d'accident que représentaient les nombreux souscripteurs connus dans le métier comme des « risques ». Choisi surtout pour sa mobilité — le poste s'accompagnait d'ailleurs d'une voiture de service —, le boulot avait l'avantage imprévu de permettre de visiter les bureaux de diverses administrations officielles, clientes de la compagnie, et dont les employés ne pensaient pas toujours, comme ils l'auraient dû, à ne pas laisser traîner des papiers sur leurs bureaux. Le supérieur immédiat de Marvin était ravi par son efficacité. Son nouvel employé était très observateur et franchement épatant pour vous constituer un dossier. Il avait déjà refusé une promotion et un transfert à Detroit — *désolé, chef, mais je me plais trop dans le secteur de Washington* — ce qui ne désolait pas vraiment son supérieur. Un gars aussi doué, gardant un boulot plutôt mal payé, voilà qui ne faisait que mettre en valeur son service. Du côté de Marvin, le poste signifiait qu'il était hors du bureau quatre jours sur cinq, ce qui lui permettait de rencontrer des gens où et quand il voulait, de disposer gratuitement d'un véhicule —

Aetna payait l'essence et l'entretien — et de jouir d'une existence si confortable qu'il aurait pu, eût-il été croyant, s'imaginer mort et au paradis. Une vraie passion pour le base-ball l'amenait à fréquenter le stade RFK que l'anonymat de la foule rendait idéal pour des échanges sous le manteau et autres rencontres dans les conditions idéales évoquées par le *Manuel des opérations sur le terrain du KGB.* Somme toute, le capitaine Yegorov était un homme qui montait, à l'aise avec sa couverture et son environnement, accomplissant son devoir pour son pays. Il avait même réussi à entrer en Amérique juste à temps pour prendre le train de la révolution sexuelle. La seule chose qu'il regrettait en fait, c'était la vodka. L'américaine n'était pas terrible.

N'est-ce pas intéressant ? se demanda Marvin, de retour dans son appartement de Chevy Chase. C'était franchement hilarant que ce soit un Américain qui lui ait appris l'existence d'une importante opération de renseignements russe. Voilà qu'il tenait une chance de nuire au Grand Ennemi de sa patrie, par personne interposée — s'ils s'y prenaient à temps. Il était également en mesure d'informer ses officiers de liaison d'un truc préparé par ces crétins de l'Armée de l'air soviétique et qui avait de graves implications pour la défense de l'Union soviétique. Ils allaient sans doute essayer de s'accaparer l'opé-ration. On ne pouvait pas se fier aux pilotes — ce devait être un officier du PVO Strany qui s'était chargé de l'interrogatoire, il en était sûr — pour un truc aussi grave que la défense nationale ! Il rédigea ses notes, les photographia, puis rembo-bina la pellicule dans la minuscule cassette. Son premier rendez-vous de demain était aux petites heures, avec un entrepreneur local. De là, il irait petit-déjeuner dans un Howard Johnson, où il opérerait son transfert. La cassette serait à Moscou dans deux jours, peut-être trois, par la valise diplomatique.

Le capitaine Yegorov termina son travail de la soirée juste à temps pour la fin du match des Sénateurs — malgré un coup de circuit réussi par Frank Howard au neuvième tour de batte, ils échouèrent de nouveau, perdant devant Cleveland par 5 à 3. C'est incroyable, quand même, observa-t-il en sirotant sa bière. Henderson était une véritable aubaine et personne n'avait cru bon de l'avertir — sans doute personne n'était au courant — qu'il avait son propre informateur au sein même du Bureau des Affaires de Sécurité nationale à la Maison Blanche. Si ce n'était pas un coup fumant !

*

Pour des hommes soumis au stress de la mission, ce fut un soulagement quand les roues du C-141 touchèrent la piste de Da Nang. Ils étaient en vol depuis maintenant vingt-trois heures dans ce fracas abrutissant, et ils en avaient largement assez, estimaient-ils, jusqu'à ce que la réalité vienne les frapper en plein visage. A peine la porte de la soute s'était-elle ouverte que la puanteur les assaillit. Tous les anciens avaient fini par la baptiser l'Odeur de Viêt-nam : le contenu des diverses latrines était vidé dans des fûts et brûlé avec du gazole.

— Ah, l'odeur du pays ! lança un Marine, plaisanterie maladroite, qui ne suscita que de rares éclats de rire mi-amusés.

— En selle ! lança Irvin dès que se tut le bruit des réacteurs. Cela prit un certain temps. Les réactions étaient ralenties par la fatigue et les courbatures. Bon nombre d'hommes secouèrent la tête pour éliminer le vertige induit par les boules Quies, avec moult bâillements et étirements que des psychologues auraient qualifiés d'expressions non verbales de malaise caractérisé.

L'équipage passa en cabine alors que les Marines s'apprêtaient à descendre. Le capitaine Albie s'avança au-devant des aviateurs, pour les remercier du voyage qui s'était déroulé sans encombre, malgré sa longueur. Les pilotes de l'Air Force s'attendaient à quelques jours de repos forcé après cette étape marathon, car ils ne savaient pas encore qu'ils devraient rester sur place jusqu'à ce que le commando soit prêt à rentrer, avec peut-être, d'ici là, quelques rotations jusqu'à Clark, pour transporter du fret. Puis Albie descendit en tête de ses hommes. Deux camions les attendaient qui les conduisirent vers une autre partie de la base aérienne où stationnaient deux avions. C'étaient des C-2A Greyhound de la Navy. Avec quelques plaintes désabusées, les Marines s'installèrent pour l'étape suivante de leur voyage, un saut d'une heure pour rejoindre l'USS *Constellation*. Une fois sur le porte-avions, ils montèrent à bord de deux hélicoptères CH-46 Sea Knight pour le transfert sur l'USS *Ogden* où, épuisés et désorientés par le voyage, on les conduisit vers de spacieux quartiers vides — et des couchettes. Kelly les regarda défiler devant lui en se demandant ce qui les attendait ensuite.

— Comment était le voyage ? Il se retourna pour découvrir l'amiral Podulski, en tenue kaki fripée, l'air bien trop chaleureux compte tenu des circonstances.

— Les aviateurs doivent être cinglés, maugréa Kelly.

— C'est effectivement un rien longuet. Suivez-moi, ordonna l'amiral en le précédant à l'intérieur de la superstructure. Kelly jeta d'abord un coup d'œil alentour. Le *Constellation* était à l'horizon est, et il apercevait des avions qui en décollaient à un bout, tandis que d'autres tournaient en attendant d'apponter par l'autre côté. Des croiseurs suivaient de près et des destroyers encadraient la formation. C'était une partie de la Marine que Kelly avait rarement eu l'occasion d'observer, l'escadre du Grand Bleu dans ses œuvres, maîtresse de l'océan.

— C'est quoi ça ? demanda-t-il, le doigt tendu.

— Un chalutier russe, un AGI. D'un signe, Podulski lui fit signe de franchir une porte étanche.

— Oh, manquait plus que ça !

— Vous en faites pas, on a l'habitude, l'assura l'amiral.

A l'intérieur de la superstructure, les deux hommes grimpèrent une série d'échelles pour se retrouver au quartier des officiers ou ce qui en tenait lieu pour le moment. L'amiral Podulski avait réquisitionné les appartements d'escale du capitaine pour la durée de la mission, reléguant le CO de l'*Ogden* à sa cabine d'opérations, plus petite, située à proximité de la passerelle. L'amiral disposait d'un salon confortable et le commandant de bord était présent.

— Bienvenue à bord ! lança le capitaine Ted Franks en signe d'accueil. Vous êtes Clark ?

— Oui, mon capitaine.

Franks était un vieux briscard de cinquante ans qui commandait des bâtiments amphibies depuis 1944. L'*Ogden* était son cinquième et dernier commandement. Petit, râblé, calvitie naissante, il avait gardé un air martial sur des traits où pouvaient alterner bonhomie et sérieux mortel. Pour l'heure, c'était la première expression qui primait. Il fit signe à Kelly de prendre un siège près de la table au milieu de laquelle trônait une bouteille de Jack Daniel's.

— Ce n'est pas réglementaire, observa aussitôt Kelly.

— Pas pour moi, reconnut le capitaine Franks. Rations d'aviateurs.

— Je leur ai arrangé le coup, expliqua Casimir Podulski. Je les ai amenées du *Connie*. Vous avez besoin de quelque chose pour vous requinquer, après tout ce temps avec nos éclaireurs de l'air.

— Monsieur, je ne discute jamais avec des amiraux. Kelly fit tomber deux glaçons dans un gobelet et les recouvrit d'alcool.

— Mon XO est en train de discuter avec Albie et ses hommes, dit le capitaine en parlant de son second. On se charge également de bien les accueillir, ajouta Franks, entendant par là que chaque homme avait trouvé deux mignonnettes d'alcool posées sur sa couchette personnelle. Monsieur Clark, notre navire vous appartient. Tout ce que nous avons est à votre disposition.

— Ben mon capitaine, sûr que vous vous y entendez pour recevoir les gens. Kelly but une gorgée et le premier contact avec la gnôle lui fit sentir à quel point il était rompu. Alors, quand est-ce qu'on commence ?

— Dans quatre jours. Il vous en faut bien deux pour vous remettre du voyage. Le sous-marin nous aura rejoints le surlendemain. Les Marines embarqueront vendredi matin, en fonction des conditions météo.

— Parfait. Il ne voyait rien d'autre à dire.

— Seuls le XO et moi sommes au courant, pour l'instant. Tâchez de ne rien ébruiter. Nous avons un équipage de valeur. Les gars du renseignement sont à bord et se sont déjà mis au boulot. L'équipe médicale sera là demain.

— Reconnaissances ?

Podulski se chargea de répondre.

— Nous aurons des photos du camp un peu plus tard dans la journée, prises par un Vigilante qui a décollé du Connie. Puis un nouveau jeu, douze heures avant que vous fassiez mouvement. Nous avons déjà des clichés pris par des Chasseurs de bisons, datant de cinq jours. Le camp est toujours là, toujours bien gardé, pareil qu'avant.

— Articles ? demanda Kelly, employant le mot de code pour prisonniers.

— Nous n'avons que trois clichés d'Américains dans le camp. Podulski haussa les épaules. Ils n'ont pas encore fabriqué d'appareil capable de voir à travers un toit en tuiles.

— Juste. Le visage de Kelly était éloquent.

— Croyez que j'en suis également désolé, admit Cas.

Kelly se tourna vers le commandant.

— Mon capitaine, vous avez un endroit où s'entraîner ou quelque chose d'équivalent ?

— La salle de gymnastique, après le mess de l'équipage. Comme je vous l'ai dit, elle est à vous si vous le voulez.

Kelly vida son verre.

— Eh bien, je crois que quelques exercices à l'échelle ne me feraient pas de mal.

— Vous prendrez vos repas avec les Marines. Je pense que vous apprécierez la nourriture, promit le capitaine Franks.

— Pas de problème.

*

— J'ai noté deux gars qui ne portaient pas leur casque, indiqua Marvin Wilson au patron.

— Je leur parlerai.

— Cela dit, merci beaucoup pour votre coopération. Il avait fait au total onze recommandations de sécurité que le propriétaire de la cimenterie avait acceptées en bloc, avec l'espoir d'une réduction de sa prime d'assurance. Marvin ôta son casque protecteur blanc et épongea la sueur de son front. La journée s'annonçait torride. Le climat estival n'était pas si différent de celui de Moscou, mais en plus humide. Au moins les hivers ici étaient-ils plus cléments.

— Vous savez, s'ils munissaient leurs trucs de petits trous pour la ventilation, ils seraient bien plus confortables à porter.

— Je leur ai dit la même chose, reconnut le capitaine Yegorov, en regagnant sa voiture. Un quart d'heure plus tard, il s'arrêtait à un Howard Johnson. Il gara la Plymouth bleue à un

110

emplacement le long du flanc gauche du bâtiment et, alors qu'il descendait, un client à l'intérieur finit son café et laissa sa place au comptoir, avec une pièce de vingt-cinq cents de pourboire pour la serveuse. Le restaurant était équipé de portes doubles pour faire des économies de climatisation, et quand les deux hommes se croisèrent, eux seuls dans le sas, à l'abri des glaces qui auraient gêné un observateur éventuel, le film passa d'une main à l'autre. Yegorov/Wilson poussa la porte intérieure, tandis qu'un commandant « officiel » du KGB nommé Ischenko sortait de son côté. Débarrassé de son fardeau quotidien, Marvin Wilson s'installa au comptoir et commanda un jus d'orange pour commencer. Il y avait tant de bonnes choses à manger en Amérique.

*

— Je mange trop. C'était sans doute vrai mais ça n'empêcha pas Doris d'attaquer la pile de petits pains chauds.

Sarah ne comprenait pas cet amour des Américaines pour l'émaciation.

— Vous avez perdu beaucoup de poids ces quinze derniers jours. Ça ne vous fera pas de mal d'en reprendre un peu, dit Sarah Rosen à sa patiente en convalescence.

La Buick de Sarah était garée dehors ; c'était aujourd'hui qu'elles devaient se rendre à Pittsburgh. Sandy avait continué d'arranger les cheveux de Doris et elle était retournée lui acheter des vêtements convenant à ce grand jour, un corsage de soie beige et une jupe bordeaux s'arrêtant juste au-dessus du genou. Le fils prodigue pouvait rentrer chez lui en haillons mais la fille devait arriver avec une certaine dignité.

— Je ne sais pas quoi dire, leur avoua Doris Brown, en se levant pour ramasser les assiettes.

— Vous avez l'air d'aller de mieux en mieux, répondit Sarah. Elles sortirent prendre la voiture et Doris monta à l'arrière. Si Kelly leur avait enseigné une chose, c'était bien la prudence. Le docteur Sarah Rosen démarra rapidement et tourna au nord sur Loch Raven, montant sur le périphérique de Baltimore en direction de l'ouest pour rejoindre l'Interstate 70. La vitesse limite sur la nouvelle autoroute était de cent dix kilomètres/

heure, et Sarah la dépassa, poussant sa lourde Buick toujours plus loin vers le nord-ouest, en direction des Catoctin Mountains ; chaque kilomètre supplémentaire entre elles et la métropole accroissait leur sécurité, et lorsqu'elles eurent dépassé Hangerstown, Sarah se détendit et commença de goûter le plaisir du voyage. Quels risques avait-on, après tout, de se faire repérer dans un véhicule en mouvement ?

Le trajet fut étrangement silencieux. Elles avaient épuisé les sujets de conversation les jours précédents, à mesure que la condition de Doris se rapprochait de la normale. Il lui fallait encore être suivie pour sa désintoxication et elle avait sérieusement besoin d'une aide psychiatrique, mais Sarah avait déjà envisagé le problème avec une collègue exerçant à l'excellente école de médecine de l'université de Pittsburgh, une sexagénaire qui savait ne pas dénoncer les affaires à la police locale, une fois reçue l'assurance que cet aspect de la question était déjà traité. Dans le silence de l'habitacle, Sandy et Sarah sentaient monter la tension. C'était une chose dont elles avaient déjà discuté. Doris retournait vers un toit et un père qu'elle avait quittés pour une vie qui avait failli devenir synonyme de mort. Pendant de nombreux mois, désormais, la composante essentielle de sa nouvelle existence serait la culpabilité, en partie méritée, en partie non. En définitive, c'était une jeune femme qui avait eu beaucoup de chance, notion que Doris devait encore appréhender. Déjà, elle était en vie. Avec le retour de sa confiance et de sa dignité, elle pouvait, d'ici deux ou trois ans, être en mesure de retrouver une vie au cours si normal que personne ne pourrait jamais soupçonner son passé ou remarquer les cicatrices en cours d'effacement. Recouvrer la santé changerait cette fille, lui permettant de retrouver non seulement son père mais l'univers des gens normaux.

Peut-être qu'elle réussirait encore à être plus forte, espérait Sarah, si la psychiatre réussissait à l'accompagner avec lenteur et précaution. Le docteur Michelle Bryant avait une réputation en or — justifiée, espérait-elle. Pour le docteur Rosen, qui fonçait toujours vers l'ouest un peu au-dessus de la vitesse limite, c'était l'une des phases difficiles de la pratique médicale. Elle devait abandonner sa patiente alors que la tâche n'était pas terminée. Son travail clinique avec les drogués l'y avait préparée, mais les tâches telles que celle-ci n'étaient jamais vraiment achevées. Simplement, il venait un moment où il fallait décrocher, avec l'espoir et la confiance que votre patient serait capable de faire le reste. Peut-être que voir votre fille se marier faisait le même effet, songea Sarah. Cela aurait pu être bien pire sous tant d'autres aspects. Au bout du fil, le père de Doris lui avait paru un brave homme et Sarah Rosen n'avait pas besoin d'un certificat en psychiatrie pour savoir que, plus que tout autre chose, Doris avait besoin d'une relation avec un homme affectueux et honorable capable, un jour, d'instaurer avec elle une nouvelle relation qui pourrait durer toute la vie. Elle allait devoir laisser le boulot à d'autres mais cela n'empêchait pas Sarah de se faire du souci pour sa patiente. N'importe quel toubib pouvait se prendre pour une mère juive et dans son cas personnel, c'était bien difficile à éviter.

Les collines étaient escarpées à Pittsburgh. Doris leur fit longer les berges de la Monangahela, puis tourner pour remonter la bonne rue, soudain crispée, tandis que Sandy vérifiait les numéros sur les maisons. Cette fois, elles y étaient. Sarah gara la Buick rouge dans une place libre et tout le monde inspira un grand coup.

— Ça ira ? demanda-t-elle à Doris, obtenant un hochement de tête effrayé.

— C'est ton père, mon petit. Il t'aime.

Raymond Brown n'avait rien de remarquable, nota Sarah quelques instants après. Il avait dû rester à attendre derrière la porte depuis des heures et, lui aussi, il était nerveux en descendant les marches de béton fissuré du perron, se maintenant à la rampe d'une main qui tremblait. Il ouvrit la portière de la voiture, aidant Sandy à descendre avec une galanterie maladroite. Puis il s'avança vers l'intérieur, et malgré ses efforts pour rester insensible et courageux, quand ses doigts touchèrent ceux de Doris, il éclata en sanglots. Doris trébucha en descendant de voiture et son père l'empêcha de tomber puis la plaqua contre sa poitrine.

— Oh, papa !

Sandy O'Toole détourna les yeux, moins remuée par l'émotion du moment que parce qu'elle voulait les laisser la partager seuls, et le regard qu'elle échangea avec le docteur Rosen était lui aussi un moment culminant pour des gens de sa profession. La toubib et l'infirmière se mordirent les lèvres en contemplant réciproquement leurs yeux embués de larmes.

— Entrons, ma chérie, dit Ray Brown, en aidant sa fille à gravir les marches, pressé de l'avoir sous son toit et sous sa protection. Les deux autres femmes suivirent sans se faire prier.

Le séjour était curieusement obscur. Dormant le jour, M. Brown avait installé des stores sombres à ses fenêtres et oublié de les lever aujourd'hui. C'était une pièce confinée, encombrée de tapis à franges, de fauteuils années 40 trop rembourrés et de petites tables en acajou recouvertes de napperons en dentelle. Il y avait des photos encadrées partout. D'une épouse décédée. D'un fils décédé. Et d'une fille disparue — en quatre exemplaires. Dans l'obscurité protectrice de la maison, père et fille s'étreignirent à nouveau.

— Ma chérie, dit-il, prononçant les paroles qu'il avait répétées depuis des jours. Les choses que j'ai dites, j'avais tort. J'avais complètement tort !

— Ce n'est pas grave, papa. Merci... merci de m'avoir...

— Dor, tu es ma petite fille. Il n'y avait rien à ajouter. Cette étreinte dura plus d'une minute, et puis Doris dut s'écarter avec un petit rire.

— Il faut que je...

— La salle de bains est toujours au même endroit, dit le père en s'essuyant lui aussi les yeux. Doris trouva l'escalier et monta à l'étage. Raymond Brown reporta son attention sur ses hôtes.

— J'ai, euh... j'ai préparé le déjeuner. Il marqua une pause, gêné. L'heure n'était pas aux bonnes manières ou aux formules choisies. Je ne sais pas ce que je suis censé dire...

— Ne vous inquiétez pas. Sarah lui adressa son sourire bienveillant de médecin, de ces sourires qui vous disaient que tout allait pour le mieux même si ce n'était pas vraiment le cas. Mais nous aurons besoin de bavarder. Au fait, je vous présente Sandy O'Toole. Sandy est infirmière, et elle est encore plus que moi responsable du rétablissement de votre fille.

— Enchantée, dit Sandy et il y eut un échange de poignées de main général.

— Doris a encore besoin de beaucoup d'aide, monsieur

Brown, reprit le docteur Rosen. Elle a traversé des épreuves terribles. Pouvons-nous parler un peu ?

— Bien sûr, m'dame. Asseyez-vous, je vous en prie. Puis-je vous servir quelque chose ? demanda-t-il avec empressement.

— J'ai confié le dossier de votre fille à une collègue de Pittsburgh. Elle s'appelle Michelle Bryant. C'est une psychiatre...

— Vous voulez dire que Doris est... malade ?

Sarah fit non de la tête.

— Non, pas vraiment. Mais elle a vécu une épreuve vraiment terrible et un suivi médical attentif l'aidera à se rétablir beaucoup plus vite. Est-ce que vous comprenez ?

— Doc, je ferai tout ce que vous me direz, tout, d'accord ? J'ai toute la couverture médicale qu'il faut grâce à la mutuelle de la compagnie.

— Ne vous tracassez pas pour ça. Michelle s'occupera de tout cela à titre gracieux. Vous devrez aller la voir avec Doris. Maintenant, il est très important que vous compreniez ça, elle a vécu une expérience réellement horrible. Des choses terribles. Elle va aller mieux — elle va se rétablir complètement mais vous aurez votre rôle à jouer. Michelle pourra vous expliquer tout cela bien mieux que moi. Ce que je puis vous dire, monsieur Brown, c'est ceci : quelles que soient les horreurs que vous appreniez, je vous en conjure...

— Doc, l'interrompit-il d'une voix douce, c'est ma petite fille. Je n'ai plus qu'elle et je ne vais pas... tout gâcher et la perdre à nouveau. J'aimerais mieux mourir.

— M. Brown, c'est exactement ce que nous désirions entendre.

*

Kelly s'éveilla à une heure du matin, heure locale. La bonne dose de whisky qu'il avait descendue en cours de route n'avait, Dieu soit loué, pas entraîné de gueule de bois. En fait, il se sentait même inhabituellement reposé. Le doux bercement du bateau avait apaisé son corps durant sa « nuit » et, toujours allongé dans l'obscurité de sa cabine d'officier, il perçut les faibles craquements de l'acier qui se comprimait et se dilatait alors que l'USS *Ogden* virait à bâbord. Il se dirigea vers la douche, ouvrant l'eau froide pour se réveiller. Dix minutes après, il était habillé et présentable. Il était temps d'explorer le bateau.

Les bâtiments de guerre ne dorment jamais. Si la plupart des corvées étaient synchronisées avec les heures du jour, le cycle inflexible des quarts signifiait qu'il y avait toujours des hommes en activité. Pas moins d'une centaine de marins étaient en permanence à leur poste et bon nombre d'autres circulaient dans la pénombre des coursives pour aller accomplir telle ou telle tâche mineure. D'autres profitaient d'un repos au mess pour se mettre à jour de leurs lectures ou de leur courrier.

Kelly était vêtu d'un treillis rayé. Il portait une étiquette avec le nom *Clark* mais aucun insigne de grade. Aux yeux de l'équipage, cela faisait de « M. Clark » un civil, et l'on chuchotait déjà qu'il était un agent de la CIA — bruit qui s'accompagnait des blagues habituelles sur James Bond mais celles-ci s'évaporaient à son approche. Les marins s'effaçaient dans les coursives dès qu'il apparaissait, on lui adressait des saluts respectueux auxquels il répondait, ébahi d'avoir ce statut d'officier. Même si seuls le capitaine et son second connaissaient la teneur de cette mission, les marins n'étaient pas idiots. Vous n'expédiez pas un bâtiment de guerre directement depuis 'Dago juste pour soutenir un petit peloton de Marines à moins d'avoir une sacrée bonne raison, et le ramassis de durs qui avaient embarqué étaient du genre à tenir un John Wayne en respect.

Kelly monta sur le pont d'envol. Il avisa trois marins au travail. Le *Connie* était toujours visible à l'horizon, continuant à catapulter ses appareils dont on voyait les feux de position clignoter dans le ciel étoilé. Au bout de quelques minutes, ses yeux s'accoutumèrent à l'obscurité. Il y avait également des destroyers, à quelques milliers de mètres de distance. Sur le flanc de *l'Ogden*, les antennes radar tournaient dans le ronronnement de leurs moteurs électriques, mais le son qui dominait était le crissement de balai continu de la coque d'acier fendant les eaux.

— Bon Dieu, c'est quand même joli, dit-il, surtout pour lui-même.

Il retourna à l'intérieur et continua de monter, un peu au hasard, vers l'avant, jusqu'à ce qu'il tombe sur le Centre d'Information de Combat. Le capitaine Franks était là, insomniaque comme tant de capitaines.

— On se sent mieux ? demanda le CO.

— Oui, capitaine. Kelly scruta l'écran radar, y comptant les bâtiments de cette escadre désignée sous le matricule TF-77.1. Quantité de radars étaient en service car le Nord-Viêt-nam avait une aviation et pouvait bien un de ces jours être tenté de faire des bêtises.

— Lequel est l'AGI ?

— Voici notre ami russe. Le doigt de Franks tapota l'écran principal. Il fait la même chose que nous. Les gars de l'Elint que nous avons embarqués sont en train de prendre leur pied, poursuivit le capitaine, évoquant les spécialistes du renseignement électronique. Ils ont plutôt l'habitude de bosser sur de petites unités : ils ont l'impression de se retrouver sur le *Queen Mary*.

— Imposant, comme bâtiment, en effet, reconnut Kelly. Mais il fait un peu vide.

— Ouaip. Enfin, on aura pas à craindre les frictions — entre mes gars et les Marines, je veux dire. Vous voulez consulter les cartes ? J'ai tout le lot sous clé dans ma cabine.

— Pas une mauvaise idée, cap'taine. Avec un petit café, peut-être ?

La cabine d'opérations de Franks était tout à fait confortable. Un steward leur apporta café et petit déjeuner. Kelly déplia la carte, examinant de nouveau le fleuve qu'il allait devoir remonter.

— Large et profond, observa Franks.

— Sur le tronçon qui m'intéresse, approuva Kelly en mastiquant une tartine. L'objectif se trouve pile ici.

— J'aimerais pas être à votre place, l'ami. Franks sortit un compas de sa poche et mesura la distance.

— Depuis combien de temps êtes-vous dans le métier ?

— Quoi donc, la navigation ? Franks rigola. Ma foi, à Annapolis, ils m'ont foutu dehors au bout de deux ans et demi. Je briguais les destroyers, alors ils m'ont refilé un LST. Officier en second sur un navire de débarquement de blindés, faut le faire, non ? Mon premier débarquement, c'était Pelileu. J'ai obtenu mon premier commandement pour Okinawa. Ensuite, ça a été Inchon, Wonsan, le Liban. J'ai raclé pas mal de peinture sur des tas de plages. Vous pensez que... ? demanda-t-il en levant les yeux.

— Nous ne sommes pas venus pour échouer, capitaine. Kelly avait mémorisé les moindres méandres du fleuve ; malgré tout, il continuait de regarder la carte, copie conforme de celle qu'il avait étudiée à Quantico, cherchant un détail nouveau, sans rien trouver. Il continua de l'examiner néanmoins.

— Vous y allez seul ? C'est long à la nage, monsieur Clark, observa Franks.

— J'aurai de l'aide et je n'ai pas besoin de revenir par le même chemin, n'est-ce pas ?

— Je suppose que non. Sûr que ça sera chouette de libérer ces petits gars.

— Oui, capitaine.

27

Insertion

L A phase un de l'opération VERT BUIS débuta juste avant l'aube. Le porte-avions USS *Constellation* dévia de sa course vers le sud dès réception d'un mot de code unique. Deux croiseurs et six destroyers imitèrent son virage à bâbord et, sur neuf transmetteurs d'ordre, la manette fut rabattue sur la position EN AVANT TOUTE. Toutes les chaudières étaient déjà en pression et en même temps qu'ils viraient, les bâtiments se mirent à accélérer. La manœuvre prit l'équipage de l'AGI russe par surprise. Ils s'attendaient à voir le *Connie* virer dans l'autre sens, se placer vent debout pour entamer les opérations aériennes mais ce qu'ils ne savaient pas, c'est que le porte-avions était déconsigné ce matin tandis qu'il filait vers le nord-est. Le chalutier espion changea de cap à son tour, poussant les machines dans le vain espoir de rattraper le porte-avions et ses navires d'accompagnement. Ce qui laissait l'*Ogden* avec pour seule escorte deux destroyers lance-engins de la classe *Adams*, précaution judicieuse après la mésaventure toute récente arrivée à l'USS *Pueblo*, au large des côtes coréennes[1].

Le capitaine Franks regarda le navire russe disparaître à l'horizon une heure plus tard. On laissa passer deux heures de plus, par précaution. A huit heures, ce matin-là, deux AH-1 Huey Cobra achevèrent leur vol nocturne solitaire au-dessus des flots, après avoir décollé de la base des Marines à Da Nang,

---

1. Navire espion américain arraisonné par les Nord-Coréens en janvier 1968. Voir également le lexique. (*N.d.T.*)

pour se poser sur le large pont arrière de l'*Ogden*. Les Russes auraient pu s'interroger sur la présence de ces deux hélicoptères d'assaut sur un bâtiment qui, leur avaient indiqué avec assurance les rapports du renseignement, était affecté à une mission de surveillance électronique pas si différente de la leur. Les personnels d'entretien déjà embarqués s'empressèrent de faire rouler les « serpents » sous un abri couvert et entamèrent aussitôt une visite complète pour vérifier l'état de chaque composant des deux appareils. Des marins de l'*Ogden* mirent en route leur atelier et d'habiles maîtres-mécaniciens se mirent aussitôt au service des nouveaux venus. On ne les avait pas encore informés de la teneur de la mission mais il ne faisait désormais plus de doute que quelque chose de fort inhabituel se tramait. L'heure n'était plus aux questions. Quel que soit l'enfer qui se préparait, tous les moyens disponibles à bord étaient mis à disposition des équipages d'hélicoptères avant même que les officiers n'aient eu à répercuter l'ordre aux services dont ils étaient responsables. Les hélicoptères d'attaque Cobra étaient synonymes d'action et tous les hommes à bord se rendaient compte qu'ils étaient bougrement plus proches du Nord-Viêt-nam que du Sud. Les spéculations allaient bon train, mais pas tant que ça. D'abord les gars du renseignement, puis les Marines, maintenant les hélicos d'attaque, et d'autres hélicos devaient apponter dans l'après-midi. Les personnels médicaux de la Marine reçurent l'ordre de mettre en œuvre l'hôpital de bord en prévision d'arrivées prochaines.

— On va lancer un raid sur ces salauds, observa un quartier-maître de seconde classe, s'adressant à son supérieur.

— Va pas ébruiter ça, répondit en grognant ce dernier, un ancien combattant de vingt-huit ans.

— Merde, à qui veux-tu que j'aille le raconter, matelot ? Eh, mec, j'suis partant, moi, d'accord ?

Où va encore se fourrer ma Navy ? se demanda l'ancien du golfe de Leyte.

— Vous, vous et vous, lança le quartier-maître en désignant trois des nouveaux venus. Inspection de FOD ! C'était le signal d'une visite détaillée du pont d'envol, à la recherche de tout objet susceptible d'être aspiré dans la prise d'air d'un moteur. Il se retourna vers son supérieur.

— Avec votre permission, chef !

— Allez-y. *Des collégiens,* songea l'officier-marinier, *évitant la conscription.*

— Et si jamais j'en vois un fumer dans le secteur, je lui perce un second trou du cul ! lança aux jeunes recrues un quartier-maître de seconde classe qui n'avait pas sa langue dans sa poche.

Mais les choses sérieuses se passaient chez les galonnés.

— Pas mal de travail de routine, annonça l'officier de renseignement à ses visiteurs.

— On s'est pas mal occupé de leur réseau téléphonique, ces derniers temps, expliqua Podulski. Ça les force à recourir plus souvent à la radio.

— Malin, observa Kelly. Trafic émis par l'objectif ?

— Modéré, et un message la nuit dernière était en russe.

— C'est le signal qu'on attendait ! dit aussitôt l'amiral. Il n'y avait qu'une seule raison pour qu'un Russe se trouve à VERT-DE-GRIS. J'espère qu'on aura ce fils de pute !

— Monsieur, promit Albie avec un sourire, s'il est bien là, il est cuit.

Le climat avait changé de nouveau. Avec le repos et la proximité de l'objectif, les réflexions quittaient le domaine de la menace abstraite pour se concentrer sur la dure réalité de la mission. La confiance était revenue — nivelée toutefois par la prudence et l'inquiétude, mais c'était quand même en vue de ça qu'ils s'étaient entraînés. Ils songeaient désormais à ce qui allait se dérouler comme prévu.

Les derniers clichés étaient arrivés à bord, pris par un RA-5 Vigilante qui avait survolé en rase-mottes pas moins de trois batteries de SAM pour aller satisfaire sa curiosité dans un coin perdu et secret de la jungle. Kelly prit les agrandissements.

— Toujours des hommes dans les miradors.

— Ils doivent garder quelque chose, approuva Albie.

— Pas de changement notable, poursuivit Kelly. Une seule voiture. Pas de camions... pas grand-chose aux alentours immédiats. Messieurs, tout cela me paraît à peu près normal.

— Le *Connie* restera en position à quarante milles au

large. L'équipe médicale est transférée aujourd'hui. L'équipe de commandement arrive demain et le jour d'après... Franks regarda de l'autre côté de la table.

— Je me jette à l'eau, dit Kelly.

*

La cassette contenant la pellicule était rangée, non développée, à l'intérieur d'un coffre dans le bureau d'un chef de section du KGB en poste à Washington, dans les anciens locaux de l'Ambassade soviétique, sur la 16ᵉ Rue, à quelques pâtés de maisons seulement de la Maison Blanche. Jadis hôtel particulier de George Mortimer Pullman, le créateur des wagons-lits et racheté par le gouvernement de Nicolas II, il abritait à la fois le deuxième plus ancien ascenseur de la ville et son premier centre d'espionnage. Le volume de matériel engendré par plus d'une centaine d'agents de renseignements exercés signifiait que les informations qui franchissaient la porte n'étaient pas toutes traitées sur place, et le capitaine Yegorov n'avait pas encore suffisamment d'ancienneté dans le service pour que son chef ait jugé ses informations dignes d'être analysées. La cassette échoua en définitive dans une petite enveloppe de papier bulle scellée à la cire, puis rangée dans le sac de toile grossière que convoyait un agent d'ambassade ; celui-ci embarqua à bord d'un vol pour Paris, en première classe, grâce à l'obligeance d'Air France. A Orly, huit heures plus tard, le diplomate prit en correspondance un vol de l'Aeroflot pour Moscou, ce qui lui permit de passer trois heures et demie à deviser agréablement avec un agent de sécurité du KGB qui était son escorte attitrée pour cette partie du voyage. Outre sa tâche officielle, le courrier de l'ambassade améliorait son ordinaire en se procurant divers biens de consommation lors de ses voyages réguliers à l'Ouest. L'article particulièrement demandé ces temps-ci était le collant — dont deux paires étaient réservées à son escorte du KGB.

Après l'arrivée à Moscou et le passage à la douane, il monta dans la voiture qui attendait pour le ramener en ville ; son premier arrêt ne fut pas au ministère des Affaires étrangères mais au quartier général du KGB, 2, place Dzerjinski. Plus de la moitié du contenu de la valise diplomatique y échoua, y compris la plus grande partie des étuis minces contenant les collants. Deux heures plus tard, le courrier retrouvait son appartement familial, une bouteille de vodka et un sommeil bien mérité.

La cassette atterrit sur le bureau du commandant du KGB. L'étiquette d'identification lui indiqua de quelle unité elle lui provenait et l'officier remplit à son tour un formulaire, puis il appela un subordonné et lui demanda de porter la pellicule au laboratoire photographique pour qu'on la développe. Le labo, bien que vaste, était surchargé de boulot aujourd'hui et il allait devoir attendre vingt-quatre heures, voire quarante-huit, lui annonça le lieutenant à son retour. Le commandant hocha la tête. Yegorov débutait sur le terrain, c'était un officier prometteur qui commençait à nouer des relations intéressantes au sein de l'exécutif américain, mais on estimait qu'il faudrait attendre encore un peu avant que CASSIUS ne transmette des informations vraiment importantes.

*

Lorsque Raymond Brown quitta le CHU de Pittsburgh, il faisait des efforts pour ne pas trembler de colère à l'issue de sa première visite au docteur Bryant. Elle s'était en fait plutôt bien déroulée. Doris avait expliqué une bonne partie des événements des trois dernières années d'une voix franche quoique crispée, et tout du long, il lui avait tenu la main pour lui offrir son soutien, tant physique que moral. A vrai dire, Raymond Brown se reprochait tout ce qui avait pu advenir à sa fille. Si seulement il avait pu se maîtriser ce vendredi soir-là, il y avait si longtemps — mais il n'avait pas pu. Ce qui est fait est fait. Il ne pouvait pas changer les choses. Il était devenu un autre, depuis. Aujourd'hui, il était plus vieux et plus sage, aussi contrôlait-il sa rage en regagnant sa voiture. Le traitement visait l'avenir, pas le passé. La psychiatre avait été tout à fait explicite. Et il était bien décidé à suivre point par point ses conseils.

Le père et la fille dînèrent dans un petit restaurant familial tranquille — il n'avait jamais réussi à apprendre à cuisiner correctement — et ils évoquèrent le voisinage, les amis d'enfance de Doris, qui faisait quoi, s'exerçant à rattraper doucement le temps perdu. Raymond se forçait à parler à voix basse, à sourire beaucoup et à laisser Doris faire l'essentiel de la conversation. De temps en temps, elle baissait la voix et son air blessé revenait. C'était le signe qu'il fallait changer de sujet, dire un petit mot gentil sur son allure, voire rappeler une anecdote de boulot. Avant tout, il devait être fort et solide pour deux. Durant les quatre-vingt-dix minutes de leur première séance avec la psychiatre, il avait appris que les choses qu'il avait redoutées depuis trois ans avaient fini par se produire et, quelque part, il savait que d'autres, non dites, étaient pires encore. Il allait devoir puiser dans des ressources insoupçonnées pour réussir à contenir sa colère, mais sa petite fille avait besoin qu'il soit un... *un roc*, se promit-il. Un grand et gros roc auquel elle pourrait se raccrocher, aussi solide que les collines sur lesquelles était bâtie sa ville. Elle avait besoin d'autre chose, également. Elle avait besoin de redécouvrir Dieu. Le docteur avait partagé son opinion et Ray Brown comptait bien s'en occuper, avec l'aide de son pasteur, se promit-il en regardant dans les yeux sa petite fille.

*

C'était bon d'être de retour au boulot. Sandy avait retrouvé son service après quinze jours d'une absence que Sam Rosen, jouant de son statut de patron, pourrait sans problème faire passer pour une affectation spéciale. Les patients au sortir de réanimation regroupaient la collection habituelle de cas graves et bénins. L'équipe de Sandy se chargeait de tout. Deux de ses collègues infirmières lui posèrent quelques questions sur son absence. Elle leur répondit simplement qu'elle avait effectué un travail de recherche particulier pour le docteur Rosen et cette réponse leur suffit, surtout avec tous les lits du service occupés pour accaparer leur attention. Le reste de ses collègues nota qu'elle était quelque peu distraite. Elle avait de temps en temps le regard lointain, la tête ailleurs, l'air de songer à quelque chose. Nul ne savait à quoi. Peut-être à un homme, c'est ce que tous espéraient, heureux de voir leur surveillante de retour. C'était Sandy qui, de tous, savait le mieux manier les chirurgiens et avec le professeur Rosen pour l'épauler, le service tournait rond.

*

— Alors comme ça, c'est toi qui remplaces déjà Rick et Billy ? demanda Morello.

— Ça va prendre un petit moment, Eddie, répondit Henry. Ça risque de compliquer nos livraisons.

— Arrête tes conneries ! Tu les as déjà compliquées suffisamment comme ça.

— Lâche-nous un peu, Eddie, intervint Tony. Henry a bien monté son affaire. Un truc sûr, qui tourne rond...

— Et bien trop compliqué. Qui va se charger de Philadelphie, à présent ? insista Morello.

— On y bosse, répondit Tony.

— Tout ce que vous avez à faire, c'est répartir la came et ramasser le fric, bon Dieu de merde ! Ils vont pas se faire braquer, on bosse avec des hommes d'affaires, au cas où vous auriez oublié ? *Pas des nègres qui traînent dans les rues*, eut-il le bon sens de ne pas ajouter. Cette partie du message passa néanmoins. *Sans vouloir te vexer, Henry.*

Piaggi remplit les verres de vin. Un geste que Morello jugeait à la fois condescendant et irritant.

— Écoute, dit-il en se penchant en avant. J'ai aidé à monter ce coup-là, tu te souviens ? Tu serais même pas en train d'aborder le marché de Philly si j'avais pas été là.

— Qu'est-ce que t'es en train de me dire, Eddie ?

— Je vais te la faire, moi, ta putain de livraison, pendant qu'Henry ramasse ses billes. Franchement, je vois pas ce qu'il y a de dur là-dedans ! Merde, t'as des pétasses qui bossent pour toi ! *Montre un peu de panache*, se dit Morello, *montre-leur un peu que t'en as.* Bordel, lui au moins, il leur montrerait, aux gars de Philly, et peut-être qu'eux, ils pourraient lui offrir ce dont Tony était incapable. Ouais.

— T'es sûr que tu veux prendre le risque, Eddie ? demanda Henry en souriant intérieurement. Ce Rital était tellement prévisible.

— Putain, ouais.

— Eh bien, d'accord. Tony joua les mecs impressionnés. Tu établis le contact et tu arranges le coup. Henry avait raison, se dit Piaggi. Ç'avait été Eddie depuis le début qui cherchait à faire cavalier seul. Quelle stupidité. Et comme ce serait facile à régler.

*

— Chou blanc, dit Emmet Ryan, résumant l'Affaire de l'Homme invisible. Tous ces indices... et rien.

— La seule explication qui se tienne, Em, c'est que quelqu'un cherche à jouer pour son compte. Les meurtres en série, ça ne débutait pas d'un coup pour s'arrêter de même. Il devait y avoir une raison. La raison pouvait être difficile, voire impossible à trouver dans bien des cas, mais lorsqu'il s'agissait de meurtres à la chaîne, organisés et préparés avec un tel soin, c'était une autre histoire. Qui se ramenait à deux possibilités. La première était que quelqu'un avait provoqué une série d'assassinats pour dissimuler sa véritable cible. Cette cible devait être William Grayson qui avait disparu de la surface de la terre, sans doute définitivement, et dont on retrouverait peut-être le corps un jour — ou peut-être pas. Quelqu'un vraiment en rogne à propos de quelque chose, quelqu'un de très méticuleux et de très habile, et ce quelqu'un — l'Homme invisible — devait avoir réglé son problème et décidé d'arrêter.

Quelle était la probabilité de cette hypothèse ? se demanda Ryan. La réponse était impossible à évaluer mais quelque part, ce brusque coup d'arrêt lui semblait par trop arbitraire. Bien trop de préparatifs pour une cible unique et apparemment sans grande envergure. Quoi qu'ait pu représenter Grayson, il n'avait jamais dirigé aucune organisation et si les meurtres s'étaient échelonnés selon une séquence prédéfinie, sa mort ne constituait tout bonnement pas un terme logique. En tout cas, observa Ryan, le front plissé, c'était ce que lui dictait son instinct. Comme tous les flics, il avait appris à se fier à ces pressentiments mal définis. Et pourtant, les meurtres s'étaient bel et bien arrêtés. Trois autres dealers étaient morts au cours des dernières semaines ; Douglas et lui avaient enquêté sur place à chaque fois, pour découvrir banalement qu'il s'agissait de deux braquages qui avaient mal tourné et, pour le troisième, d'une rivalité territoriale perdue par l'un et gagnée par l'autre. L'Homme invisible avait disparu, en tout cas il était devenu inactif et ce dernier fait mettait à bas la théorie qui lui avait jusqu'ici semblé l'explication la plus logique à tous ces meurtres, ne lui laissant qu'une hypothèse bien moins satisfaisante.

L'autre possibilité était beaucoup plus logique, par certains côtés. Quelqu'un avait mis la main sur un réseau de drogue encore inconnu de Mark Charon et de son escouade, éliminant les dealers, sans aucun doute pour les encourager à passer chez un nouveau fournisseur. Vu sous cet angle, William Grayson acquérait une autre importance dans le plan général — et peut-être allait-on encore découvrir un ou deux meurtres, qui auraient permis d'éliminer les chefs de ce réseau hypothétique. Un nouvel effort d'imagination permit à Ryan d'estimer que le réseau démantelé par l'Homme invisible était le même que celui que Douglas et lui n'avaient cessé de traquer, au cours de ces longs mois. Tout cela composait un échafaudage logique fort cohérent.

Mais c'était rarement le cas des meurtres. Les vrais meurtres ne se déroulaient pas comme dans les séries policières télévisées. On ne les élucidait jamais entièrement. Quand vous saviez qui, vous risquiez de ne jamais découvrir le pourquoi, du moins pas d'une façon vraiment satisfaisante, et la difficulté d'appliquer des théories élégantes à la réalité concrète de la mort était que les gens n'entraient pas vraiment dans le moule de la théorie. Qui plus est, même si ce modèle des événements des derniers mois était correct, il impliquait qu'un individu hautement organisé, impitoyable et d'une efficacité meurtrière était désormais à la tête d'un réseau criminel dans la ville de Ryan, ce qui n'était pas franchement une bonne nouvelle.

— Tom, franchement, je n'arrive pas à l'avaler.

— Eh bien, si c'est ton commando, pourquoi s'est-il arrêté ? demanda Douglas.

— Si je me souviens bien, c'est pas toi qui as lancé cette idée le premier ?

— Ouais, et alors ?

— Dites donc, vous n'aidez pas beaucoup votre lieutenant, sergent !

— On a tout le week-end pour y réfléchir. Personnellement, je m'en vais tondre ma pelouse, me taper les deux films du dimanche et faire semblant d'être un citoyen ordinaire. Notre copain s'est tiré, Em. Je ne sais pas où, mais il pourrait aussi bien être parti à l'autre bout du monde. Je suis prêt à parier que c'est un gars de l'extérieur qui est venu accomplir un contrat, qu'il l'a rempli et qu'il est reparti.

— Attends une minute !

C'était une théorie entièrement nouvelle ça, un tueur à gages tout droit sorti d'Hollywood, et ces gens-là n'existent pas. Point final. Mais Douglas sortit du bureau sans rien dire, coupant court à toute possibilité d'une discussion qui aurait pu révéler que chacun des policiers avait à la fois tort et raison.

*

L'entraînement au maniement d'armes commença sous l'œil attentif des officiers, sans oublier les marins qui avaient pu trouver une excuse pour venir à l'arrière. Les Marines se dirent que les deux amiraux fraîchement débarqués et l'autre con de la CIA devaient souffrir du décalage horaire autant qu'eux à leur arrivée, sans savoir que Maxwell, Greer et Ritter avaient fait la majeure partie du trajet à bord d'un avion réservé aux VIP, traversant le Pacifique en plusieurs sauts de puce, avec boissons et sièges confortables.

On jeta un paquet de détritus par-dessus bord, tandis que le bâtiment continuait de progresser à une vitesse régulière de cinq nœuds. Les Marines perforèrent les divers blocs de bois et autres sacs en papier jetés à la mer au cours d'un exercice qui avait plus d'intérêt comme attraction pour l'équipage que par son efficacité réelle. Kelly prit son tour, tirant avec sa CAR-15 par salves de deux ou trois balles, et faisant mouche à tout coup. Quand l'exercice fut terminé, les hommes rangèrent leurs armes et regagnèrent leurs quartiers. Un maître-mécanicien arrêta Kelly alors qu'il rentrait dans la superstructure.

— C'est vous qui devez y aller seul ?

— Vous n'êtes pas censé le savoir.

Le chef-mécanicien se contenta de rigoler.

— Suivez-moi, monsieur.

Ils se dirigèrent vers l'avant, évitant le détachement de Marines pour se retrouver dans l'atelier de l'*Ogden*. Il était de taille impressionnante car il devait non seulement permettre l'entretien du navire proprement dit mais également pourvoir à tous les besoins des engins mécaniques susceptibles d'embarquer. Sur l'un des établis, Kelly avisa le scooter sous-marin qu'il allait utiliser pour remonter le fleuve.

— On l'a à bord depuis San Diego, monsieur. Le chef-électricien et moi, on l'a un peu bricolé. On l'a entièrement démonté, nettoyé, on a vérifié les batteries — des bonnes, soit dit en passant. Les joints sont neufs, donc il ne devrait pas y avoir de problèmes d'étanchéité. On l'a même testé dans le radier. L'autonomie garantie d'origine est de cinq heures. On a bossé dessus, Deacon et moi. Il devrait en tenir sept, dit le maître-mécanicien avec un orgueil tranquille. J'ai pensé que ça pourrait être pratique.

— Sûrement, chef. Merci.

— Maintenant, voyons voir cette arme. Kelly tendit la carabine après un instant d'hésitation et le chef entreprit de la démonter. En quinze secondes, elle était prête au nettoyage mais le chef-mécanicien ne s'arrêta pas en si bon chemin.

— Eh, attendez ! s'écria Kelly alors que le canon était déjà privé de son guidon de visée.

— Elle est trop bruyante, monsieur. Vous devez bien y aller seul, n'est-ce pas ?

— Oui, tout à fait.

Le machino ne leva même pas les yeux.

— Vous voulez que je la fasse taire ou vous préférez qu'elle claironne votre présence ?

— Impossible, avec une carabine.

— Qui a dit le contraire ? Vous devrez tirer à quelle distance, à votre avis ?

— Pas plus de trente mètres, sans doute moins. Merde, j'aimerais autant ne pas avoir à m'en servir...

— A cause du boucan, c'est ça ? Le chef sourit. Vous voulez me regarder faire, m'sieur ? Vous allez apprendre quelque chose.

Il alla placer le canon sous une perceuse à colonne. Le foret du bon diamètre était déjà monté sur le mandrin et, sous les yeux attentifs de Kelly et de deux premiers maîtres, le chef-mécanicien perça une série de trous dans les quinze derniers centimètres du cylindre d'acier creux.

— Bon, il n'est pas question de supprimer totalement le bruit d'une balle supersonique, mais ce qu'on peut faire, c'est piéger entièrement les gaz d'éjection, et c'est déjà pas mal.

— Même avec une cartouche à forte puissance ?

— Gonzo, tout est prêt ?

— Ouais, chef, répondit un seconde classe du nom de Gonzales. Il passa le canon au tour, pour y fileter un pas de vis peu profond mais assez long.

— J'ai déjà préparé ça. Le chef-mécano montra un silencieux cylindrique, de soixante-quinze millimètres de diamètre et trente-cinq centimètres de long. Il se vissa en douceur à l'extrémité du canon. Une fente à l'extrémité supérieure permettait de fixer à nouveau le guidon de visée qui faisait office en même temps de verrou de blocage.

— Combien de temps avez-vous bossé là-dessus ?

— Trois jours, monsieur. En examinant les armes que nous avions embarquées, je n'ai pas eu de mal à juger ce qui pourrait vous être utile et puis, j'avais du temps devant moi. Alors, j'ai bricolé un peu.

— Mais comment diable saviez-vous que j'allais...

— Nous échangeons des signaux avec un sous-marin. C'est pas vraiment difficile à deviner, non ?

— Mais comment avez-vous su ? insista Kelly, sachant d'avance la réponse.

— Vous connaissez un navire où on peut garder un secret ? Le capitaine a des sous-off. Les sous-off bavardent, expliqua le machino en terminant de remonter la carabine. Cela rallonge l'arme d'une quinzaine de centimètres. J'espère que ça ne vous dérangera pas.

Kelly épaula. En fait, ça avait même amélioré l'équilibre. Il préférait une arme lourde du canon, cela augmentait la précision de tir.

— Très chouette. Il faudrait qu'il l'essaye, bien sûr. Kelly et le chef remontèrent vers l'arrière. En chemin, le machino ramassa une caisse en bois vide. Sur la plate-forme arrière, Kelly glissa un chargeur plein dans la culasse. Le chef

130

balança la caisse à la mer et recula. Kelly épaula et pressa la détente.

Plop. Un instant plus tard, leur parvint le bruit de la balle touchant le bois. En fait, il était même plus fort que la détonation de la cartouche. On avait même distinctement entendu le claquement de la culasse. Le quartier-maître mécanicien avait réussi avec une carabine de forte puissance la même chose que Kelly avec un pistolet de calibre .22. L'homme de métier eut un sourire bienveillant.

— Le seul truc un peu délicat, c'est de vérifier qu'il y a assez de gaz pour actionner la culasse. Essayez-la en tir en rafale, m'sieur.

Kelly passa en mode automatique et tira six balles coup sur coup. Le bruit de la salve restait perceptible mais il était en fait réduit d'au moins quatre-vingt-quinze pour cent, et cela voulait dire que personne ne pourrait l'entendre au-delà de deux cents mètres — contre plus de mille mètres pour une carabine normale.

— Bon boulot, chef, bon boulot.

— Quoi que vous fassiez, m'sieur, soyez prudent, d'accord ? suggéra le chef en s'éloignant sans un autre mot.

— Je veux ! dit Kelly, pour les vagues. Il épaula encore une fois sa carabine et vida le chargeur sur la caisse avant qu'elle n'ait dérivé trop loin. Les balles la transformèrent en échardes au milieu de petites gerbes blanches d'eau de mer.

T'es prêt, John.

*

Tout comme la météo, comme il devait l'apprendre quelques minutes plus tard. C'était sans doute le service de prévisions météorologiques le plus perfectionné du monde qui épaulait les opérations aériennes au-dessus du Viêt-nam — même si les pilotes ne l'appréciaient pas à sa juste valeur. Le chef-météorologiste avait été transféré du *Constellation* avec les amiraux. Il fit courir ses mains sur une carte isobarique et les dernières photos satellite.

— Les averses commencent demain et nous pouvons nous attendre à des pluies intermittentes au cours des quatre prochains jours. Assez fortes. Cela doit se poursuivre jusqu'à ce que cette zone dépressionnaire en lente progression ait glissé vers le nord au-dessus de la Chine, leur expliqua le maître principal.

Tous les officiers étaient là. Les quatre équipages d'aviateurs assignés à la mission apprirent l'information sans broncher. Piloter un hélico par mauvais temps n'était pas vraiment une sinécure et aucun aviateur n'appréciait d'avoir à voler par visibilité réduite. Mais d'un autre côté, la pluie étoufferait le bruit des moteurs et la baisse de visibilité était à double tranchant : leur principal souci était en effet les batteries antiaériennes de petit calibre ; or celles-ci étaient à guidage optique. Tout ce qui pouvait empêcher leurs servants de voir et entendre leurs zincs renforçait leur sécurité.

— Vent maxi ? s'enquit un pilote de Cobra.

— Au pire, des rafales de trente-cinq à quarante nœuds. Ça risque de secouer pas mal.

— Notre radar de veille principal est excellent pour la surveillance météo. Nous pourrons toujours vous aider à contourner le plus gros du grain, proposa le capitaine Franks. Les pilotes acquiescèrent.

— Monsieur Clark ? C'était l'amiral Greer.

— Pour moi, la pluie c'est parfait. Le seul moyen qu'ils aient de me repérer lors du trajet aller, c'est la traînée de bulles que je laisserai à la surface. La pluie les effacera. Ce qui veut dire que je pourrai progresser en plein jour s'il le faut. Kelly marqua un temps, conscient que s'il ajoutait quelque chose, ce serait pour confirmer l'engagement définitif de la mission. Le *Skate* est prêt pour moi ?

— Il attend nos ordres, répondit Maxwell.

— Alors, de mon côté, vous pouvez donner le feu vert. Kelly sentit sa peau se glacer. Il eut l'impression qu'elle se contractait autour de son corps, comme s'il se ratatinait. Mais il l'avait dit quand même.

Tous les yeux se tournèrent vers le capitaine Albie, USMC. Un vice-amiral, deux contre-amiraux et un agent de la CIA plein d'avenir se reposaient désormais sur ce jeune officier du Corps des Marines des États-Unis pour prendre la décision finale. C'est lui qui commanderait le plus gros de la troupe.

C'était à lui qu'incombait la responsabilité ultime de l'opération. Cela faisait certes un drôle d'effet pour le jeune capitaine que sept étoiles aient besoin de l'entendre dire « go », mais la vie de vingt-cinq Marines et peut-être celle de vingt autres hommes dépendaient de son jugement. C'était sa mission et il faudrait qu'elle se déroule parfaitement du premier coup. Il regarda Kelly et sourit.

— Monsieur Clark, soyez extrêmement prudent. Je crois qu'il est temps que vous plongiez. Le signal de la mission est « go ».

Il n'y eut pas d'exultation. En fait, tous les hommes assemblés autour de la table baissèrent les yeux pour consulter les cartes, essayant de convertir l'image bidimensionnelle de l'encre couchée sur le papier en réalité à trois dimensions. Puis tous relevèrent la tête, presque simultanément, et chacun scruta les yeux de son voisin. Maxwell fut le premier à reprendre la parole pour s'adresser à l'équipage de l'un des hélicos.

— Je suppose que vous feriez mieux de faire chauffer vos moulins. Puis il se retourna. Capitaine Franks, voulez-vous avertir le *Skate* ? Deux *A vos ordres, amiral !* lui répondirent et les hommes se mirent au garde-à-vous, reculant d'un pas de la table, maintenant que la décision était prise.

Il était un peu tard pour se livrer à la réflexion, songea Kelly. Il tâcha de mettre sa trouille de côté et commença à concentrer toute son attention sur les vingt prisonniers. Cela paraissait tellement étrange de risquer sa vie pour vingt personnes qu'il n'avait jamais vues mais enfin, ce genre de risque n'était pas censé être rationnel. Son père avait passé son existence à faire la même chose et il avait perdu la vie en réussissant à sauver deux mioches. *Si je peux être fier de mon père, alors je peux honorer sa mémoire de mon mieux.*

Tu peux le faire, mon gars. Tu sais comment. Il sentait la détermination commencer à prendre le dessus. Toutes les décisions avaient été prises. Désormais, il était entièrement engagé dans l'action. Son visage se durcit. Les dangers n'étaient plus des risques à redouter mais à gérer. A surmonter.

Maxwell le vit. Il avait vu la même mutation s'opérer dans la salle de briefing des porte-avions, les collègues pilotes effectuer la préparation mentale nécessaire avant le lancer de dés, et l'amiral évoqua ses propres souvenirs, la tension des muscles, l'acuité visuelle soudain accrue. Premier entré, dernier sorti, comme souvent pour ses missions, aux commandes de son F6F Hellcat pour abattre les chasseurs ennemis puis protéger l'escadrille sur le chemin du retour. *Mon deuxième fils*, se dit soudain Dutch, *aussi courageux que le fiston et tout aussi doué*. Mais il n'avait jamais personnellement envoyé son fils affronter le danger, et Dutch était aujourd'hui bien plus âgé qu'au moment d'Okinawa. Quelque part, le danger assigné aux autres était plus vaste, plus horrible que celui qu'on assumait seul. Mais il fallait qu'il en soit ainsi et Maxwell savait que Kelly se fiait à lui, comme en son temps il s'était fié à Pete Mitscher. Ce fardeau était lourd à porter, d'autant plus lourd qu'il devait contempler le visage de celui qu'il envoyait en territoire ennemi, seul. Kelly surprit le regard de Maxwell et ses traits esquissèrent aussitôt un sourire entendu.

— Vous en faites pas, amiral. Il quitta la salle des cartes pour préparer son paquetage.

— Tu sais, Dutch — l'amiral Podulski alluma une cigarette —, nous aurions pu l'utiliser, ce petit gars, il y a quelques années. Je crois qu'il aurait convenu à merveille. Cela faisait bien plus que « quelques » années mais Maxwell reconnut qu'il y avait du vrai dans la remarque. Ils avaient été l'un et l'autre de jeunes guerriers, eux aussi, mais aujourd'hui, il était temps de laisser la place à la nouvelle génération.

— Cas, j'espère simplement qu'il sera prudent.

— Il le sera. Comme nous l'avons été.

*

Le scooter sous-marin fut poussé sur le pont d'envol par les hommes qui l'avaient préparé. L'hélicoptère était paré au décollage, ses rotors à cinq pales tournaient dans l'obscurité d'avant l'aube lorsque Kelly franchit la porte étanche. Il inspira un grand coup avant de s'avancer sur le pont. Il n'avait encore jamais eu un tel public. Irvin était là, en même temps que trois autres sous-officiers des Marines, Albie, les officiers généraux, et ce Ritter, tous venus lui dire au revoir comme s'il était Miss Amérique ou Dieu sait quoi. Mais ce furent les deux maîtres-mariniers qui l'abordèrent.

— Les batteries sont chargées à bloc. Votre équipement est dans la soute. Elle est étanche, donc pas de problème de ce côté, sir. La carabine est chargée, une balle engagée dans la chambre, au cas où vous en auriez rapidement besoin, le cran de sécurité est mis. Toutes les radios ont des piles neuves et vous avez deux jeux de rechange. S'il y a autre chose à faire, je ne vois pas quoi, conclut le maître-machiniste en criant pour couvrir le bruit des moteurs de l'hélicoptère.

— Ça m'a l'air impeccable ! répondit Kelly.

— Bon vent, monsieur Clark.

— Allez, à plus ! Et merci !

Kelly serra la main des deux officiers mariniers, puis se dirigea vers le capitaine Franks. Par jeu, il se mit au garde-à-vous et le salua.

— Permission de quitter le navire, mon capitaine.

Le capitaine Franks lui rendit son salut.

— Permission accordée, monsieur.

Alors, Kelly regarda tous les autres. *Premier entré, dernier sorti.* Un demi-sourire et un signe de tête suffisaient amplement, car en cet instant, c'était en lui qu'ils puisaient leur courage.

Le gros Sikorsky de sauvetage s'éleva de quelques dizaines de centimètres. Un matelot attacha le scooter sous-marin sous la carlingue puis l'appareil recula, s'écartant des turbulences générées par la superstructure de l'*Ogden*, s'élevant dans la nuit, tous feux éteints, pour disparaître au bout de quelques secondes.

*

L'USS *Skate* était un sous-marin démodé, développé après modifications à partir du premier navire à propulsion nucléaire, l'USS *Nautilus*. Sa coque avait presque la forme de celle d'un bâtiment de surface plutôt que celle d'une baleine, ce qui le rendait relativement lent en plongée, mais ses deux hélices amélioraient sa manœuvrabilité, en particulier en eaux peu profondes. Depuis des années, le *Skate* accomplissait des tâches de navire espion, s'approchant au plus près des côtes vietnamiennes et déployant ses antennes-fouets pour intercepter faisceaux radar et autres émissions électroniques. Il avait également débarqué plus d'un plongeur sur la plage. Y compris Kelly, plusieurs années auparavant, même si pas un seul homme de l'actuel équipage ne se souvenait de ses traits. Il l'aperçut à la surface, silhouette noire plus sombre que les eaux que faisaient scintiller un pâle dernier quartier de lune bientôt dissimulé par les nuages. Le pilote de l'hélicoptère commença par déposer le scooter sur le pont avant du *Skate*, où l'équipage l'arrima aussitôt. Puis Kelly et son paquetage furent treuillés à leur tour. Une minute plus tard, il se trouvait dans le poste de contrôle du submersible.

— Bienvenue à bord, dit le commandant Silvio Esteves, savourant à l'avance sa première mission avec un plongeur. Il n'avait pas encore achevé sa première année de commandement.

— Merci, monsieur. Combien de temps d'ici la côte ?

— Six heures, plus, si jamais nous repérons quelque chose. Vous voulez boire ? Manger ?

— Dormir, plutôt, si vous permettez.

— Il y a une couchette supplémentaire dans la cabine du second. Nous veillerons à ce que vous ne soyez pas dérangé. Ce qui était un meilleur traitement que celui alloué aux techniciens de la NSA, la sécurité militaire, qui se trouvaient déjà à bord.

Kelly se dirigea vers l'avant, pour goûter ses derniers instants de repos avant les trois prochains jours — si tout se déroulait conformément au plan. Il était endormi avant que le sous-marin soit retourné sous les eaux de la mer de Chine du Sud.

*

— Voilà un truc intéressant, observa le commandant. Il posa la traduction sur le bureau de son supérieur immédiat, un autre commandant, mais celui-ci était dans les petits papiers du lieutenant-colonel.

— J'ai entendu parler de cet endroit. Le GRU dirige l'opération — enfin, disons qu'ils essaient. Nos fraternels alliés socialistes ne sont pas très coopératifs. Alors comme ça, les Américains ont fini par être au courant, hein ?

— Continuez de lire, Youri Petrovitch, suggéra son cadet.

— Mazette ! Il leva les yeux. Qui est au juste ce CASSIUS ? Youri avait déjà vu le nom, lié à quantité d'informations d'intérêt mineur en provenance de diverses sources au sein de la gauche américaine.

— Glazov n'a fini de recruter les derniers éléments que tout récemment, expliqua le commandant.

— Eh bien, dans ce cas, je vais lui transmettre. Je suis surpris que Georgi Borissovitch ne se soit pas chargé personnellement de l'affaire.

— Je pense qu'il va le faire, à présent, Youri.

*

Ils savaient que quelque chose de sérieux se préparait. Le Nord-Viêt-nam avait disposé une multitude de radars le long de ses côtes. Leur but principal était de déclencher l'alerte aérienne pour les missions lancées depuis les porte-avions croisant sur ce que les Américains appelaient Yankee Station, et le Nord-Viêt-nam d'un autre nom. Fréquemment, les radars de recherche étaient brouillés mais pas tant que ça. Cette fois-ci, le brouillage était si puissant qu'il couvrait l'écran des moniteurs de fabrication russe d'un cercle compact de neige immaculée. Les opérateurs se penchèrent un peu plus, traquant des points plus éblouissants qui pourraient dénoter les vraies cibles au milieu du bruit de fond.

— Navire ! lança une voix au centre d'opérations. Navire à l'horizon ! C'était encore un cas où l'œil humain surpassait le radar.

*

S'ils étaient assez cons pour poser leurs radars et leurs canons au sommet des collines, ce n'était pas son problème. Le major contrôleur de tir était en poste au « SPOT 1 », la tourelle avant de l'officier de tir qui était l'élément le plus élégant de la superstructure de son navire. Ses yeux étaient collés aux oculaires du théodolite qui, bien que conçu à la fin des années 30, restait l'un des meilleurs appareils d'optique produits par les Américains. Sa main fit tourner le petit volant d'un mécanisme assez similaire à celui de mise au point d'un appareil photo, pour faire coïncider deux demi-images. Il visait l'antenne radar dont le treillis métallique, saillant du filet de camouflage, en faisait une référence de visée idéale.

— Top !

A ses côtés l'officier de tir en second pressa la palette du microphone, tout en lisant à haute voix les chiffres du cadran. Portée un-cinq-deux-cinq-zéro.

Au poste de tir central, trente mètres en dessous de Spot 1, les calculateurs électromécaniques digérèrent les données, indiquant la hausse aux huit canons du croiseur. Ce qui se produisit alors était tout simple. Déjà chargés, les canons tournèrent sur leurs tourelles, en s'élevant pour atteindre l'angle de hausse calculé une génération plus tôt par des douzaines de jeunes femmes — aujourd'hui grand-mères — ou de calculateurs mécaniques. A l'intérieur du calculateur de bord, la vitesse et la course du croiseur étaient déjà intégrés, et comme ils tiraient sur une cible fixe, il suffisait de leur assigner un vecteur de correction de vélocité identique mais de sens inverse. De la sorte, les canons resteraient automatiquement verrouillés sur l'objectif.

— Paré à faire feu ! commanda l'officier de tir. Un jeune matelot rabattit les clés de tir et l'USS *Newport News* fut ébranlé par la première salve de la journée.

— Parfait, en azimut, nous sommes trop courts de... trois cents... énonça le major, d'une voix tranquille, observant les geysers de poussière dans les jumelles grossissant vingt fois.

— Hausse trois cents ! relaya l'homme au micro, et la salve suivante tonna quinze secondes plus tard. Il ignorait que la première avait, par inadvertance, détruit le bunker de commandement du complexe de radars. La deuxième salve décrivit son arc dans les airs.

— Celle-ci devrait être la bonne, commenta le major.

Effectivement. Trois des huit obus atterrirent à moins de cinquante mètres de l'antenne et la mirent en pièces.

— Objectif atteint, dit-il dans son propre micro, attendant que la poussière se dissipe. Objectif détruit.

— Ça vaut tous les zincs, commenta le capitaine qui observait depuis la passerelle. Il était jeune officier de tir sur l'USS *Mississippi*, vingt-cinq ans plus tôt, quand il avait eu l'occasion d'apprendre le pilonnage des côtes sur cibles réelles, dans le Pacifique Ouest, de même que son indispensable major installé au Poste numéro un. C'était sans aucun doute le baroud d'honneur pour les derniers vrais croiseurs lourds de la Navy et le capitaine était bien décidé à ce qu'il se fasse entendre.

Quelques secondes après, des gerbes d'eau apparurent à mille mètres environ du navire. Elles provenaient des canons de 130 mm que l'armée nord-vietnamienne utilisait pour répliquer à la Navy. Il s'en occuperait avant de se concentrer sur les sites de DCA.

— Contrebatterie ! lança le skipper au poste de tir central.

— A vos ordres, mon capitaine, on est dessus. Une minute plus tard, le *Newport News* réorientait son tir, ses canons à tir rapide traquant et repérant la batterie dont les six canons de 130 auraient mieux fait de se taire.

C'était une diversion, le capitaine le savait. Forcément. Quelque chose se passait ailleurs. Il ignorait quoi, mais ce devait être un truc assez important pour qu'on l'ait laissé, avec son croiseur, passer au nord de la zone démilitarisée. Il n'y voyait pour sa part aucun inconvénient, estima-t-il, en sentant à nouveau vibrer la superstructure. Trente secondes plus tard, un nuage orange grossit rapidement, annonçant la destruction de la batterie ennemie.

— Objectif secondaire atteint, annonça le commandant de bord. Les hommes d'équipage sifflèrent brièvement leur allégresse puis se remirent à la tâche.

*

— Vous voilà arrivé. Le capitaine Mason s'écarta du périscope.

— Pas loin. Kelly n'avait eu besoin que d'un coup d'œil

pour savoir qu'Esteves était un cow-boy. La coque du *Skate* raclait les bigorneaux. Son périscope saillait à peine au-dessus des flots, l'eau léchait la moitié inférieure de la lentille. Je suppose qu'on fera aller.

— Z'avez un bon grain, là-haut, nota Esteves.

— Bon pour moi, effectivement. Kelly finit sa tasse de café, un vrai café de marin, avec du sel dedans. Je vais en tirer parti.

— Tout de suite ?

— Oui, sir. Kelly fit un bref signe de tête. A moins que vous comptiez vous approcher encore, ajouta-t-il avec un sourire de défi.

— Malheureusement, nous n'avons pas de roues sous la coque, sinon j'aurais bien essayé. Esteves pointa le pouce vers l'avant. Qu'est-ce que vous nous mijotez ? D'habitude, je suis au courant.

— Capitaine, je ne peux rien dire. A part ceci : si ça marche, vous saurez le fin mot de l'histoire. Il faudrait qu'il s'en contente et Esteves le comprit.

— Alors, vous feriez mieux de vous préparer.

Si chaudes que soient les eaux, Kelly devait se préoccuper du froid. Huit heures en immersion, même avec un faible écart de température, ça pouvait vous vider le corps de toute son énergie comme un court-circuit vide une batterie. Il se glissa à l'intérieur de la combinaison de plongée vert et noir en néoprène, puis doubla le nombre des ceintures lestées. Seul dans le poste de commandement du second, il marqua sa dernière pause de réflexion, priant Dieu non pas de l'aider, lui, mais les hommes qu'il tentait de secourir. Cela faisait drôle de prier, songea Kelly, après tout ce qu'il avait pu accomplir récemment si loin d'ici, et il prit le temps de demander le pardon pour tout le mal qu'il avait pu faire, se demandant toujours s'il avait ou non péché. Le moment était propice à ce genre de réflexion mais sans trop s'y attarder. Il devait regarder devant lui. Peut-être que Dieu l'aiderait à sauver le colonel Zacharias, mais il aurait à jouer sa partie, lui aussi. Sa dernière pensée avant de quitter le poste de commandement fut pour la photo d'un Américain solitaire sur le point de se faire assommer par-derrière par un petit salopard de l'ANV. Il était temps d'y mettre un terme, se dit-il en ouvrant la porte.

140

— Le sas d'évacuation est par ici, dit Esteves.

Kelly grimpa l'échelle, sous les yeux d'Esteves et de peut-être six ou sept marins du *Skate*.

— Tâchez qu'on sache le fin mot de l'histoire, dit le capitaine, en refermant lui-même l'écoutille.

— Sûr que je ferai tout pour ça, répondit Kelly alors que se verrouillait le panneau métallique. Un scaphandre autonome l'attendait. Les bouteilles étaient pleines, nota-t-il en vérifiant à nouveau lui-même les manos. Il décrocha l'hydrophone.

— Ici Clark. Dans le sas. Paré à sortir.

— Le sonar ne remarque rien en dehors de la pluie dense en surface. Recherche visuelle négative. *Vaya con dios*, señor Clark.

— *Gracias*, répondit Kelly, dans un rire. Il reposa l'hydrophone et tourna la vanne d'immersion. L'eau envahit le fond du compartiment et la pression de l'air s'accrut brusquement dans l'espace confiné.

*

Kelly consulta sa montre. Il était huit heures seize quand il ouvrit l'écoutille extérieure du sas pour se hisser sur le pont avant de l'USS *Skate*. Il alluma une torche pour éclairer le scooter sous-marin. L'engin était arrimé en quatre points mais avant de le libérer, il s'assura en accrochant un harnais de sécurité à sa ceinture. Il aurait l'air malin si le truc démarrait sans lui. Le profondimètre indiquait quarante-neuf pieds, un peu moins de quinze mètres. Le sous-marin était effectivement dans des fonds dangereusement hauts, et plus vite il s'en irait, plus vite son équipage serait de nouveau en sécurité. Après avoir largué les amarres du scooter, il bascula le contact et les deux hélices carénées se mirent aussitôt à tourner lentement. Bien. Kelly sortit le couteau de sa ceinture et donna deux coups de manche sur la coque puis il régla les élevons latéraux et partit en avant, cap au trois cent huit.

Plus question de faire demi-tour, désormais. Mais pour Kelly, c'était rarement le cas.

28

Premier entré

Il valait mieux qu'il ne puisse pas sentir l'odeur de l'eau. Enfin, au début. Peu d'expériences sont aussi déroutantes que de nager sous l'eau en pleine nuit. Par chance, les concepteurs du scooter sous-marin étaient eux-mêmes plongeurs et le savaient. L'engin était un peu plus long que la taille de Kelly. En fait, il s'agissait d'une torpille modifiée, avec divers accessoires permettant à un homme de la piloter et d'en contrôler la vitesse, la transformant en sous-marin de poche, même si l'aspect évoquait plutôt un avion dessiné par un enfant. Les « ailes » — les nageoires, plutôt — étaient actionnées à la main. Il y avait une jauge de profondeur, un inclinomètre, un ampèremètre pour la batterie et bien sûr l'indispensable compas magnétique. Le moteur électrique et les batteries avaient été conçus à l'origine pour propulser l'engin à haute vitesse en plongée, sur une distance de dix mille mètres. A vitesse lente, il pouvait aller bien plus loin. Dans ce cas en effet, il avait une autonomie de cinq à six heures à cinq nœuds — et même plus, si les mécaniciens de l'*Ogden* avaient dit vrai.

Cela ressemblait curieusement au vol à bord du C-141. Le ronronnement des deux hélices était quasiment inaudible à quelque distance mais les oreilles de Kelly étaient à deux mètres d'elles à peine, et le gémissement aigu le faisait déjà grimacer derrière son masque. C'était dû en partie à tout le café qu'il avait ingurgité. Il devait rester en permanence aux aguets et il avait assez de caféine dans l'organisme pour ressusciter un mort. Tant de choses à surveiller. Il y avait le trafic fluvial.

Entre les transbordages de munitions pour les batteries de triple-A et la version viêt de l'ado traversant pour rejoindre sa petite amie, ce n'étaient pas les petits bateaux qui manquaient dans le secteur. Heurter l'une de ces embarcations pouvait entraîner diverses conséquences plus ou moins immédiates, mais toujours fatales. Pour ajouter à la perversité, la visibilité était presque nulle, de sorte que Kelly savait assumer qu'il n'aurait pas plus de deux ou trois secondes pour éviter un obstacle quelconque. Il se maintenait du mieux possible dans l'axe du chenal. Toutes les trente minutes, il ralentissait et sortait la tête hors de l'eau pour se repérer. Il n'y avait aucune activité notable. Il ne restait plus guère de centrales électriques dans le pays et, sans lumières pour lire, voire alimenter un poste de radio, l'existence des gens ordinaires était aussi primitive qu'elle était bestiale pour leurs ennemis. Tout cela était vaguement triste. Kelly n'avait pas l'impression que le peuple vietnamien fût par nature plus belliqueux qu'un autre mais enfin, on était en guerre, et leur comportement, comme il avait pu le constater, était loin d'être exemplaire. Il fit le point et replongea, évitant avec soin de descendre plus bas que trois mètres. Il avait entendu parler d'un plongeur qui était mort à la suite d'une remontée trop rapide après être resté pressurisé plusieurs heures par seulement cinq mètres de fond, et il n'avait pour sa part aucune envie de rééditer l'expérience.

Le temps s'écoulait au ralenti. De temps à autre, la couverture nuageuse se dissipait et la lumière d'un quartier de lune soulignait les gouttes de pluie à la surface de l'eau, frêles cercles noirs s'étendant avant de disparaître sur l'écran bleu spectral, dix pieds au-dessus de sa tête. Puis les nuages se refermaient et il ne voyait plus qu'un toit gris sombre tandis que le crépitement des gouttes rivalisait avec le grondement infernal des hélices. Un autre risque était celui des hallucinations. Kelly avait un esprit actif, or il se retrouvait dans un environnement dépourvu de stimuli. Pire, son corps était trompé. Il était dans un état de quasi impesanteur, sans doute comme on devait l'être *in utero*, et le confort même de l'expérience était dangereux. Son esprit pouvait réagir en se réfugiant dans le rêve et cela, il ne pouvait se le permettre. Kelly mit au point une stratégie qui consistait à scruter des yeux ses instruments rudimentaires, à s'inventer de petits jeux, comme de maintenir son engin parfaitement horizontal sans se servir de l'inclinomètre, mais cela s'avéra impossible. Le vertige que connaissaient les aviateurs se produisait ici bien plus vite qu'en l'air, et il découvrit qu'il ne pouvait tenir plus de quinze ou vingt secondes avant de recommencer à s'incliner et descendre. De temps à autre, il effectuait un tour complet sur lui-même, histoire de changer, mais pour l'essentiel il faisait alterner son regard entre les eaux et les instruments, répétant sans arrêt le processus jusqu'à ce qu'à son tour, il s'avère dangereusement monotone. Seulement deux heures de trajet, devait-il se répéter pour garder sa concentration — mais il ne pouvait pas se concentrer sur une seule chose, ou même deux. Il avait beau se sentir à l'aise, tous les êtres humains dans un rayon de cinq kilomètres n'avaient qu'une seule envie, mettre un terme à son existence. Ces gens vivaient ici, ils connaissaient le terrain et le fleuve, les bruits et le paysage. Et ce pays, leur pays, était en guerre, où l'inhabituel est synonyme de danger et d'ennemi. Kelly ignorait si le gouvernement offrait une prime pour les Américains capturés morts ou vifs, mais il devait bien y avoir quelque chose comme ça. Les gens travaillaient dur pour gagner une récompense, surtout quand elle s'associait au patriotisme. Kelly se demanda comment on en était arrivé là. Non que cela eût une quelconque importance. Ces gens-là étaient des ennemis. Rien ne changerait de sitôt cet état de fait. Et sûrement pas dans les trois jours, qui était l'avenir le plus lointain envisagé par Kelly. S'il devait exister quelque chose au-delà, il devait faire comme s'il n'en était rien.

Sa prochaine halte programmée était à un méandre en fer à cheval. Kelly ralentit le scooter et haussa la tête avec précaution. Du bruit sur la rive nord, à une centaine de mètres. Le son portait sur l'eau. Des voix masculines s'exprimant dans une langue dont les intonations, quelque part, lui avaient toujours semblé poétiques — mais devenaient rapidement horribles quand elles exprimaient la colère. Comme tous les gens, supposa-t-il, en prêtant l'oreille une dizaine de secondes. Il redescendit, surveillant le changement de cap au compas alors qu'il suivait la courbe du méandre. Quelle étrange intimité, même si elle n'avait duré que dix secondes. De quoi parlaient-ils ? De politique ? Sujet ennuyeux en pays communiste. D'agriculture, qui sait ? De la guerre ? Peut-être, car les voix étaient assourdies. L'Amérique tuait un assez grand nombre de jeunes gens de ce pays pour qu'ils aient de bonnes raisons de nous détester, songea Kelly, et la perte d'un fils n'était sans doute guère différente ici que chez lui. Ils pouvaient ainsi narrer combien ils étaient fiers de leur garçon abattu par un soldat — carbonisé au napalm, démembré par une mitrailleuse ou pulvérisé par une bombe ; les nouvelles devaient finir par arriver d'une manière ou d'une autre, y compris sous forme de mensonges, ce qui revenait au même —, mais dans chaque cas, ce devait être un enfant qui avait fait un jour son premier pas et dit « papa » dans sa langue maternelle. Mais certains de ces mêmes enfants avaient été élevés pour suivre FLEUR EN PLASTIQUE, et il ne regrettait pas de les tuer. La conversation qu'il avait entendue paraissait tout à fait humaine, bien qu'il ne puisse la comprendre, et alors, mine de rien, surgit la question : qu'est-ce qu'ils avaient de différent ?

Bien sûr qu'ils sont différents, connard ! Laisse ces scrupules aux hommes politiques. Poser ce genre de questions le distrayait du fait concret qu'il y avait vingt types comme lui en amont du fleuve. Il pesta mentalement et se concentra de nouveau sur le pilotage de sa torpille.

*

Peu de choses distrayaient le pasteur Charles Meyer de la préparation de ses sermons hebdomadaires. C'était peut-être la partie la plus importante de son ministère, dire aux gens ce qu'ils avaient besoin d'entendre d'une manière claire et concise, parce que ses ouailles ne le voyaient qu'une fois par semaine, sauf accident — et quand survenait un accident grave, il devait leur offrir le refuge d'une foi solidement ancrée s'il voulait que sa sollicitude et ses conseils particuliers soient réellement efficaces. Meyer était prêtre depuis trente ans, toute sa vie d'adulte, et l'éloquence naturelle était l'un de ses dons que des années de pratique lui avaient permis de polir au point qu'il était capable de choisir un passage des Écritures et de le développer en leçon de morale parfaitement ciblée. Le révérend

Meyer n'était pas un homme sévère. Son message de foi était tout d'amour et de miséricorde. Il était prompt à sourire et à plaisanter, et même si ses sermons étaient, par nécessité, une affaire sérieuse, car le salut était la plus sérieuse des ambitions de l'homme, c'était sa tâche, estimait-il, de souligner la nature authentique de Dieu : Amour. Miséricorde. Charité. Rédemption. Pour Meyer, son existence tout entière était consacrée à aider les gens à revenir après une crise d'oubli, à embrasser de nouveau malgré le rejet. Une tâche d'une telle importance méritait qu'il y consacrât une partie de son temps.

— Bienvenue parmi nous, Doris, dit Meyer en pénétrant dans la maison de Ray Brown. Homme de taille moyenne, sa tête massive aux cheveux gris lui donnait un air imposant et érudit. Il prit les deux mains de la jeune femme entre les siennes, avec un sourire chaleureux. Nos prières ont été exaucées.

Nonobstant ses airs compatissants, la rencontre s'annonçait délicate pour les trois participants. Doris avait péché, sans doute gravement. Meyer en était conscient mais tâchait de ne pas insister d'une manière intransigeante. L'essentiel était que l'enfant prodigue fût revenu, et si Jésus avait eu besoin d'une seule raison pour justifier Son séjour sur terre, cette parabole la résumait en quelques versets. Toute la chrétienté en une seule histoire : quelle que soit la gravité des erreurs commises, ceux qui avaient le courage de revenir seraient toujours les bienvenus.

Père et fille étaient assis l'un à côté de l'autre sur le vieux canapé bleu, Meyer était à leur gauche dans un fauteuil. Trois tasses de thé étaient disposées sur la table basse. Le thé était le breuvage tout indiqué pour un moment pareil.

— Je suis surpris de te voir en si bonne forme, Doris. Il sourit, dissimulant son désir éperdu de mettre la jeune fille à l'aise.

— Merci, pasteur.

— Ça a été dur, n'est-ce pas ?

D'une voix soudain crispée :

— Oui.

— Doris, nous commettons tous des erreurs. Dieu nous a créés imparfaits. Tu dois l'accepter et tu dois en permanence

146

essayer de t'améliorer. Nous n'y réussissons pas toujours — mais toi, tu as réussi. Tu es de retour. Le mal est derrière toi, et avec un petit effort, tu pourras l'y laisser à jamais.

— Je le ferai, dit-elle avec détermination. Je le ferai vraiment. J'ai vu... et fait... des choses tellement affreuses...

Meyer était un homme difficile à choquer. Les prêtres ont pour métier d'écouter des histoires évoquant la réalité de l'enfer, car les pécheurs ne pouvaient accepter le pardon que lorsqu'ils étaient capables de se pardonner eux-mêmes, une tâche qui exigeait toujours une oreille compatissante et une voix calme emplie d'amour et de raison. Mais ce qu'il entendit alors le choqua vraiment. Il essaya de rester parfaitement impassible. Par-dessus tout, il essaya de se rappeler que ce qu'il entendait appartenait effectivement au vécu de sa paroissienne affligée, alors qu'en l'espace de vingt minutes il apprit des choses dont il n'avait même jamais rêvé, des choses surgies d'un autre temps, celui où il servait comme jeune aumônier militaire en Europe. Il y avait un démon dans la Création, une chose à laquelle sa Foi l'avait préparé, mais le visage de Lucifer n'était pas fait pour les yeux non protégés des hommes — et certainement pas pour ceux d'une jeune fille qu'un père en colère avait malencontreusement égarée à un âge tendre et vulnérable.

Cela ne fit qu'empirer. La prostitution était déjà quelque chose d'horrible. Les dégâts qu'elle occasionnait chez les jeunes femmes pouvaient durer toute la vie, et il fut heureux d'apprendre que Doris consultait le docteur Bryant, un praticien merveilleusement doué à qui il avait déjà adressé deux de ses ouailles. Durant plusieurs minutes, il partagea la souffrance et la honte de Doris, tandis que son père lui tenait courageusement la main, en refoulant ses larmes.

Puis on passa à la drogue, son usage d'abord, puis son recel pour d'autres, des gens nuisibles. Elle était toujours absolument sincère, tremblante, les yeux ruisselant de larmes, confrontée à un passé à faire défaillir le cœur le plus endurci. Puis vint le récit des sévices sexuels, et enfin le pire.

Cela devint tout à fait concret pour le pasteur Meyer. Doris semblait se souvenir de tout — rien d'étonnant. Il faudrait tout le métier du docteur Bryant pour enfouir cette horreur dans le passé. Elle raconta son histoire comme si c'était un film, ne laissant apparemment rien dans l'ombre. C'était quelque chose de salutaire de tout déballer ainsi au grand jour. Salutaire pour Doris. Et même pour son père. Mais cela faisait fatalement de Charles Meyer le réceptacle de l'horreur dont les autres cherchaient à se débarrasser. Des vies avaient été perdues. Des vies innocentes — les vies de victimes, deux jeunes filles guère différentes de celle qu'il avait devant lui, assassinées d'une façon digne de...

— Le geste que tu as fait pour Pam, ma chère enfant, c'est l'un des actes les plus courageux qu'il m'ait été donné d'entendre, dit le pasteur d'une voix calme, quand tout fut terminé. Lui était aussi ému aux larmes. C'était Dieu, Doris. C'était Dieu qui agissait par tes mains et te révélait la bonté de ton caractère.

— Vous croyez ? demanda-t-elle, incapable soudain de retenir ses sanglots.

Il fallait maintenant qu'il bouge et c'est ce qu'il fit, s'agenouillant devant père et fille, prenant leurs mains entre les siennes.

— Dieu t'a visitée, et il t'a sauvée, Doris. Ton père et moi avons prié pour cet instant. Tu es revenue et tu ne commettras plus jamais de tels actes. Le pasteur Meyer ne pouvait pas savoir ce qu'on ne lui avait pas dit, les choses que Doris avait délibérément passées sous silence. Il savait qu'un médecin de Baltimore et une infirmière avaient rendu à sa paroissienne la santé physique. Il ignorait comment Doris en était arrivée là, il il supposa qu'elle s'était échappée, comme avait presque réussi à le faire l'autre fille, Pam. Tout comme il ignorait que le docteur Bryant avait reçu l'avertissement de garder pour elle toutes ces informations. Quelle importance, d'ailleurs. Il restait d'autres filles aux mains de ce Billy et de son ami Rick. De même qu'il avait consacré sa vie à priver d'âmes Lucifer, de même avait-il le devoir de priver ces monstres de leurs corps. Il devait être prudent. Une conversation comme celle-ci était un privilège au plein sens du terme. Il pouvait conseiller à Doris d'informer la police, même s'il ne pourrait jamais l'y forcer. Mais en tant que citoyen, et homme de Dieu, il avait certainement quelque chose à faire pour venir en aide à ces autres jeunes filles. Quoi au juste, il n'était pas sûr. Il faudrait qu'il interroge son fils, jeune sergent dans la police municipale de Pittsburgh.

*

Là. Kelly avait glissé la tête hors de l'eau, juste assez pour dévoiler ses yeux. Des deux mains, il saisit le bonnet de caoutchouc pour l'ôter, dégageant ses oreilles pour mieux percevoir les sons environnants. Il régnait toutes sortes de bruits. Crissements d'insectes, battements d'ailes de chauves-souris et, couvrant tout, la pluie qui tombait en fine averse pour l'instant. Au nord, des ténèbres que ses yeux accoutumés à l'obscurité commençaient à pénétrer. « Sa » colline était là, à quinze cents mètres derrière une autre, plus basse. Il savait, par les photos aériennes, qu'il n'y avait aucune habitation entre l'endroit où il se trouvait et son objectif. Une route passait à cent mètres à peine, absolument déserte. Le calme était tel qu'il aurait sûrement détecté le moindre bruit de moteur. Il n'y en avait aucun. C'était le moment.

Kelly rapprocha le scooter de la rive. Il choisit d'aborder sous des arbres en surplomb qui le dissimuleraient mieux. Son premier contact physique avec le sol du Nord-Viêt-nam avait quelque chose d'électrique. La sensation passa bientôt. Kelly se débarrassa de la combinaison de plongée, la tassant dans le conteneur étanche du scooter remonté à la surface. Il enfila rapidement son treillis camouflé. Les semelles de ses bottes de jungle reproduisaient celles des ANV, au cas où l'on remarquerait des traces de pas sortant de l'ordinaire. Ensuite, il se camoufla le visage avec du maquillage, vert foncé sur le front, les pommettes, la mâchoire, et de couleurs plus claires sous les yeux et au creux des joues. Une fois son barda sur le dos, il remit en route les moteurs électriques du scooter. L'engin gagna le milieu du fleuve et, ses chambres de flottaison désormais ouvertes, alla par le fond. Kelly dut faire un effort pour ne pas le regarder s'éloigner. Ça portait la poisse, se rappela-t-il, de regarder l'hélico quitter la ZA. Ça trahissait le manque de détermination. Kelly regagna la terre ferme, prêtant l'oreille à un éventuel véhicule sur la route. N'en entendant aucun, il escalada la berge et traversa aussitôt le chemin gravillonné pour disparaître dans l'épais feuillage et gravir d'un pas lent mais décidé la première colline.

Les gens d'ici coupaient du bois pour faire la cuisine. C'était ennuyeux — ne risquaient-ils pas de sortir en couper demain matin ? — mais bien pratique aussi, car cela lui permettait de progresser plus vite et plus silencieusement. Il marchait voûté, attentif, regardant où il mettait les pieds, l'œil aux aguets, l'oreille tendue, surveillant en permanence les alentours à mesure qu'il progressait. Il tenait sa carabine à la main. Son pouce tâta le sélecteur placé sur le cran de sûreté. Une balle était engagée dans la chambre. Il l'avait déjà vérifié. Le maître-mécanicien de la Navy lui avait préparé son arme dans les règles et il pourrait comprendre que Kelly ait voulu s'en assurer visuellement, mais s'il y avait une chose dont il désirait s'abstenir, c'était bien de tirer une seule balle de sa CAR-15.

Gravir la première colline lui prit une demi-heure. Kelly s'arrêta au sommet, après avoir trouvé un endroit dégagé pour regarder et écouter. Il était bientôt trois heures du matin, heure locale. Les seuls individus encore éveillés l'étaient par obligation et ils ne devaient pas trop l'apprécier. L'organisme était assujetti à un cycle circadien et à ces petites heures de la nuit, les fonctions corporelles étaient au plus bas.

Rien.

Kelly reprit sa progression, descendant la colline. En bas coulait un ruisseau qui se jetait dans le fleuve. Il en profita pour emplir une de ses gourdes, puis y ajouta une pastille purificatrice. A nouveau, il tendit l'oreille car les sons se propageaient idéalement au fond des vallées en suivant les cours d'eau. Toujours rien. Il leva les yeux et contempla « sa » colline, masse grise sous le ciel nuageux. La pluie redoubla alors qu'il entamait l'ascension. Peu d'arbres avaient été coupés ici, ce qui était logique car la route passait bien plus loin. La pente était un peu trop escarpée pour être cultivée et vu la proximité de la zone alluviale, il estima pouvoir s'attendre à un minimum de visiteurs. C'est sans doute pourquoi VERT-DE-GRIS avait été installé ici, se dit-il. Il n'y avait rien alentour pour attirer vraiment l'attention. Cela valait dans les deux sens.

A mi-hauteur, son regard embrassa pour la première fois le

camp de prisonniers. C'était un espace dégagé en pleine forêt. Il n'aurait su dire si le site était déjà une prairie à l'origine ou si les arbres avaient été abattus pour une raison ou pour une autre. Un embranchement de la route longeant le fleuve montait directement depuis l'autre flanc de « sa » colline. Kelly aperçut un éclat lumineux provenant de l'une des tours de guet — quelqu'un avec une cigarette, sans aucun doute. Les gens n'apprenaient-ils donc jamais ? Il fallait parfois des heures avant que votre vision nocturne soit vraiment efficace et cela pouvait suffire à la ruiner. Kelly détourna le regard pour se concentrer de nouveau sur la fin de l'ascension, contournant les fourrés, cherchant les passages dégagés où son uniforme ne risquait pas de frotter contre les branches ou les feuilles et de provoquer un bruit mortel. Ce fut presque une surprise quand il déboucha au sommet.

Il s'assit quelques instants, se forçant à rester parfaitement immobile, écoutant, surveillant encore une fois les alentours avant d'entreprendre son examen du camp. Il trouva un endroit idéal, sept ou huit mètres en dessous de la crête. Le flanc opposé de la colline était raide et un grimpeur non averti ne manquerait pas de faire du bruit. Depuis son poste, sa silhouette ne risquait pas de se découper sur le ciel pour un observateur en contrebas car il s'était installé exprès au milieu des fourrés. Ce serait son poste sur la colline. Il glissa la main dans une poche intérieure et sortit l'un de ses émetteurs-récepteurs.

— SERPENT appelle CRICQUET, à vous.

— SERPENT, ici CRICQUET, je vous copie cinq sur cinq, répondit l'un des radios installé dans le camion de communications garé sur le pont de l'*Ogden*.

— Sur site, entame surveillance. A vous.

— Bien copié. Terminé.

Le radio leva les yeux vers l'amiral Maxwell. La phase deux de l'opération VERT BUIS était désormais achevée.

*

La phase trois commença aussitôt. Kelly sortit de leur étui les jumelles 7 × 50 de marine et commença son examen du

151

camp. Il y avait des gardes sur les quatre tours ; deux d'entre eux fumaient. Cela devait vouloir dire que leur officier était endormi. L'armée nord-vietnamienne avait une discipline stricte et punissait sévèrement les infractions — la mort n'était pas un châtiment rare même pour des fautes mineures. Une seule voiture était là, garée comme de juste près du bâtiment qui devait abriter les officiers du camp. Il n'y avait aucune lumière et aucun bruit. Kelly essuya la pluie de ses yeux et vérifia la mise au point des deux oculaires avant d'entamer sa surveillance. Bizarrement, il avait l'impression d'être de retour à la base des Marines de Quantico. La similitude d'angle et de perspective était déroutante. Il semblait exister quelques diffé-rences mineures dans les bâtiments mais l'obscurité pouvait en être la cause, ou peut-être un léger changement de couleur. Non, se rendit-il compte. C'était la cour, le terrain de manœuvre — quel que soit le nom qu'on lui donnait ici. Il n'y avait pas un brin d'herbe. Sa surface était plate et nue, comme l'argile rouge de cette région. La différence de teinte et l'absence de texture donnaient aux bâtiments un cadre légère-ment autre. Le matériau de couverture différait mais la pente était identique. On se croyait quand même à Quantico et avec de la chance, la bataille réelle se terminerait aussi bien que les exercices. Kelly s'installa, s'allouant une gorgée d'eau. Elle avait l'insipidité distillée de la flotte recyclée à bord des sous-marins : propre, étrangère, comme lui-même en cet endroit.

A quatre heures moins le quart, il avisa quelques lumières dans les baraquements, lueurs jaunes vacillantes, comme des chandelles. La relève de la garde, peut-être. Les deux soldats des miradors les plus proches de lui s'étirèrent et se mirent à deviser tranquillement. Kelly percevait tout juste le murmure de la conversation, sans distinguer les mots. Ils s'ennuyaient. C'était le service qui voulait ça. Sans doute râlaient-ils, mais pas tant que ça. Cette affectation était bien préférable à la piste Hô Chi Minh à travers le Laos et on avait beau être patriote, seul un imbécile goûterait une telle perspective. Ici, ils avaient à surveiller une vingtaine de bonshommes, bouclés dans des cellules individuelles, peut-être enchaînés aux murs ou, en tout cas, entravés, avec autant de chances de s'évader du camp que Kelly en avait de marcher sur l'eau — et même s'ils réussissaient cet improbable exploit, où iraient-ils ? Des Blancs d'un mètre quatre-vingts dans un pays de petits hommes jaunes, dont pas un ne lèverait le petit doigt pour les aider. Le pénitencier fédéral d'Alcatraz ne pourrait pas être plus sûr que cette prison-ci. Donc, les gardes avaient trois revues quotidiennes et une tâche bien ennuyeuse qui émoussait leurs sens.

Bonne nouvelle, se dit Kelly. *Continuez à vous ennuyer, les mecs.*

Les portes du baraquement s'ouvrirent. Huit hommes en sortirent. Pas de sous-officier en tête du détachement. Intéressant, et marquant une désinvolture surprenante pour l'ANV. Par groupes de deux, les hommes se dirigèrent vers les tours. Dans chaque cas, la relève escalada le mirador avant que l'équipe en faction ne soit descendue, ce qui était prévisible. On échangea quelques remarques, et les soldats relevés redescendirent. Deux d'entre eux allumèrent une cigarette avant de retourner dans le baraquement, s'arrêtant pour bavarder à l'entrée. Tout cela respirait la routine confortable et à peu près normale, conduite par des hommes qui accomplissaient la même tâche depuis des mois.

Minute. Deux d'entre eux boitaient, remarqua Kelly. *Des anciens combattants.* C'était à la fois une bonne et une mauvaise nouvelle. Les gens avec l'expérience du combat étaient simplement différents. Que vienne l'heure de l'action et ils réagiraient bien, c'était probable. Même sans un entraînement récent, leur instinct reprendrait le dessus, et ils essayeraient de riposter avec efficacité malgré l'absence de chef — mais étant d'anciens combattants, ils seraient également plus ramollis, dédaigneux de leur tâche, même si c'était une bonne planque, privés de cette ardeur un peu maladroite des jeunes recrues. Comme toutes les épées, celle-ci était à double tranchant. Dans l'un et l'autre cas, le plan d'attaque en tenait compte. Tuez les gens sans prévenir et leur entraînement devient un point mineur, ce qui réduisait bougrement les risques.

Toujours est-il que cette supposition était erronée. Les troupes chargées de garder les prisonniers de guerre n'étaient en général pas des troupes d'élite. Or, ces hommes étaient pour le moins des combattants, même s'ils avaient subi des blessures qui les avaient relégués à l'arrière. D'autres erreurs ? se demanda Kelly. Apparemment non.

Son premier message radio significatif était une simple expression codée qu'il émit en Morse.

*

— COUP FACILE, monsieur. Le technicien des communications émit un accusé de réception.

— Bonne nouvelle ? s'enquit le capitaine Franks.

— Le message indique que tout va comme prévu, rien de spécial, répondit l'amiral Podulski. Maxwell était allé faire un somme. Cas ne dormirait pas jusqu'à ce que la mission soit achevée. Notre ami Clark l'a émis pile à l'heure.

*

Le colonel Glazov n'appréciait pas plus que ses homologues occidentaux de travailler le week-end, surtout lorsque c'était parce que son adjoint administratif avait rangé son rapport sur la mauvaise pile. Au moins le garçon avait-il reconnu son erreur, et appelé aussitôt son chef à son domicile pour l'en avertir. Glazov ne pouvait guère que le réprimander pour cette négligence, tout en étant bien forcé de louer l'honnêteté et le sens du devoir de ce garçon. Il quitta sa datcha pour Moscou à bord de sa voiture particulière, trouva une place derrière l'immeuble et se soumit aux pénibles procédures du contrôle d'accès avant de monter par l'ascenseur. Puis il dut rouvrir son bureau et faire demander les bons documents aux Archives centrales, ce qui, là aussi, prenait plus de temps que d'habitude en ce jour de congé. Bref, parvenir simplement au point où il pouvait examiner le satané dossier exigea deux bonnes heures depuis le coup de téléphone intempestif qui avait mis en route le processus. Le colonel signa les documents et regarda s'éloigner l'employé des archives.

— *Bloody hell,* jura le colonel en anglais, enfin seul dans son bureau du troisième étage. CASSIUS avait un ami au Service de Sécurité nationale de la Maison Blanche ? Pas étonnant que certaines de ses informations aient été aussi bonnes — bonnes au point d'amener Georgi Borissovitch à faire un saut à Londres en avion pour confirmer le recrutement. Le haut responsable du KGB n'avait plus qu'à s'en prendre à lui-même. CASSIUS avait gardé pour lui cet élément d'information, se doutant peut-être qu'il tenait là le moyen de faire pression sur son supérieur hiérarchique. L'agent de liaison, le capitaine Yegorov, avait admis le tout sans sourciller — il avait intérêt — et décrit avec force détails ce premier contact.

« Vert buis », dit Glazov. Un simple nom de code pour l'opération, choisi sans raison particulière, selon la tradition américaine. La question suivante était de savoir s'il convenait ou non de transmettre l'information aux Vietnamiens. Cela constituait une décision politique, et qu'il convenait de prendre au plus vite. Le colonel décrocha son téléphone et composa le numéro de son supérieur immédiat qu'il trouva lui aussi à son domicile, et aussitôt, lui aussi, d'une humeur massacrante.

*

Le lever du soleil était un instant équivoque. La couleur des nuages passa du gris ardoise au gris fumée alors que quelque part au-dessus l'astre du jour manifestait sa présence, même si, au niveau du sol, il faudrait encore l'attendre, jusqu'à ce que la zone de basses pressions ait dérivé vers le nord et la Chine — c'est du moins ce que déclarait le bulletin météo. Kelly consulta son chrono, récapitulant mentalement chaque phase. L'effectif des gardes était de quarante-quatre hommes, plus quatre officiers — et peut-être un ou deux cuistots. Tous, hormis les huit de garde sur les miradors, se rassemblèrent juste après l'aube pour la séance de gymnastique. Bon nombre avaient du mal à faire leurs exercices matinaux et l'un des officiers, un capitaine, d'après ses épaulettes, sautillait avec une canne — et il était également invalide d'un bras, à voir comment il s'en servait. *Qu'est-ce qui t'est arrivé ?* se demanda Kelly. Un sous-off estropié et de mauvaise humeur passait en revue les soldats, les engueulant sur un ton qui dénotait de longs mois de pratique. Derrière ses jumelles, Kelly observa les expressions des hommes dans son sillage.

Cela donnait aux gardes nord-vietnamiens une qualité humaine dont il aurait préféré pouvoir faire abstraction.

L'exercice matinal dura une demi-heure. Lorsqu'il fut terminé, les soldats rentrèrent pour la boustifaille, retrouvant leur allure manifestement désinvolte et tout sauf réglementaire. Les gardes des miradors passaient l'essentiel de leur temps à surveiller l'intérieur du périmètre, comme prévu, le plus souvent accoudés. Il ne devait pas y avoir de balle engagée dans la culasse de leurs armes, mesure de sécurité logique qui jouerait contre eux cette nuit ou la nuit prochaine, en fonction du temps. Kelly examina une fois encore les alentours. Inutile pour lui de trop se polariser sur l'objectif. Il allait rester immobile, alors même qu'un jour gris s'était levé, mais il pouvait toujours tourner la tête pour écouter et regarder. Repérer le motif des chants d'oiseaux, s'y accoutumer de manière à noter aussitôt le moindre changement. Il avait enroulé une étoffe verte autour du canon de son arme, mis un béret pour diluer le contour de sa tête au milieu des fourrés et s'était peinturluré le visage ; tout cela contribuait à le rendre invisible, le fondre dans cet environnement chaud et humide que... *enfin merde, quelle idée d'aller se battre pour un endroit pareil ?* Il sentait déjà des insectes grouiller sur sa peau. Le plus gros de leurs troupes avait été chassé par le produit répulsif non parfumé qu'il avait bombé alentour. Mais pas tous, et la sensation de ces bestioles lui rampant dessus était aggravée à l'idée que tout geste brusque lui était interdit. Il n'y avait pas de risques mineurs dans un endroit tel que celui-ci. Il avait oublié tant de choses. L'entraînement, c'était très bien, et utile, mais il était toujours loin de vous préparer totalement. Rien ne remplaçait la présence du danger réel, ce léger accroissement du rythme cardiaque qui pouvait vous épuiser même quand vous restiez immobile. On ne l'oubliait jamais mais on ne s'en souvenait jamais vraiment non plus complètement.

Se nourrir, reprendre des forces. A tâtons, il glissa doucement la main dans une poche, en ressortit deux barres vitaminées. Pas le genre de truc qu'il aurait mangé d'habitude, mais à présent, c'était vital. Il déchira avec les dents leur emballage en plastique et les mastiqua lentement. L'énergie procurée par la barre était sans doute aussi psychologique que

156

réelle, mais l'un et l'autre facteur avaient leur utilité, car son corps devait affronter à la fois l'épuisement et le stress.

A huit heures, nouvelle relève de la garde. Les soldats relevés entrèrent dans le bâtiment pour bouffer. Deux hommes allèrent se poster à la porte, déjà las avant d'arriver, pour surveiller la route et guetter des véhicules qui ne viendraient sans doute jamais jusqu'à ce camp perdu. Plusieurs détachements se formèrent pour accomplir des corvées manifestement aussi vaines pour Kelly que pour ceux qui les accomplissaient avec stoïcisme et sans trop se presser.

*

Le colonel Grichanov se leva juste après huit heures. Il avait veillé tard la nuit précédente, et bien qu'il eût prévu de se lever tôt, il venait de constater amèrement que son réveil mécanique avait finalement rendu l'âme, rongé de rouille par ce climat détestable. Huit heures dix, nota-t-il en consultant sa montre d'aviateur. *Merde.* Pas de course à pied matinale. Il ferait bientôt beaucoup trop chaud, sans compter que la pluie était partie pour tomber toute la journée. Il se prépara un pot de thé sur un petit réchaud de campagne. Pas de journal du matin à lire — comme d'habitude. Pas un résultat de foot. Pas de critique de la dernière création de ballet. Rien de rien dans ce putain de coin lamentable pour le distraire un peu. Si importante que soit sa mission, il avait besoin de distraction, comme n'importe qui. Et même pas une plomberie décente. Il avait fini par s'y faire mais ce n'était pas une consolation. Dieu, pouvoir rentrer chez soi, entendre à nouveau des gens parler sa langue natale, se retrouver dans un milieu éduqué où l'on avait des sujets de conversation. Grichanov fronça les sourcils en se rasant devant sa glace. Encore des mois à tirer, et il râlait comme un seconde classe, un putain de troufion. Il était censé avoir plus de jugeote.

Son uniforme avait besoin d'un coup de fer. L'humidité attaquait les fibres du coton, transformant sa tunique, d'habitude impeccable, en pyjama informe et il en était déjà à sa troisième paire de chaussures, remarqua-t-il en sirotant son thé tout en parcourant les notes de l'interrogatoire de la veille.

Service service... et il était déjà en retard. Il essaya d'allumer une cigarette mais l'humidité avait également bouffé ses allumettes. Enfin, il avait toujours son réchaud. Où avait-il fourré son briquet... ?

Enfin, il y avait des compensations, si l'on peut dire. Les soldats vietnamiens le traitaient avec respect, presque avec crainte — hormis le commandant du camp, ce salaud d'incapable de commandant Vinh. La courtoisie à l'égard d'un camarade socialiste allié exigeait de fournir à Grichanov une ordonnance, en l'occurrence un jeune paysan ignare, borgne et rabougri tout juste bon à faire son lit et lui porter son bol de tambouille tous les matins. Le colonel pouvait sortir avec l'assurance que sa chambre serait à peu près propre à son retour. C'est qu'il avait du boulot. C'était important, ça le stimulait professionnellement. Mais il aurait tué pour avoir son *Sovietskiy Sport* matinal.

*

— Bonjour, Ivan, murmura Kelly, pour lui-même. Il n'avait même pas besoin de prendre les jumelles. La taille était différente — l'homme dépassait le mètre quatre-vingts — et son uniforme était bien plus soigné que ceux portés par les Viêts. Les jumelles lui révélèrent ses traits, le visage pâle, les joues rubicondes, l'air renfrogné devant la journée qui s'annonçait. Il fit signe à un petit seconde classe posté à la porte du quartier des officiers. *Son ordonnance.* Un colonel russe en visite aimait avoir son petit confort, pas vrai ? Sans conteste, un pilote, au vu des ailes sur la poche du blouson, et une belle brochette de rubans. *Tout seul ?* Kelly était étonné. *Un seul officier russe pour aider à torturer les prisonniers ? Bizarre si l'on y réfléchissait.* Mais cela voulait dire aussi qu'il n'y aurait qu'un élément étranger à tuer et, sans être grand clerc en politique, Kelly savait que tuer des Russes n'aiderait personne. Il regarda le Russe traverser le terrain d'exercice. Puis, l'officier vietnamien déjà visible, un commandant, vint à sa rencontre. Encore un traîne-la-patte, nota Kelly. Le petit commandant salua le grand colonel.

— Bonjour, camarade colonel.

— Bonjour, commandant Vinh. *Ce petit salopard n'est même pas fichu d'apprendre à saluer convenablement. C'est peut-être trop lui demander que de respecter ses supérieurs ?* Les rations pour les prisonniers ?

— Ils devront se satisfaire de ce qu'ils ont, répondit le petit bonhomme dans un russe maladroit à l'accent épouvantable.

— Commandant, il est crucial que vous me compreniez, dit Grichanov en s'approchant d'un pas pour toiser d'encore plus haut le Vietnamien. J'ai besoin des informations qu'ils détiennent. Je ne pourrai pas les obtenir s'ils sont malades.

— *Tovaritch*, nous avons déjà bien assez de problèmes pour nourrir notre peuple. Et vous nous demandez de gâcher de la bonne nourriture pour des assassins ? répondit tranquillement le militaire vietnamien, sur un ton qui exprimait à la fois le mépris de l'étranger tout en paraissant respectueux pour ses hommes, car ils n'auraient pas compris au juste de quoi il retournait. Après tout, ils croyaient que les Russes étaient des alliés sûrs.

— *Votre* peuple n'a pas ce dont a besoin mon pays, commandant. Et si *mon* pays obtient ce dont il a besoin, alors le vôtre aura des chances d'avoir un peu plus de ce qu'il lui faut.

— J'ai mes ordres. Si vous éprouvez des difficultés pour interroger les Américains, alors je suis prêt à vous aider. *Chien arrogant.* C'était un suffixe qu'il était inutile d'exprimer et Vinh savait enfoncer l'aiguille à un endroit sensible.

— Merci, commandant. Ce ne sera pas nécessaire. Et il salua à son tour, un salut encore plus désinvolte que celui adressé par ce désagréable nabot. *Ce serait bien agréable de le voir crever, celui-là,* songea le Russe, en se dirigeant vers le baraquement des prisonniers. Son premier « rendez-vous » de la journée était avec un pilote américain de l'aéronavale qui était quasiment sur le point de craquer.

*

Plutôt détendus, jugea Kelly, à quelques centaines de mètres de là. *Ces deux lascars doivent plutôt bien s'entendre.* Sa

159

surveillance du camp était désormais moins assidue. Sa plus grande crainte était que les gardes envoient à l'extérieur des patrouilles de sécurité, comme l'aurait fait sans aucun doute une unité combattante en territoire ennemi. Mais ils n'étaient pas en terrain hostile, et ce n'était pas vraiment une unité combattante. Son nouveau message radio à l'*Ogden* confirma que tout demeurait dans les limites de risques acceptables.

*

Le sergent Peter Meyer fumait. Son père n'approuvait pas mais il tolérait la faiblesse de son fils tant qu'il s'y livrait à l'extérieur, comme c'était le cas maintenant, sur la terrasse derrière le presbytère, après le repas du dimanche soir.

— C'est Doris Brown, hein ? demanda Peter. A vingt-six ans, il était l'un des plus jeunes agents dans le service et comme la plupart des collègues de son âge, un ancien du Viêt-nam. Il était à six heures de la fin de son stage de formation de nuit et envisageait de s'inscrire à l'Académie du FBI. L'annonce du retour de la fille errante circulait maintenant dans tout le quartier. Je me souviens d'elle. Elle avait déjà la réputation d'être un sacré numéro, dans le temps.

— Peter, tu sais que je ne peux rien dire. C'est le secret pastoral. Je conseillerai à cette personne de te parler en temps utile, mais...

— P'pa, moi, dans cette histoire, je me conforme à la loi, d'accord ? Tu dois bien le comprendre, il s'agit quand même de deux homicides. Deux morts, plus cette affaire de drogue. Il écrasa dans l'herbe le mégot de sa Salem. C'est un truc sacrément grave, p'pa.

— Et même pire que ça, confia son père, d'une voix encore plus calme. Ils ne se contentent pas de tuer les filles. Torture, sévices sexuels. C'est franchement horrible. La personne consulte d'ailleurs un médecin. Je sais bien que je dois faire quelque chose mais je ne peux pas...

— Ouais, je sais que tu peux pas. Bon, d'accord, je peux toujours appeler les gars de Baltimore et leur transmettre ce que tu m'as raconté. En fait, je devrais attendre jusqu'à ce qu'on puisse leur fournir quelque chose de vraiment consistant mais, enfin, comme tu dis, il faut bien qu'on fasse quelque chose. Je les appellerai dès demain matin.

— Est-ce que cela risque de la... de mettre en danger la personne ? demanda le révérend Meyer, vexé de son lapsus.

— Normalement, non, estima Peter. Si elle a réussi à se tirer — je veux dire, ils ne devraient pas savoir où elle se trouve, s'ils le savaient, ils auraient sans doute déjà réussi à l'avoir.

— Comment des gens peuvent-ils faire des choses pareilles ?

Peter alluma une autre cigarette. Son père était simplement un homme trop bon pour comprendre. Sans pour autant qu'il comprenne mieux lui-même.

— P'pa, je vois ça tous les jours, et j'ai du mal à le croire, moi aussi. Le plus important, c'est d'arrêter ces salauds.

— Oui, je suppose que tu as raison.

*

Le résident du KGB à Hanoi avait le grade de général de division, et sa tâche essentielle était d'espionner les alliés putatifs de son pays. Quels étaient leurs objectifs réels ? Leur prétendue brouille avec la Chine était-elle réelle ou simulée ? Coopéreraient-ils avec l'Union soviétique après la guerre et une éventuelle victoire ? Laisseraient-ils la marine soviétique utiliser une base après le départ des Américains ? Leur détermination politique était-elle vraiment aussi solide qu'ils le prétendaient ? Tel était l'ensemble des questions dont il pensait détenir les réponses, mais les ordres de Moscou et son propre scepticisme à l'égard de tout le monde le poussaient à continuer à les poser. Il employait des agents du PCVN, du ministère des Affaires étrangères et d'autres organismes, des Vietnamiens que leur empressement à fournir des renseignements à un allié risquait de conduire à la mort — même si, diplomatie oblige, celle-ci serait maquillée en « accident » ou en « suicide » car il n'était dans l'intérêt d'aucun des deux pays de reconnaître officiellement des fuites. La pratique de la langue de bois était encore plus importante en pays socialiste que chez les capitalistes, le général le savait, car les symboles sont bien plus faciles à produire que la réalité.

La dépêche chiffrée sur son bureau était d'autant plus intéressante qu'elle ne lui fournissait aucune indication directe sur la conduite à tenir. Comme c'était typique des bureaucrates moscovites ! Toujours prompts à se mêler d'affaires qu'il était capable de régler tout seul, ils ne savaient plus comment s'en dépêtrer maintenant — mais ils avaient peur de rester sans rien faire. Alors, ils lui refilaient le bébé.

Il était au courant de l'existence du camp, bien sûr. Bien que l'opération relevât du renseignement militaire, il avait des hommes au bureau de l'attaché militaire qui lui en rendaient compte également. Le KGB surveillait tout le monde ; après tout, c'était son boulot. Le colonel Grichanov employait des méthodes peu orthodoxes mais il obtenait de bons résultats, meilleurs en tout cas que ceux que les services du général tiraient de ces petits sauvages. Là-dessus, le colonel avait trouvé une idée des plus audacieuses. Au lieu de laisser les Vietnamiens tuer les prisonniers en temps opportun, les ramener dans la mère Russie. L'idée était certes brillante et le général du KGB se tâtait pour savoir s'il allait l'appuyer auprès de Moscou où la décision finale serait certainement transmise à l'échelon ministériel, voire même jusqu'au Politburo. Dans l'ensemble, il estimait que l'idée avait réellement du mérite... et cela emporta sa décision. Si amusant soit-il de voir les Américains sauver leurs hommes avec cette opération VERT BUIS (d'autant que cela montrerait peut-être aux Vietnamiens qu'ils feraient mieux de collaborer plus étroitement avec l'Union soviétique et qu'ils étaient réellement un État client), cela voulait dire aussi que les informations détenues par ces cerveaux américains seraient perdues pour sa patrie, or il fallait absolument qu'ils les aient.

Combien de temps pouvait-il laisser traîner l'affaire ? Les Américains étaient prompts à l'action, mais pas à ce point. La mission avait reçu le feu vert de la Maison Blanche au mieux la semaine précédente. Toutes les bureaucraties se ressemblaient, après tout. A Moscou, cela aurait pris une éternité. L'opération CHEVILLE OUVRIÈRE s'était éternisée — sinon elle aurait réussi. Seul le coup de veine d'un agent d'importance mineure au fin fond du sud des États-Unis leur avait permis de prévenir Hanoi, et encore, presque trop tard — mais cette fois, ils tenaient un réel avertissement.

162

La politique. Impossible de la séparer des opérations de renseignement. Avant, ils l'avaient quasiment accusé de retarder les choses — plus question de leur fournir encore cette excuse. Même les États clients avaient besoin d'être traités en camarades. Le général décrocha son téléphone pour réserver le déjeuner. Il inviterait son contact à l'ambassade, histoire d'être certain d'avoir quelque chose de décent à se mettre sous la dent.

29

Dernier sorti

ON avait plaisir rien qu'à les observer. Les vingt-cinq Marines firent leur exercice, qui s'acheva par une course en file indienne en boucle autour des hélicoptères garés sur le pont. Les marins les regardaient sans un mot. Le bruit s'était répandu désormais. Trop d'hommes avaient aperçu le scooter sous-marin et, comme des professionnels du renseignement, les matelots au mess réunirent les quelques faits en leur possession et les farcirent d'hypothèses. Les Marines allaient s'infiltrer au Nord. Ensuite, nul ne savait mais les spéculations allaient bon train : peut-être démolir une base de missiles et rapporter tel ou tel matériel important ; peut-être détruire un pont, mais il était plus probable que l'objectif était humain. Les dirigeants du Parti vietnamien, peut-être.

— Des prisonniers, lança un quartier-maître de seconde classe en finissant son hamburger, son « ballast » dans le jargon de la Marine. Forcé, ajouta-t-il, en indiquant de la tête les gars du personnel médical arrivés dernièrement et qui faisaient bande à part, dans leur coin. Six infirmiers, quatre toubibs, sacrée brochette de talents, les mecs. Sont là pour quoi, à votre avis ?

— Bon Dieu, observa un autre matelot en sirotant son verre de lait. T'as raison, mec.

— Y a du galon pour nous si ça pète, nota un autre.

— Sale temps, cette nuit, intervint un maître de manœuvre. Le chef météo de la flotte avait pourtant l'air tout content — pourtant, j'l'ai vu cracher tripes et boyaux l'autre soir. Je parie qu'il a du mal à se sentir bien ailleurs que sur un porte-avions. L'USS *Ogden* avait certes une tenue en mer un peu curieuse, résultat de sa configuration, et courir vent de côté dans ces rafales d'ouest n'était pas fait pour améliorer la situation. C'était toujours amusant de voir un maître principal restituer son repas — le dîner en l'occurrence — et il était improbable qu'un homme arrive à se réjouir de conditions météo qui le rendaient malade. C'est donc qu'il avait une raison sérieuse pour ça. La conclusion était évidente et propre à faire le désespoir d'un responsable de la sécurité.

— Bon Dieu, j'espère qu'ils réussiront.

— Remontons *fodder* le pont d'envol, suggéra le quartier-maître. Tout le monde acquiesça aussitôt. Un peloton de volontaires fut rapidement réuni. En moins d'une heure, il ne resterait même plus une allumette sur le revêtement noir antidérapant.

— De braves petits gars, capitaine, observa Dutch Maxwell en regardant, depuis l'aile tribord de la passerelle, les hommes accomplir leur corvée. Régulièrement, l'un des matelots se penchait pour ramasser quelque chose, un « corps étranger » susceptible d'être aspiré dans une tuyère et de détruire un moteur — d'où le terme *FOD* pour *Foreign Object Damage*. Si jamais il devait y avoir des problèmes ce soir, ces hommes faisaient tout pour que ce ne soit pas à cause de leur navire.

— Pas mal pour des étudiants, répondit Franks, contemplant ses hommes avec fierté. Par moments, j'ai l'impression qu'on est plus malin dans l'entrepont que dans mon carré. Ce qui était une hyperbole bien pardonnable. Il voulait dire tout autre chose, celle-là même que tout le monde avait en tête : *A votre avis, quelles sont leurs chances ?* Il n'exprima pas sa pensée. Ce serait le meilleur moyen de leur porter la poisse. Le seul fait d'y trop songer risquait de nuire à la mission mais il avait beau faire, il ne pouvait empêcher son esprit de ressasser la question.

Dans leurs quartiers, les Marines étaient rassemblés autour d'un plan en relief de l'objectif. Ils avaient déjà révisé la mission et recommençaient. Le processus serait répété avant le déjeuner, et quantité de fois encore par la suite, par le groupe tout entier et par équipes individuelles. Chaque homme pouvait tout voir les yeux fermés, se remémorer le site d'entraînement à Quantico, revivre les exercices à balles réelles.

— Capitaine Albie, mon capitaine ? Un cadet entra dans le compartiment. Il tendit à l'officier un calepin. Message de M. Serpent.

Le capitaine de Marines sourit. Merci, matelot. Vous l'avez lu ?

Le cadet rougit.

— Faites excuses, mon capitaine. Mais, oui. Tout baigne. Il hésita un instant avant d'ajouter une dépêche de son cru. Mon capitaine, mes hommes et moi, on vous souhaite bonne chance. Tâchez de leur botter le cul.

— Vous savez, skipper, observa le sergent Irvin alors que le cadet se retirait, je crois bien que je pourrai plus tabasser un mataf.

Albie lut la dépêche.

— Messieurs, notre ami est en place. Il a compté quarante-quatre gardes, quatre officiers, un Russe. Le train-train normal, rien de spécial apparemment. Le jeune capitaine leva les yeux. Cette fois, ça y est, Marines. Nous partons ce soir.

L'un des plus jeunes hommes mit la main dans sa poche et en sortit un gros bracelet de caoutchouc. Il le cassa, marqua deux yeux dessus avec son stylo et le lâcha au-dessus de ce qu'ils appelaient désormais la Colline du Serpent.

— Ce gars, dit-il à ses camarades de commando, c'est un sacré putain de mec.

— Tâchez de tous vous souvenir, avertit Irvin d'une voix forte. Et surtout vous, les gars de l'appui-feu, il va dévaler cette colline sitôt qu'on sera sur site. Ça serait con de le canarder.

— Pas de lézard, l'Artillerie, lança le chef du groupe armé.

— Marines, allons manger un morceau. Je veux que vous vous reposiez cet après-midi. Et bouffez vos carottes. Je veux qu'on y voie clair dans le noir. Armes démontées et nettoyées pour l'inspection à dix-sept heures pile, leur dit Albie. Vous savez tous à quoi vous en tenir. Tâchons de garder notre sang-froid et le contrat sera rempli. C'était le moment pour lui de retrouver les équipages des hélicos afin de réviser une dernière fois leurs plans d'insertion et d'extraction.

— Rompez, lança-t-il à ses hommes.

*

— Salut, Robin.

— Salut, Kolya, répondit Zacharias, d'une voix faible.

— Je bosse toujours pour qu'on améliore l'ordinaire.

— S'rait pas du luxe, admit l'Américain.

— Goûte-moi ça. Grichanov lui tendit un morceau du pain noir que son épouse lui avait envoyé. Dans ce climat, il avait déjà commencé à moisir et Kolya avait dû le nettoyer avec un couteau. L'Américain l'engloutit malgré tout. Avec l'aide d'une gorgée de la flasque du Russe.

— Je vais te transformer en vrai Russe, dit le colonel d'aviation soviétique en riant franchement. Vodka et pain noir, ça va ensemble. J'aimerais te montrer mon pays. C'était histoire simplement de planter la graine de l'idée, amicalement, comme on discute entre hommes.

— J'ai une famille, Kolya. A la grâce de Dieu...

— Oui, Robin, à la grâce de Dieu. Ou du Nord-Viêt-nam, ou de l'Union soviétique. Ou de quelqu'un. Quoi qu'il en soit, il sauverait cet homme, et les autres. Il avait tant d'amis, désormais, parmi eux. Il savait tant de choses sur eux, leur mariage, réussi ou non, leurs enfants, leurs espoirs et leurs rêves. Ces Américains étaient si étranges, si ouverts. Et puis, à la grâce de Dieu, si jamais les Chinois décident de bombarder Moscou, j'ai un plan maintenant pour les arrêter. Il déplia la carte et l'étala par terre. C'était le résultat de ses conversations avec son collègue américain, tout ce qu'il avait appris et analysé, couché sur une simple feuille de papier. Grichanov n'en était pas peu fier, d'autant plus que c'était une présentation ciaire d'un concept opérationnel extrêmement complexe.

Zacharias fit courir ses doigts sur le plan, lisant les notations en anglais, plutôt incongrues sur une carte dont la légende était en cyrillique. Il approuva d'un sourire. Un gars brillant, ce Kolya, un bon élève dans son genre. Sa façon d'étager ses forces, de faire patrouiller ses appareils au retour plutôt qu'à l'aller. Il saisissait désormais le concept de défense en profondeur. Les batteries de SAM placées en embuscade sur les itinéraires les plus probables, au débouché des passes de montagne, afin de créer la surprise maximale. Kolya pensait maintenant en pilote de bombardier plutôt qu'en pilote de chasse. C'était la première étape pour comprendre la stratégie. Si chaque commandant de PVO russe savait le faire, alors le SAC risquait d'avoir de gros problèmes...

Dieu du ciel.

Les mains de Robin s'immobilisèrent.

Les cocos chinois n'avaient strictement rien à voir là-dedans.

Zacharias leva les yeux et son visage trahit ses pensées avant même qu'il ait trouvé la force de parler.

— De combien de *Badger* disposent les Chinois ?

— Aujourd'hui ? Vingt-cinq. Ils essayent d'en fabriquer d'autres.

— Vous pouvez développer à partir de tout ce que je t'ai déjà dit.

— Il faudra bien, car ils sont en train de se renforcer, Robin. Je te l'ai expliqué, s'empressa d'ajouter Grichanov, d'une voix calme, mais il était trop tard, il le voyait bien, en tout cas sous un aspect.

— Je t'ai tout dit, répondit l'Américain en baissant les yeux vers la carte. Puis ses paupières se fermèrent, ses épaules furent secouées de sanglots. Grichanov le prit dans ses bras pour atténuer la douleur dont il était le témoin.

— Robin, tu m'as dit comment protéger les enfants de mon pays. Je ne t'ai pas menti. C'est vrai que mon père a quitté l'université pour combattre les Allemands. C'est vrai que j'ai dû évacuer Moscou quand j'étais gosse. C'est vrai que j'ai perdu des amis cet hiver dans la neige — des petits garçons et des petites filles, Robin, des gamins qui sont morts de froid. Tout cela s'est vraiment produit. Je l'ai vu, de mes yeux vu.

— Et j'ai trahi mon pays, murmura Zacharias. La prise de conscience s'était produite avec la vitesse et l'impact d'une bombe. Comment avait-il pu être aveugle à ce point, stupide à ce point ? Robin s'appuya contre le mur, une douleur soudaine lui déchira la poitrine et, en cet instant, il aurait voulu avoir une crise cardiaque ; pour la première fois de sa vie, il souhaitait être mort. Mais non. Ce n'était qu'une crampe d'estomac, la libération d'une grande quantité d'acide, tout ce qu'il lui fallait, vraiment, pour lui bouffer l'estomac dans le même temps que son esprit bouffait les défenses de son âme. Il avait renié son pays et son Dieu. Il s'était damné.

— Mon ami...

— Tu t'es servi de moi ! siffla Robin, cherchant à se dégager.

— Robin, il faut que tu m'écoutes. Grichanov ne voulait pas lâcher prise. J'aime ma patrie, Robin, comme tu aimes la tienne. J'ai juré de la défendre. Je ne t'ai jamais menti à ce sujet et à présent, il est temps pour toi d'apprendre d'autres choses.

Il fallait que Robin comprenne. Kolya devait l'expliquer à Zacharias, tout comme Robin lui avait expliqué tant de choses.

— Quoi, par exemple ?

— Robin, tu es un homme mort. Les Vietnamiens ont déjà déclaré à ton pays que tu l'étais. On ne t'autorisera jamais à retourner chez toi. C'est pour cela que tu n'es pas dans la prison — Hoa Lo, le Hilton, c'est ainsi que vous l'appelez, hein ? Cela lui déchira l'âme lorsque Robin le regarda, tant l'accusation qu'il lut dans ses yeux était presque insupportable. Quand il reparla, c'était à son tour de prendre un ton implorant.

— Ce que tu es en train d'imaginer est faux. J'ai supplié, oui, supplié mes supérieurs de me laisser te sauver la vie. Je te le jure sur la tête de mes enfants : *je ne te laisserai pas mourir.* Tu ne peux pas rentrer en Amérique. Je t'aiderai à te sentir à nouveau chez toi. Tu pourras voler de nouveau, Robin, voler ! Tu auras une vie nouvelle. Je ne peux rien faire de plus. Si je pouvais te rendre ton Ellen et tes enfants, je le ferais. Je ne suis pas un monstre, Robin, je suis un homme, comme toi. J'ai un pays, comme toi. J'ai une famille, comme toi. Au nom de ton Dieu, mets-toi un peu à ma place. Qu'est-ce que tu aurais fait ? Qu'est-ce que tu ressentirais si tu étais à ma place ?

Il ne reçut pas d'autre réponse qu'un sanglot de honte et de désespoir.

— Tu préfères que je les laisse te torturer ? Je peux, tu sais. Six hommes sont déjà morts, dans ce camp, tu le savais ? Six hommes sont morts avant que j'arrive ici. *J'y ai mis un terme !* Il n'y en a eu qu'un depuis mon arrivée — rien qu'un seul, et je l'ai pleuré, Robin, si tu veux savoir ! J'aurais tué avec plaisir le commandant Vinh, ce petit fasciste. *Je t'ai sauvé !* J'ai fait tout ce qui était en mon pouvoir, et j'ai imploré pour avoir encore plus. Je t'offre ma propre nourriture, Robin, que m'envoie ma Marina !

— Et je t'ai dit comment tuer des pilotes américains...

— Il n'y a que s'ils attaquent mon pays que je pourrai leur faire du mal. Que s'ils essayent de tuer mon peuple, Robin ! Dans ce cas seulement ! Veux-tu qu'ils tuent ma famille ?

— La question n'est pas là.

— Mais si. Tu ne vois donc pas ? Ce n'est pas un jeu, Robin. Notre commerce, à toi et moi, c'est la mort, et pour sauver des vies, on doit également en prendre.

Peut-être comprendrait-il un jour. Grichanov l'espérait. C'était un homme intelligent, un homme raisonnable. Quand il aurait examiné les faits à tête reposée, il verrait bien que la vie valait mieux que la mort, et peut-être alors pourraient-il être amis de nouveau. Pour l'heure, se dit Kolya, j'ai déjà sauvé la vie d'un homme. *Même si l'Américain doit me maudire pour cela, il faudra bien qu'il continue à respirer pour exprimer sa malédiction.* Le colonel Grichanov était prêt à en porter le fardeau avec orgueil. Il avait soutiré les informations qu'il cherchait et sauvé une vie par la même occasion, comme était tenu de le faire un pilote de la défense aérienne du PVO Strany et comme il se l'était juré, alors qu'il était encore un gamin terrorisé et déboussolé en fuite entre Moscou et Gorki.

*

Le Russe sortit du baraquement de la prison juste à temps pour le dîner, nota Kelly. Il avait un calepin à la main, sans nul doute bourré d'informations arrachées aux prisonniers.

— Tu sais qu'on va te faire la peau, sale Rouge, murmura Kelly. Ils vont te balancer trois grenades incendiaires par cette fenêtre, mon gars, et te faire rissoler pour le dîner, toi et tes putains de notes. Ouais.

Il la sentait revenir, cette jouissance intime de savoir ce qui allait advenir, ce plaisir quasiment divin de voir le futur. Il but une gorgée d'eau à sa gourde. Pas question de se déshydrater. Le plus dur à présent était de patienter. Il avait sous les yeux une bâtisse où étaient enfermés vingt compatriotes, isolés, terrifiés, horriblement meurtris, et même s'il ne les avait jamais vus, s'il ne les connaissait que de nom, sa quête en valait la peine. Pour le reste, il puisa dans ses souvenirs de latin scolaire — *Morituri non cognant*, peut-être. Ceux qui vont mourir... n'en savent rien. Ce qui était parfait pour lui.

*

— Brigade criminelle.

— Salut, j'essaye de joindre le lieutenant Frank Allen.

— Vous l'avez au bout du fil, répondit l'intéressé. Cela faisait juste cinq minutes qu'il était à son bureau, en ce lundi matin. Qui est à l'appareil ?

— Sergent Pete Meyer, de Pittsburgh, répondit la voix. Je vous appelle sur le conseil du capitaine Dooley, monsieur.

— Ça fait une éternité que je n'ai plus causé avec Mike. Toujours un supporter acharné des Pirates ?

— Tous les soirs, lieutenant. J'essaye moi-même de suivre les matches, quand je peux.

— Je vous file un tuyau pour le championnat, sergent ? demanda Allen avec un sourire. Un coup de main entre flics.

— Les Bucs sont en roue libre. Mais Roberto est vraiment dur à prendre cette année. D'accord, Clemente était à son meilleur niveau.

— Ah ouais ? Eh bien, c'est pareil pour Brooks et Frank. Et les Robinsons ne se débrouillaient pas trop mal non plus. Bon, qu'est-ce que je peux faire pour vous ?

— Lieutenant, j'ai certaines informations à vous transmettre. Deux homicides, les deux victimes de sexe féminin, aux alentours de vingt ans...

— Attendez, ne quittez pas. Allen prit une feuille de papier. Qui est votre source ?

— Je ne peux pas encore le révéler. C'est confidentiel. J'essaye de changer la situation mais ça risque de prendre du temps. Est-ce que je peux continuer ?

— Très bien. Les noms des victimes ?

— La dernière s'appelait Pamela Madden — c'est tout récent, quelques semaines au plus.

Les yeux du lieutenant Allen s'écarquillèrent.

— Bon Dieu, l'assassin de la fontaine. Et l'autre ?

— Son nom était Helen, ça remonte aux alentours de l'automne dernier. Les deux meurtres étaient particulièrement horribles, lieutenant, torture et sévices sexuels.

Allen se pencha, le combiné plaqué contre son oreille.

— Et vous êtes en train de me dire que vous avez un témoin de ces deux meurtres ?

— C'est exact, monsieur. Je crois bien que oui. J'ai en outre deux suspects possibles. Deux hommes, blancs, le premier prénommé Billy et le second Rick. Pas de signalement mais je peux également creuser la question.

— Bien, je ne m'occupe pas personnellement de ces affaires. C'est le commissariat du centre-ville qui s'en charge — le lieutenant Ryan et le sergent Douglas. Ces deux noms me disent quelque chose — je parle des victimes. Ce sont deux affaires explosives, sergent. Votre information est-elle fiable ?

— Tout à fait fiable, à mon avis. Je peux vous fournir un indice : la victime numéro deux, Pamela Madden — on lui avait démêlé les cheveux après sa mort.

Dans toute affaire criminelle grave, plusieurs indices importants étaient toujours omis des communiqués de presse afin de pouvoir faire le tri dans la collection habituelle de témoignages spontanés de détraqués téléphonant pour confesser les fantasmes qui traversaient leur esprit tordu. Cette histoire de cheveux avait été gardée secrète au point que même le lieutenant Allen n'était pas au courant.

— Qu'avez-vous d'autre ?

— Les meurtres sont en relation avec le trafic de drogue. Les deux filles servaient de fourmis.

— Dans le mille ! lâcha tranquillement Allen. Votre source est en taule ou quoi ?

— Je ne devrais pas vous le dire mais... bon, d'accord, je vais être franc. Mon père est pasteur. Il conseille la fille. Lieutenant, cette information doit strictement rester entre nous, d'accord ?

— Je comprends. Que voulez-vous que je fasse ?

— Pourriez-vous transmettre l'information aux policiers chargés de l'enquête ? Ils pourront me contacter via le commissariat. Le sergent Meyer donna son numéro Je suis responsable des permanences ici et je dois m'absenter pour aller faire une conférence à l'académie. Je serai de retour vers quatre heures.

— Très bien, sergent. Je transmettrai. Merci beaucoup pour le tuyau. Vous aurez des nouvelles d'Em et Tom. Vous pouvez compter dessus. *Putain, on filerait volontiers le championnat à Pittsburgh s'ils nous aidaient à pincer ces salopards.* Allen bascula des interrupteurs sur son téléphone.

*

— Eh, Frank, dit le lieutenant Ryan. Lorsqu'il reposa sa tasse de café, on aurait dit que c'était au ralenti. L'impression cessa lorsqu'il saisit un stylo. Continue. J'écris.

Le sergent Douglas était en retard ce matin à cause d'un accident sur l'I-83. Il entra avec son café-chausson habituel et découvrit son patron en train de griffonner comme un malade.

— Démêlé les cheveux ? Il a dit ça ? demandait Ryan. Douglas se pencha au-dessus du bureau et la lueur dans les yeux de Ryan était celle du chasseur qui vient de voir bouger quelque chose dans le feuillage. Très bien, quels noms a-t-il... L'inspecteur serra brusquement le poing. Longue inspiration. D'accord, Frank. D'où est le gars ? ... Merci. R'voir.

— Une révélation ?

— Pittsburgh.

— Hein ?

— Un coup de fil d'un sergent de la police de Pittsburgh. Un témoin possible pour les meurtres de Pamela Madden et Helen Waters.

— Sans blague ?

— Celle-la même qui a brossé les cheveux, Tom. Et devine les autres noms qui ont été fournis ?

— Richard Farmer et William Grayson ?

— Rick et Billy. Pas mal, non ? Sans doute une fourmi dans le trafic de drogue. Attends voir... Ryan se cala dans le dossier, fixa le plafond jauni. Il y avait une nana quand Farmer s'est fait dessouder. Il rectifia : enfin, c'est ce qu'on pense. C'est notre connexion, Tom. Pamela Madden, Helen Waters, Farmer, Grayson, ils sont tous reliés... et cela signifie...

— Les dealers également. Tous sont en rapport d'une manière ou de l'autre. Mais qu'est-ce qui les relie, Em ? Nous

173

savons qu'ils appartenaient tous — enfin, probablement tous — au milieu de la drogue.

— On a deux MO différents, Tom. Les filles ont été massacrées comme... non, on ne peut même pas dire comme du bétail. Tous les autres, en revanche, tous les autres se sont fait descendre par l'Homme invisible. Un homme investi d'une mission ! C'est le terme même qu'a employé Farber, un homme investi d'une mission.

— La vengeance, dit Douglas, suivant de son côté l'analyse de Ryan. Si l'une de ces filles m'était proche... Bon Dieu, Em, qui pourrait lui en vouloir ?

Il n'y avait qu'une seule personne liée aux deux meurtres qui ait été proche d'une victime, et c'était un individu connu de la police, non ? Ryan saisit son téléphone et rappela le lieutenant Allen.

— Frank, quel est le nom déjà de ce type qui a travaillé sur l'affaire Gooding, le gars de la Navy ?

— Kelly, John Kelly. Il avait trouvé l'arme piquée à Fort McHenry, ensuite le central l'a contacté pour entraîner nos plongeurs, tu te souviens ? Oh ! Pamela Madden ! Bon Dieu ! s'exclama Allen en faisant brusquement le rapport.

— Dis-m'en un peu plus sur lui, Frank.

— Un mec vachement sympa. Calme, un peu triste — il a perdu sa femme, un accident de voiture, ou je ne sais quoi.

— Ancien du Viêt-nam, non ?

— Plongeur. Spécialiste des explosifs sous-marins. C'est d'ailleurs comme ça qu'il gagne sa vie, dans le civil. En faisant sauter des trucs. Des chantiers de démolition sous-marins, si tu veux.

— Continue.

— Physiquement, c'est un dur à cuire, il s'entretient très bien. Allen marqua un temps. Je l'ai vu plonger, il a des marques sur le corps, des cicatrices, je veux dire. Il a combattu au front et il a reçu des balles. J'ai son adresse et tout, si tu veux.

— J'ai déjà tout ça dans mes dossiers, Frank. Merci, vieux. Ryan raccrocha. C'est notre zigue. L'Homme invisible.

— Kelly ?

— Il faut que je sois au tribunal ce matin — merde ! pesta Ryan.

174

*

— Ça fait plaisir de vous revoir, dit le Dr Farber. Le lundi
était un jour calme pour lui. Il avait vu son dernier patient de la
journée et se préparait à sa partie de tennis d'après déjeuner
avec ses fils. Les flics l'avaient intercepté de justesse comme il
quittait son bureau.

— Qu'est-ce que vous savez des UDT ? demanda Ryan, en
l'accompagnant dans le couloir vers la sortie.

— Vous parlez des hommes-grenouilles ? De la Navy ?

— C'est ça. Des durs, non ?

Farber sourit en mordillant sa pipe.

— Ce sont toujours les premiers sur la plage. Avant même
les Marines. Qu'est-ce que vous croyez ? Il marqua un temps.
Un déclic se produisit dans son esprit. Mais il y a encore mieux
maintenant.

— Comment ça ? demanda l'inspecteur adjoint.

— Eh bien, je continue de bosser un peu pour le Pentagone.
Hopkins fait pas mal de trucs pour le gouvernement. Avec le
Laboratoire de physique appliquée, tout un tas de recherches
de pointe. Vous connaissez ma formation… Il m'arrive d'effectuer des tests psychologiques, des consultations — sur les effets
du combat sur les individus. Il s'agit de travaux confidentiels,
n'est-ce pas ? Ils ont un nouveau groupe d'opérations spéciales.
C'est un rejeton des UDT. Ils l'ont baptisé SEAL — pour SEa,
Air, Land — Terre, Air, Mer. Ce sont des plongeurs commando, du sérieux, et leur existence n'est pas très connue. Pas
seulement des durs. Des mecs qui en ont dans la tête. Ils sont
formés à réfléchir, à prévoir. Pas seulement des tas de muscles.
De la cervelle, aussi.

— Le tatouage… Douglas se rappela. Il avait un phoque[1]
tatoué sur le bras.

— Doc, imaginez que l'un de ces SEAL ait une petite amie
qui se fasse sauvagement assassiner ? C'était la question la plus
évidente, mais il fallait qu'il la pose.

— C'est la mission que vous cherchez à cerner, hein ? dit

1. En anglais : Seal = phoque. (*N.d.T.*)

Farber en se dirigeant vers la porte, répugnant à poursuivre ses révélations, même dans le cadre d'une enquête criminelle.

— C'est notre gars. A un détail près, dit tranquillement Ryan, devant la porte fermée.

— Ouais. Aucune preuve. Rien qu'un putain de mobile.

*

Le crépuscule. La journée avait été bien morne pour tout le monde à VERT-DE-GRIS, sauf pour Kelly. Le terrain d'exercice était un bourbier, envahi de flaques fétides, des larges, des petites. Les soldats avaient passé le plus clair de la journée à essayer de l'assécher. Ceux de garde dans les miradors avaient essayé de trouver une position pour s'abriter des vents tourbillonnants. Ce genre de temps vous minait le moral. La majorité des gens n'aimaient pas être mouillés. Cela les rendait irritables et lugubres, et d'autant plus lorsque les corvées étaient ennuyeuses comme c'était le cas ici. Au Nord-Viêt-nam, ce genre de temps était synonyme d'attaques aériennes moins fréquentes, une autre raison pour les fantassins de se relâcher. La chaleur croissante de la journée avait rempli d'énergie les nuages, les alourdissant d'humidité, qu'ils s'empressaient de restituer au sol.

Quelle journée merdique, ne manqueraient pas de se dire tous les gardes au dîner. Et tous hocheraient la tête en se concentrant sur ce qu'ils mangent, regardant dans leur assiette, pas dehors, perdus dans leurs pensées, oubliant l'extérieur. Les bois seraient détrempés. Cela faisait beaucoup moins de bruit de marcher sur des feuilles mouillées que sur des feuilles sèches. Pas de craquements de brindilles. L'air humide étoufferait les sons, au lieu de les transmettre. En un mot, c'était parfait.

Kelly profita de l'obscurité pour bouger un peu, l'inactivité l'avait ankylosé. Il se rassit sous le fourré, se frotta la peau, se restaura encore avec ses rations concentrées. Il vida entièrement une gourde, puis étira ses membres. Il apercevait la ZA des hélicos, il avait déjà défini son itinéraire pour la rejoindre, espérant que les Marines n'auraient pas la gâchette facile lorsqu'il dévalerait la pente dans leur direction. A vingt et une heures, pile, il lança son ultime message radio.

176

*

Feu vert, écrivit le technicien sur son calepin. *Activité normale.*

— Ça y est. On n'attendait plus que ça. Maxwell regarda les autres. Tout le monde hocha la tête.

— L'opération VERT BUIS, phase quatre, commence à vingt-deux heures zéro zéro. Capitaine Franks, signalez au *Newport News.*

— A vos ordres, amiral.

Sur l'*Ogden,* les équipages des hélicos revêtirent leur combinaison anti-feu puis se dirigèrent vers l'arrière pour la préparation avant vol de leurs appareils. Dans les compartiments réservés aux Marines, les hommes enfilèrent leur treillis rayé. Les armes étaient nettoyées. Les chargeurs garnis de munitions neuves directement sorties de leurs conteneurs hermétiques. Les grognements individuels allaient par paire, chaque homme s'appliquant à grimer de vert camouflage le visage de son vis-à-vis. L'heure n'était plus aux sourires ou aux plaisanteries. C'étaient des comédiens pleins de sérieux le soir de la générale et la délicatesse du travail de maquillage offrait un étrange contrepoint à la nature de la représentation de ce soir. Hormis pour l'un des acteurs.

— Doucement sur l'ombre à paupières, mon capitaine, dit Irvin à un Albie un rien nerveux, en proie à la trouille habituelle au chef et qui avait besoin d'un sergent pour lui calmer les nerfs.

*

Dans la salle de briefing de l'USS *Constellation,* un tout jeune chef d'escadrille du nom de Joshua Painter donnait les dernières instructions à ses pilotes. Il avait huit F-4 *Phantom* sous sa responsabilité.

— Cette nuit, nous sommes chargés de la couverture d'une opération spéciale. Nos objectifs sont des sites de SAM au sud d'Haiphong, poursuivit-il, sans connaître la teneur exacte de la mission, mais souhaitant qu'elle vaille la vie des quinze officiers qui voleraient avec lui ce soir, et encore, cela ne représentait que son escadrille. Dix A-6 *Intruder* étaient également de l'opération Main de Fer, et la plus grande partie de la force aérienne du *Connie* leur filerait le train pour remonter la côte en saturant l'éther d'un maximum de bruit électronique. Il espérait que la mission était aussi importante que l'avait laissé entendre l'amiral Podulski. Faire joujou avec les SAM n'avait rien d'une sinécure.

*

Le *Newport News* était à vingt-cinq nautiques de la côte, maintenant. Il approchait d'un point situé précisément à mi-distance de l'*Ogden* et de la plage. Ses radars étaient éteints et les stations côtières devaient se demander quel était au juste ce bâtiment. Depuis quelques jours, les ANV hésitaient quelque peu à utiliser leurs systèmes de surveillance côtière. Le capitaine était assis dans son fauteuil sur la passerelle de commandement. Il consulta sa montre et ouvrit une enveloppe en papier bulle scellée à la cire qu'il gardait dans son coffre depuis deux semaines, et parcourut rapidement l'ordre de mission qu'elle contenait.

— Hmm, se dit-il. Puis : Monsieur Shoeman, transmettez aux machines de mettre en pression les chaudières un et quatre. Je veux avoir au plus tôt le maximum de puissance disponible. On a encore de la route à tracer cette nuit. Adressez mes félicitations au second, à l'officier d'artillerie et à ses officiers mariniers. Je veux qu'ils me retrouvent immédiatement dans ma cabine.

— A vos ordres, capitaine. L'officier de pont transmit les ordres nécessaires. Avec ses quatre chaudières en pression, le *Newport News* était capable de filer trente-quatre nœuds, et plus vite il s'approcherait de la plage, plus vite il pourrait s'en éloigner.

— Surf City, nous voici ! lança à pleine voix le maître de timonerie derrière la barre, sitôt que le capitaine eut quitté la passerelle. C'était la plaisanterie officielle à bord — parce que le capitaine l'aimait bien —, trouvée à vrai dire plusieurs mois auparavant par un matelot breveté de première classe. Elle voulait dire filer droit sur le rivage et les déferlantes, et faire donner l'artillerie.

— Surf City, nous voilà, il est moins une, accroche-toi !

— Surveillez votre cap, Baker, lança l'officier de pont pour couper court à la sérénade.

— Droit au cent quatre-vingt-cinq, monsieur Shoeman. Son corps s'agitait en mesure. *Surf City, nous voici !*

*

— Messieurs, au cas où vous vous demanderiez ce que nous avons fait pour mériter le cirque de ces derniers jours, voici pourquoi, dit le capitaine dans sa cabine d'opérations jouxtant la passerelle de commandement. Ses explications prirent plusieurs minutes. Sur son bureau s'étalait une carte de la zone côtière où toutes les batteries antiaériennes avaient été reportées à partir des données fournies par les photographies aériennes et satellitaires. Ses officiers d'artillerie examinèrent la situation. Il y avait de nombreuses crêtes pour faciliter le calibrage des radars.

— Bon, ouais ! commenta le major d'artillerie. Toute la sauce, mon capitaine ? Y compris les batteries de 127 ?

Le skipper acquiesça.

— Major Skelley, si jamais vous me ramenez des munitions à Subic, je serai bougrement déçu.

— Mon capitaine, je suggère qu'on utilise la tourelle de 127 numéro 3 pour lancer des obus éclairants et qu'on tire à vue autant que possible.

C'était un exercice de géométrie, à vrai dire. Les experts en artillerie — y compris le commandant de bord — se penchèrent sur la carte pour décider de la tactique la plus rapide à mettre en œuvre. Ils étaient déjà informés de la mission et le seul changement était qu'ils avaient compté l'accomplir de jour.

— Il ne restera plus âme qui vive pour canarder les hélicos, mon capitaine.

L'interphone sur le bureau du commandant sonna. Il le saisit.

— Ici, le capitaine.

— Les quatre chaudières sont en pression, monsieur. A

plein régime, nous pouvons fournir trente nœuds, trente-trois, en avant toute.

— Ravi de constater que mon chef-mécanicien est complètement réveillé. Parfait. Sonnez le branle-bas. Il raccrocha au moment où le gong de bord se mettait à retentir. Messieurs, nous avons des Marines à protéger, annonça-t-il avec assurance. L'artillerie de son croiseur valait largement celle du *Mississippi*. Deux minutes plus tard, il avait regagné la passerelle.

— Monsieur Shoeman, je reprends le commandement.

— Le capitaine reprend le commandement, répéta l'officier de pont.

— Paré à virer, nouveau cap deux-six-cinq.

— Paré à virer, capitaine, nouveau cap deux-six-cinq, paré. Le premier maître Sam Baker fit tourner la barre. Capitaine, ma barre est à zéro.

— Parfait, dit le capitaine, puis il ajouta : Surf City, nous voici !

— A vos ordres, mon capitaine ! beugla le timonier. Pas à dire, il en voulait encore, le vieux schnoque.

*

Il avait désormais tout le temps de se ronger les sangs. *Qu'est-ce qui pouvait clocher ?* se demanda Kelly au sommet de sa colline. Des tas de choses. Les hélicoptères pouvaient s'accrocher en plein vol. Ils pouvaient foncer droit sur un site de DCA non repéré et se faire descendre. Un bidule quelconque, joint ou autre, pouvait lâcher, provoquant l'écrasement au sol. Et si jamais la Garde nationale du coin décidait de faire un exercice, justement ce soir ? Il restait toujours une part de hasard. Il avait vu des missions échouer pour tout un tas de raisons idiotes et imprévues. Mais pas ce soir, se promit-il. Pas avec tous ces préparatifs. Les pilotes d'hélico avaient effectué trois semaines d'entraînement intensif, comme les Marines. Les zincs étaient entretenus avec amour. Les marins de l'*Ogden* avaient inventé des trucs bien pratiques. On ne pouvait jamais éliminer le risque mais la préparation et l'entraînement pouvaient le réduire. Kelly s'assura que son arme était en état de marche et bien calée. Rien à voir avec une planque dans une maison d'angle des quartiers ouest de Baltimore. On ne jouait plus. Ça lui permettrait de laisser tous ces problèmes derrière lui. Sa tentative pour sauver Pam s'était soldée par un échec dû à une erreur de sa part, mais peut-être qu'elle avait eu son utilité, après tout. Pour cette mission-ci, il n'avait pas commis d'erreur. Personne n'en avait commis. Il ne s'agissait plus de sauver une seule personne mais vingt. Il consulta le cadran lumineux de sa montre. La trotteuse se traînait maintenant. Kelly ferma les yeux avec l'espoir, lorsqu'il les rouvrirait, qu'elle se déciderait à accélérer. Mais non. Il n'était pas dupe. L'ex-maître plongeur commando se força à respirer profondément et à reprendre la mission. Pour lui, cela voulait dire poser la carabine en travers de ses genoux et continuer son observation aux jumelles. Sa reconnaissance devrait se poursuivre jusqu'au moment où les premières grenades M-79 seraient tirées sur les tours de guet. Les Marines comptaient sur lui.

*

Eh bien, voilà qui donnerait peut-être aux gars de Philly une idée de son importance. Le réseau d'Henry se casse la gueule et c'est moi qui reprends les rênes. *Eddie Morello est un mec important*, songea-t-il, poussant les feux de son ego, tandis qu'il fonçait sur la Route 40 en direction d'Aberdeen.

L'autre idiot n'est pas foutu de diriger son réseau, pas foutu d'avoir des gars de confiance. J'ai dit à Tony qu'il était trop futé pour son propre bien, trop malin, pas vraiment l'étoffe d'un véritable homme d'affaires — oh, pas d'accord, il est sérieux. Il est plus sérieux que toi, Eddie. Henry va être le premier nègre à devenir un « ponte ». Tu verras. Tony va le parrainer. Toi, il peut même pas. Ton propre cousin peut pas t'offrir ça, alors que tu l'as mis en rapport avec Henry. Sans moi, jamais ce putain de coup n'aurait pu se monter. C'est lui qui l'avait monté, mais lui, ils ne voulaient pas le faire monter en grade.

— *Et merde !* grogna-t-il à un feu rouge. *Quelqu'un s'est mis à démanteler le réseau d'Henry et ils me demandent, à* moi, *de régler le problème. Comme si Henry était pas fichu de se démerder tout seul. Sans doute pas, l'est pas si malin qu'il le croit. Bon, et là-dessus, il vient s'interposer entre moi et Tony.*

Car c'était bien ça, non ? Henry voulait *me brouiller avec Piaggi — de la même façon qu'ils avaient réussi à éliminer Angelo. Angelo avait été son premier contact. Angelo me l'a présenté... Je l'ai présenté à mon tour à Tony... Tony et moi, nous faisons la liaison avec Philly et New York... A nous deux, Angelo et moi, on constituait une paire de connexions... Angelo était le maillon faible... et Angelo se prend une raclée...*

Tony et moi, nous formons une autre paire de connexions... Une seule lui suffit, non ? Une seule connexion avec le reste du réseau.

Me brouiller avec Tony...
Bordel.

Morello puisa dans sa poche une cigarette et pressa le bouton de l'allume-cigares au tableau de bord de son cabriolet Cadillac. La capote était baissée. Eddie appréciait le soleil et le vent. C'était presque comme s'il était à bord de son bateau de pêche. Cela lui procurait en outre une excellente visibilité. A côté de lui, sur le plancher, il y avait une mallette en cuir. Dedans, six kilos d'héroïne pure. Philadelphie, lui avaient-ils dit, connaissait une véritable pénurie. Ils se chargeraient eux-mêmes de couper la came. Un grosse transaction en liquide. En ce moment même, une mallette identique fonçait vers le sud, remplie de coupures de vingt dollars minimum. Deux mecs. Pas de lézard, c'étaient des pros et ce devait être une relation d'affaire à long terme. Peu de risque de se faire arnaquer mais il avait pris néanmoins son petit automatique, planqué sous la chemise ample, simplement glissé sous la ceinture, l'emplacement le plus pratique — et le plus inconfortable.

Il avait intérêt à bien calculer son coup, se dit-il soudain. Il aurait quand même dû s'en douter depuis le début. Henry les manipulait. *Henry manipulait* le réseau. Un négro était en train de les doubler.

Et il était en train de réussir. Probable qu'il éliminait lui-même ses gars. L'enculé aimait chier sur les bonnes femmes — les Blanches surtout. Logique, estima Morello. Ils étaient tous comme ça. Sans doute qu'il se croyait malin. Bon, il l'était, sûrement. Mais pas assez. Plus assez. Ce serait pas dur d'expliquer tout ça à Tony. Eddie en était sûr. Finir la transaction et se rentrer vite fait. Dîner avec Tony. Se montrer calme et raisonnable. Ça lui plaît. Comme s'il avait fait Harvard ou quoi. On dirait un putain d'avocat. Là-dessus, on règle son compte à Henry et on reprend son réseau. C'était comme ça que ça marchait. Ses gars joueraient le jeu. Ils n'étaient pas dans le coup pour ses beaux yeux. Ils y étaient pour le fric. Comme tout le monde. Ensuite, Tony et lui pourraient reprendre l'affaire à leur compte, et à ce moment, Eddie Morello deviendrait un ponte.

Ouais. Il avait tout bien goupillé, maintenant. Morello vérifia l'heure. Il était pile dans les temps, alors qu'il entrait dans le parking à moitié vide d'un restoroute. Un vrai, à l'ancienne, aménagé dans une ancienne voiture de chemin de fer — les voies du Pennsylvania Railroad n'étaient pas loin. Il se souvint de son premier dîner dehors avec son père, dans un établissement identique, en regardant passer les trains. L'évocation le fit sourire tandis qu'il finissait sa clope et écrasait le mégot sur le bitume.

L'autre voiture arriva. C'était une Oldsmobile bleue, comme il s'y était attendu. Les deux mecs en descendirent. Le premier portait une mallette et se dirigea vers lui. Eddie ne le connaissait pas mais le type était bien sapé, l'air respectable, genre homme d'affaires, en chouette costard beige. Comme un avocat. Morello sourit discrètement, évitant de le dévisager trop ostensiblement. L'autre était resté près de la bagnole, en couverture, simple précaution. Ouais, des gens sérieux. Et qui ne tarderaient pas à savoir qu'Eddie Morello était un type sérieux, lui aussi, se dit-il, la main passée à sa ceinture, à quinze centimètres de son automatique planqué.

— T'as la came ?

— T'as le fric ? demanda Morello, du tac au tac.

— T'as fait une erreur, Eddie, répondit l'homme sans prévenir, tout en ouvrant la mallette.

— Qu'est-ce que tu veux dire ? demanda Morello, soudain en alerte, dix secondes et une vie entière trop tard.

— Je veux dire que c'est le terminus, Eddie, ajouta l'autre, tranquille.

Son regard était éloquent. Morello porta aussitôt la main à son arme mais cela ne fit que faciliter la tâche de son interlocuteur.

— Police, plus un geste ! s'écria l'homme, un instant avant que la première balle ne traverse le couvercle de la mallette.

Eddie sortit son arme, tout juste, et réussit à loger une balle dans le plancher de sa voiture mais le flic n'était qu'à un mètre de lui et ne pouvait pas manquer son coup. L'agent en couverture se précipitait déjà, surpris que le lieutenant Charon n'ait pas été capable de prendre l'avantage sur l'autre. Il vit la mallette tomber et l'inspecteur tendre le bras, placer son arme de service quasiment sur la poitrine de l'homme et lui tirer une balle en plein cœur.

Tout était soudain si parfaitement clair pour Morello, mais pour une seconde ou deux, seulement. Henry avait tout monté. Il s'était parrainé tout seul, voilà. Et Morello comprit que son unique objectif avait été de réunir Henry et Tony. Ça paraissait plutôt dérisoire, désormais.

— A moi ! lança Charon tout en se penchant vers le mourant. Il saisit son revolver. Moins d'une minute après, deux voitures de la police d'État entraient dans le parking dans un crissement de pneus.

— Le bougre de crétin, dit Charon à son collègue. Cinq minutes après, il était encore tout tremblant, comme tous les hommes après avoir tué. Il a voulu dégainer — comme si je n'avais pas l'avantage sur lui.

— J'ai tout vu, dit son jeune collègue, et il en était persuadé.

— Eh bien, c'était exactement comme vous aviez dit, monsieur, annonça le sergent de la police d'État. Il ouvrit la mallette abandonnée sur le plancher de l'Olds. Elle était bourrée de sachets d'héroïne. Sacrée prise.

— Ouais, grommela Charon. Sauf que le bougre de crétin refroidi pourra plus rien dire à personne. Ce qui était la stricte vérité. Remarquable, estima-t-il, en réussissant à ne pas sourire de l'humour insensé de la situation. Il venait de commettre le crime parfait, sous les yeux mêmes d'autres policiers. Désormais, l'organisation d'Henry n'avait plus rien à craindre.

*

C'était presque l'heure. La garde avait été relevée. *Pour la dernière fois.* Il pleuvait toujours sans discontinuer. *Parfait.* Les soldats étaient blottis dans les miradors pour rester au sec. La journée sinistre avait été encore plus ennuyeuse que d'ordinaire et des hommes qui s'ennuient sont moins sur le qui-vive. Toutes les lumières étaient éteintes à présent. Même pas une chandelle dans les baraquements. Kelly balaya lentement et soigneusement le site à la jumelle. Il avisa une silhouette derrière une fenêtre du carré des officiers, un homme en train de contempler le temps dehors — le Russe, peut-être ? *Oh, alors c'est donc ta chambre ? Super. Le premier tir du grenadier numéro trois — le caporal Mendez, non ? — est prévu pour cette ouverture. Et un Russe grillé, un.*

Bon, au boulot. Je prendrais bien une douche. Bon Dieu, tu crois qu'il leur reste encore de ce Jack Daniel's ? Le règlement, c'était le règlement, mais certaines occasions étaient spéciales.

La tension montait. Le danger n'avait rien à y voir. Kelly estimait ne courir aucun danger. La partie effrayante avait été l'insertion. Désormais, la balle était dans le camp des airedales, et ensuite des Marines. Son rôle était quasiment fini.

*

— Ouvrez le feu, ordonna le capitaine.

Le *Newport News* avait allumé ses radars à peine quelques minutes plus tôt. Le navigateur était au poste de tir central pour aider les artilleurs à calculer la position exacte du croiseur grâce à une triangulation par radar sur des points de repère connus. C'était un surcroît de précaution mais la mission de cette nuit l'exigeait. Dorénavant, radars de navigation et de contrôle de tir aidaient tout le monde à calculer leur position à un poil de grenouille près.

La première salve jaillit de la tourelle double bâbord. Le claquement sec des deux canons de 127 mm était douloureux aux tympans mais il s'accompagnait d'un spectacle étrangement beau. Au moment du tir, un anneau de feu jaune avait jailli de la bouche du canon. Ce n'était dû qu'à une particularité de conception de l'arme tirée. Comme un serpent d'or courant après sa queue, il ondula durant ses quelques millisecondes d'existence. Puis s'évanouit. Six mille mètres plus loin, les deux premières charges éclairantes s'allumèrent, et ce fut la même lueur jaune métallique qui avait quelques secondes plus tôt ceint comme d'une guirlande la tourelle. Le paysage humide et verdoyant du Nord-Viêt-nam vira à l'orangé sous cet éclairage.

— On dirait une batterie de cinquante-sept-Mike-Mike[1]. Je distingue même les servants. Au Spot-1, l'officier de télémétrie avait déjà l'azimut correct. L'éclairage ne faisait que faciliter la tâche. Le major Skelley régla la hausse avec une délicatesse remarquable. Elle fut transmise aussitôt au « PC de tir ». Dix secondes plus tard, huit canons tonnaient simultanément. Quinze secondes encore, et la batterie de triple-A était volatilisée dans un nuage de poussière et de feu.

— Cible atteinte à la première salve. Objectif Alpha détruit. Le major reçut l'ordre d'en dessous de régler son tir sur la cible suivante. Comme le capitaine, il n'était pas loin de la retraite. Peut-être qu'il ouvrirait une armurerie.

*

C'était comme un orage, au loin, mais pas tout à fait. Le plus surprenant, c'était l'absence de réaction là-dessous. Derrière ses jumelles, il vit certes des têtes se tourner. On échangea peut-être quelques remarques. Mais sans plus. Ce pays était en guerre, après tout, et les bruits désagréables étaient normaux ici, surtout ceux qui ressemblaient à un orage, au loin. Manifestement bien trop loin pour susciter l'inquiétude. On n'apercevait même pas d'éclairs avec cette pluie. Kelly s'était attendu à voir un ou deux officiers sortir jeter un œil. C'est ce qu'il aurait fait à leur place. Sans doute. Mais non.

Quatre-vingt-dix minutes, le compte à rebours était commencé.

*

---

1. Comprendre « 57-M-M », c'est-à-dire une batterie de cinquante-sept millimètres. (*N.d.T.*)

186

Les Marines étaient légèrement tendus en se rendant vers l'arrière. Un bon nombre de marins étaient venus les regarder. Ils défilèrent sur le pont d'envol devant Albie et Irvin qui leur assignaient leurs hélicos.

Les derniers marins de la rangée étaient Maxwell et Podulski. Tous deux avaient enfilé leur uniforme kaki le plus usé, choisissant de reprendre la culotte et le pantalon qu'ils portaient lors de leur dernier commandement en mer, des effets qu'ils associaient à de bons souvenirs et à des résultats heureux. Même les amiraux étaient superstitieux. Pour la première fois, les Marines virent que l'amiral pâlichon — ils le voyaient ainsi — portait la Médaille d'Honneur. Le ruban attira plus d'un regard et nombre de saluts respectueux auxquels l'homme répondit, le visage tendu.

— Tout est prêt, capitaine ? demanda Maxwell.

— Oui, monsieur, répondit Albie, la voix calme malgré sa nervosité. C'était l'heure de vérité. Je vous revois d'ici trois heures.

— Bonne chasse. Maxwell se mit au garde à vous et salua le jeune officier.

Ils ont l'air sacrément impressionnants, commenta Ritter. Lui aussi avait passé une tenue kaki, histoire de s'intégrer au carré des officiers. Bon Dieu, j'espère bien que ça va marcher.

— Ouaip, murmura James Greer tandis que le bâtiment tournait pour se mettre face au vent. Sur le pont, des matelots munis de bâtons lumineux s'approchèrent des deux transports de troupe pour guider leur décollage et puis, l'un après l'autre, les gros Sikorsky s'élevèrent, se stabilisèrent au milieu des bourrasques, puis mirent le cap à l'ouest, vers la terre et leur mission. Elle était entre leurs mains, désormais.

— De braves petits gars, James, dit Podulski.

— Ce Clark est passablement impressionnant, lui aussi. Intelligent, le bonhomme, observa Ritter. Qu'est-ce qu'il fait dans la vie ?

— J'ai cru comprendre qu'il aurait quelques petits problèmes en ce moment. Pourquoi ?

— Nous avons toujours de la place pour un gars capable de réfléchir tout seul. Ce garçon est intelligent, répéta Ritter tandis qu'ils retournaient vers le CIC. Sur le pont d'envol, les équipages des Cobra effectuaient leur dernière vérification pré-vol. Ils décolleraient dans quarante-cinq minutes.

*

— SERPENT, ici CRICQUET. Chronologie nominale. Confirmez.

— Affirmatif ! lança Kelly, d'une voix forte — pas trop fort, quand même. Il transmit trois longues sur sa radio, en reçut deux en réponse. L'*Ogden* venait de lui annoncer que la mission était en cours et qu'il avait bien reçu sa confirmation. Deux heures d'ici la liberté, les gars, dit-il aux hommes dans le camp en bas. Que l'événement fût moins libérateur pour les autres occupants des lieux était le cadet de ses soucis.

Kelly mangea sa dernière barre vitaminée et fourra tous les emballages et toutes les ordures dans les poches de cuisse de son treillis. Il quitta sa cachette. La nuit était tombée, il pouvait se le permettre. Il se retourna et, se penchant, essaya d'effacer toutes traces de sa présence. Une mission telle que celle-ci pouvait être tentée de nouveau, qui sait, alors inutile de laisser à l'autre camp des indices sur ce qui s'était réellement passé. La tension finit par devenir telle qu'il éprouva l'envie d'uriner. C'était presque drôle, comme s'il était un mioche, même s'il avait quand même bu plus de deux litres d'eau aujourd'hui.

Trente minutes de vol jusqu'à la première ZA, encore trente pour l'approche. Dès qu'ils ont franchi la dernière crête, j'entre en contact direct avec eux pour prendre en main l'approche finale.

C'est parti.

*

— Décaler tir sur la droite. Objectif Hôtel en vue, annonça Skelley. Hausse... neuf-deux-cinq-zéro. Les canons tonnèrent encore une fois. Une des batteries de cent millimètres adverses s'était mise à leur tirer dessus. L'équipage avait vu le *Newport News* anéantir le reste de leur bataillon antiaérien et, dans l'impossibilité d'abandonner leur position, ils essayaient, au moins, de riposter et de blesser le monstre qui menaçait leur rivage.

— Voilà les hélicos ! annonça le second à son poste au Centre d'Information de Combat. Les échos sur l'écran radar principal atteignirent la côte à l'endroit précis où s'étaient trouvés les objectifs Alpha et Bravo. Il décrocha le téléphone.

— Le capitaine.

— Ici le second, monsieur. Les hélicos ont les pieds au sec, engagés dans le corridor que nous leur avons ouvert.

— Très bien. Préparez-vous à suspendre le tir. Nous établirons le contact HF avec ces hélicos dans trente minutes. Surveillez de près vos radars, XO.

— A vos ordres, mon capitaine.

— Bon Dieu, s'exclama l'opérateur radar. Qu'est-ce qui se passe ici ?

— D'abord, on leur tire dans le cul, opina son voisin. Ensuite, on s'enfile dedans.

*

Plus que quelques minutes avant l'atterrissage des Marines. La pluie continuait, même si le vent était tombé.

Kelly était en terrain découvert à présent. Mais protégé. Impossible à repérer du ciel. Le couvert végétal était épais derrière lui. Ses vêtements comme les parties exposées de sa peau étaient teints pour se fondre dans le paysage. Ses yeux n'arrêtaient pas de scruter les alentours, guettant le danger, le détail incongru, sans rien trouver. Un vrai bourbier, ce coin. L'humidité et l'argile rouge de ces misérables collines l'imprégnaient entièrement, traversant l'étoffe de son uniforme, chaque pore de sa peau.

Dix minutes de la ZA. Les coups de tonnerre lointains sur la côte se poursuivaient, sporadiques, et par leur répétition, ils évoquaient moins un danger. On aurait même dit de plus en plus un orage, et seul Kelly savait qu'il s'agissait des canons de 203 mm d'un navire de guerre. Il se rassit, posa les coudes sur les genoux et scruta le camp aux jumelles. Toujours pas de lumière. Toujours pas un mouvement. La mort fonçait vers eux et ils n'en savaient rien. Il avait les yeux tellement accaparés qu'il en avait presque fini par négliger de tendre l'oreille.

C'était difficile à détecter au milieu de la pluie : un grondement lointain, grave et ténu, mais qui ne décrut pas. Au contraire, il gagnait en intensité. Kelly décolla les yeux des oculaires et se tourna, la bouche ouverte, cherchant à identifier le bruit.

Des moteurs.

Des moteurs de camion. Bon, d'accord, il y avait une route qui passait, pas trop loin — non la route était trop loin... dans la direction opposée.

Un camion de ravitaillement peut-être. Livrant les vivres et le courrier.

Plus d'un.

Kelly regagna le sommet de la colline, s'appuya contre un arbre et regarda en dessous l'endroit où ce tronçon de chemin de terre s'embranchait sur la route qui longeait la rive nord du fleuve. Du mouvement. Il chaussa les jumelles.

Un camion... deux... trois... quatre... oh, mon Dieu...

Leurs phares étaient allumés — juste des fentes, les verres étaient masqués. Donc, des camions militaires. Les phares du deuxième véhicule éclairaient un peu le premier. Des hommes à l'arrière, alignés de chaque côté.

Des soldats.

Minute, Johnnie-boy, pas de panique. Prends ton temps... peut-être...

Ils contournèrent la base de la Colline au Serpent. Un garde en faction dans l'une des tours cria quelque chose. Le cri fut répété. Des lumières apparurent dans le carré des officiers. Quelqu'un sortit, sans doute le commandant, en petite tenue, criant une question.

Le premier camion s'arrêta devant le portail. Un homme descendit et rugit qu'on lui ouvre. L'autre camion s'arrêta derrière. Des soldats en descendirent. Kelly compta... dix... vingt... trente... plus... mais le pire, ce n'était pas le nombre. C'était ce qu'ils commençaient à faire.

Il dut détourner les yeux. Pourquoi le destin s'acharnait-il ainsi sur lui ? Pourquoi ne pas prendre simplement sa vie, que tout soit réglé une bonne fois pour toutes ? Mais ce n'était pas seulement sa vie qui intéressait le destin. Ce n'était jamais le cas. Il était comme toujours responsable de plus que ça. Kelly saisit sa radio et l'alluma.

— CRICQUET pour SERPENT, à vous.

Rien.

— CRICQUET pour SERPENT, à vous.

*

— Qu'est-ce qui se passe ? demanda Podulski.

Maxwell saisit le micro.

— SERPENT pour CRICQUET EN PERSONNE, quel est votre message ? A vous.

— Annulez, annulez, annulez — confirmez, fut tout ce qu'ils entendirent.

*

— Répétez, SERPENT. Répétez.

— Annulez la mission, dit Kelly, trop fort pour sa propre sécurité. Annulez, annulez, annulez. Confirmez immédiatement.

Cela prit plusieurs secondes.

— Nous copions votre ordre d'annulation. Bien reçu. Mission annulée. Restez à l'écoute.

— Bien compris. Je reste à l'écoute.

*

— Qu'est-ce que c'est ? demanda le commandant Vinh.

— On nous a informé que les Américains pourraient tenter un raid sur votre camp, répondit le capitaine, en se retournant pour observer ses hommes. Ils se déployaient avec adresse, une moitié du détachement fonçant vers les arbres, l'autre prenant position à l'intérieur du périmètre, chaque homme creusant son emplacement sitôt choisie sa place. Camarade commandant, j'ai mission de prendre en charge la défense jusqu'à l'arrivée de renforts. Par mesure de sécurité, vous avez ordre de raccompagner à Hanoï notre hôte russe.

191

— Mais...

— Les ordres viennent du général Giap en personne, camarade commandant.

Ce qui régla très rapidement la question. Vinh retourna dans ses quartiers pour s'habiller. Le sergent du camp alla réveiller son chauffeur.

*

Kelly n'avait guère d'autre choix que de regarder. Quarante-cinq hommes, plus peut-être. Difficile de les compter avec leurs déplacements. Des pelotons creusant des nids de mitrailleuses. Des patrouilles dans les bois. Ceux-là constituaient pour lui un danger immédiat mais, pourtant il ne broncha pas. Il devait s'assurer qu'il avait pris la bonne décision, qu'il n'avait pas cédé à la panique, qu'il ne s'était pas brusquement montré froussard.

Vingt-cinq contre cinquante, avec l'effet de surprise et un plan de bataille, pas de problème. Vingt-cinq contre une centaine, sans l'effet de surprise... aucun espoir. Il avait fait ce qu'il fallait. Il n'y avait aucune raison d'ajouter vingt-cinq corps à la liste qu'ils comptabilisaient là-bas à Washington. Dans sa conscience, il n'y avait pas place pour ce genre d'erreur et pour toutes ces vies en jeu.

*

— Les hélicos reviennent, monsieur, même itinéraire qu'à l'aller, indiqua au second l'opérateur radio.

— Trop rapide, dit le second.

*

— Bordel de merde, Dutch ! Bon sang, qu'est-ce qui...

— La mission est annulée, Cas, dit Maxwell en baissant les yeux vers la table des cartes.

— Mais pourquoi ?

— Parce que M. Clark l'a dit, répondit Ritter. Il observe. Il annonce. Vous n'avez pas besoin qu'on vous explique ça, amiral. Nous avons toujours un homme sur place, messieurs. Ne l'oublions pas.

— Nous en avons *vingt*.

— C'est exact, monsieur, mais un seul reviendra ce soir. *Et encore, seulement si on a de la chance.*

Maxwell se tourna vers le capitaine Franks.

— Foncez vers le rivage, aussi vite que vous pourrez.

— A vos ordres, amiral.

*

— Hanoi ? Pourquoi ?

— Parce que nous avons des ordres. Vinh parcourait la dépêche apportée par le capitaine. Alors comme ça, les Américains voulaient venir ici, hein ? J'espère bien. Il n'y aura pas de nouveau Sông Tay !

L'idée d'une opération d'infanterie n'enthousiasmait pas vraiment le colonel Grichanov et un voyage à Hanoi, même à l'improviste, signifiait également un voyage à l'ambassade.

— Laissez-moi prendre mes affaires, commandant.

— Mais faites vite ! aboya le petit homme, en se demandant si ce retour à Hanoi était dû à une faute quelconque.

Ce pourrait être pire. Grichanov avait réuni toutes ses notes qu'il glissa dans un sac à dos. Tout son travail, maintenant que Vinh le lui avait si aimablement restitué. Il le confierait au général Rokossovski et, une fois les documents entre des mains officielles, il pourrait plaider pour qu'on laisse la vie sauve à ces Américains. A quelque chose, malheur est bon, comme disaient les Occidentaux.

*

Il les entendait venir à présent. Très loin, progressant sans grande adresse, crevés sans doute, mais progressant néanmoins.

— CRICQUET pour SERPENT, à vous.

— On vous copie, SERPENT.

— J'avance. Il y a du monde sur ma colline, ils viennent vers moi. Je vais me diriger vers l'ouest. Pouvez-vous m'envoyer un hélico ?

— Affirmatif. Soyez prudent, fils. C'était la voix de Maxwell, encore inquiète.

— J'y vais. Terminé. Kelly mit la radio dans sa poche et regagna la crête. Là, il prit son temps pour regarder les alentours et comparer ce qu'il voyait maintenant avec ce qu'il avait vu auparavant.

Et je cours particulièrement vite dans le noir, avait-il dit aux Marines. Le moment était venu de le prouver. Après avoir une dernière fois prêté l'oreille à l'approche des Viêts, Kelly choisit une éclaircie dans le feuillage et commença de redescendre la colline.

30

Agents de voyage

MANIFESTEMENT, ça se passait mal. Les deux hélicos de sauvetage appontèrent sur l'*Ogden* moins d'une heure après être partis. Le premier fut aussitôt garé sur le côté. Le second, piloté par le chef d'escadrille, fut ravitaillé. Le capitaine Albie en descendit, presque à la seconde où il s'était posé, et sprinta vers la superstructure où l'attendaient les responsables de mission. Il sentait que l'*Ogden* et son escorte étaient en train de foncer vers le rivage. Ses Marines, déprimés, sortirent à leur tour, silencieux, fixant le pont d'envol, tête basse, tandis qu'ils se débarrassaient de leur barda.

— Que s'est-il passé ? demanda Albie.

— Clark a donné le signal de tout annuler. Tout ce que nous savons, c'est qu'il a décroché de sa colline ; il indiquait que d'autres éléments étaient là. Nous allons tenter de le récupérer. Où va-t-il aller, à votre avis ? demanda Maxwell.

— Il va chercher un endroit où l'hélico pourra le récupérer. Examinons la carte.

*

S'il avait eu le temps, Kelly aurait pu se livrer à des réflexions sur la rapidité avec laquelle une situation favorable pouvait se détériorer. Mais il s'en abstint. La survie était un jeu total et pour l'heure, c'était également le seul en magasin. Certes, il n'avait rien d'ennuyeux et, avec de la chance, ses règles n'étaient pas trop difficiles. Il n'y avait pas tant d'hommes que ça pour protéger le camp contre un assaut, pas assez en tout cas pour organiser des patrouilles de défense réellement efficaces. S'ils redoutaient une nouvelle mission à la Sông Tay, ils regrouperaient leur puissance de feu. Ils disposeraient des postes d'observation sur les crêtes, et sans doute se limiteraient-ils à cela pour l'instant. Le sommet de la Colline au Serpent était désormais à cinq cents mètres derrière lui. Kelly ralentit le rythme de sa descente pour reprendre sa respiration — c'était plus la peur que l'effort qui l'essoufflait, même si les deux influaient fortement l'un sur l'autre. Il profita d'une crête secondaire pour se reposer de l'autre côté. Maintenant qu'il était immobile, il entendait parler derrière lui — parler, pas bouger. Parfait, il avait bien calculé la situation tactique. Des renforts arriveraient sans doute en temps utile, mais il aurait dégagé depuis longtemps.

S'ils arrivent à faire passer l'hélico.

Agréable perspective.

J'ai connu pire, proclama Arrogance.

Et quand ? s'enquit finement Pessimisme.

Le seul truc logique pour l'instant était de mettre le plus de distance entre lui et les Viêts. Venait ensuite la nécessité de trouver un site fournissant une zone d'atterrissage approximative, pour qu'il puisse se tirer d'ici, vite fait. Ce n'était pas le moment de céder à la panique, mais il ne s'agissait pas non plus de lambiner. Avec le jour arriveraient les renforts, et si leur chef était compétent, il voudrait s'assurer qu'il n'y avait pas d'élément de reconnaissance ennemi sur son terrain. S'il n'avait pas évacué avant l'aube, Kelly verrait se dégrader ses chances matérielles de quitter le pays. Bouger. Trouver un endroit favorable. Appeler l'hélico. Se tirer en vitesse. Il lui restait quatre heures d'ici l'aube. Il fallait une trentaine de minutes pour que l'hélicoptère arrive. Mettons deux ou trois heures pour trouver un endroit et lancer l'appel radio. La difficulté ne semblait pas insurmontable. Il connaissait les alentours de VERT-DE-GRIS par les photos de reconnaissance aérienne. Il prit quelques minutes pour se repérer. Le chemin le plus rapide pour rejoindre une clairière était par là, de l'autre côté d'un virage de la route. Le pari était risqué mais jouable. Il réarrangea son barda, déplaça ses chargeurs de rechange pour les rendre plus accessibles. Plus que tout, il redoutait d'être capturé, de se retrouver à la merci d'hommes comme ceux de FLEUR EN PLASTIQUE, d'être incapable de résister, de perdre l'emprise sur sa propre vie. Une petite voix tranquille au fond de sa tête lui serinait que la mort était préférable à ça. Résister, même quand les chances étaient impossibles, n'était pas du suicide. Très bien. C'était décidé. Il se remit en route.

*

— L'appeler ? demanda Maxwell.

— Non, pas maintenant. Le capitaine Albie hocha la tête. C'est lui qui nous appellera. M. Clark est occupé en ce moment. On va le laisser tranquille. Irvin entra au Centre d'Information de Combat.

— Clark ? s'enquit le sergent-chef artilleur.

— Il a décroché, lui dit Albie.

— Vous voulez que je prenne quelques gars avec moi et qu'on y aille en commando armé, avec Sauvetage Un ? Et qu'ils fassent tout pour tenter de récupérer Clark n'était même pas une question. De nature, les Marines détestaient laisser un homme derrière eux.

— C'est mon boulot, Irvin, dit Albie.

— Mieux vaut que vous dirigiez les opérations de sauvetage, mon capitaine, indiqua Irvin, raisonnable. N'importe qui peut tenir un fusil.

Maxwell, Podulski et Greer évitèrent de se mêler à la conversation, préférant observer et écouter ces deux professionnels qui connaissaient leur métier. Le chef des Marines s'en remit à la sagesse de l'aîné de ses sous-officiers.

— Prenez ce qu'il vous faut. Albie se tourna vers Maxwell. Amiral, je veux que Sauvetage Un reprenne l'air immédiatement.

Le chef adjoint des Opérations aéronavales tendit le casque d'écoute à un officier de Marines de vingt-huit ans à peine ; les écouteurs s'accompagnaient du commandement tactique de la mission avortée. Et aussi de la fin de la carrière militaire de Dutch Maxwell.

C'était plus rassurant d'être en mouvement. Kelly avait l'impression de contrôler sa vie. C'était une illusion et s'il en était conscient intellectuellement, son corps comprenait le message ainsi, ce qui améliorait la situation. Il parvint au pied de la colline, où le couvert était plus fourni. Là. Juste de l'autre côté de la route, il y avait un espace dégagé, une espèce de prairie, peut-être une zone inondable dans le lit majeur du fleuve. Impeccable. Rien de bien sorcier. Il saisit sa radio.

— CRICQUET pour SERPENT, à vous.
— Ici CRICQUET. Bien copié, on reste en fréquence.

*

Le message arriva, haletant, saccadé, en une succession de phrases brèves :

— A l'ouest de ma colline... de l'autre côté de la route... trois kilomètres environ à l'ouest de l'objectif... un espace dégagé. Je suis tout près. Envoyez l'hélico. Je pourrai baliser le terrain.

Albie considéra la carte, puis les photos aériennes. D'accord, ça n'avait pas l'air trop dur. Son doigt s'écrasa sur la carte et le premier maître responsable du contrôle aérien répercuta aussitôt l'information. Albie attendit confirmation avant de rappeler Clark.

— Bien compris, je vous copie. Sauvetage Un est en vol, il est à deux-zéro minutes de vous.

— Bien copié. Albie décela le soulagement dans la voix de Clark malgré les parasites. Je serai prêt. Terminé.

*

Merci mon Dieu.

Kelly prit tout son temps désormais pour s'approcher lentement et sans bruit de la route. Son deuxième séjour au Nord-Viêt-nam allait en définitive être plus court que le premier. Ce coup-ci, il n'aurait pas besoin de repartir à la nage et, avec tous les vaccins qu'on lui avait injectés avant son départ, il ne risquerait pas de tomber malade à cause de cette saloperie de flotte. Sans pour autant se relaxer, il se libéra d'une partie de sa tension nerveuse. Comme à un signal, la pluie redoubla, étouffant les bruits et réduisant la visibilité. Encore une bonne nouvelle. Peut-être que Dieu, ou le destin, ou la Grande Citrouille, avait décidé de ne pas le maudire, en définitive. Il s'immobilisa de nouveau, à dix mètres de la route et regarda alentour. Rien. Il s'accorda quelques minutes de détente pour évacuer la tension. Il était inutile de se dépêcher de traverser pour se retrouver en terrain découvert. Rester à découvert, c'était dangereux pour un homme isolé en territoire ennemi. Ses mains serraient sa carabine, le nounours du fantassin, tandis qu'il se forçait à respirer lentement et profondément afin de ralentir ses battements cardiaques. Quand il sentit que son cœur avait à peu près retrouvé un rythme normal, il décida de s'approcher de la route.

*

Épouvantables, ces routes, songeait Grichanov. *Encore pires qu'en Russie.* Détail curieux, la voiture était de marque française. Ce qui était encore plus remarquable, c'est qu'elle marchait plutôt bien, enfin, s'ils n'avaient pas eu ce chauffeur. Le commandant Vinh aurait dû prendre le volant. En tant qu'officier, il savait sans doute conduire, mais imbu de son rang comme il l'était, ce crétin devait laisser faire son ordonnance, et l'autre bouseux rabougri ne devait probablement pas être fichu de conduire autre chose qu'un attelage de bœufs. La voiture dérapait dans la boue. En plus, le chauffeur avait du mal à y voir à travers cette pluie. Sur la banquette arrière, Grichanov était assis, les yeux fermés, agrippant des deux mains son paquetage. Inutile de regarder. Ça risquait juste de lui flanquer la trouille. C'était comme de voler par mauvais temps, une perspective que n'appréciait aucun pilote — et encore moins quand c'était un autre qui était aux commandes.

*

Il attendit, regardant avant de traverser, guettant le bruit d'un moteur de camion, qui représentait pour lui le plus grand danger. Rien. Bon, plus que cinq minutes environ avant l'hélico. Kelly se redressa en passant la main gauche derrière lui pour saisir la balise lumineuse. Il traversa, en regardant toujours sur sa gauche, direction d'où viendraient les renforts motorisés en route vers le camp de prisonniers désormais entièrement bouclé. *Merde !*

Jamais Kelly n'avait été trahi par sa concentration, ce fut pourtant le cas cette fois-ci. Le bruit de la voiture qui s'approchait, son chuintement sur la surface boueuse, était un peu trop similaire aux bruits ambiants et le temps qu'il arrive à le distinguer, il était trop tard. Quand le véhicule déboucha du virage, il se trouvait pile au milieu de la route, planté là comme un chevreuil dans le faisceau des phares, et le chauffeur était forcé de le voir. Ce qui suivit fut automatique.

Kelly leva sa carabine et tira une brève rafale dans la direction approximative du conducteur. La voiture garda sa trajectoire et il tira une seconde salve du côté du siège du passager avant. Le véhicule dévia alors, percutant un arbre de plein fouet. La séquence entière n'avait pas dû prendre trois secondes et le cœur de Kelly se remit à battre après un hiatus terriblement long. Il courut vers l'épave. Qui avait-il tué ?

Le chauffeur avait traversé le pare-brise, deux balles dans la tête. Kelly réussit à ouvrir la portière droite. Le passager était... le commandant ! Lui aussi touché à la tête. Les coups n'étaient pas aussi bien centrés et bien qu'il eût le crâne fendu sur le côté droit, son corps était encore agité de spasmes. Kelly l'arracha de l'épave et s'agenouilla pour le fouiller quand il entendit un gémissement venir de l'habitacle. Il se pencha à l'intérieur, trouva un autre homme — un Russe ! — tassé sur le plancher, à l'arrière. Kelly le sortit lui aussi. L'homme agrippait un sac à dos.

Là aussi, l'automatisme revint et Kelly assomma le Russe d'un coup de crosse, avant de se retourner vivement pour fouiller l'uniforme du commandant, à la recherche d'indices. Il fourra tous les papiers et documents dans ses poches. Le Vietnamien le regardait, l'œil gauche fonctionnait encore.

— La vie est dure, pas vrai ? dit Kelly, glacial, tandis que le regard perdait tout éclat. Qu'est-ce que je vais faire de toi, bordel ? ajouta-t-il, en se tournant vers le Russe étendu. T'es le mec qui harcelait nos petits gars, pas vrai ? Il s'agenouilla, ouvrit le sac à dos et trouva des liasses entières de papiers qui répondirent à sa question — ce dont le colonel soviétique était singulièrement incapable.

Réfléchis vite, John — l'hélico n'est plus très loin.

*

— J'ai repéré la balise ! dit le copilote.

— Je fonce dessus. Le pilote poussait son Sikorsky au maximum de ses turbines. A deux cents mètres de la clairière, il tira violemment sur le levier de rapport cyclique et le brutal relèvement du nez à quarante-cinq degrés stoppa rapidement l'avance de l'appareil — à la perfection, en fait, en même temps qu'il se stabilisait à quelques pieds de la balise stroboscopique infrarouge. L'hélicoptère de sauvetage resta en vol stationnaire à soixante centimètres au-dessus du sol, secoué par les rafales. Le commandant de la Navy devait lutter de toutes ses forces pour maintenir son appareil et il ne réagit pas tout de suite au message que ses yeux lui avaient transmis. Il avait vu le souffle du rotor plaquer au sol son survivant mais...

— N'ai-je pas vu *deux* types, là-dessous ? demanda-t-il dans l'interphone.

— Go go go ! lança une autre voix sur le circuit radio intérieur. Pax embarqué, go !

— On décolle vite fait de Dodge City, top ! Le pilote tira le levier de pas général pour prendre l'altitude, enfonça la pédale de palonnier et inclina le nez, direction le fleuve, tandis que l'hélicoptère accélérait. *Ne devait-il pas y avoir un seul gars, normalement ?* Il laissa de côté la question. Pour l'instant, il fallait piloter, et il y avait quarante-cinq kilomètres de méandres pour rejoindre la mer et la sécurité.

— Merde, qui c'est ce mec ? demanda Irvin.

— Un auto-stoppeur, répondit Kelly par-dessus le fracas des turbines. Il hocha la tête. Les explications seraient interminables et devraient attendre. Irvin comprit et lui offrit une gourde. Kelly l'éclusa. C'est à ce moment que les tremblements commencèrent. Devant l'équipage de l'hélicoptère et cinq

Marines, Kelly frissonnait comme un type en pleine banquise, les bras serrés autour de lui, s'accrochant à son arme jusqu'à ce qu'Irvin la lui prenne et la vide. Elle avait servi, nota aussitôt le sergent-chef artilleur. Il aurait le temps de découvrir pourquoi et sur qui. Les mitrailleurs latéraux scrutaient la vallée pendant que leur appareil fonçait, à trente mètres à peine au-dessus des méandres liquides. Le trajet se déroula sans encombre, bien différent de ce qu'ils avaient prévu, comme d'ailleurs le reste de cette nuit. Qu'est-ce qui avait cloché ? Tous se posaient la question. La réponse était détenue par l'homme qu'ils venaient de récupérer. Mais qui diable était l'autre, et n'était-ce pas un uniforme russe ? Deux Marines l'encadraient. L'un d'eux lui ligota les mains. Un troisième boucla le rabat de son sac avec ses sangles.

*

— Sauvetage Un, les pieds dans l'eau. Nous avons SER-PENT à bord, à vous.
— Sauvetage un, ici CRICQUET, Roger, bien copié. Restons en fréquence. Terminé. Albie leva les yeux. Eh bien, voilà.
De tous, c'est Podulski qui le prit le plus mal. VERT BUIS avait été son idée depuis le début. Que l'opération ait réussi, et cela aurait pu tout changer. Cela aurait pu ouvrir la porte à CORNET CERTAIN, cela aurait pu changer le cours de la guerre — et son fils ne serait pas mort pour rien. Il leva les yeux vers les autres. Il se demanda presque s'ils ne devaient pas refaire une tentative mais il n'était pas dupe. Un fiasco. C'était un concept amer et une réalité plus amère encore pour quelqu'un qui avait servi son pays adoptif depuis près de trente ans.

*

— Rude journée ? demanda Frank Allen.
Le lieutenant Mark Charon était drôlement en forme pour un homme qui avait vécu une fusillade avec mort d'homme, puis l'interrogatoire presque aussi pénible qui avait suivi.
— Le bougre d'imbécile. Ça aurait pu se passer autrement,

dit Charon. Je parie qu'il n'appréciait pas trop l'idée de vivre du côté de Falls Road, ajouta le lieutenant de la brigade des stups, faisant allusion au pénitencier d'État du Maryland. Situé dans le centre de Baltimore, le bâtiment était tellement sinistre que ses pensionnaires l'avaient baptisé le château de Frankenstein.

Allen n'avait pas grand-chose à ajouter. La procédure pour un tel incident était simple. Charon serait mis en congé administratif pendant dix jours ouvrables, le temps que le service s'assure que la fusillade n'avait pas été contraire aux règlements officiels de la police en cas de recours à la « force majeure ». Cela se résumerait en fait à quinze jours de congés payés, hormis que Charon pourrait éventuellement subir d'autres interrogatoires. C'était peu probable en l'occurrence, car plusieurs agents de police avaient été témoins des faits de bout en bout, dont l'un placé à dix mètres, tout au plus.

— On m'a confié l'affaire, Mark, lui dit Allen. J'ai pu parcourir le dossier préliminaire. M'est avis que tu t'en tireras sans problème. Tu vois quelque chose que tu aurais pu faire pour l'amener à paniquer ?

Charon secoua la tête. Non, je n'ai pas crié, ni quoi que ce soit, jusqu'à ce qu'il porte la main à son feu. J'ai bien essayé de le prendre en douceur, t'sais, enfin, de le calmer, tu vois ? Mais il a simplement fait le mauvais choix. Eddie Morello est mort par sa bêtise, observa le lieutenant, goûtant, impassible, le fait d'énoncer la stricte vérité.

— Bon, on ne va pas pleurer non plus sur la mort d'un dealer. Quand même une bonne journée dans l'ensemble, Mark.

— Comment ça, Frank ? Charon s'assit et lui piqua une cigarette.

— J'ai reçu un coup de fil de Pittsburgh, aujourd'hui. Il semblerait qu'il y ait eu un témoin au meurtre de la fontaine dont s'occupent Em et Tom.

— Sans blague ? Excellente nouvelle. Qu'est-ce qu'on a ?

— Quelqu'un, probablement une fille vu la façon dont le gars s'exprimait, qui a vu Madden et Waters opérer. Apparemment, elle en parle à son pasteur et ce dernier essaye de la convaincre de tout révéler.

— Super, observa Charon, dissimulant son frisson intérieur

aussi bien qu'il avait caché son soulagement lors de sa première mission de tueur à gages. Encore un truc à nettoyer. Avec un peu de veine, la question serait définitivement réglée.

*

L'hélicoptère arrondit et effectua un atterrissage en douceur à l'arrière de l'USS *Ogden*. Sitôt qu'il fut posé, des hommes revinrent sur le pont d'envol. Le personnel d'appontage arrima l'appareil avec des chaînes tandis qu'ils approchaient. Les Marines descendirent en premier, soulagés d'être sains et saufs, mais également amèrement déçus par le tour qu'avait pris la nuit. Le minutage avait été quasiment parfait, ils le savaient. C'était l'heure prévue du retour à bord, avec les camarades qu'ils devaient sauver, et ils avaient attendu cet instant avec l'impatience d'une équipe sportive qui espère savourer l'allégresse des vestiaires après la victoire. Mais pas cette fois. Ils avaient perdu et ils ne savaient toujours pas pourquoi.

Irvin et un autre Marine descendirent, soutenant un corps, ce qui ne manqua pas de surprendre les officiers généraux rassemblés, puis Kelly débarqua ensuite. Les yeux du pilote de l'hélicoptère s'agrandirent lorsqu'il contempla la scène. Il avait vu deux corps dans la prairie. Mais il était surtout soulagé d'avoir terminé sur un demi-succès une nouvelle mission de sauvetage au Nord-Viêt-nam.

— Merde, qu'est-ce que c'est que ça ? demanda Maxwell tandis que le bâtiment commençait à virer vers l'est.

— Écoutez, les gars, vous m'amenez ce mec à l'intérieur et vous me le mettez au secret. Fissa ! lança Ritter.

— Il est inconscient, sir.

— Eh bien, allez aussi chercher un toubib, ordonna Ritter.

Ils réquisitionnèrent un des nombreux dortoirs vides de l'*Ogden* pour le compte rendu de mission. On laissa Kelly se débarbouiller, mais sans plus. Un médecin-major ausculta le Russe, diagnostiqua qu'hormis un léger étourdissement, il se portait bien, avec réaction pupillaire symétrique et normale, aucune commotion. Deux Marines l'encadraient pour le surveiller.

— Quatre camions, expliqua Kelly. Ils sont arrivés sans

prévenir. Un peloton renforcé — infanterie et génie, probablement — ils se sont pointés alors même que l'unité d'assaut était en route et ils ont commencé aussitôt à creuser des défenses — avec une cinquantaine d'hommes. J'ai été obligé de décrocher.

Greer et Ritter échangèrent un regard. *Sûrement pas une coïncidence.*

Kelly regarda Maxwell.

— Bon Dieu, je suis désolé, amiral. Il marqua une pause. Il n'aurait pas été possible de mener à bien la mission. J'ai dû quitter la colline parce qu'ils étaient en train de la truffer de postes de surveillance. Je veux dire, même si nous avions pu régler ce problème...

— Nous avions des hélicoptères d'assaut, je vous signale ! grommela Podulski.

— Du calme, Cas, avertit James Greer.

Kelly regarda longuement l'amiral avant de répondre à l'accusation.

— Amiral, les chances de succès étaient exactement égales à zéro. Vos gars m'ont confié la tâche de surveiller de visu l'objectif pour que la mission puisse s'accomplir à moindres frais, d'accord ? Avec plus de moyens, peut-être aurions-nous pu réussir — l'équipe de Sông Tay aurait pu y arriver. Il y aurait eu du dégât, mais ils avaient une puissance de feu suffisante pour l'emporter, réussir à pénétrer l'objectif, comme ils l'ont fait. Il secoua la tête. Mais pas dans les conditions actuelles.

— Vous êtes sûr ? demanda Maxwell.

Kelly acquiesça.

— Oui, monsieur. Sûr et certain.

— Merci, monsieur Clark, dit tranquillement le capitaine Albie, reconnaissant la vérité des faits. Kelly était assis, tendu, immobile, encore sous le coup des événements de la nuit.

— Bien, dit Ritter au bout d'un moment. Et qu'en est-il de notre hôte, monsieur Clark ?

— J'ai merdé, admit Kelly, expliquant dans quelles conditions s'était produite la rencontre avec la voiture. Il fouilla dans les poches de son treillis. J'ai tué le chauffeur et le commandant du camp — enfin, je pense que c'était sa fonction. Voilà tout ce qu'il avait sur lui. Kelly exhiba les documents. Tout un tas de papiers en russe. Je me suis dit qu'il ne serait peut-être pas malin de les laisser sur place. Je me suis dit — j'ai pensé qu'ils pourraient peut-être nous être utiles.

— Ces papiers sont écrits en russe, annonça Irvin.

— Faites voir, ordonna Ritter. Mon russe est assez bon.

— Nous aurons également besoin de quelqu'un qui sache lire le vietnamien.

— J'ai l'homme qu'il vous faut, dit Albie. Irvin, allez me chercher le sergent Chalmers.

— A vos ordres, mon capitaine.

Ritter et Greer allèrent s'installer à une table à l'écart.

— Seigneur, observa l'officier supérieur en feuilletant les notes. Ce gars a récupéré un sacré... Rokossovski ? Il est à Hanoi ? Voilà un résumé du dossier...

Le sergent-chef Chalmers, spécialiste du renseignement, se mit à lire les papiers pris au commandant Vinh. Tous les autres attendirent que les barbouzes aient fini de prendre connaissance des documents.

*

— Où suis-je ? demanda Grichanov, en russe. Il voulut ôter son bandeau mais ses mains ne pouvaient pas bouger.

— Comment vous sentez-vous ? répondit une voix dans la même langue.

— La voiture a percuté quelque chose. La voix s'interrompit. Où suis-je ?

— Vous êtes à bord de l'USS *Ogden,* colonel, lui dit Ritter, en anglais.

Le corps ligoté sur la couchette se raidit et le prisonnier dit aussitôt, en russe, qu'il ne parlait pas anglais.

— Alors, pourquoi une partie de vos notes sont-elles dans cette langue ? rétorqua Ritter, d'une voix raisonnable.

— Je suis un officier soviétique. Vous n'avez pas le droit...

— Nous avons autant de droits que vous en aviez d'interroger des prisonniers de guerre américains et de comploter pour les tuer, camarade colonel.

— Que voulez-vous dire ?

— Votre ami le commandant Vinh est mort, mais nous

206

avons ses dépêches. Je suppose que vous aviez fini de parler à nos hommes, n'est-ce pas ? Et que les ANV essayaient de trouver le moyen le plus pratique de les éliminer. Etes-vous en train de me dire que vous n'étiez pas au courant ?

Le juron qu'entendit Ritter était particulièrement obscène, mais la voix exprimait une surprise sincère qui n'était pas inintéressante. Cet homme était trop secoué pour dissimuler convenablement. Ritter se tourna vers Greer.

— J'ai encore de la lecture à faire. Vous voulez lui tenir compagnie ?

*

Le seul point positif pour Kelly cette nuit-là, c'est que le capitaine Franks n'avait finalement pas jeté les rations d'aviateur par-dessus bord. La séance de compte rendu terminée, il retrouva sa cabine et s'en descendit trois coup sur coup. Avec le relâchement de la tension de la nuit, l'épuisement physique prit son lourd tribut et le jeune homme, assommé par les trois verres d'alcool, s'effondra sur sa couchette sans même avoir eu la force de se laver sous la douche.

On décida que l'*Ogden* poursuivrait sa route comme prévu, fonçant à vingt nœuds pour regagner Subic Bay. Le gros transport d'assaut amphibie était soudain devenu bien paisible. L'équipage, gonflé à bloc pour une mission importante et spectaculaire, était abasourdi par son échec. Les quarts se relayaient, la vie à bord avait retrouvé son cours antérieur, mais le seul bruit qu'on entendait dans les mess était celui des couverts et des plats métalliques. Pas de blagues, pas d'histoires. C'étaient les personnels médicaux supplétifs qui accusèrent le plus le coup. Sans patients à traiter et sans rien à faire, ils traînaient, désœuvrés. Avant midi, les hélicoptères avaient redécollé, les Cobra vers Da Nang, et les appareils de sauvetage vers leur porte-avions. Les équipes de surveillance électronique retournèrent à des tâches plus classiques, guettant les messages radio sur les ondes, trouvant une nouvelle mission pour remplacer l'ancienne.

Kelly ne se réveilla pas avant dix-huit heures. Après avoir pris une douche, il descendit retrouver les Marines. Il estimait leur devoir une explication. Quelqu'un devait le faire. Ils étaient au même endroit. La maquette en relief était toujours là également.

— J'étais pile au sommet, dit-il en indiquant le bracelet de caoutchouc marqué de deux yeux.

— Combien d'adversaires ?

— Quatre camions. Ils sont venus par cette route, se sont arrêtés ici, expliqua Kelly. Ils creusaient des nids de mitrailleuses, là et là. Ils ont envoyé un groupe d'hommes à l'assaut de ma colline. J'ai vu un autre détachement prendre cette direction juste avant que je décroche.

— Seigneur, nota un chef d'escouade. Droit vers notre route d'approche.

— Ouais, confirma Kelly. En tout cas, voilà l'explication.

— Comment ont-ils pu savoir qu'il fallait envoyer des renforts ? demanda un caporal.

— Pas mon rayon.

— Merci, Serpent, dit le chef d'escouade, en quittant des yeux le plan en relief qui ne tarderait pas à être balancé par-dessus bord. Il était moins une, pas vrai ?

Kelly acquiesça.

— Je suis désolé, mon vieux. Dieu du ciel, je suis vraiment désolé.

— Monsieur Clark, ma femme attend un bébé pour dans deux mois. Sans vous, ma foi... le Marine tendit la main par-dessus la maquette.

— Merci, chef. Kelly la serra.

— Monsieur Clark, sir ? Un matelot passa la tête par la porte du compartiment. Les amiraux vous cherchent. Là-haut, chez les galonnés, sir.

*

— Docteur Rosen, dit Sam en décrochant le téléphone.

— Salut, docteur. C'est le sergent Douglas.

— Que puis-je pour vous ?

— On essaye de retrouver votre ami Kelly. Son téléphone ne répond pas. Avez-vous une idée de l'endroit où il se trouve ?

— Je ne l'ai pas vu depuis un bout de temps, répondit le chirurgien, méfiant.

— Connaissez-vous quelqu'un qui l'aurait vu ?

— Je me renseignerai autour de moi. C'est à quel sujet ? ajouta Sam, posant une question sans doute extrêmement inconvenante et se demandant quel genre de réponse il obtiendrait.

— Je... euh, je ne peux rien dire, monsieur. J'espère que vous comprenez.

— Hmmmm. Ouais, bon, d'accord, je me renseignerai.

*

— On se sent mieux ? demanda Ritter pour commencer.

— Un peu, lâcha Kelly, prudent. Qu'est-ce que ça donne, avec le Russe ?

— Monsieur Clark, il se pourrait que vous ayez fait quelque chose d'utile. Ritter indiqua une table encombrée de pas moins de dix piles de documents.

Greer intervint.

— Ils prévoient de tuer les prisonniers.

— Qui ça ? Les Russes ?

— Les Viêts. Les Russes les veulent vivants. Le gars que vous avez récupéré voulait les ramener chez lui, expliqua Ritter en brandissant une feuille de papier. Voilà le brouillon de sa lettre pour justifier son idée.

— C'est bon ou c'est mauvais ?

*

Dehors, les bruits avaient changé, jugea Zacharias. Et il y en avait plus. Des cris décidés, même s'il ne savait pas à quoi. Pour la première fois depuis un mois, Grichanov ne lui avait pas rendu visite, même pour quelques minutes. La solitude qu'il éprouvait n'en devenait que plus aiguë et sa seule compagnie était la conscience d'avoir livré à l'Union soviétique un cours de troisième cycle sur la défense aérienne continentale. Il n'en avait pas eu l'intention. Il ne s'était même pas rendu compte de ce qu'il faisait. Maigre consolation, malgré tout. Le Russe s'était bien payé sa tête et le colonel Robin Zacharias, US Air Force, lui avait tout balancé, tranquille, embobiné par la sollicitude et l'amitié d'un athée... et par l'alcool, la stupidité et le péché, cette combinaison si prévisible de faiblesses humaines, et il y avait cédé.

Il n'arrivait même pas à pleurer sur cette honte. Il était au-delà des larmes, assis sur le sol de sa cellule, fixant le béton rugueux et sale entre ses pieds nus. Il avait manqué à sa parole envers son Dieu et sa patrie, se dit Zacharias, alors qu'on lui passait son repas du soir par le guichet au bas de la porte. Une soupe de potiron claire et insipide, et du riz charançonné. Il ne fit pas un geste pour ramasser le plateau.

*

Grichanov savait qu'il était un homme mort. Ils ne le restitueraient pas. Ils ne pouvaient même pas admettre qu'ils le détenaient. Il disparaîtrait, comme d'autres Russes avaient disparu au Viêt-nam, certains en poste sur des sites de SAM, d'autres occupés à d'autres missions pour ces petits salauds parfaitement ingrats. Pourquoi le nourrissaient-ils si bien ? Il devait être à bord d'un gros bâtiment, mais il faut dire aussi que c'était la première fois qu'il se retrouvait en mer. Même une nourriture correcte avait du mal à passer, mais il se jura de ne pas céder à l'humiliation de succomber à un mal de mer aggravé par la peur. Il était pilote de chasse, un bon pilote qui avait déjà affronté la mort, en général aux commandes d'un appareil défaillant. Il se souvint de s'être demandé à l'époque ce qu'ils iraient dire à sa Marina. Il se posait la même question. Une lettre ? Et quoi ? Est-ce que ses collègues officiers au PVO Strany s'occuperaient de sa famille ? La pension serait-elle suffisante ?

*

— Vous vous foutez de moi ?
— Monsieur Clark, le monde peut être un endroit bien compliqué. Pourquoi imaginiez-vous que les Russes les aimaient ?

— Ils les instruisent et leur fournissent quand même des armes, non ?

Ritter écrasa sa Winston.

— Nous faisons la même chose avec quantité de gens de par le monde. Ils ne sont pas tous sympathiques mais nous sommes bien obligés de collaborer avec eux. C'est la même chose pour les Russes, peut-être moins, mais en gros, à peu près pareil. Toujours est-il que ce Grichanov a fait des efforts considérables pour garder en vie nos gars. Ritter tendit une autre feuille. Voilà une requête pour qu'on améliore leur ordinaire — pour avoir un *médecin*, même.

— Bon, alors qu'est-ce qu'on fait de lui ? demanda l'amiral Podulski.

— Ça, messieurs, c'est notre affaire, dit Ritter avec un coup d'œil vers Greer qui acquiesça.

— Attendez une minute, objecta Kelly. Il leur soutirait des informations.

— Et alors ? demanda Ritter. C'était son boulot.

— Nous sommes en train de nous écarter du sujet, là, objecta Maxwell.

James Greer se versa une tasse de café.

— Je sais. Nous devons agir vite.

— Et finalement... Ritter tapota sur une transcription du message du Vietnamien. Nous avons la certitude que quelqu'un a grillé la mission. Nous allons traquer ce salopard.

Kelly était encore trop abruti de sommeil pour suivre parfaitement et prendre le recul nécessaire pour discerner son rôle dans cette affaire.

*

— Où est John ?

Sandy O'Toole quitta des yeux sa paperasse. Elle était près de la fin de sa garde et la question du professeur Rosen faisait renaître une inquiétude qu'elle avait réussi à étouffer depuis plus d'une semaine.

— A l'étranger, pourquoi ?

— J'ai reçu aujourd'hui un coup de fil de la police. Ils le recherchent.

Oh, mon Dieu.

— Pourquoi ?

— Ils n'ont pas dit. Rosen jeta un coup d'œil circulaire. Ils étaient seuls au bureau des infirmières. Sandy, je sais qu'il faisait certaines choses... je veux dire, enfin, je crois savoir, mais je n'ai pas...

— Je n'ai pas eu non plus de ses nouvelles. Qu'est-ce que nous devrions faire, à votre avis ?

Rosen grimaça et détourna les yeux avant de répondre.

— En tant que bons citoyens, nous sommes censés collaborer avec la police... mais nous n'allons pas faire une chose pareille, n'est-ce pas ? Aucune idée de l'endroit où il est ?

— Il me l'a dit mais je ne suis pas censée... il fait quelque chose pour le gouvernement... là-bas au... Elle ne put finir, incapable qu'elle était d'articuler le mot. Il m'a donné un numéro de téléphone où je peux appeler. Je ne m'en suis pas servie.

— Moi, je l'aurais fait, lui dit Sam, puis il sortit.

Ce n'était pas juste. Il partait à l'étranger remplir une mission délicate et terriblement importante, pour se retrouver au retour confronté à une enquête policière. Il semblait à l'infirmière O'Toole que la vie ne pouvait pas être plus injuste. Elle se trompait.

*

— Pittsburgh ?

— C'est ce qu'il a dit, confirma Henry.

— C'est pas con, soit dit en passant, de te servir de lui comme indicateur, observa Piaggi, avec respect. Très professionnel.

— Il a dit qu'on aurait intérêt à régler ça, vite fait. Elle n'a pas encore raconté grand-chose.

— Elle a tout vu ? Piaggi n'avait pas besoin d'ajouter qu'il ne jugeait pas cela très professionnel, en revanche. Henry, savoir tenir son petit personnel, c'est une chose. Le transformer en témoins, c'en est une autre.

— Tony, je m'en vais arranger ça, mais il faut d'abord qu'on règle ce problème, et vite, tu piges ? Il semblait à Henry Tucker

212

qu'il était dans la dernière ligne droite, et que de l'autre côté de la ligne d'arrivée, l'attendaient à la fois sécurité et prospérité. Que cinq autres personnes dussent mourir pour lui permettre de la franchir n'était qu'un détail après l'épreuve qu'il avait déjà traversée.

— Continue.

— Son nom de famille est Brown. Prénom Doris. Le prénom du père est Raymond.

— T'en es sûr ?

— Les filles parlent entre elles. Moi, j'ai ma réputation dans le milieu, tout le bazar. Toi, t'as les contacts. J'aurais besoin que tu les fasses jouer en vitesse.

Piaggi nota l'information.

— D'accord. Nos contacts à Philly peuvent s'en occuper. Ça va pas être gratuit, Henry.

— Je n'y comptais pas.

*

Le pont d'envol paraissait bien vide. Les quatre appareils assignés à l'*Ogden* étaient repartis et le pont reprit son rôle officieux antérieur de place du village. Les étoiles avaient retrouvé leur position habituelle, maintenant que le navire avait retrouvé des cieux dégagés. Un fin croissant de lune planait haut dans le ciel à cette heure matinale. Aucun marin n'était encore visible, toutefois. Ceux qui étaient réveillés étaient de quart mais pour Kelly et les Marines le cycle jour/nuit était décalé et puis, les parois d'acier gris de leurs cabines étaient trop exiguës pour contenir leurs réflexions. Le sillage du navire était d'un curieux vert luminescent dû au photoplancton brassé par les hélices qui laissaient une longue traînée marquant leur passage. Installés à la poupe, une demi-douzaine d'hommes contemplaient le spectacle sans mot dire.

— Ça aurait pu se passer sacrément plus mal, vous savez. Kelly se retourna. C'était Irvin. Forcé.

— Ça aurait pu également se passer sacrément mieux, l'Artillerie.

— Ce n'était pas un accident, leur soudaine apparition, pas vrai ?

— Je ne crois pas que je sois censé en parler. Ça vous va, comme réponse ?

— Oui, monsieur. Et Notre Seigneur a dit : « Père, pardonne-leur car ils ne savent pas ce qu'ils font. »

— Et s'ils savaient ?

Irvin grommela.

— Je pense que vous connaissez mon opinion. Quel que soit le responsable, on aurait pu tous se faire tuer.

— Vous savez, l'Artillerie, une fois, rien qu'une fois, j'aimerais pouvoir finir un truc comme il faut, dit Kelly.

— Ouais. Irvin prit une seconde avant de répondre et de revenir à la question initiale. Mais merde, pourquoi quelqu'un ferait-il une chose pareille ?

Une forme sombre se dessinait à proximité. C'était le *Newport News*, silhouette élégante à moins de deux mille mètres d'eux, visible de manière spectrale malgré l'absence de feux. Lui aussi battait en retraite, ultime représentant des croiseurs lourds de la Navy à canons de gros calibre, créature d'un autre âge, rentrant au bercail après avoir connu le même échec que celui évoqué par Irvin et Kelly.

*

— Le soixante et onze, trente et un, dit la voix féminine.

— Bonjour, je voudrais parler à l'amiral James Greer, dit Sandy à la secrétaire.

— Il n'est pas là.

— Pouvez-vous me dire quand il sera de retour ?

— Désolée, non, je n'en sais rien.

— Mais c'est important.

— Pourrais-je savoir qui appelle, je vous prie ?

— Où suis-je, au juste ?

— Au bureau de l'amiral Greer.

— Non, je veux dire, est-ce le Pentagone ?

— Parce que vous n'en savez rien ?

Non, Sandy n'en savait rien et cette question la fit dévier dans une direction qu'elle ne comprenait plus.

— Je vous en prie, j'ai besoin de votre aide.

— Qui appelle, je vous prie ?

214

— Je vous en supplie, j'ai besoin de savoir où vous êtes !

— Je n'ai pas le droit de vous le dire, répondit la secrétaire, tout imbue de son rôle de mur fortifié protégeant la sécurité nationale des États-Unis.

— Est-ce le Pentagone ?

Bon, elle pouvait au moins lui dire ça.

— Non, ce n'est pas le Pentagone.

Bon, et maintenant ? se demanda Sandy. Elle respira un grand coup.

— Un de mes amis m'a donné ce numéro. Il est avec l'amiral Greer. Il a dit que je pouvais appeler ici pour savoir s'il allait bien.

— Je ne comprends pas.

— Écoutez, je sais parfaitement qu'il est parti au Viêt-nam !

— Madame, je ne peux pas discuter de l'endroit où se trouve ou non l'amiral Greer ! *Qui a enfreint la sécurité ?* Elle allait devoir le signaler.

— Je ne m'occupe pas de lui, je parle de John ! *Du calme. Tu n'aideras personne en procédant ainsi.*

— John qui ? demanda la secrétaire.

Respire un grand coup. Avale.

— S'il vous plaît, voulez-vous transmettre un message à l'amiral Greer. C'est Sandy. Au sujet de John. Il comprendra. D'accord ? Il comprendra. C'est de la plus haute importance. Elle donna son numéro personnel et celui de son travail.

— Merci. Je verrai ce que je peux faire. On raccrocha.

Sandy avait envie de hurler et elle faillit le faire. Donc, l'amiral était parti, lui aussi. Parfait, il devait côtoyer John. La secrétaire allait transmettre le message. Obligé. Ces gens-là, quand vous leur disiez *de la plus haute importance,* ils n'avaient pas assez d'imagination pour ne pas obtempérer. Calme-toi. De toute façon, où qu'il se trouve, les flics ne risquaient pas non plus de lui mettre le grappin dessus. Mais jusqu'à la fin de la journée, et jusqu'au lendemain, la trotteuse de sa montre lui parut immobile.

*

L'USS *Ogden* entra dans la base navale de Subic Bay au début de l'après-midi. La mise à quai parut durer une éternité sous la chaleur moite des tropiques. Finalement, on jeta des amarres et une rampe de débarquement fut amenée au flanc du navire. Un civil l'escalada avant même qu'elle soit convenablement arrimée. Peu après, les Marines se préparèrent à rejoindre un car qui les conduirait à Cubi Point. L'équipage les regarda s'éloigner. On échangea quelques poignées de main, car chacun essayait de laisser au moins un bon souvenir de l'expérience mais les « bon travail, quand même » semblaient déplacés et les « bonne chance » carrément blasphématoires. Leur C-141 les attendait pour les rapatrier en métropole. Ils notèrent que M. Clark n'était pas avec eux.

*

— John, il semble que vous ayez une amie qui se fait du souci pour vous, dit Greer en lui transmettant le message. C'était la plus amicale de toutes les dépêches que le petit fonctionnaire de la CIA avait ramenées de Manille. Kelly la parcourut pendant que les trois amiraux examinaient les autres.

— Ai-je le temps de l'appeler, monsieur ? Elle se tracasse pour moi.

— Vous lui avez donné mon numéro au bureau ? Greer était légèrement fâché.

— Son mari a été tué, il était au 1er de cavalerie, monsieur. Alors, elle s'inquiète, expliqua Kelly.

— D'accord. Greer mit de côté ses problèmes personnels. Je demanderai à Barbara de lui dire que vous êtes sain et sauf.

Le reste des messages était moins plaisant. Les amiraux Maxwell et Podulski étaient rappelés à Washington pour s'expliquer au plus vite sur l'échec de VERT BUIS. Ritter et Greer recevaient des ordres similaires, même s'ils gardaient pour leur part un atout dans la manche. Leur KC-135 les attendait à la base aérienne de Clark. Un saut de puce leur permettrait de franchir les montagnes. Pour l'heure, la meilleure nouvelle concernait le décalage horaire. Le vol de retour vers la côte Est des États-Unis les recalerait sur un cycle de sommeil normal.

Le colonel Grichanov sortit au soleil avec les amiraux. Il portait des vêtements empruntés au capitaine Franks — les deux hommes avaient approximativement la même taille — et Maxwell et Podulski l'escortaient. Kolya ne se faisait aucune illusion sur ses chances de fuite, pas sur une base navale américaine située sur le sol d'un allié des États-Unis. Ritter lui parlait tranquillement, en russe, tandis que les six hommes se dirigeaient vers les voitures qui les attendaient. Dix minutes plus tard, ils montaient à bord d'un Beechcraft C-12 de l'Air Force. Une demi-heure après, le bimoteur roulait pour se placer contre le flanc du gros quadriréacteur Boeing qui décolla moins d'une heure après leur débarquement de l'*Ogden*. Kelly se trouva un siège bien large et boucla sa ceinture ; il dormait avant que l'avion de transport sans hublots se soit mis à rouler sur la piste. La prochaine étape, lui avaient-ils dit, était Hickam à Hawaï, et il n'escomptait pas se réveiller avant.

31

Le chasseur est de retour

L E vol ne fut pas aussi reposant pour les autres. Greer avait réussi à transmettre deux messages avant le décollage mais c'étaient Ritter et lui qui étaient les plus occupés. Leur appareil — l'Air Force le leur avait prêté pour la mission, sans discuter — était plus ou moins réservé aux transports de personnalités. Basé à Andrews, il était souvent utilisé par des députés pour se déplacer aux frais de la princesse. Cela expliquait l'ample réserve de liqueurs et, tandis qu'ils buvaient leurs cafés « secs », ceux de leur hôte russe étaient arrosés de cognac, en doses minimes au début, puis croissantes et ce n'était pas la lavasse décaféinée qui en aurait atténué l'effet.

C'était surtout Ritter qui se chargeait de l'interrogatoire. Sa tâche première fut d'expliquer à Grichanov qu'ils n'avaient nulle intention de le tuer. Oui, ils appartenaient à la CIA. Et oui, Ritter était un agent de renseignement — un espion, si vous voulez — avec à son actif de nombreuses missions derrière le Rideau de Fer ; excusez-moi, mais aller accomplir cette tâche méprisable d'espion dans les pays du bloc socialiste si attachés à la paix, c'était son boulot, tout comme Kolya — vous permettez que je vous appelle Kolya ? — avait son boulot, lui aussi. Maintenant, s'il vous plaît, colonel, pouvez-vous nous donner les noms de nos hommes ? (Ils étaient déjà consignés dans les volumineuses notes de Grichanov.) Vos amis, dites-vous ? Oui, nous vous sommes extrêmement reconnaissants de vos efforts pour qu'ils aient la vie sauve. Ils ont tous une famille, vous savez, exactement comme vous. Encore un peu de café, colonel ? Oui, il est très bon, n'est-ce pas ? Mais bien sûr, que vous rentrerez chez vous retrouver votre famille. Pour qui nous prenez-vous ? Des barbares ? Grichanov eut la courtoisie de ne pas répondre.

Bigre, se dit Greer, *enfin, Bob sait s'y prendre.* Ce n'était pas une question de courage ou de patriotisme. C'était une question d'humanité. Grichanov était un dur à cuire, sans doute un sacré putain de bon pilote — quel dommage qu'ils ne laissent pas Maxwell, et surtout Podulski, s'occuper de ce chapitre ! — mais c'était, à la base, un homme, et sa noblesse de caractère jouait contre lui. Il ne voulait pas voir mourir les prisonniers américains. Cela, ajouté au stress de la capture, au brusque effet de surprise d'un traitement cordial, le tout arrosé d'un excellent cognac, tout cela complotait pour lui délier la langue. D'autant plus que Ritter n'essayait même pas d'aborder des sujets particulièrement sensibles pour l'État soviétique. *Merde, colonel, je sais bien que vous n'allez pas nous livrer le moindre secret — alors pourquoi demander ?*

— Votre homme a tué Vinh, n'est-ce pas ? demanda le Russe alors qu'ils avaient franchi la moitié du Pacifique.

— Oui. C'était un accident et... Le Russe coupa Ritter d'un mouvement de la main.

— Bien. C'était un *niekulturny*, un salaud de petit fasciste vicieux. Il vouloir ces hommes, les assassiner, ajouta Kolya avec l'aide de six cognacs.

— Eh bien, colonel, nous espérons bien trouver un moyen d'empêcher ça.

*

— Neurochirurgie ouest, dit l'infirmière.

— Je voudrais parler à Sandra O'Toole.

— Ne quittez pas, je vous prie. Sandy ? L'infirmière de permanence au standard tendit le combiné. Sa chef de service s'en saisit.

— O'Toole à l'appareil.

— Mademoiselle O'Toole, c'est Barbara — nous nous sommes déjà parlé. Du bureau de l'amiral Greer.

— Oui !

— L'amiral me dit de vous faire savoir... John va bien et il est en ce moment sur le chemin du retour.

Sandy tourna brusquement la tête, pour regarder dans une direction où personne ne verrait ses yeux soudain remplis de larmes de soulagement. Une bénédiction douteuse peut-être, mais une bénédiction quand même.

— Pouvez-vous me dire quand ?

— Demain dans la journée, c'est tout ce que je sais.

— Merci.

— Certainement. On raccrocha.

Eh bien, c'était déjà quelque chose — peut-être beaucoup. Elle se demanda ce qui se passerait quand il serait ici mais au moins, il en revenait vivant. Tim n'avait pas eu cette chance.

*

L'atterrissage plutôt rude à Hickam — le pilote était fatigué — réveilla brutalement Kelly. Un sergent de l'Air Force vint lui secouer gentiment l'épaule, au cas où, tandis que l'appareil roulait vers une aire de service située à l'écart pour les opérations de ravitaillement et d'entretien. Kelly prit le temps de descendre et de marcher un peu. Il faisait chaud ici, mais ce n'était pas la chaleur oppressante du Viêt-nam. Il était sur le sol américain et les choses étaient différentes ici...

Sûr qu'elles le sont.

Rien qu'une fois, une seule fois... se souvint-il d'avoir dit. *Oui, je réussirai à libérer ces autres filles comme j'ai libéré Doris. Ça ne devrait pas être si difficile que ça. Ensuite, je coincerai Burt, et on causera. Je le laisserai même filer, ce salaud, probablement. Je ne peux pas sauver le monde entier mais... bon Dieu, j'en sauverai quand même une partie !*

Il trouva un téléphone dans le salon des Visiteurs de Marque et composa un numéro.

— Allô ? dit une voix pâteuse, à sept mille cinq cents kilomètres de là.

— Salut, Sandy. C'est John ! dit-il avec un sourire. Même si ces aviateurs ne rentraient pas tout de suite au pays — eh bien, lui, si, et il en était heureux.

— John ? Où êtes-vous ?

— Croyez-le ou non, à Hawaï.

— Vous allez bien ?

— Un peu crevé mais dans l'ensemble, oui. Pas de trous dans la peau ou quoi que ce soit, annonça-t-il avec un sourire.

Rien que le son de sa voix suffisait à illuminer sa journée. Mais pas pour longtemps.

— John, il y a un problème.

Le sergent à l'accueil vit les traits de son VM se décomposer. Puis l'homme se retourna dans sa cabine et devint moins intéressant.

— D'accord. Ce doit être Doris, dit Kelly. Je veux dire, il n'y a que vous et les toubibs qui me connaissent et...

— Ce n'était pas nous, lui assura Sandy.

— D'accord. S'il vous plaît, appelez Doris et... soyez prudente mais...

— Pour la mettre en garde ?

— Pouvez-vous faire ça ?

— Oui !

Kelly essaya de se détendre, y réussit presque.

— Je serai de retour d'ici environ... oh, neuf ou dix heures. Vous serez au boulot ?

— J'ai une journée de repos.

— D'accord, Sandy. Bon, à bientôt. Au revoir.

— John, dit-elle pressante.

— Quoi ?

— Je veux... je veux dire... Sa voix se tut.

Kelly sourit de nouveau.

— On pourra en parler quand je serai là, mon chou.

Peut-être qu'il ne rentrait pas simplement chez lui. Peut-être qu'il rentrait retrouver quelque chose. Kelly fit un bref inventaire de tout ce qu'il avait fait. Il avait toujours son pistolet modifié et le reste de son arsenal à bord du bateau, mais tout ce qu'il avait porté pour chacune de ses missions : souliers, chaussettes, vêtements et même sous-vêtements était à la décharge, quelque part. Il n'avait pas laissé le moindre indice à sa connaissance. La police pouvait avoir envie de lui causer, parfait. Mais rien ne l'y obligeait de son côté. C'était un des avantages de la Constitution, observa-t-il en regagnant la piste et en gravissant la passerelle au petit trot.

Le premier équipage rejoignit les couchettes à l'arrière pendant que la relève prenait les commandes et démarrait les moteurs. Kelly retrouva les agents de la CIA. Il nota aussitôt que le Russe dormait en ronflant comme un bienheureux.

Ritter étouffa un rire.

— Il va se retrouver avec une sacrée gueule de bois.

— Qu'est-ce que vous lui avez refilé ?

— On a commencé avec du bon cognac. Et terminé avec de la gnôle californienne. Le cognac me rend vraiment patraque le lendemain, expliqua Ritter, d'une voix lasse, alors que le KC-135 se mettait à rouler. Il était en train de boire un Martini maintenant que son prisonnier n'était plus en mesure de répondre aux questions.

— Alors, qu'est-ce que ça donne ? demanda Kelly.

Ritter expliqua ce qu'il savait. Le camp avait effectivement été conçu pour servir de monnaie d'échange avec les Russes mais il semblait que les Vietnamiens n'avaient pas su en jouer de manière réellement efficace, de sorte qu'ils songeaient à présent à l'éliminer en même temps que les prisonniers.

— Vous voulez dire, à cause du raid ? Oh mon Dieu !

— Correct. Mais pas d'affolement, Clark. Nous tenons un Russe, et c'est une monnaie d'échange également, ajouta Ritter avec un fin sourire. Monsieur Clark, j'apprécie votre style.

— Comment ça ?

— En ramenant ce Russe, vous avez fait preuve d'un louable esprit d'initiative. Et votre façon d'annuler cette mission, cela dénote un bon jugement.

— Écoutez, je n'avais pas l'intention... je veux dire, je ne pouvais pas...

— Vous n'avez pas merdé. Un autre à votre place aurait pu. Vous avez pris une décision rapide, et c'était la bonne. Ça vous intéresse de servir votre pays ? demanda Ritter, avec un sourire bien aidé par l'alcool.

*

Sandy s'éveilla à six heures trente, ce qui était tard pour elle. Elle ramassa le journal du matin, mit en route le café et décida de se contenter de pain grillé, lorgnant la pendule murale de la cuisine et se demandant à partir de quand elle pourrait envisager d'appeler Pittsburgh.

La une était consacrée au dealer abattu. Un policier s'était retrouvé pris dans une fusillade avec un trafiquant. Eh bien, à la bonne heure, se dit-elle. Six kilos d'héroïne « pure », précisait l'article — c'était une sacrée prise. Elle se demanda s'il s'agissait de la même bande que celle... non, le chef de ce groupe était un Noir, du moins, à en croire Doris. En tout cas, ça faisait toujours un trafiquant de moins à la surface de la planète. Nouveau coup d'œil à la pendule. Encore trop tôt décemment pour téléphoner. Elle passa au séjour pour allumer la télé. La journée s'annonçait déjà brûlante, une journée de paresse. Elle s'était couchée tard la veille et avait eu du mal à se rendormir après le coup de fil de John. Elle essaya de regarder le « Today Show » et ne se rendit pas vraiment compte que ses paupières devenaient lourdes...

Il était dix heures passées quand ses yeux se rouvrirent. En rogne après elle, elle secoua la tête pour se clarifier les idées et retourna dans la cuisine. Elle appela, entendit le téléphone sonner... quatre, six, dix fois, sans obtenir de réponse. Bigre. Sortis faire des courses ? Voir le docteur Bryant ? Elle essayerait de nouveau dans une heure. Entre-temps, elle n'avait qu'à tâcher de mettre au point ce qu'elle allait dire au juste. Cela pourrait-il constituer un crime ? Entravait-elle le cours de la justice ? Dans quelle mesure était-elle impliquée dans cette affaire ? L'idée provoquait une désagréable surprise. Mais elle était impliquée. Elle avait aidé à sauver cette fille en la tirant d'une existence dangereuse et elle ne pouvait plus s'arrêter dorénavant. Elle dirait juste à Doris de ne pas faire de mal aux gens qui l'avaient aidée, d'être très, très prudente. Par pitié.

*

Le révérend Meyer arriva en retard. Il avait été retenu au presbytère par un coup de téléphone et il avait un métier où il ne pouvait pas dire aux gens qu'il devait partir à cause d'un rendez-vous. Alors qu'il se garait, il remarqua une camionnette de fleuriste qui gravissait la colline. Elle prit à droite, disparaissant à sa vue alors qu'il prenait la place qu'elle avait occupée à quelques numéros au-dessus de la maison des Brown. Il se tracassait en verrouillant la portière. Il allait devoir convaincre Doris de parler avec son fils. Peter lui avait assuré qu'ils prendraient un maximum de précautions. Oui, p'pa, nous pouvons la protéger. Tout ce qui lui restait à faire, désormais, c'était de transmettre le message à une jeune femme terrorisée et à un père dont l'amour avait survécu aux épreuves les plus rigoureuses. Enfin, il avait résolu des problèmes autrement délicats, se dit le pasteur. Comme éviter plusieurs divorces. Négocier des traités internationaux pouvait se révéler moins difficile que de sauver un mariage branlant.

Malgré tout, les degrés du perron parurent horriblement escarpés au pasteur Meyer qui s'agrippa à la rampe pour s'aider à gravir les marches de béton usées et écornées. Quelques pots de peinture traînaient sur le porche. Peut-être Raymond avait-il décidé de refaire sa maison, maintenant qu'elle abritait de nouveau une famille. Un bon signe, estima le pasteur en pressant la sonnette. Il entendit résonner le carillon à deux notes. La Ford blanche de Raymond était garée juste devant. Donc ils étaient chez eux... mais personne ne vint ouvrir. Eh bien, peut-être que quelqu'un était en train de s'habiller, ou aux toilettes, comme il arrive souvent, à l'embarras général. Il attendit encore une minute et, le front plissé, pressa de nouveau le bouton de la sonnette. Il mit du temps à remarquer que la porte n'était pas tout à fait refermée. *Tu es un prêtre*, se dit-il, *pas un cambrioleur.* Un peu gêné, il poussa le battant et passa la tête à l'intérieur.

— Hé-oh ? Raymond ? ... Doris ? lança-t-il, assez fort pour être entendu dans toute la maison. La télé était allumée, il entendait un de ces jeux idiots sur le récepteur du salon. Hé oooh !

C'était bizarre. Il entra, embarrassé de faire une chose pareille. Il remarqua une cigarette qui se consumait dans un cendrier, presque jusqu'au filtre, et la colonne de fumée verticale était le signe manifeste qu'il se passait quelque chose d'anormal. N'importe qui de sensé se serait retiré à ce moment, mais le révérend Meyer n'était pas n'importe qui. Il avisa une boîte de fleurs ouverte sur le tapis, des roses à longue tige encore à l'intérieur. La place des roses n'était pas par terre. Il se souvint juste à cet instant de son service militaire, souvenir certes désagréable, mais quel sentiment d'élévation de pouvoir accompagner les hommes devant la mort — il se demanda pourquoi cette idée lui était venue si clairement à l'esprit ; ce rappel soudain lui donna des palpitations. Meyer traversa le séjour, silencieux maintenant, l'oreille tendue. Il trouva la cuisine également vide, une bouilloire posée sur le réchaud allumé, des tasses et des sachets de thé sur la table. La porte de la cave était également ouverte, la lumière allumée. Il ne pouvait plus s'arrêter désormais. Il ouvrit complètement la porte et posa le pied sur l'escalier. Il l'avait descendu à moitié quand il vit leurs jambes.

*

Père et fille étaient allongés face contre terre, sur le sol de béton brut, et les rigoles de sang qui s'écoulaient de leurs blessures à la tête avaient conflué en une seule flaque sur la surface inégale. L'horreur était immédiate, suffocante. Bouche bée, le souffle coupé, il contempla les deux paroissiens dont il célébrerait les funérailles dans quarante-huit heures. Il vit qu'ils se tenaient la main, père et fille. Ils étaient morts ensemble, mais la consolation que cette famille tragiquement affligée était désormais réunie avec son Dieu ne pouvait empêcher un cri de colère de jaillir contre ceux qui avaient été sous ce toit à peine dix minutes plus tôt. Meyer se ressaisit après quelques secondes, termina de descendre les marches et s'agenouilla, se penchant pour toucher les mains entrelacées et implorer Dieu d'avoir pitié de leur âme. De cela, il ne doutait pas. Peut-être avait-elle perdu sa vie, mais pas son âme, c'est ce que dirait Meyer au-dessus de leurs dépouilles, et le père avait retrouvé l'amour de sa fille. Il ferait comprendre à ses paroissiens que l'un et l'autre avaient été sauvés, se promit Meyer. Mais il était temps de prévenir son fils.

*

La camionnette de fleuriste volée fut abandonnée dans un parking de supermarché. Deux hommes en descendirent et entrèrent dans le magasin, simple mesure de prudence, puis en ressortirent par l'arrière, où ils avaient garé leur voiture. Ils quittèrent la ville par le sud-est et rejoignirent l'autoroute de Pennsylvanie pour retourner à Philadelphie. Un trajet de trois heures, peut-être plus, estima le chauffeur. Ils n'avaient pas envie de se faire arrêter par un flic. Les deux hommes étaient plus riches de dix mille dollars. Ils ignoraient les détails de l'affaire. Ils n'avaient pas besoin de savoir.

*

— Allô ?
— M. Brown ?
— Non. Qui est à l'appareil ?
— Sandy. M. Brown est-il là ?
— Comment connaissez-vous la famille Brown ?
— Qui est à l'appareil ? demanda Sandy, regardant par la fenêtre de la cuisine avec inquiétude.
— Le sergent Peter Meyer, de la police de Pittsburgh. Et vous, qui êtes-vous ?
— C'est moi qui ai reconduit Doris — qu'est-ce qui se passe ?
— Votre nom, je vous prie.
— Est-ce qu'ils vont bien ?
— Il semble qu'ils aient été assassinés, répondit Meyer d'une voix sèche et patiente. A présent, j'aimerais savoir votre nom et votre...

Sandy plaqua le doigt sur la fourche, coupant la communication avant d'en entendre plus. En entendre plus risquait de la forcer à répondre aux questions. Ses jambes tremblaient mais il y avait une chaise, pas loin. Ses yeux étaient agrandis d'horreur. Ce n'était pas possible. Comment quelqu'un a-t-il pu savoir où elle se trouvait ? Elle n'avait quand même pas appelé elle-même les gens qui... non, pas possible, songea l'infirmière.

— Pourquoi ? murmura-t-elle tout haut. Pourquoi, pourquoi, pourquoi ? *Elle ne pouvait plus faire de mal à personne — si, elle pouvait... mais comment ont-ils trouvé ?*

Ils ont infiltré la police. Elle se souvint des paroles de John. Il avait raison, non ?

Mais c'était un problème annexe.

— Bon Dieu, on l'avait sauvée ! lança-t-elle aux murs de la cuisine. Sandy se souvenait de chaque minute de cette première semaine où ils n'avaient presque pas dormi, et puis les progrès, le soulagement, la plus belle et la plus pure des satisfactions professionnelles pour un boulot bien fait, la joie profonde de lire l'expression sur les traits de son père. Tout cela, disparu. Son temps, gâché.

Non.

Pas gâché. C'était sa mission dans la vie, soigner les malades. C'est ce qu'elle avait fait. Elle en était fière. Ce n'était pas du temps gâché. Mais du temps volé. Du temps volé, deux existences volées. Elle se mit à pleurer et dut se rendre aux toilettes, en bas, prendre des mouchoirs en papier pour s'essuyer les yeux. Alors, elle se regarda dans la glace et y vit des yeux qu'elle n'avait jamais contemplés. Et voyant cela, elle comprit vraiment.

La maladie était un dragon qu'elle combattait quarante heures et plus par semaine. Infirmière et enseignante douée qui travaillait consciencieusement avec les chirurgiens de son service, Sandra O'Toole combattait ces dragons à sa manière, avec professionnalisme, sollicitude et intelligence, plus souvent victorieuse que défaite. Et chaque année, il y avait du mieux. Les progrès n'étaient jamais assez rapides mais ils étaient réels et mesurables, et peut-être vivrait-elle assez pour voir définitivement terrasser l'ultime dragon de son service.

Mais il y avait plus d'une race de dragons, n'est-ce pas ? Certains ne pouvaient être terrassés par la sollicitude, les médicaments et les soins habiles d'une infirmière. Elle en avait défait un mais un autre avait pourtant tué Doris. Ce dragon-là exigeait le glaive, entre les mains d'un guerrier. Le glaive était un instrument, non ? Un instrument nécessaire, si l'on voulait détruire ce dragon particulier. Un instrument qu'elle ne pourrait sans doute jamais employer elle-même, mais qui était néanmoins nécessaire. Quelqu'un devait tenir ce glaive. John n'avait rien d'un méchant homme, il était simplement réaliste.

Elle combattait ses dragons. Lui, les siens. *C'était le même combat.* Elle avait eu tort de le juger. A présent, elle comprenait, découvrant dans ses propres yeux la même émotion qu'elle avait contemplée des mois plus tôt dans ceux de John, alors que sa rage s'éloignait, juste un peu, et que la détermination prenait sa place.

*

— Enfin, tout le monde s'en est bien tiré, dit Hicks en levant sa bière.

— Comment ça, Wally ? demanda Peter Henderson.

— La mission a été un échec. Elle a été annulée juste à temps. Y a même pas eu un blessé, Dieu merci. Ils sont tous en train de rentrer au bercail, à l'heure qu'il est.

— Bonne nouvelle, Wally ! dit Henderson, et il était sincère. Il n'avait pas envie de tuer qui que ce soit, lui non plus. Il voulait simplement voir finir cette foutue guerre, exactement comme Wally. C'était regrettable pour les hommes de ce camp, mais il y a des choses auxquelles on ne peut rien. Que s'est-il passé, au juste ?

— Personne ne sait encore. Tu veux que je cherche ?

Peter acquiesça.

— Discrètement. C'est un truc à faire saisir la Commission sur le renseignement, quand l'Agence fout ce genre de merde. Je peux leur transmettre l'information. Mais il faut que tu sois prudent.

— Pas de problème. Je suis en train d'apprendre dans quel sens caresser Roger. Hicks alluma son premier joint de la journée, au grand dam de son hôte.

— Tu sais que c'est le bon moyen de perdre ton visa de sécurité ?

— Ben mon vieux, faudra que je m'associe avec papa pour aller me ramasser quelques millions chez lui, pas vrai ?

— Wally, tu veux vraiment changer le système, ou tu préfères que d'autres maintiennent le statu quo ?

Hicks hocha la tête.

— Ouais, je suppose.

*

Les courants porteurs avaient permis au KC-135 d'accomplir la dernière étape depuis Hawaï sans ravitaillement intermédiaire et, cette fois, l'atterrissage se passa en douceur. Détail remarquable, le cycle de sommeil de Kelly avait retrouvé un rythme à peu près normal. Il était cinq heures du soir et d'ici six ou sept heures, il serait prêt à piquer un nouveau roupillon.

— Puis-je me prendre un jour ou deux de congé ?

— D'accord, mais nous voulons vous voir à Quantico pour un compte rendu de fin de mission approfondi, l'informa Ritter, raide et courbaturé après ce vol interminable.

— Parfait, c'était juste pour savoir si je n'étais pas en prison ou quoi que ce soit. J'aurai peut-être besoin d'un moyen de transport pour rejoindre Baltimore.

— Je vais voir ce que je peux faire, dit Greer alors que leur appareil s'immobilisait.

Deux agents de sécurité de l'Agence étaient les premiers au sommet de la passerelle mobile, avant même que se lève l'immense porte de la soute. Ritter réveilla le Russe.

— Bienvenue à Washington.

— Vous me conduisez à mon ambassade ? demanda-t-il, plein d'espoir. Ritter faillit rire.

— Pas encore tout à fait. Mais nous allons quand même vous trouver un joli petit coin sympa.

Grichanov était trop groggy pour objecter. Il se massa la tête, et il avait besoin de quelque chose pour sa migraine. Il accompagna les agents de sécurité, descendit l'escalier et rejoignit leur voiture au pied de la passerelle. Elle partit aussitôt pour une planque isolée près de Winchester, Virginie.

— Merci quand même d'avoir essayé, dit l'amiral Maxwell, en prenant la main du jeune homme.

— Je suis désolé pour ce que j'ai pu dire, intervint Cas en lui serrant la main à son tour. Vous aviez raison.

Une voiture les attendait, eux aussi. Kelly les regarda y monter.

— Et maintenant, qu'est-ce qui va leur arriver ? demanda-t-il à Greer.

James haussa les épaules avant de précéder Kelly au bas des marches. Le bruit des réacteurs rendait sa voix difficile à saisir.

— Dutch était sur les rangs pour obtenir une flotte, voir même le poste de chef des Opérations navales. Je suppose que c'est râpé, à présent. L'opération... disons que c'était son bébé, et il est mort-né. Cela signe sa fin.

— C'est injuste, dit Kelly, tout haut. Greer se retourna.

— Non, ça ne l'est pas, mais c'est comme ça. Greer avait lui aussi une voiture qui l'attendait. Il indiqua à son chauffeur de les conduire au QG de l'Armée de l'air, où il réquisitionna un véhicule pour ramener Kelly à Baltimore.

— Reposez-vous un peu et appelez-moi quand vous serez prêt. Bob était sérieux avec sa proposition. Réfléchissez-y.

— Bien, monsieur, répondit Kelly en se dirigeant vers la berline bleue de l'Air Force.

La vie était bizarre, quand même. Moins de cinq minutes après, le chauffeur s'était engagé sur l'autoroute. A peine vingt-quatre heures plus tôt, il était encore à bord d'un navire sur le point d'accoster à Subic Bay. Trente-six heures auparavant, il foulait le sol d'un pays ennemi — et voilà qu'il se retrouvait sur la banquette arrière d'une Chevrolet de fonction, et les seuls dangers auxquels il pouvait être confronté venaient des autres automobilistes. Pour le moment, du moins. Tous les détails familiers, les panonceaux de sortie d'autoroute avec leur jolie teinte verte, les embouteillages de la dernière demi-heure de pointe, tout, autour de lui, soulignait la normalité de la vie, quand, trois jours plus tôt, tout avait été étranger et hostile. Le plus incroyable, c'est qu'il s'y était habitué.

Le chauffeur n'ouvrait pas la bouche, hormis pour s'enquérir du chemin, même s'il devait se demander qui était cet homme débarqué d'un vol spécial. Peut-être accomplissait-il si souvent ce genre de tâche, se dit Kelly, songeur, qu'il devait avoir cessé de s'interroger sur les trucs dont on ne l'informait jamais.

— Merci du voyage, dit Kelly quand la voiture s'arrêta au débouché de Loch Raven Boulevard.

— De rien, monsieur, à votre service. La voiture redémarra et Kelly regagna à pied son appartement, amusé de constater qu'il avait emporté ses clés jusqu'au Viêt-nam. Savaient-elles, les clés, qu'elles étaient allées si loin ? Cinq minutes plus tard, il était sous la douche, l'expérience primordiale pour tout Américain qui se respecte, troquant une réalité contre une autre. Cinq minutes encore et, vêtu d'un pantalon et d'une chemisette, il ressortait prendre son Scout, garé une rue plus loin. Et dix minutes après, il se rangeait en vue du bungalow de Sandy. Le trajet à pied du Scout à sa porte constituait encore une transition. Il était revenu chez lui pour quelque chose, se répéta Kelly. Pour la première fois.

— John ! Il ne s'était pas attendu à ce qu'elle se jette dans ses bras. Encore moins à voir des larmes dans ses yeux.

— Pas de problème, Sandy. Je vais bien. Pas de trous dans la peau, pas de bobos, rien. Il mit du temps à saisir le désespoir de son étreinte, tant elle était agréable. Et puis il sentit ce visage plaqué contre son torse se mettre à sangloter et comprit enfin que ces manifestations ne lui étaient pas du tout destinées. Qu'est-il arrivé ?

— Ils ont tué Doris.

Le temps s'arrêta de nouveau. Comme éclaté en une multitude de fragments. Kelly ferma les yeux, frappé de douleur, d'abord, et en cet instant il se retrouva sur sa crête surmontant VERT-DE-GRIS, observant l'arrivée des troupes nord-vietnamiennes ; il était dans son lit d'hôpital, contemplant une photographie ; il était à l'extérieur d'un village anonyme, écoutant les cris des enfants. Il était revenu, certes, mais pour retrouver de nouveau ce qu'il avait quitté. Non, rectifia-t-il, ce qu'il n'avait jamais quitté, qui lui collait à la peau où qu'il aille. Il ne réussirait jamais à s'en débarrasser, parce qu'il n'avait jamais réussi à en venir à bout, pas une seule fois. *Pas une seule.*

Et pourtant, il y avait aussi un élément nouveau, cette femme qui s'accrochait à lui et qui éprouvait elle aussi cette douleur ardente qui lui déchirait la poitrine.

— Que s'est-il passé, Sandy ?

— On l'avait bien soignée, John. On l'a ramenée chez elle et puis j'ai appelé, aujourd'hui, comme vous me l'aviez dit, et c'est un policier qui a répondu. Doris et son père, assassinés tous les deux.

— D'accord. Il l'amena vers le divan. Il voulait avant tout qu'elle se calme, pas la serrer trop fort, mais impossible. Elle s'accrochait à lui, laissant s'épancher les sentiments qu'elle avait retenus, en même temps que ses inquiétudes pour la sécurité de Kelly, et celui-ci dut lui maintenir la tête appuyée contre son épaule. Sam et Sarah ?

— Je ne les ai pas encore prévenus. Elle leva le visage et regarda vers l'autre bout de la pièce, le regard encore vague. Puis l'infirmière en elle reprit le dessus, comme il convenait. Comment allez-vous ?

— Un peu fripé par tous ces voyages, dit-il, histoire de meubler le vide après sa question. Puis il dut lui avouer la vérité. Ça a été un fiasco. La mission n'a pas réussi. Ils sont toujours là-bas.

— Je ne comprends pas.

— Nous essayions d'extraire des gens du Nord-Viêt-nam, des prisonniers... mais quelque chose a mal tourné. Raté, encore une fois, ajouta-t-il, doucement.

— Était-ce dangereux ?

Kelly émit un vague grognement.

— Ouais, on peut le dire, mais j'en suis sorti indemne.

Sandy laissa la question de côté.

— Doris disait qu'il y en avait d'autres, d'autres filles, ils les tiennent toujours.

— Ouais. Billy disait pareil. Je vais essayer de les libérer.

Kelly nota qu'elle n'avait pas réagi à la mention du nom de Billy.

— Ça ne servira à rien... de les faire sortir, tant que...

— Je sais.

La chose qui ne cessait de le poursuivre. Il n'y avait qu'un moyen pour qu'elle arrête. En fuyant, il ne pourrait jamais la distancer. Il devait se retourner et y faire face.

*

— Eh bien, Henry, cette petite affaire a été réglée ce matin, lui annonça Piaggi. Bien proprement.

— Ils n'ont pas laissé de...

— Henry, c'étaient deux pros, vu ? Ils ont fait leur boulot puis ils sont rentrés chez eux, à trois cents kilomètres d'ici. Ils n'ont rien laissé derrière eux, à part deux cadavres. Le rapport téléphonique avait été sans équivoque. Le boulot avait été facile, vu qu'aucune des victimes ne s'était attendue à quoi que ce soit.

232

— Eh bien, c'est parfait, observa Tucker, avec satisfaction. Il plongea la main dans sa poche et en ressortit une enveloppe gonflée. Il la tendit à Piaggi qui avait avancé l'argent, en bon partenaire qu'il était.

— Eddie éliminé, et cette fuite colmatée, les choses devraient reprendre un cours normal. Mais ça m'aura quand même coûté vingt mille dollars, dit Henry.

— Henry, et les autres filles ? remarqua Piaggi. T'es à la tête d'une vraie écurie, à présent. Employer ce genre de personnes peut se révéler dangereux. Fais gaffe, d'accord ? Il empocha l'enveloppe et quitta la table.

*

— Balle de .22, derrière la tête, pour les deux, indiqua l'inspecteur de Pittsburgh, au téléphone. Nous avons recherché des empreintes dans toute la maison — rien. L'emballage des fleurs — rien. La camionnette — rien. Le véhicule a été volé la nuit dernière — ou ce matin, peu importe. Le fleuriste en a huit. Merde, on l'a récupérée avant même qu'on ait diffusé l'alerte générale. Du boulot de spécialistes, obligé. Trop pro, trop propre pour des mecs du coin. Personne n'est au courant dans le milieu. Ils ont déjà dû quitter la ville. Deux témoins ont aperçu la camionnette. Une femme a vu les deux gars se diriger vers la porte. Elle a cru que c'était une livraison de fleurs et de toute façon, elle se trouvait de l'autre côté de la rue, un pâté de maisons plus loin. Aucun signalement, rien. Elle ne se souvient même pas de la couleur de leur peau.

Ryan et Douglas avaient chacun un écouteur et leurs regards se croisèrent durant quelques secondes. Le ton même de leur interlocuteur était éloquent. C'était le genre d'affaire que les flics détestaient et redoutaient. Pas de mobile immédiatement apparent, aucun témoin, aucun indice exploitable. Pas de point de départ et pas de piste. La routine s'avérait aussi prévisible que futile. Ils cuisineraient les voisins pour leur soutirer des informations mais c'était un quartier ouvrier et bien peu étaient chez eux à cette heure-ci. Les gens remarquaient surtout l'inhabituel et une camionnette de fleuriste ne l'était pas assez pour attirer le regard curieux qui débouchait sur une description physique. Commettre le crime parfait n'était pas si difficile, un secret connu de la confrérie des policiers et pourtant démenti par toute une littérature qui en faisait les créatures surhumaines qu'ils ne prétendaient jamais être, même entre eux dans un bar à flics. Un jour peut-être, l'affaire serait élucidée. Un des tueurs se ferait pincer pour tout autre chose et il balancerait ce meurtre-ci, histoire d'obtenir une remise de peine. Plus improbable, quelqu'un pouvait en parler, se vanter devant un indic qui répercuterait l'information, mais dans l'un et l'autre cas, cela prendrait du temps et la piste, déjà refroidie, le serait encore plus. C'était la partie la plus frustrante du travail de policier. Des gens parfaitement innocents étaient morts et il n'y avait personne pour les défendre, pour venger leur mort ; entre-temps, d'autres affaires se présenteraient, alors les flics mettraient celle-ci de côté pour s'occuper d'un problème plus frais ; certes, épisodiquement, quelqu'un rouvrirait le dossier pour le parcourir avant de le ranger à nouveau dans le tiroir marqué *Inexpliqué*, où il grossirait, uniquement à cause de l'accumulation des imprimés annonçant qu'il n'y avait toujours rien de neuf sur l'affaire.

Pour Ryan et Douglas, c'était encore pire. Une fois de plus, ils avaient espéré un lien possible susceptible de rouvrir deux de leurs dossiers marqués *Inexpliqué*. Tout le monde s'apitoierait sur Raymond et Doris Brown. Ils avaient des amis et des voisins, et manifestement un bon prêtre. On les regretterait, et les gens se diraient *Quelle honte, quand même !...* Mais les dossiers entassés sur le bureau de Ryan concernaient des gens dont personne ne se souciait, hormis la police, et quelque part, c'était pire, parce qu'il fallait toujours quelqu'un pour pleurer les morts, et pas seulement des flics payés pour ça. Pire encore, cela constituait un MO de plus dans une longue chaîne d'homicides liés d'une manière ou de l'autre, mais pas d'une façon cohérente. Ce n'était pas leur Homme invisible. Certes, il utilisait également un .22 long rifle, mais il avait eu par deux fois l'occasion de tuer des innocents. Or il avait épargné Virginia Charles, et avait d'une certaine façon pris des risques considérables pour épargner

Doris Brown. Il l'avait sans doute même sauvée des griffes de Farmer et Grayson, et quelqu'un d'autre...

— Inspecteur, demanda Ryan, dans quel état est le corps de Doris ?

— Que voulez-vous dire ?

La question lui parut absurde, alors même qu'il l'énonçait, mais l'homme à l'autre bout du fil comprendrait sûrement.

— Quelle était sa condition physique ?

— L'autopsie est prévue pour demain, lieutenant. Elle était bien habillée, propre, les cheveux bien peignés, elle avait l'air tout à fait convenable. L'homme n'eut pas besoin d'ajouter : *Hormis les deux trous derrière la tête.*

Douglas lut les pensées de son chef et hocha la tête. *Quelqu'un a pris le temps de la soigner.* C'était déjà un point de départ.

— J'aimerais que vous puissiez me transmettre tous les éléments que vous jugerez utiles. La réciproque sera vraie, bien sûr, lui assura Ryan.

— Il y a des types qui se sont vraiment décarcassés pour les assassiner. On n'en voit pas souvent, des comme ça. J'aime pas trop, ajouta l'inspecteur. C'était une conclusion puérile, mais Ryan comprenait parfaitement. Comment le dire autrement, après tout ?

*

On appelait ça une planque et elle était effectivement bien planquée. Au milieu d'un domaine de cinquante hectares dans les collines en Virginie, se dressait une bâtisse imposante accompagnée d'une écurie à douze stalles dont la moitié étaient occupées par des chevaux de chasse à courre. Le titre de propriété du domaine indiquait un nom, mais cette personne possédait en réalité une autre résidence à proximité et louait celle-ci à l'Agence centrale de renseignements — plus précisément, une société écran qui n'existait que sur le papier, avec une boîte postale : l'homme avait fait son service à l'OSS et l'argent était toujours le bienvenu. De l'extérieur, on ne remarquait rien de particulier, mais un examen plus attentif aurait pu révéler que les portes et leurs chambranles étaient en acier, que les fenêtres avaient des vitres d'une épaisseur inhabituelle et qu'elles étaient scellées. Protégé aussi bien qu'une prison de haute sécurité contre les attaques extérieures ou les tentatives d'évasion, le bâtiment était simplement plus agréable à regarder.

Grichanov trouva de quoi s'habiller et du matériel de rasage qui fonctionnait mais avec lequel il ne risquait pas de se blesser. Le miroir de la salle de bains était en acier et le verre à dents en carton. Le couple qui entretenait la maison parlait un russe passable et ils étaient tout à fait charmants ; on les avait déjà informés de la nature de leur nouvel hôte — ils avaient plus l'habitude des transfuges, même si tous leurs visiteurs étaient également « protégés » à l'intérieur par une équipe de quatre gardes qui venaient lorsqu'ils avaient de la « compagnie », plus deux autres vigiles logés à plein temps dans la maison du gardien située près des écuries.

Leur hôte était décalé avec l'heure locale, ce qui n'avait rien d'étonnant, et sa désorientation et son malaise le rendaient loquace. Ils avaient eu la surprise de recevoir l'ordre de limiter leurs conversations aux sujets anodins. La femme prépara le petit déjeuner, toujours ce qu'il y avait de mieux pour les victimes du décalage horaire, pendant que son mari entamait une discussion sur Pouchkine, ravi de découvrir qu'à l'instar de bien des Russes, Grichanov était un fervent amateur de poésie. Le garde de sécurité resta appuyé au chambranle de la porte, histoire de surveiller la situation.

*

— Les choses que j'ai dû faire, Sandy...

— John, je comprends, lui dit-elle, impassible. L'un et l'autre furent surpris de noter à quel point elle avait une voix ferme, décidée. Je n'avais pas compris avant, maintenant, si.

— Quand j'étais là-bas — n'était-ce vraiment que trois jours plus tôt ? — j'ai pensé à vous. J'ai besoin de vous remercier.

— De quoi ?

Kelly baissa les yeux, fixa la table de la cuisine.

— Dur à expliquer. C'est terrifiant, les trucs que je fais. Alors, ça aide quand on a quelqu'un à qui penser. Excusez-moi... je ne veux pas dire... Kelly s'arrêta. En fait, quand même. L'esprit divague quand on lui laisse la bride sur le cou, et le sien avait divagué.

Sandy lui prit la main et sourit avec douceur.

— A un moment, vous me faisiez peur.

— Je ne vous ai jamais fait souffrir, dit-il sans lever les yeux, encore plus misérable maintenant qu'elle avait avoué avoir cru devoir le craindre.

— Je le sais, maintenant.

Malgré cet aveu, Kelly éprouva le besoin de s'expliquer. Il voulait qu'elle comprenne, sans se rendre compte qu'elle avait déjà compris. Comment faire ? Oui, il avait tué des gens, mais seulement pour une bonne cause. Comment en était-il venu à être ce qu'il était ? Son entraînement l'expliquait en partie, les mois rigoureux passés à Coronado, le temps et les efforts consacrés à s'imprégner d'automatismes, toujours plus meurtriers, à apprendre la patience. En même temps, lui était venue comme une autre façon d'envisager les choses — et puis, d'y être confronté réellement, et d'y discerner les raisons pour lesquelles tuer était parfois nécessaire. Ces raisons s'étaient accompagnées d'un code, en fait une révision de ce que lui avait enseigné son père. Ses actes devaient avoir un but, en général assigné par d'autres, mais il avait l'esprit assez agile pour savoir prendre ses propres décisions, adapter son code à un contexte différent, l'appliquer avec circonspection — mais l'appliquer tout de même. Produit d'influences multiples, il se surprenait parfois lui-même. Il fallait bien que quelqu'un se lance et le plus souvent, c'était lui le mieux armé pour...

— Vous aimez trop, John, dit-elle. Vous êtes comme moi...

Ces mots lui firent lever la tête.

— Nous perdons des patients dans mon service, nous en perdons tout le temps... et je déteste ça ! Je déteste être là quand la vie s'en va. Je déteste voir pleurer la famille et savoir qu'on ne pourra rien y faire. Nous faisons tous de notre mieux. Le professeur Rosen est un merveilleux chirurgien, mais nous ne gagnons pas toujours et je déteste quand nous perdons. Or avec Doris — nous avions gagné ce coup-ci, John, et pourtant, quelqu'un est venu l'emporter. Et ce n'était pas la maladie ou un putain d'accident de voiture. C'était un acte délibéré. C'était une de mes patientes, et quelqu'un l'a tuée et a tué son père. Alors, je comprends, vu ? Je comprends parfaitement.

Seigneur, c'est vrai qu'elle comprend... mieux que moi.

— Tous ceux qui ont côtoyé Pam et Doris, vous êtes tous en danger désormais.

Sandy acquiesça.

— Vous avez sans doute raison. Elle nous a révélé des choses sur Henry. Je sais de quel genre d'individu il s'agit. Je vous raconterai tout ce qu'elle nous a dit.

— Vous êtes bien consciente de ce que je vais faire de ces informations ?

— Oui, John. Je vous en prie, soyez prudent. Elle marqua un temps et lui dit pourquoi. Je veux que vous reveniez.

32

La proie est de retour

L E seul élément d'information exploitable transmis par
Pittsburgh était un nom. *Sandy.* Sandy avait raccompagné
Doris Brown au domicile de son père. Un simple prénom,
même pas un nom de famille, mais c'était souvent ainsi qu'on
résolvait les énigmes. C'était comme de tirer sur une ficelle.
Parfois, on n'avait qu'un bout de fil cassé, d'autres fois, ça
continuait jusqu'à ce qu'on se retrouve avec une pelote
emmêlée entre les mains. Une certaine Sandy, une voix
féminine, jeune. Elle avait raccroché avant de dire quoi que ce
soit, même s'il paraissait bien improbable qu'elle ait le moindre
rapport avec les meurtres. L'auteur pouvait certes revenir sur
les lieux de son crime — ça s'était vu — mais pas par téléphone.

Comment faire coller ça ? Ryan se cala dans son fauteuil et
fixa le plafond, tandis que son esprit exercé examinait tous les
éléments en sa possession.

L'hypothèse la plus probable était que feu Doris Brown avait
été en rapport direct avec la même entreprise criminelle qui
avait abouti à la mort de Pamela Madden et d'Helen Waters, et
qui avait également impliqué, comme éléments actifs, Richard
Farmer et William Grayson. John Terrence Kelly, ancien
plongeur de combat, peut-être ancien SEAL de la Navy était,
d'une façon ou d'une autre, intervenu sur ces entrefaites pour
sauver Pamela Madden. Il en avait entretenu Frank Allen,
quelques semaines plus tard, sans lui dire rien de précis.
Quelque chose manifestement avait mal tourné — bref, il avait
fait le con —, résultat, Pamela Madden était morte. Les photos

du corps étaient une image que Ryan ne parviendrait jamais à évacuer complètement de son esprit. Kelly avait été durement touché. Un ancien commando dont la petite amie se faisait sauvagement assassiner. Cinq trafiquants éliminés comme si James Bond était apparu soudain dans les rues de Baltimore. Un meurtre indépendant où l'on voyait le meurtrier intervenir pour des raisons inconnues lors d'un vol à la tire. Richard Farmer — « Rick » ? — éliminé au couteau, peut-être la seconde manifestation de rage (et la première ne comptait pas, se rappela Ryan). William Grayson, probablement enlevé et tué. Doris Brown, probablement sauvée en même temps, qu'on met plusieurs semaines à requinquer avant de la ramener chez elle. Cela indiquait des soins médicaux, non ? Sans doute. Peut-être, rectifia-t-il. L'Homme invisible... pouvait-il l'avoir fait lui-même ? Doris était la fille qui avait démêlé les cheveux de Pamela Madden. Il y avait une relation.

Attends voir.

Kelly avait sauvé la fille Madden, mais il avait dû avoir de l'aide pour la retaper. Le professeur Sam Rosen et son épouse, médecin également. Donc Kelly trouve Doris Brown — et chez qui pouvait-il l'amener ? Là, il tenait un point de départ ! Ryan décrocha son téléphone.

— Allô ?

— Docteur, c'est le lieutenant Ryan.

— Je ne savais pas que je vous avais donné mon numéro personnel, observa Farber. Qu'est-ce qui se passe ?

— Connaissez-vous Sam Rosen ?

— Le professeur Rosen ? Bien sûr. Il dirige un service, un véritable as du bistouri, de classe internationale. Je ne le vois pas très souvent mais le jour où vous avez besoin de travaux côté ciboulot, c'est votre homme.

— Et sa femme ? Ryan entendait l'homme biberonner sa pipe.

— Je la connais très bien, Sarah. Elle est pharmacologiste, elle fait de la recherche sur le terrain ; elle collabore également avec notre groupe d'étude sur la drogue. Je lui donne aussi un coup de main et nous...

— Merci, le coupa Ryan. Encore un nom : Sandy.

— Sandy qui ?

— C'est tout ce que j'ai, admit le lieutenant Ryan. Il n'avait aucun mal à s'imaginer Farber, s'écartant de son bureau pour se caler dans son fauteuil à haut dossier, l'air contemplatif.

— Mettons les choses bien au point, d'accord ? Etes-vous en train de me demander de vous renseigner sur deux collègues dans le cadre d'une enquête criminelle ?

Ryan pesa les mérites du mensonge. Le bonhomme était psychiatre. Son boulot était de voir clair dans l'esprit des gens. On ne la lui ferait pas.

— Oui, docteur. Tout à fait, reconnut l'inspecteur après une pause assez longue pour que le psychiatre pût assez précisément en cerner la cause.

— Vous allez devoir vous expliquer, annonça Farber d'une voix égale. Sam et moi, nous ne sommes pas exactement intimes, mais ce n'est pas le genre d'individu qui pourrait en quelque circonstance faire souffrir un être humain. Et Sarah est vraiment un ange avec les gosses déglingués comme ceux qu'on voit dans le coin. Et pour faire ça, elle n'hésite pas à mettre de côté un travail de recherche pourtant important, le genre de truc à vous bâtir une sacré réputation. Puis Farber se rendit compte qu'elle s'était beaucoup absentée ces quinze derniers jours.

— Docteur, j'essaye simplement de creuser certaines informations, d'accord ? Je n'ai aucune raison de croire que l'un ou l'autre soit impliqué dans un acte illégal quelconque. Sa formulation était par trop officielle, et il était en était conscient. Changer de tactique, peut-être. Jouer l'honnêteté, qui sait ? Si mon hypothèse est correcte, ils pourraient même, sans le savoir, courir un danger.

— Laissez-moi quelques minutes. Farber raccrocha.

— Pas mal, Em, dit Douglas.

C'était de la pêche à l'aveuglette, estimait Ryan mais, merde, il avait à peu près tout essayé. Les cinq minutes avant que le téléphone sonne à nouveau lui parurent une éternité.

— Ryan.

— Farber. Aucun toubib en neurologie avec ce prénom. Une infirmière, en revanche, Sandra O'Toole. Elle est chef d'équipe dans le service. Je ne la connais pas personnellement. Sam l'estime beaucoup, en tout cas, c'est ce que je viens de découvrir par son secrétariat. Il lui avait confié un travail particulier, récemment. Il a dû tripatouiller les feuilles de paye. Farber avait déjà établi le rapport de son côté. Sarah s'était absentée au même moment. Aux flics de faire eux-mêmes leurs déductions. Il était allé assez loin — trop loin. C'étaient des collègues, après tout, et ce n'était pas un jeu.

— Ça remonte à quand ? demanda Ryan, mine de rien.

— Deux ou trois semaines, ça a duré dix jours ouvrables.

— Merci, docteur. Je vous recontacterai.

— Le lien, observa Douglas, après avoir raccroché. Combien tu paries qu'elle connaît Kelly, également ?

La question était plus un vœu pieux qu'autre chose, bien sûr. Sandra était un prénom répandu. Pourtant, ils étaient sur cette affaire, cette interminable série de morts, depuis plus de six mois, et après tout ce temps sans le moindre indice et le moindre lien, c'était comme de voir apparaître l'étoile du matin. Le problème, c'est qu'on était le soir et qu'il était temps de rentrer à la maison dîner avec sa femme et ses gosses. Jack retournerait à l'université de Boston d'ici une huitaine de jours, estimait Ryan, et il avait hâte de revoir son fils.

*

Il n'était pas évident d'organiser son emploi du temps. Sandy dut le conduire à Quantico. C'était la première fois qu'elle pénétrait sur une base de Marines, mais la visite fut brève, Kelly la guidant aussitôt vers le port de plaisance. Déjà, songea-t-il. Pour une fois qu'il retournait au pays en ayant rattrapé le décalage horaire, il fallait déjà qu'il rompe ce rythme. Sandy n'avait pas encore rejoint l'I-95 qu'il larguait les amarres et gagnait le milieu du fleuve, poussant les moteurs à plein régime dès que possible.

La petite avait de la cervelle en même temps que du cran, se dit Kelly en sirotant sa première bière depuis une éternité. Il supposa qu'il était normal qu'une infirmière ait une bonne mémoire. Henry avait apparemment tendance à se montrer bavard, en particulier lorsqu'il avait une fille directement sous sa coupe. Un vantard de première bourre, songea Kelly. Il n'avait toujours pas d'adresse correspondant au numéro de téléphone mais il avait un nouveau nom, Tony quelque chose — Piggi, quelque chose comme ça. Blanc, italien, conduisant une Lincoln bleue —, en même temps qu'une description assez précise. Probablement de la Mafia, ou aspirant à y entrer. Plus un certain Eddie — mais Sandy avait associé ce nom à celui d'un type qui avait été descendu par un flic ; cela avait fait la une du quotidien local. Kelly fit un pas supplémentaire : et si ce flic était l'homme d'Henry dans la police ? Cela lui paraissait bizarre qu'un policier ayant le grade de lieutenant soit impliqué dans une fusillade. Une hypothèse, certes, mais qui méritait d'être vérifiée — il ne savait pas encore au juste comment. Il avait toute la nuit pour y penser, et une étendue d'eau calme devant lui pour réfléchir, tout comme elle réfléchissait la lueur des étoiles. Bientôt, il avait dépassé l'endroit où il avait déposé Billy. Au moins, quelqu'un avait récupéré le corps.

*

La terre finissait de recouvrir la tombe en un lieu que d'aucuns continuaient d'appeler le cimetière des pauvres — une tradition qui remontait à un certain Judas. Les médecins de l'hôpital public qui avaient soigné l'homme épluchaient encore le rapport de pathologie de la faculté de médecine de Virginie. Baro-traumatisme. On relevait moins de dix cas graves sur l'ensemble du pays chaque année, et tous dans les régions côtières. Pas étonnant qu'ils n'aient pas réussi à poser le diagnostic — et, poursuivait le rapport, cela n'aurait fait aucune différence. La cause précise de la mort avait été un fragment de *moelle osseuse* qui avait réussi à se frayer un chemin dans une artère cérébrale, dont l'occlusion avait engendré une attaque massive et fatale. Les dégâts sur les autres organes avaient été si étendus que, de toute façon, la survie n'aurait été que de quelques semaines. L'occlusion par la moelle osseuse révélait un accident de pressurisation très important, trois bars, sans doute plus. En ce moment même, la police enquêtait sur les accidents de plongée dans le Potomac qui pouvait être fort profond à certains endroits. On espérait toujours que quelqu'un finirait par réclamer le corps, dont la situation était consignée au bureau d'état civil du comté. Mais sans trop d'illusions.

*

— Comment ça, vous n'en savez rien ? rugit le général Rokossovski. C'est un de mes hommes ! L'avez-vous égaré ?

— Camarade général, répliqua Giap. Je vous ai dit tout ce que je savais !

— Et vous dites que c'est l'œuvre d'un Américain ?

— Vous avez lu comme moi les rapports des services de renseignements.

— Cet homme détient des informations indispensables à l'Union soviétique. J'ai du mal à croire que les Américains aient organisé un raid dans le seul but d'enlever l'unique officier soviétique présent dans la région ! Je vous suggérerais, camarade général, de faire un peu plus d'efforts !

— Nous sommes en guerre !

— Oui, je suis au courant, observa Rokossovski, sèchement. Pourquoi sommes-nous ici, à votre avis ?

Giap aurait pu injurier le grand Blanc qui se tenait devant son bureau. Il était le commandant en chef des forces armées de son pays, après tout, et un officier qui avait fait ses preuves, lui aussi. Le général vietnamien eut du mal à ravaler son orgueil. C'est qu'il avait également besoin des armes que seuls les Russes pouvaient fournir, aussi devait-il s'abaisser devant cet homme pour le bien de son pays. Mais il était certain d'une chose. Le camp ne valait pas les ennuis qu'il lui avait causés.

*

Le plus étrange était que la discipline s'était relativement adoucie. Kolya n'était plus là. C'était certain. Zacharias était suffisamment désorienté pour avoir du mal à comptabiliser le passage des jours, mais cela faisait maintenant quatre périodes de sommeil qu'il n'avait pas entendu la voix du Russe, même derrière la porte. Dans le même temps, personne n'était entré pour le brutaliser. Il avait pu manger, rester assis et réfléchir en toute solitude. A sa grande surprise, cela avait amélioré les choses plutôt que l'inverse. Ses rapports avec Kolya avaient engendré une accoutumance pire que sa mésalliance avec l'alcool, il s'en rendait bien compte à présent. C'était la solitude qui était sa véritable ennemie, pas la souffrance, pas la peur. Issu d'une famille et d'une communauté religieuse qui prônaient la camaraderie, il s'était engagé dans une profession qui nourrissait les mêmes valeurs et, faute de pouvoir les appliquer, son esprit avait dû puiser dans ses réserves. Ajoutez-y la souffrance et surtout la peur et qu'obteniez-vous ? C'était une évolution bien plus facile à constater de l'extérieur que de l'intérieur. Nul doute que Kolya l'avait relevé. *Comme toi*, disait-il si souvent, *comme toi*. C'est donc ainsi qu'il accomplissait sa tâche, se dit Zacharias. Et avec habileté, reconnut le colonel. Même s'il n'était pas un homme coutumier de l'échec et des erreurs, il n'était pas à l'abri de ceux-ci. Il avait failli se tuer à cause d'une erreur de jeunesse, à la base aérienne de Luke, lors de son instruction de pilote de chasse, et cinq ans plus tard, quand il s'était demandé à quoi pouvait bien ressembler l'intérieur d'un orage et qu'il avait bien failli s'écraser au sol comme la foudre. Et voilà qu'il en avait commis une troisième.

Zacharias ignorait les raisons de ce répit dans les interrogatoires. Peut-être Kolya était-il allé rendre compte de ce qu'il avait appris. Quelle que soit la raison, on lui avait accordé la faveur d'une période de réflexion. *Tu as péché*, se dit Robin. *Tu as été bien écervelé. Mais ça ne se reproduira pas.* Sa détermination était faible et Zacharias savait qu'il devait travailler à la renforcer. Par chance, il avait tout le temps pour se livrer à la réflexion. Si ce n'était pas une véritable délivrance, c'était déjà quelque chose. Brusquement, il se retrouva totalement concentré, comme s'il effectuait une mission de combat. *Mon Dieu*, pensa-t-il, *ce mot. J'avais peur de prier pour mon salut... et pourtant....* Ses gardiens auraient été bien surpris de découvrir le sourire rêveur sur ses traits, surtout s'ils avaient su qu'il s'était remis à prier. La prière, leur avait-on enseigné, était une farce. Mais c'était leur infortune, songea Robin, et pourtant, ce serait peut-être là son salut.

*

Il ne pouvait pas appeler de son bureau. Pas possible. Et il n'avait pas non plus envie de le faire de chez lui. La communication traverserait un fleuve et une frontière d'État, or il savait que pour raisons de sécurité, il existait des dispositions spéciales concernant les appels téléphoniques passés depuis le District fédéral. Ils étaient tous enregistrés sur bande informatique — le seul endroit en Amérique où la chose était vraie. Malgré cela, une procédure était prévue pour ce qu'il devait faire. On était censé obtenir un agrément officiel. Il fallait en discuter avec son chef de section, ce dernier répercutait la demande à son directeur, qui pouvait très bien remonter jusqu'au « bureau principal » au sixième. Ritter ne pouvait pas se permettre d'attendre aussi longtemps, pas quand des vies étaient en jeu. Il prit sa journée, prétendant — ce qui n'avait rien d'absurde — qu'il avait besoin de récupérer des fatigues du voyage. Il décida donc de se rendre en ville et entra au Muséum Smithsonian d'Histoire naturelle. Il passa devant l'éléphant qui trônait dans le hall et consulta le plan de situation affiché au mur pour repérer les téléphones publics. Cela fait, il glissa une pièce de dix cents dans un taxiphone et appela le 347-1347. C'était presque devenu une blague chez les fonctionnaires. Ce numéro faisait sonner un téléphone sur le bureau du résident du KGB, le chef de réseau pour Washington, D.C. Ils le savaient, comme ils savaient que les gens intéressés savaient qu'ils savaient. Le petit monde de l'espionnage pouvait se montrer d'un baroque, observa Ritter.

— Oui ? dit une voix. C'était la première fois qu'il faisait une chose pareille, goûtant toute une panoplie de sensations inédites — sa propre nervosité, la voix égale à l'autre bout du fil, l'excitation du moment. Ce qu'il avait à dire, toutefois, était programmé de telle sorte qu'il n'avait pas à craindre des ingérences extérieures :

— Charles à l'appareil. Il y a un problème pour vous. Je vous propose une brève réunion pour en discuter. Je serai au Zoo national dans une heure, devant l'enclos des tigres blancs.

— Comment vous reconnaîtrai-je ? demanda la voix.

— J'aurai un exemplaire de *Newsweek* dans la main gauche.

— Une heure, grommela la voix. Il devait avoir une réunion

importante prévue ce matin, se dit Ritter. Pas de veine, hein ? L'agent de la CIA quitta le muséum pour prendre sa voiture. Sur le siège de droite était posé un exemplaire de *Newsweek* acheté dans un drugstore avant d'entrer en ville.

*

La *tactique*, songea Kelly en tournant à bâbord pour finir de contourner Pointe Lookout. Ce n'était pas le choix qui manquait. Il avait toujours sa planque à Baltimore, sous un faux nom. La police pouvait avoir envie de l'interroger mais ils n'avaient pas encore réussi à le contacter. Il tâcherait de faire que ça continue. L'ennemi ignorait son identité. C'était son point de départ. Le problème fondamental était l'équilibre entre ce qu'il connaissait, ce qu'il ne connaissait pas, et enfin, comment utiliser le premier élément pour influer sur le second. Ce troisième élément, le *comment*, c'était de la tactique. Il pouvait se préparer pour ce qu'il ne connaissait pas encore. Il n'était pas en mesure de bâtir des hypothèses là-dessus mais il savait en revanche ce qu'il ferait. En arriver là exigeait simplement une analyse stratégique du problème. C'était malgré tout frustrant. Quatre jeunes femmes attendaient son action. Un nombre encore indéterminé d'individus attendaient la mort.

Ils étaient mus par la peur, Kelly en était conscient. Ils avaient eu peur de Pam, et peur de Doris. Peur au point de tuer. Il se demanda si le décès d'Edward Morello en avait été une autre manifestation. Nul doute qu'ils avaient tué pour se protéger et qu'ils devaient désormais se croire à l'abri. Tant mieux ; si la peur était leur force motrice — alors ils devaient s'être relâchés maintenant qu'ils estimaient l'alerte passée.

L'élément préoccupant était le facteur temps. Il luttait contre la montre. Les flics étaient en train de flairer sa trace. Même s'il estimait qu'ils n'avaient sans doute rien à relever contre lui, il ne laissait pas d'éprouver un certain malaise. L'autre élément d'inquiétude était la sécurité — il renifla avec dérision — de ces quatre jeunes femmes. Une bonne opération qui traînait, ça n'existait pas. Enfin, bon, il faudrait quand même qu'il se montre patient sur un point et, avec de la chance, sur celui-là seulement.

Il n'était plus retourné au zoo depuis des années. Ritter se dit qu'il devrait revenir avec ses gamins, maintenant qu'ils étaient assez âgés pour mieux apprécier les choses. Il prit le temps de faire un détour par la fosse aux ours — les ours avaient décidément quelque chose de fascinant. Les enfants y voyaient de grosses versions animées des jouets en peluche qu'ils serraient dans leurs bras la nuit. Pas Ritter. Ils étaient l'image de l'ennemi, grands et forts, bien moins empotés et bien plus intelligents qu'ils n'en donnaient l'air. Mieux valait ne pas l'oublier, se dit-il en se dirigeant vers la cage aux tigres. Il roula *Newsweek* dans sa main gauche, contempla les grands fauves et attendit. Il ne jugea pas utile de regarder sa montre.

— Bonjour, Charles, dit une voix derrière lui.

— Bonjour, Serguei.

— On ne se connaît pas, observa le résident.

— Cette conversation n'a rien d'officiel, expliqua Ritter.

— N'est-ce pas toujours le cas ? remarqua Serguei. Il se mit à marcher. N'importe quel endroit pouvait être placé sur écoute, mais pas un zoo tout entier. Cela dit, son contact pouvait porter un fil émetteur, mais cela aurait détonné avec les règles du genre. Accompagné de Ritter, il descendit le chemin pavé en pente douce en direction de l'enclos suivant, l'agent de sécurité du résident sur leurs talons.

— Je rentre juste du Viêt-nam, dit l'agent de la CIA.

— Il y fait plus chaud qu'ici.

— Pas en mer. Le temps est assez agréable.

— La raison de votre croisière ? s'enquit le résident.

— Une visite, à l'improviste.

— J'ai cru comprendre qu'elle avait échoué, remarqua le Russe. Aucune ironie, il s'agissait juste d'informer « Charles » qu'il était au courant des événements.

— Pas totalement. Nous avons ramené quelqu'un avec nous.

— Qui cela pourrait-il être ?

— Il s'appelle Nikolaï. Ritter lui tendit le livret de solde de Grichanov. Ce serait gênant pour votre gouvernement si l'on venait à apprendre qu'un officier soviétique interrogeait des prisonniers de guerre américains.

— Pas tant que cela, rétorqua Sergueï, en feuilletant rapidement le livret avant de le fourrer dans sa poche.

— Oh ! mais que si. Voyez-vous, les gens qu'il a interrogés ont été déclarés morts par vos petits amis.

— Je ne saisis pas. Il disait vrai et Ritter dut passer plusieurs minutes à lui expliquer la situation. J'ignorais totalement, dit enfin Sergueï après avoir appris le fin mot de l'histoire.

— C'est la vérité, je vous assure. Vous aurez la possibilité de le vérifier de votre côté. Et il n'y manquerait pas, bien sûr. Ritter le savait, et Sergueï savait qu'il savait.

— Et où se trouve notre colonel ?

— En lieu sûr. Il jouit d'une bien meilleure hospitalité que nos hommes.

— Le colonel Grichanov n'a largué de bombe sur personne, fit remarquer le Russe.

— C'est exact, mais il a pris part à un processus qui va conduire à la mort de prisonniers américains, or nous avons des preuves formelles qu'ils sont vivants. Comme je vous l'ai dit, une situation potentiellement embarrassante pour votre gouvernement.

Sergueï Volochine était un observateur politique madré et il n'avait pas besoin de ce jeune agent de la CIA pour le lui dire. Il pouvait également discerner vers où s'orientait leur conversation.

— Que proposez-vous ?

— Il serait judicieux que votre gouvernement puisse persuader Hanoi de rendre la vie à ces hommes. Disons, les regrouper avec les autres prisonniers et prendre les dispositions idoines pour que leurs familles soient informées qu'ils sont en vie, après tout. En échange, le colonel Grichanov vous sera restitué sain et sauf, et sans avoir été interrogé.

— Je transmettrai la proposition à Moscou.

Avec un avis favorable, indiquait manifestement son ton.

— Faites vite, je vous en prie. Nous avons tout lieu de croire que les Vietnamiens pourraient envisager une mesure radicale pour se débarrasser d'une gêne potentielle. Ce serait une complication très sérieuse, menaça Ritter.

— Oui, j'imagine. Le Russe marqua un temps. Votre assurance que le colonel Grichanov est vivant et en bonne santé ?

— Je peux vous le faire rencontrer d'ici... oh, une quarantaine de minutes, si vous le désirez. Pensez-vous que je mentirais sur un sujet aussi important que celui-ci ?

— Non, je ne crois pas. Mais certaines questions doivent être posées.

— Oui, Sergueï Ivanovitch, je le sais. Nous n'avons aucune intention de faire le moindre mal à votre colonel. Il semble s'être comporté honorablement à l'égard de nos hommes. Il savait également les interroger très efficacement. J'ai ses notes... dit-il avant d'ajouter : Ma proposition de rencontre avec lui tient toujours si vous souhaitez en faire usage.

Volochine y réfléchit, décelant le piège. Une telle offre, si elle était acceptée, exigerait une contrepartie, car il en allait toujours ainsi. Suivre la proposition de Ritter lierait son gouvernement et Volochine ne voulait pas s'engager en aveugle. Cela dit, ce serait folie pour la CIA de mentir dans une affaire pareille. On pouvait toujours faire disparaître ces prisonniers. Seule la bonne volonté de l'Union soviétique pouvait les sauver et seule la persistance de cette bonne volonté pouvait les maintenir en bonne santé.

— Je vous prends au mot, monsieur...

— Ritter. Bob Ritter.

— Ah ! Budapest.

Ritter eut un sourire un peu timide. Certes, après tout ce qu'il avait fait pour extraire cet agent, il était clair qu'il ne retournerait jamais sur le terrain, en tout cas pas dans des endroits sensibles — pour Ritter, ils commençaient sur les rives de l'Elbe. Le Russe lui tapota la poitrine.

— Vous avez su extraire votre homme avec talent. Je vous félicite pour votre loyauté envers votre agent. Volochine le respectait par-dessus tout pour le risque qu'il avait pris, une initiative impossible au sein du KGB.

— Merci, général. Et merci d'avoir accepté ma proposition. Quand puis-je être fixé ?

— J'aurai besoin de deux jours... je vous recontacte ?

— D'ici quarante-huit heures. C'est moi qui vous appellerai.

— Parfait. Bonne journée. Ils se serrèrent la main en professionnels qu'ils étaient. Volochine rejoignit son chauffeur-garde du corps et remonta en voiture. Leur promenade s'était achevée à l'enclos de l'ours Kodiak, gros, brun, formidable. Était-ce délibéré ? Ritter se posa la question.

En regagnant sa voiture, il se rendit compte que tous ces événements avaient été plus ou moins fortuits. S'il savait jouer fermement, Ritter pourrait devenir chef de poste. Que la mission de sauvetage ait échoué ou non , il venait de négocier une concession importante avec les Russes et tout cela était arrivé grâce à la présence d'esprit d'un gars plus jeune que lui, en fuite et terrifié, mais qui avait pris le temps de réfléchir. Il voulait à l'Agence des gars de ce calibre, et voilà qu'il avait les arguments pour le recruter. Certes, Kelly s'était fait prier, il avait temporisé lors du vol de retour depuis Hawaï. D'accord, il avait besoin d'un supplément de persuasion. Il faudrait qu'il y travaille avec Jim Greer mais Ritter décida sur-le-champ que sa prochaine mission serait de sortir Kelly de la glacière ou du four, c'était selon.

*

— Vous connaissez bien Mme O'Toole ? demanda Ryan.

— Son mari est mort, dit la voisine. Il est parti au Viêt-nam juste après l'achat de leur maison, et puis il s'est fait tuer. Un si gentil jeune homme, lui aussi. Elle n'a pas de problème, j'espère ?

L'inspecteur secoua la tête.

— Non, non, pas du tout. Je n'ai entendu dire que du bien à son sujet.

— C'est fou, l'activité qu'il y a eu par ici, poursuivit la vieille dame. C'était l'interlocutrice idéale, dans les soixante-cinq ans, veuve et désœuvrée, qui compensait le vide de son existence en notant celles de tout le voisinage. Pour peu qu'on lui assure qu'elle ne ferait de mal à personne, elle relaterait tout ce qu'elle savait.

— Que voulez-vous dire ?

— Je crois qu'elle avait un invité, il y a quelque temps. Sûr en tout cas qu'elle faisait plus de courses que d'habitude. C'est une petite jeune fille si gentille, si jolie. C'est tellement triste pour son mari. Elle devrait vraiment se remettre à fréquenter. J'aimerais bien le lui dire mais je ne veux pas qu'elle s'imagine que je suis indiscrète. Quoi qu'il en soit, elle faisait beaucoup de courses et quelqu'un passait tous les jours et restait souvent même coucher la nuit.

— Qui ça ? demanda Ryan en buvant une gorgée de son thé glacé.

— Une femme, petite comme moi, mais plus enveloppée, les cheveux en bataille. Elle conduisait une grosse voiture, une Buick rouge, je crois, avec un truc adhésif sur le pare-brise. Oh ! C'est ça !

— Quoi donc ? demanda Ryan.

— J'étais au jardin à soigner mes roses quand la fille est sortie, c'est à ce moment que j'ai vu le truc adhésif.

— La fille ? demanda Ryan, innocemment.

— C'est pour elle qu'elle faisait des courses ! clama la petite vieille, ravie de cette soudaine découverte. Elle lui achetait des habits, je parie. Je me rappelle les sacs de chez Hecht Company.

— Pouvez-vous me dire à quoi ressemblait la fille ?

— Jeune, dans les dix-neuf, vingt ans, cheveux bruns. Plutôt pâle, comme si elle était en mauvaise santé. Elles sont parties en voiture, quand était-ce... ? Oh, ça me revient. C'est le jour où mes nouvelles roses sont arrivées de chez le pépiniériste. Le 11. Le camion est venu très tôt parce que je crains la chaleur et j'étais dehors à travailler dans le jardin quand elles sont sorties. J'ai fait signe à Sandy. C'est une si gentille jeune femme. On ne se parle pas beaucoup mais chaque fois, elle a toujours un mot gentil. Elle est infirmière, vous savez, elle travaille à Johns Hopkins et...

Ryan finit son thé sans laisser transparaître sa satisfaction. Doris Brown était retournée chez elle à Pittsburgh dans l'après-midi du 11. Sarah Rosen conduisait une Buick qui portait sans aucun doute une vignette de stationnement sur le pare-brise. Sam Rosen, Sarah Rosen, Sandra O'Toole. Ils avaient soigné la demoiselle Brown. Deux d'entre eux avaient soigné la demoiselle Madden. Ils avaient également soigné le sieur Kelly. Après des mois de frustration, le lieutenant Emmet Ryan avait enfin un dossier.

— Tenez, la voilà, dit la vieille dame, le tirant brusquement de ses réflexions. Ryan se retourna et découvrit une jeune femme séduisante, plutôt grande, portant un sac d'épicerie.

— Je me demande bien qui était cet homme.

— Quel homme ?

— Il était là hier soir. Peut-être qu'elle a un bon ami, après tout. Grand, comme vous, brun — large.

— Que voulez-vous dire ?

— Comme un joueur de football, vous savez, large. Il doit être gentil, pourtant. Je l'ai vue le serrer dans ses bras. C'était pas plus tard qu'hier soir.

Merci mon Dieu, pensa Ryan, *merci pour tous les gens qui ne regardent pas la télé.*

*

Comme arme à canon long, Kelly avait choisi une carabine .22 long rifle Savage, modèle 54, la version allégée de leur arme de compétition. Elle n'était pas donnée, à cent cinquante dollars, toutes taxes. Presque aussi coûteuse était la lunette Leupold avec sa monture. Le fusil était presque trop bon pour l'usage auquel il le destinait, à savoir la chasse au petit gibier, et il possédait une crosse en noyer absolument superbe. C'était bien dommage de devoir la trafiquer. Mais il aurait été encore plus dommage de ne pas profiter des leçons de ce chef-mécanicien de la marine.

*

Le seul inconvénient de l'élimination d'Eddie Morello était que la conclusion du marché avait exigé la perte d'une appréciable quantité d'héroïne pure non coupée, un don de six kilos à l'armoire à indices de la police. Il faudrait compenser ça. Philadelphie avait de plus en plus d'appétit et ses contacts à New York manifestaient un intérêt grandissant maintenant qu'ils avaient pu avoir un avant-goût de la marchandise. Il préparait une ultime fournée sur le bateau. Ensuite, il pourrait de nouveau déménager. Tony était en train d'installer un laboratoire clandestin plus accessible, plus adapté au succès qu'il sentait bourgeonner avec plaisir, mais d'ici là, encore un tour comme au bon vieux temps. Il n'assurerait pas lui-même le transport.

— C'est pour quand ? demanda Burt.

— Ce soir.

— D'accord, patron. Qui m'accompagne ?

— Phil et Mike.

Les deux petits nouveaux étaient issus du réseau de Tony. Jeunes, brillants, ambitieux. Ils ne connaissaient pas encore Henry et ne feraient pas partie de son réseau local de distribution, mais ils pourraient se charger des livraisons à l'extérieur et ils étaient prêts à se taper les corvées indispensables, comme couper la came et l'empaqueter. Ils y voyaient — pas à tort — un rite de passage, un point de départ d'où ils pourraient gagner en statut et en responsabilité. Tony se portait garant de leur fiabilité. Henry accepta. Tony et lui étaient liés désormais, liés par les affaires, liés par le sang. Il accepterait désormais les conseils de Tony maintenant qu'il lui faisait confiance. Il reconstituerait son réseau de distribution, se passerait des filles pour jouer les fourmis et n'ayant plus de raison de les garder, il n'aurait plus de raison non plus de les garder en vie. C'était regrettable mais après trois désertions, il était évident qu'elles devenaient dangereuses. Utiles au réseau en phase de développement, peut-être, elles constituaient désormais un poids mort.

Mais chaque chose en son temps.

— Combien ? demanda Burt.

— Assez pour te tenir occupé un moment. Henry indiqua les glacières. Il ne restait plus beaucoup de place pour la bière à présent. Burt les porta dans sa voiture, sans désinvolture mais pas tendu non plus. Affairé, comme il convenait. Peut-être que Burt allait devenir son lieutenant principal. Il était loyal, respectueux, ferme quand c'était nécessaire, bien plus sûr que Rick ou Billy, et c'était un frère. C'était drôle, en fait. Billy et Rick avaient été nécessaires au début puisque les grands distributeurs étaient toujours blancs et il les avait pris à titre de gage. Bon, le destin s'en était chargé. Et maintenant, les petits Blancs venaient chez lui, pas vrai ?

— Prends Xantha avec toi.

— Patron, on va être occupés, objecta Burt.

— Tu peux la larguer quand t'auras fini. Peut-être qu'une à la fois, c'était encore la meilleure méthode.

*

Cultiver la patience n'avait rien de facile. C'était une vertu qu'il avait apprise, d'une certaine façon, mais uniquement par nécessité. L'activité aidait. Il plaça le canon du fusil dans l'étau, endommageant déjà le poli avant même d'avoir commencé à travailler. Après avoir réglé le tour à haute vitesse, il fit tourner le volant et se mit à forer une série de trous à intervalles réguliers sur les quinze derniers centimètres du canon. Une heure plus tard, le cylindre d'acier était vissé au bout et la lunette de visée fixée dessus. Le fusil ainsi modifié se révélait tout à fait précis, estima Kelly.

*

— Ça a été dur, p'pa ?

— Onze mois de boulot, Jack, admit Emmet pendant le dîner. Pour une fois, à la grande joie de son épouse, il était rentré à l'heure — enfin, presque.

— Cette histoire horrible ? demanda sa femme.

— Pas à table, chérie, d'accord ? rétorqua-t-il en guise de réponse. Emmet faisait son possible pour laisser à la porte cette partie de son existence. Il considéra son fils et décida de commenter la décision que ce dernier venait récemment de prendre. Les Marines, hein ?

— Eh bien, p'pa, ça payera les deux dernières années de lycée, non ? C'était tout son fils de s'inquiéter de choses pareilles, le prix de l'éducation de sa petite sœur, qui était encore lycéenne et partie en camp de vacances. Et comme son père, Jack avait envie de connaître un peu l'aventure avant de se caser là où la vie déciderait de le poser.

— Mon fils, la boule à zéro, grommela Emmet, avec bonne humeur. Il se tracassait, malgré tout. Au Viêt-nam, ce n'était pas encore fini, ça risquait de ne pas être fini avant que son fils ait achevé ses études et, comme la plupart des pères de sa génération, il se demandait pourquoi il avait dû risquer sa vie à se battre contre les Allemands — pour que son fils soit obligé de faire pareil, lutter contre des gens dont lui-même n'avait jamais entendu parler à son âge.

— Qu'est-ce qui dégringole du ciel, p'pa ? demanda Jack avec un sourire de collégien, répétant une des formules préférées des Marines.

Ce genre de conversation mettait mal à l'aise Catherine Burke Ryan, qui se rappelait le départ d'Emmet, qui se rappelait avoir prié toute la journée à l'église Sainte-Élisabeth, le 6 juin 1944, et encore bien des jours par la suite, malgré les lettres régulières et les messages rassurants. Elle se rappelait l'attente. Elle savait que cela mettait également Emmet mal à l'aise, même si ce n'était pas tout à fait pour les mêmes raisons.

Qu'est-ce qui dégringole du ciel ? Les emmerdes ! faillit répondre l'inspecteur à son fils, car dans les troupes aéroportées, on avait aussi sa fierté, mais la phrase s'arrêta au bord des lèvres.

Kelly. On a essayé de l'appeler. On a demandé aux gardes-côtes d'aller voir du côté de cette île qu'il habite. Son bateau n'y était pas. Son bateau était introuvable. Où était Kelly ? Il était pourtant revenu, si la petite vieille ne s'était pas trompée. Si même il était parti. Mais cette fois, il est de retour. Les meurtres en série s'étaient arrêtés, pile juste après l'incident Farmer-Grayson-Brown. Le gardien du port de plaisance s'était souvenu d'avoir vu le bateau à peu près au même moment mais il l'avait vu larguer les amarres au milieu de la nuit — *cette nuit-là* — et ensuite, il avait purement et simplement disparu. Lien. Où était allé le bateau ? Où se trouvait-il à présent ? Qu'est-ce qui dégringole du ciel ? Les emmerdes. C'était exactement ce qui s'était produit avant. C'était tombé du ciel, sans prévenir. Pour s'arrêter idem.

Sa femme et son fils le virent de nouveau. Alors qu'il mastiquait sa nourriture, son regard se perdit dans l'infini, incapable qu'il était d'empêcher son esprit de ruminer et ruminer encore ses informations. Kelly n'est pas si différent en fin de compte de ce que j'ai été, se disait Ryan. La Un-zéro-un, les Aigles hurlants de la 101ᵉ division d'infanterie (aéroportée), qui continuaient de fanfaronner dans leurs culottes d'aviateur. Emmet avait débuté seconde classe et fini la guerre avec une promotion, acquise au combat, au grade (qu'il détenait toujours) de lieutenant. Il se rappelait cet orgueil d'être vraiment spécial, ce sentiment d'invincibilité qui, étrangement, allait de pair avec la terreur de sauter de la carlingue d'un avion, d'arriver le premier en territoire ennemi, dans le noir, armé seulement d'un fusil. Aux plus endurcis, la mission la plus dure. La mission. Il avait été comme ça, jadis. Mais personne n'avait tué sa femme... que serait-il arrivé, disons en 1946, si quelqu'un s'en était pris ainsi à Catherine ?

Rien de bon.

Il avait sauvé Doris Brown. Il l'avait confiée à des amis sûrs. Il avait revu une de ces personnes la veille. Or, il sait qu'elle est morte. Il a sauvé Pamela Madden, elle est morte, et il était à l'hôpital, et quelques semaines après sa sortie, des gens se mettent à mourir, abattus de manière fort experte. Quelques semaines... le temps d'une remise en forme. Puis les meurtres s'arrêtaient d'un coup et Kelly devenait introuvable.

Et s'il était simplement parti ?

Il est à présent de retour.

Quelque chose va se produire.

Ce n'était pas un truc qu'il pouvait présenter devant un tribunal. Le seul indice matériel en leur possession était l'empreinte d'une semelle de chaussure — une marque courante de baskets, évidemment, ces semelles, on en voyait des centaines tous les jours. Peau de balle. Ils tenaient un mobile. Mais combien dénombrait-on de meurtres, chaque année, et combien étaient-ils à pouvoir suivre l'enquête jusqu'au bout ? Ils avaient une occasion. Pouvait-il justifier devant un jury le temps qu'il y avait passé ? Personne n'aurait pu. Comment, songea l'inspecteur, comment expliquer ça à un juge — non, certains juges comprendraient, mais pas des jurés, pas après qu'un avocat tout frais émoulu de la fac de droit leur aurait expliqué deux ou trois trucs.

L'affaire était résolue, songea Ryan. Il *savait*. Mais il n'en avait aucune preuve tangible, hormis la certitude que quelque chose allait arriver.

*

— Qui est-ce, à ton avis ? demanda Mike.

— Un pêcheur, on dirait, observa Burt depuis le siège du pilote. Il maintenait le *Henry VIII* à bonne distance du cabin cruiser blanc. Le crépuscule était proche. Il était presque trop tard pour naviguer dans ces eaux encombrées et rejoindre leur laboratoire, qui paraissait si différent de nuit. Burt jeta un coup d'œil au bateau blanc. Le type à la canne à pêche les salua d'un geste de la main, salut auquel il répondit en même temps qu'il virait sur bâbord — à gauche, comme il traduisait mentalement. Ils avaient une sacrée nuit en perspective. Xantha ne serait pas d'un grand secours. Enfin, peut-être un peu, pour les pauses repas. Dommage, franchement. C'était pas vraiment une mauvaise fille, juste un peu conne. Elle avait l'air en plein trip. Ça tenait peut-être à la méthode qu'ils avaient employée, en lui refilant une bonne dose de came de première avant de déballer le filet et les blocs de ciment. Ils étaient assis à découvert, sur le pont, et elle n'avait pas la moindre idée de ce qu'ils étaient venus faire. Enfin, c'était pas non plus ses oignons.

Burt secoua la tête. Il y avait des problèmes plus importants. Que diraient Mike et Phil de bosser sous ses ordres ? Il aurait à se montrer poli, bien sûr. Ils comprendraient. Vu les sommes en jeu, ils avaient intérêt. Il se détendit dans son fauteuil, sirotant sa bière en lorgnant la balise flottante rouge.

*

— Voyons voir, dit Kelly dans un souffle. Ce n'était pas dur, en fait. Billy lui avait dit tout ce qu'il voulait savoir. Ils avaient une planque là-dedans. Ils arrivaient par la baie, en bateau, généralement de nuit, et repartaient le lendemain. Allumaient la petite balise lumineuse rouge. Bougrement dure à trouver, quasiment impossible dans le noir. Enfin, si l'on ne connaissait pas les eaux. Kelly, si. Il enroula sa ligne sans hameçon et prit ses lunettes. Taille et couleur correspondaient.

Le nom était *Henry VIII*. Vu. Il se cala dans son fauteuil, le vit poursuivre vers le sud puis virer vers l'est à hauteur de la bouée rouge. Kelly fit une marque sur sa carte. Douze heures au moins. Cela devrait suffire amplement. Le problème avec un endroit aussi bien protégé, c'est qu'il était absolument dépendant du secret qui, une fois éventé, devenait un handicap fatal. Les gens n'apprenaient jamais. Un seul accès, une seule issue. Encore un moyen habile de se suicider. Il attendrait le coucher du soleil. D'ici là, Kelly sortit deux bombes de peinture et zébra de bandes vertes la coque de son canot. L'intérieur, il le peignit en noir.

33

Charme empoisonné

E N général, ça prenait toute la nuit, lui avait dit Billy. Cela lui laissait le temps de manger, se détendre et se préparer. Il rapprocha le *Springer* du terrain encombré où il allait chasser cette nuit, et jeta ses ancres. Le repas qu'il se prépara était exclusivement composé de sandwiches, mais c'était toujours mieux que ce qu'il avait eu au sommet de « sa » colline moins d'une semaine plus tôt. *Dieu, une semaine plus tôt, il était à bord de l'*Ogden, *en train de se préparer,* songea-t-il en hochant la tête avec mélancolie. Comment la vie pouvait-elle être à ce point insensée ?

Peu après minuit, il mit à l'eau son petit canot désormais camouflé. Il avait fixé un petit moteur électrique au tableau arrière et espérait que la batterie serait suffisamment chargée pour tenir l'aller-retour. Il ne devrait pas avoir trop de chemin à faire. La carte indiquait que la zone était assez étroite, et l'endroit qu'ils utilisaient devait se trouver au beau milieu, pour être le plus isolé possible. Le visage et les mains barbouillés de noir, il pénétra dans le dédale d'épaves, gouvernant de la main gauche tandis que ses yeux et ses oreilles guettaient le moindre détail incongru. Le ciel était avec lui. Il n'y avait pas de lune et juste assez d'étoiles pour révéler l'herbe et les algues envahissant la zone inondable formée à cet endroit, après l'abandon de ces monstres qui avaient colmaté cette partie de la baie, créant un refuge apprécié des oiseaux à la belle saison.

C'était comme avant. Le murmure grave du moteur électrique lui rappelait celui du scooter sous-marin, tandis qu'il progressait aux alentours de deux nœuds, pour économiser l'énergie, se guidant cette fois aux étoiles. Les herbes du marécage dépassaient de près de deux mètres le niveau des eaux et il n'était pas difficile de voir pourquoi ils s'abstenaient d'y pénétrer en bateau à cette heure de la nuit. C'était réellement un labyrinthe quand on ne savait pas y faire. Mais Kelly, si. Il surveillait les étoiles, sachant laquelle suivre et laquelle ignorer à mesure qu'elles tournaient sur la voûte des cieux. C'était une question d'aisance, en fait. Ils venaient de la ville, n'étaient pas des marins comme lui, et ils avaient beau se croire en sécurité dans leur planque pour élaborer leurs substances illicites, ils ne se sentaient pas à l'aise dans cet endroit plein de trucs sauvages et d'itinéraires incertains. *Entrez donc au salon, je vous prie*, se dit Kelly. Il écoutait plus qu'il ne regardait, maintenant. Une brise légère faisait frissonner les hautes herbes en remontant, comme lui, le chenal le plus large entre les bras envasés ; bien que sinueux, c'était celui qu'ils devaient emprunter. Tout autour, les carcasses vieilles de cinquante ans ressemblaient à des fantômes d'un autre âge, ce qu'elles étaient en fait, reliques d'une guerre qu'elles avaient remportée, épaves d'une époque bien plus simple ; certaines reposaient selon des angles bizarres, tels les jouets oubliés de l'enfant géant qu'avait été leur pays, un enfant devenu aujourd'hui un adulte à problèmes.

Une voix. Kelly coupa le moteur, poursuivant sur l'erre quelques secondes encore, tournant la tête de tous côtés pour la localiser. Il avait deviné juste pour le chenal. Il décrivait une boucle à droite juste devant lui, et le bruit était également venu de la droite. Avec précaution, lentement, il contourna la boucle. Il avisa trois épaves. Peut-être avaient-elles été halées ensemble et les capitaines de remorqueurs avaient probable-ment mis un point d'honneur à vouloir les garder parfaitement alignées. Celle la plus à l'ouest, reposant sur des fonds instables, avait une légère gîte de sept ou huit degrés sur bâbord. La silhouette datait, avec sa superstructure basse d'où les hautes cheminées avaient depuis longtemps disparu, man-gées par la rouille. Mais il y avait une lumière, à l'endroit correspondant à la passerelle. Et de la musique, du rock contemporain émis par une de ces stations de radio qui essayent de tenir les routiers en éveil, la nuit.

Kelly attendit quelques minutes, le temps d'embrasser en détail les ténèbres et de choisir un itinéraire d'approche. Il longerait la proue pour aborder, de façon à être dissimulé par la coque. Il distinguait à présent d'autres voix. Un brusque concert de rires, à cause d'une blague, peut-être. Il attendit de nouveau, scrutant le pont du navire, traquant une forme en saillie, une silhouette incongrue, une sentinelle. Rien.

Ils avaient eu le nez creux en choisissant cette planque. C'était l'endroit le plus improbable qu'on puisse imaginer, dédaigné même des pêcheurs du coin, mais il fallait quand même avoir une vigie parce que nulle cachette n'était parfaitement sûre... là, leur vedette. Parfait. Kelly avait réduit à un demi-nœud maintenant, longeant bord à bord le vieux bâtiment jusqu'à ce qu'il arrive près de leur vedette. Il amarra son canot au taquet le plus proche. Une échelle de corde permettait d'accéder au pont de l'épave rouillée. Kelly inspira un grand coup et entama son ascension.

*

La tâche était aussi parfaitement ennuyeuse et répétitive que le leur avait promis Burt, songea Phil. Mélanger le lactose était la partie la plus facile — le verser dans les grands bols en inox comme de la farine à gâteau, veiller à ce qu'il soit également réparti. Ça lui rappela lorsqu'il aidait sa mère à faire de la pâtisserie, quand il était petit, qu'il la regardait et apprenait tout un tas de trucs qu'un gamin s'empresse d'oublier sitôt qu'il a découvert le base-ball. Tout ça lui revenait à présent, le cliquetis du batteur, la façon qu'avaient les diverses poudres de se mélanger. C'était en fait une excursion pas désagréable en ce temps où il n'avait même pas besoin de se lever pour aller à l'école. Mais ça, c'était la partie facile. Venait ensuite la tâche ingrate de transvaser des doses mesurées avec précision dans les petits sachets en plastique qu'il fallait ensuite agrafer, puis empiler, compter et emballer. Il échangea un regard exaspéré avec Mike qui éprouvait la même chose que lui. Burt aussi, sans doute, mais il n'en laissait rien paraître et il avait même eu l'amabilité d'amener de la distraction. Un poste de radio pour la musique, et pour la pause, cette Xantha, à moitié défoncée aux amphés mais... complaisante, comme ils avaient pu le constater à la coupure de minuit. En tout cas, ils se l'étaient faite gentiment. Elle roupillait dans son coin. Il y aurait une nouvelle pause à quatre heures du matin, ça laissait à chacun le temps de récupérer. C'était dur de garder l'œil ouvert, et toute cette poudre, ça tracassait Phil, avec la poussière qui volait dans les airs. Est-ce qu'il en respirait ? Cela ne risquait-il pas de le rendre accro ? S'il devait recommencer, il se promit d'utiliser un masque quelconque. Il avait beau apprécier la perspective de se faire du blé en fourguant cette merde, il n'avait aucune envie d'y toucher. Enfin, Tony et Henry étaient en train d'installer un labo dans les règles. Le transport serait moins chiant. Ce serait déjà ça.

Encore un lot de fait. Phil était un peu plus rapide que les autres, il était pressé d'en finir. Il se dirigea vers la glacière et sortit un autre sac d'un kilo. Il le huma, comme il l'avait fait avec les autres. Une odeur fétide, chimique, comme les produits utilisés en labo de biologie au lycée, le formaldéhyde, quelque chose comme ça. Il fendit l'emballage avec un canif et, le tenant à bout de bras, en versa le contenu dans le premier bol avant d'ajouter une dose calibrée de sucre, puis de mélanger le tout avec une cuillère, à la lumière de l'une des lampes Coleman.

— Coucou.

Il n'y avait eu aucun avertissement. Tout d'un coup, quelqu'un apparut à la porte, un pistolet à la main. L'homme était en tenue militaire, treillis rayé, et son visage était zébré de vert et de noir.

*

Le bruit n'était pas un problème. Sa proie avait prévu le coup. Kelly avait reconverti son Colt en calibre .45, et il savait qu'aux yeux de ses interlocuteurs, la bouche de son automatique aurait l'air assez large pour y garer une voiture. Il fit un signe de la main gauche.

— Par ici. Sur le pont, à plat ventre, mains croisées sur la nuque, un par un, toi d'abord, dit-il au type devant le bol mixeur.

— Merde, t'es qui, toi ? demanda le Noir.

— Tu dois être Burt. Fais pas le con.

— Comment qu'tu sais mon nom ? demanda Burt alors que Phil allait s'allonger sur le pont.

Kelly désigna l'autre Blanc, lui enjoignant de rejoindre son pote.

— Je sais des tas de trucs, répondit Kelly en s'approchant à présent de Burt. C'est alors qu'il remarqua la fille assoupie dans le coin. Qui est-ce ?

— Dis donc, connard... !

L'automatique se leva à hauteur de son visage, à une longueur de bras.

— Comment ça ? demanda Kelly, sur le ton de la conversation. Allez, à plat ventre sur le pont, tout de suite. Burt obéit aussitôt. Il nota que la fille dormait profondément. Qu'elle en profite, pour le moment. Sa tâche première était de les fouiller. Deux des hommes avaient un pistolet de petit calibre. Le troisième un petit canif sans danger.

— Eh, qui tu es ? On pourrait peut-être causer ? suggéra Burt.

— J'y compte bien. Parle-moi de la drogue, commença Kelly.

*

Il était dix heures du matin à Moscou quand la dépêche de Volochine émergea du service de décryptage. Haut responsable au conseil d'administration du KGB, il avait des contacts avec quantité de hauts fonctionnaires, dont un académicien au Service I, un spécialiste de l'Amérique qui conseillait la direction du KGB et le ministère des Affaires étrangères sur cette nouvelle orientation que les médias américains appelaient la *détente*. Cet homme, qui n'avait aucun rang dans la hiérarchie paramilitaire du KGB, était sans doute le meilleur élément pour agir rapidement, même si une copie de la dépêche avait été également transmise pour information au directeur adjoint chargé de chapeauter le conseil d'administration de Volochine. Comme toujours, le message était bref et précis. L'académicien était consterné. La réduction de la tension entre les deux superpuissances, alors que l'une était en guerre ouverte, était quasiment miraculeuse et, associée au rapprochement des Américains avec la Chine, elle pouvait bien présager une ère nouvelle dans les relations internationales. C'est ce qu'il avait dit au Politburo lors d'une interminable réunion d'information, à peine quinze jours plus tôt. Révéler publiquement qu'un officier soviétique avait été impliqué dans une action pareille — c'était de la folie... Quel crétin du GRU avait-il pu avoir une idée pareille ? A supposer qu'elle soit vraie, ce qu'il devrait encore vérifier. Pour cela, il appela le directeur adjoint.

— Yevgueni Leonidovitch ? J'ai une dépêche urgente de Washington.

— Moi aussi, Vanya. Tes recommandations ?

— Si ce que prétendent les Américains est exact, je préconise une action immédiate. La diffusion d'une telle idiotie pourrait être catastrophique. Pouvez-vous confirmer que c'est bel et bien en cours ?

— *Da.* Et ensuite... Les Affaires étrangères ?

— Je suis d'accord. Avec l'Armée, ça prendrait trop longtemps. Mais écouteront-ils ?

— Nos fraternels alliés socialistes ? Ils écouteront une livraison de roquettes. Ça fait des semaines qu'ils les réclament, rétorqua le directeur adjoint.

Comme c'était typique, observa l'académicien. *Pour sauver des Américains, nous allons expédier des armes pour en tuer encore plus et les Américains le comprendront.* Quelle folie ! S'il devait y avoir une illustration de la nécessité de la *détente*, elle était bien là. Comment deux grands pays pouvaient-ils gérer leurs affaires quand l'un et l'autre étaient impliqués, directement ou non, dans les affaires de puissances mineures ? Quelle futile distraction des problèmes importants.

— Je préconise une action rapide, Yevgueni Leonidovitch, répéta l'académicien. Malgré le rang supérieur du directeur adjoint, ils avaient été camarades de classe, bien des années plus tôt, et leurs itinéraires s'étaient croisés bien des fois depuis.

— Je suis entièrement d'accord, Vanya. Je te rappelle dans l'après-midi.

*

C'était un miracle, pensait Zacharias en regardant autour de lui. Il n'avait pas vu l'extérieur de sa cellule depuis des mois et le simple fait de respirer l'air, si chaud et moite fût-il, lui semblait une bénédiction divine. Mais ce n'était pas le cas. il compta les autres, dix-huit hommes en file indienne, des gars comme lui, dans la même tranche d'âge à cinq ans près, et dans la pénombre du crépuscule, il entrevit leur visage. Il y avait celui qu'il avait déjà vu, si longtemps auparavant, un gars de la Marine, à son allure. Ils échangèrent un regard et un sourire timide, comme tous les autres. Si seulement les gardiens les laissaient se parler, mais la simple tentative avait valu une gifle au premier qui avait essayé. Malgré tout, le seul fait de voir leur visage était suffisant. Une chose si dérisoire. Si importante. Robin essayait de se tenir droit autant que le permettait son dos blessé, effaçant les épaules tandis que ce petit officier racontait quelque chose à ses hommes, qui s'étaient mis en rang eux aussi. Il n'avait pas encore appris assez de vietnamien pour saisir ce débit rapide.

— Voilà l'ennemi, disait à ses hommes le capitaine. Il allait conduire son unité vers le sud et, après tous les beaux discours et les séances d'instruction, c'était enfin pour eux l'occasion inespérée de se frotter à la réalité. Ils n'étaient pas si terribles, ces Américains, leur disait-il. Regardez, ils ne sont pas si grands et menaçants, n'est-ce pas ? Ils plient, cassent et saignent — et très facilement, même ! Et ceux-là sont l'élite, ceux qui larguent des bombes sur notre pays et tuent notre peuple. Ce sont les hommes contre lesquels vous allez vous battre. Les redoutez-vous, à présent ? Et si les Américains sont assez idiots pour essayer de sauver ces chiens, on pourra déjà se faire la main pour les liquider. Sur ces paroles revigorantes, il congédia ses troupes, les renvoyant à leur garde nocturne.

Il pourrait le faire, se dit le capitaine. Bientôt, cela n'aurait plus d'importance. Il avait entendu la rumeur qui courait parmi son état-major et selon laquelle, une fois que les politiques auraient les mains libres, ce camp allait être fermé d'une manière définitive, et ses hommes apprécieraient sans aucun doute un peu d'exercice avant d'avoir à redescendre la piste de l'oncle Hô, où ils auraient l'occasion de tuer ensuite d'autres Américains, armés ceux-là. D'ici là, il les gardait comme des trophées à exhiber à ses hommes, pour réduire leur appréhension face au grand inconnu du combat, et pour focaliser leur rage, car c'étaient bel et bien les hommes qui avaient bombardé leur beau pays pour en faire un désert. Il avait sélectionné des recrues — dix-neuf hommes — pour les soumettre à un entraînement particulièrement intensif... qu'ils aient un avant-goût de la mise à mort. Ils en auraient besoin. Le capitaine d'infanterie se demanda combien d'entre eux il ramènerait au bercail.

*

Kelly s'arrêta pour faire le point au bassin de Cambridge avant de remettre le cap au nord. Il détenait tous les éléments, désormais — enfin, suffisamment pour l'heure, estimait-il. Les soutes pleines, l'esprit rempli de données utiles, et pour la première fois, il avait touché ces salauds. Deux semaines de stock, peut-être trois, de leur marchandise. De quoi les ébranler. Il aurait pu récupérer la dope, l'utiliser peut-être comme appât, mais non, il ne pouvait pas faire ça. Il ne voulait pas y toucher, surtout maintenant qu'il suspectait par quel moyen elle arrivait. Quelque part sur la côte est, à vrai dire, Burt n'en savait pas plus. Qui que soit ce Henry Tucker, il avait la parano habile et il avait cloisonné son réseau d'une manière qui aurait forcé l'admiration de Kelly en d'autres circonstances. Mais c'était de l'héroïne asiatique, les sacs dans laquelle elle transitait sentaient la mort et ils arrivaient sur la côte Est. Combien de produits venus d'Asie et sentant la mort arrivaient sur la côte Est des États-Unis ? Kelly n'en voyait qu'un seul, et le fait qu'il avait connu des hommes dont les corps auraient été traités à la base aérienne de Pope ne fit que nourrir sa colère et sa détermination à élucider cela. Mettant le cap au nord, il doubla la tour de brique du phare de Sharp Island, retournant vers la cité où le danger le guettait de toutes parts.
Une dernière fois.

*

Il n'y avait guère d'endroit plus tranquille dans tout l'est des États-Unis que le comté de Somerset. Région de grandes exploitations agricoles très espacées, il ne possédait qu'un seul lycée. Il n'y avait qu'une seule route nationale importante, qui permettait de traverser le pays rapidement et sans arrêt. Le trafic en direction d'Ocean City, la station balnéaire de l'État, contournait la région et l'autoroute la plus proche passait de l'autre côté de la baie. C'était également une zone où le taux de criminalité était si bas qu'il était presque imperceptible hormis pour ceux qui relevaient un accroissement d'une unité dans telle ou telle catégorie de délit. Un simple meurtre pouvait faire les gros titres de la presse locale pendant des semaines, et le cambriolage était rarement un problème dans une région où les propriétaires avaient des chances d'accueillir un intrus nocturne avec un calibre .12 et quelques questions. Non, le seul problème tenait à leur façon de conduire, et pour ça, ils avaient la police d'État qui sillonnait les routes avec ses voitures jaune pâle. Et pour compenser l'ennui des hommes, les véhicules affectés à la côte est du Maryland avaient des moteurs d'une puissance inusitée pour leur permettre de traquer les chauffards qui avaient trop souvent tendance à faire au préalable un détour par le débit de liqueurs local, dans leurs efforts pour mettre un peu d'animation dans une région certes agréable mais si morne.

Le brigadier Ben Freeland effectuait sa patrouille de routine habituelle. De temps en temps, il se passait vraiment quelque chose et il estimait que c'était son boulot de connaître le secteur, chaque centimètre de son territoire, chaque ferme et chaque carrefour, de sorte que si jamais il recevait un appel vraiment urgent, il saurait s'y rendre par l'itinéraire le plus court. Sorti depuis quatre ans de l'École de Pikesville, ce natif du comté songeait à sa promotion au grade de brigadier-chef quand il avisa un piéton marchant sur Postbox Road, près d'un hameau au nom improbable de Dames Quarter — le Quartier des Dames. C'était inhabituel. Tout le monde circulait en voiture ici. Même les gamins se mettaient à la moto tout petits, et ils prenaient souvent le volant bien avant l'âge légal, ce qui était encore un des délits les plus graves qu'il avait à relever chaque mois. Il l'avait remarqué à quinze cents mètres de distance — le relief était très plat — et n'y fit pas particulièrement attention avant d'avoir couvert les trois quarts de cette distance. Elle — c'était incontestablement une femme — avançait d'une démarche titubante. Cent mètres encore et il nota qu'elle n'était pas vêtue comme les gens du coin. Bizarre. On ne venait pas ici autrement qu'en voiture. Elle marchait en outre en zigzags et la longueur de sa foulée changeait à chaque pas, tous indices suggérant la possibilité d'une intoxication alcoolique — une infraction grave dans la légion, sourit le brigadier. Cela signifiait qu'il allait devoir s'arrêter pour voir ça de plus près. Il rangea la grosse Ford sur le bas-côté gravillonné, l'immobilisant prudemment et en douceur une cinquantaine de mètres devant la femme, et il descendit, comme on le lui avait appris, coiffant son Stetson et rajustant son ceinturon.

— Bonjour ! lança-t-il d'un ton enjoué. Et où vous rendez-vous comme ça, m'dame ?

Elle s'arrêta au bout de quelques pas et leva sur lui un regard qui appartenait à une autre planète.

— Qui êtes-vous ?

Le brigadier s'approcha. Son haleine ne sentait pas l'alcool. La drogue n'était pas encore vraiment un problème dans le coin, Freeland le savait. Ça avait peut-être changé.

— Quel est votre nom ? demanda-t-il sur un ton plus ferme.

— Xantha, avec un X, répondit-elle en souriant.

— Et d'où êtes-vous, Xantha ?

— Du coin.

— De quel coin ?

— 'Lanta.

— Vous êtes drôlement loin d'Atlanta.

— Ça, je le sais bien ! Puis elle rit. Y savait pas qu'j'en avais encore. Ce qui, estima-t-elle, était trop drôle, et un secret digne d'être partagé. J'les avais planqués dans mon soutif !

— Allons bon, et quoi donc ?

— Mes cachets. J'les ai planqués dans mon soutif et il en savait rien.

— Puis-je les voir ? demanda Freeland, tout en se posant des tas de questions mais avec la certitude qu'il aurait enfin une vraie arrestation à opérer aujourd'hui.

Elle rit lorsqu'il tendit la main.

— Bas les pattes, à présent !

Freeland obtempéra. Il était inutile de l'inquiéter outre mesure, même s'il avait déjà fait glisser sa main droite sur son ceinturon, juste devant son arme de service. Sous ses yeux, Xantha glissa la main dans son corsage fort peu boutonné et en sortit une poignée de gélules rouges. C'était donc ça. Il ouvrit la malle pour sortir une enveloppe de la trousse de matériel d'enquête qu'il emportait toujours.

— Pourquoi ne pas les mettre vous-même là-dedans, pour ne pas risquer d'en perdre ?

— D'accord ! Quel type aimable que ce policier.

— Puis-je vous conduire, madame ?

— Sûr. Marre d'aller à pince.

— Eh bien, si vous voulez bien me suivre ? Le règlement exigeait qu'il lui passe les menottes et, tout en l'aidant à monter à l'arrière, c'est ce qu'il fit. Elle ne parut pas le moins du monde s'en formaliser.

— Où qu'on va ?

— Ma foi, Xantha, je pense qu'il vous faut un endroit où vous étendre et vous reposer un peu. Et je crois bien vous avoir trouvé ça, ça marche ? Il tenait déjà un joli cas de détention de drogue, Freeland en était sûr alors qu'il reprenait la route.

— Burt et les deux autres se r'posent, eux aussi, sauf qu'y se relèveront pas d'sitôt.

— Comment ça, Xantha ?

— Il leur a troué la peau, pan pan pan. Elle mima avec la main. Freeland le remarqua dans le rétro, et faillit quitter la route.

— Qui ça ?

— C't un Blanc, pas entendu son nom, pas vu non plus sa tronche, mais il leur a troué la peau, pan pan pan.

Bordel de merde.

— Où ça ?

— A bord.

Comme s'il le savait pas !

— A bord de quoi ?

— Du bateau ?

— Quel bateau ?

— Çui qu'est sur l'eau, eh pomme !

270

Ça aussi, c'était marrant.

— Vous vous foutez de moi, mademoiselle ?

— Et vous savez le plus drôle, il a laissé sur place toute la drogue, lui aussi, ouais, le p'tit Blanc. Enfin, sauf qu'il était *vert*.

Freeland ne savait trop à quoi rimait toute cette histoire mais il avait bien l'intention de le découvrir au plus vite. Pour commencer, il alluma ses gyrophares et poussa dans ses derniers retranchements le gros V8 427 de sept litres, fonçant vers le QG de la police d'État, à Westover. Il aurait dû les prévenir par radio mais ça n'aurait pas avancé à grand-chose, hormis persuader son capitaine que c'était lui le drogué.

*

— Yacht *Springer,* jetez un œil sur votre quart bâbord.

Kelly saisit le micro.

— Quelqu'un que je connais ? demanda-t-il sans regarder.

— Bon Dieu, où que t'étais passé, Kelly ? demanda Oreza.

— En voyage d'affaires. Ça te regarde ?

— J'm'ennuyais. Ralentis un poil.

— C'est important ? J'ai un rendez-vous, Portagee.

— Eh, Kelly, un conseil entre marins, on se calme, d'accord ?

S'il n'avait pas connu le bonhomme... non, il fallait qu'il obtempère, quelle que soit son identité. Kelly coupa les gaz, laissant la vedette venir à sa hauteur en l'espace de quelques minutes. Étape suivante, on allait lui demander l'autorisation de monter à bord, ce qu'Oreza était parfaitement en droit de faire, et tenter de se défiler ne résoudrait rien. Sans y avoir été prié, Kelly laissa tourner les moteurs au ralenti et bientôt mit en panne. Sans demander l'autorisation, Oreza vint l'aborder et sauta sur le pont.

— Salut chef !

— Qu'est-ce qui se passe ?

— Je suis descendu par deux fois sur ta langue de sable, ces quinze derniers jours, histoire de partager une bière, mais t'étais pas là.

— Ben, c'est que je voudrais pas te rendre inapte au service.

— On se sent un peu seul dans le coin, sans personne à traquer. Il était soudain manifeste que les deux hommes étaient mal à l'aise, mais aucun ne savait pourquoi l'autre l'était. Où diable étais-tu passé ?

— J'ai dû quitter le pays. Le boulot, répondit Kelly. Il était clair qu'il n'en dirait pas plus.

— Très bien. T'es là pour un bout de temps ?

— Je pense, ouais.

— C'est ça. Et peut-être que si je passe la semaine prochaine, tu pourras me raconter quelques bobards sur tes galons dans la Marine.

— Dans la Marine, on n'a pas besoin de raconter de bobards. T'as encore besoin de quelques tuyaux de navigation ?

— Mon cul, oui ! Je me demande si je devrais pas te balancer une petite inspection de sécurité, pas plus tard que tout de suite !

— Je croyais que c'était une visite amicale ? observa Kelly et le malaise des deux hommes s'accrut encore. Oreza tâcha de le dissimuler avec un sourire.

— D'accord, j'arrête de t'emmerder. Mais ça ne marcha pas. On s'revoit la semaine prochaine, chef.

Ils se serrèrent la main, mais quelque chose avait changé. Oreza fit signe au treize mètres de se rapprocher, puis il sauta à bord avec l'aisance d'un vrai pro. La vedette s'éloigna sans qu'il ait rajouté un mot.

Bon, c'est logique. Kelly remit les gaz, malgré tout.

*

Oreza regarda le *Springer* poursuivre sa route vers le nord, en se demandant ce qui pouvait bien se passer. *A l'étranger*, avait-il dit. Une chose était sûre, son bateau n'était allé nulle part sur la Chesapeake — mais alors où, dans ce cas ? Et pourquoi les flics s'intéressaient-ils tant à lui ? Kelly, un tueur ? Bon, il avait quand même décroché la *Navy Cross* pour une raison. Un plongeur-commando de l'UDT, ça en tout cas, il le savait. En dehors de ça, plutôt un brave mec pour partager une bière et un marin sérieux, dans son genre. Sûr que ça devenait coton quand on cessait de faire de la recherche et du sauvetage pour se lancer dans ce boulot de flic, se dit le maître de manœuvre, en mettant le cap au sud-ouest, sur Thomas Point. Il avait un coup de fil à passer.

*

— Et que s'est-il passé ?

— Roger, ils savaient qu'on arrivait, répondit Ritter sans ciller.

— Comment ça, Bob ? demanda MacKenzie.

— On ne sait pas encore.

— Une fuite ?

Ritter sortit de sa poche la photocopie d'un document qu'il lui tendit. L'original était rédigé en vietnamien. Sous le texte de la photocopie, il y avait la traduction manuscrite. Dans le texte anglais, on lisait les mots « vert bosquet ».

— Ils connaissaient le nom ?

— Il s'agit d'une fuite de leur part, Roger, mais effectivement, il semblerait que oui. Je suppose qu'ils comptaient utiliser cette information avec les Marines qu'ils auraient pu capturer. Ce genre de détail est bien utile pour casser rapidement la volonté des individus. Mais nous avons eu de la chance.

— Je sais. Personne n'a été blessé.

Ritter acquiesça.

— Nous avions déposé un de nos hommes en éclaireur. Un SEAL de la Navy, un bon. Toujours est-il qu'il était en train de surveiller la zone lorsque les renforts de l'ANV sont arrivés. C'est lui qui a fait annuler la mission. Puis il a tranquillement redescendu la colline. Il était toujours plus dramatique de manier la litote, surtout pour qui avait en son temps senti l'odeur de la poudre.

Voilà, estima MacKenzie, qui méritait bien un sifflement appréciatif.

— Ce doit être un sacré client.

— Mieux que ça, dit tranquillement Ritter. Sur le chemin du retour, il a embarqué le Russe qui causait à nos hommes, plus le commandant du camp. Nous les avons à Winchester. Vivants, ajouta Ritter avec un sourire.

— C'est comme ça que vous avez obtenu la dépêche ? Je

pensais au Sigint, dit MacKenzie, évoquant le *Signals intelligence,* l'interception des signaux radio. Comment a-t-il réussi ça ?

— Vous l'avez dit vous-même, c'est un sacré client, sourit Ritter. C'est la bonne nouvelle.

— Je ne suis pas certain de vouloir entendre la mauvaise.

— Nous avons des indices que ceux d'en face voudraient éliminer le camp avec l'ensemble de ses occupants.

— Seigneur... Henry est à Paris en ce moment, dit MacKenzie.

— Mauvais plan. S'il sort l'affaire, même lors des séances officieuses, ils nieront tout en bloc et ça risque tellement de les affoler qu'ils pourraient faire en sorte qu'ils n'aient rien à nier. Il était bien connu que dans ce genre de conférence, le véritable travail s'effectuait durant les pauses, pas quand les délégués devaient aborder les problèmes de manière officielle autour de la table de conférence, table dont la forme même avait fait l'objet d'interminables discussions.

— Vrai. Que faire, alors ?

— Nous travaillons par l'entremise des Russes. On a une filière. J'ai établi le contact moi-même.

— Vous m'informez de ce que ça donne ?

— J'y compte bien.

*

— Merci de me recevoir, dit le lieutenant Ryan.

— De quoi s'agit-il ? demanda Sam Rosen. Ils étaient dans son bureau ; dans la pièce, plutôt exiguë, s'entassaient quatre personnes. Car Sarah et Sandy étaient également là.

— C'est au sujet de votre ancien patient... John Kelly. La nouvelle n'était pas vraiment une surprise, nota Ryan. J'aurais besoin de lui parler.

— Qu'est-ce qui vous en empêche ? s'enquit Sam.

— J'ignore où il se trouve. Disons que j'espérais que vous le sauriez.

— Et lui parler de quoi ? demanda Sarah.

— D'une série de meurtres, répondit Ryan, du tac au tac, espérant les décontenancer.

274

— Lesquels ? La question venait de l'infirmière.

— Doris Brown, pour commencer, plus quelques autres.

— John ne lui a pas fait de mal... lâcha Sandy avant que Sarah Rosen ait eu le temps de lui toucher la main.

— Donc, vous savez qui est Doris Brown, observa le policier, un rien trop vite.

— John et moi avons... lié amitié, expliqua Sandy. Il était à l'étranger ces quinze derniers jours. Il n'a pu tuer personne.

Ouïe, se dit Ryan. C'était à la fois une bonne et une mauvaise nouvelle. Il avait un peu trop misé sur Doris Brown, même si la réaction de l'infirmière à l'accusation avait provoqué une réponse émotionnelle un rien excessive. Cela venait malgré tout de confirmer une spéculation.

— A l'étranger ? Où ça ? Comment le savez-vous ?

— Je ne pense pas être habilitée à le dire. Je ne suis pas censée le savoir.

— Comment cela ? Le flic était surpris.

— Je ne crois pas pouvoir vous en dire plus, désolée. Le ton révélait plus la sincérité que la dérobade.

Bon Dieu, mais qu'est-ce qu'elle a bien voulu dire ? Impossible d'y répondre. Ryan décida de poursuivre.

— Une personne prénommée Sandy a téléphoné chez les Brown, à Pittsburgh. C'était vous, n'est-ce pas ?

— Inspecteur, dit Sarah, je ne suis pas sûre de saisir pourquoi vous posez toutes ces questions.

— J'essaye de compléter certaines informations, et j'aimerais que vous préveniez votre ami qu'il aurait intérêt à s'entretenir avec moi.

— C'est une enquête criminelle ?

— Oui, absolument.

— Et vous nous posez des questions, observa Sarah. Mon frère est avocat. Dois-je lui demander de venir ? Vous semblez vouloir nous interroger au sujet de certains meurtres. Vous m'inquiétez. J'ai une question... l'un d'entre nous est-il suspecté de quoi que ce soit ?

— Non, mais votre ami, oui. S'il y avait un truc dont Ryan n'avait pas besoin, c'était bien de se retrouver avec un avocat sur le dos.

— Une minute, intervint Sam. Si vous estimez que John

pourrait avoir commis quelque acte répréhensible et que vous voulez que nous vous le trouvions, cela sous-entend que vous pensez que nous savons où le trouver ? Cela ne risque-t-il pas de faire de nous des... complices, c'est bien le mot, n'est-ce pas ?

L'êtes-vous ? aurait aimé demander Ryan. Il décida de choisir :

— Ai-je dit ça ?

— Je n'ai jamais été questionné de la sorte, cela me rend nerveux, confia le chirurgien à sa femme. Appelle ton frère.

— Écoutez, rien ne me porte à croire que l'un d'entre vous ait commis quoi que ce soit de répréhensible. J'ai tout lieu de croire en revanche que c'est le cas de votre ami. Je vais vous dire une chose : vous lui rendrez service en lui disant de m'appeler.

— Qui aurait-il tué ? insista Sam.

— Plusieurs trafiquants de drogue.

— Vous savez ce que je fais ? intervint brutalement Sarah. Vous savez à quoi je passe le plus clair de mon temps ici, vous le savez ?

— Oui, m'dame, je le sais. Vous faites énormément de boulot avec les drogués.

— Si John fait vraiment ce que vous dites, peut-être que je devrais lui acheter moi-même un fusil !

— Ça vous fait un choc quand vous en perdez un, n'est-ce pas ? demanda tranquillement Ryan, histoire de la lancer.

— Qu'est-ce que vous croyez ? On ne fait pas ce boulot pour perdre des patients !

— Comment avez-vous ressenti la mort de Doris Brown ? Elle ne répondit pas, mais uniquement parce que son intelligence retint sa bouche de réagir comme elle le désirait. Il vous l'a amenée pour que vous vous occupiez d'elle, n'est-ce pas ? Et avec l'aide de Mme O'Toole ici présente, vous avez travaillé dur pour la remettre en état. Vous croyez que je vous le reproche ? Mais avant de vous la confier, il a tué deux personnes. J'en ai la certitude. Pamela Madden a sans doute été assassinée par deux individus : c'étaient ses cibles. Votre ami Kelly est un vrai dur mais il n'est peut-être pas aussi malin qu'il l'imagine. S'il revient ici, c'est une chose. S'il nous oblige à le capturer, c'en est une autre. Dites-le-lui. Vous lui rendrez service, d'accord ? Et à vous aussi, par la même occasion. Je ne crois pas que vous ayez enfreint la loi, jusqu'ici. Faites quoi que ce soit d'autre que ce que je vous ai dit, et ça pourrait changer. Et je n'ai pas pour habitude d'avertir les gens de la sorte, ajouta Ryan, impavide. Vous n'êtes pas des criminels. Je le sais. Ce que vous avez fait pour cette jeune femme est admirable et je regrette que ça se soit terminé ainsi. Mais Kelly se balade en tuant des gens et ça, ça ne se fait pas, d'accord ? Je vous le dis au cas où vous auriez oublié certains détails. Je n'aime pas plus que vous les trafiquants de drogue. Pamela Madden, la fille sur la fontaine, j'en ai fait une affaire personnelle. Ces gars-là, je veux les voir mis en cage ; je veux les voir entrer dans la chambre à gaz. C'est ça, mon boulot, veiller à ce que justice soit faite. Pas le sien, le mien. Comprenez-vous ?

— Oui, je crois, répondit Sam Rosen, en repensant aux gants de chirurgien qu'il avait donnés à Kelly. Il voyait désormais les choses autrement. Naguère encore, tout cela était si lointain pour lui... De cœur, il partageait ces moments terribles mais restait pourtant bien loin des actes que commettait son ami, l'approuvant comme s'il lisait un compte rendu sportif dans le journal. C'était différent à présent mais il était impliqué. Dites-moi, reprit-il, êtes-vous près de mettre la main sur les assassins de Pam ?

— Nous savons certaines choses, répondit Ryan sans se rendre compte qu'en répondant de la sorte, il venait de tout gâcher alors même qu'il touchait au but.

*

Oreza se retrouvait derrière son bureau. C'était la partie de son travail qu'il détestait et la raison pour laquelle il redoutait une promotion car, avec les galons, il aurait également un bureau particulier et ferait partie de la « direction » au lieu d'être un simple pilote de navire. M. English était en congé et son adjoint, un maître-principal, était sorti pour une inspection quelconque, lui laissant la responsabilité du poste ; mais c'était son boulot, après tout. Le second-maître fouilla sur son bureau pour retrouver une carte et composa le numéro.

— Brigade criminelle.

— Le lieutenant Ryan, je vous prie.

— Il est absent.

— Le sergent Douglas ?

— Il est au tribunal aujourd'hui.

— Bien, je rappellerai.

Oreza raccrocha. Il regarda la pendule qui approchait tranquillement des quatre heures de l'après-midi — il était de permanence depuis minuit. Il ouvrit un tiroir et se mit à remplir les formulaires justifiant le carburant qu'il avait dépensé aujourd'hui à sillonner la baie de Chesapeake pour traquer les ivrognes à la barre de bateaux. Puis il s'apprêta à rentrer chez lui, dîner et dormir un peu.

*

Le plus dur était de démêler ce qu'elle disait. On appela le cabinet du médecin installé juste en face, et celui-ci diagnostiqua que le problème de la femme était une intoxication aux barbituriques, ce qui n'était pas précisément une nouvelle, avant d'ajouter qu'ils n'avaient qu'à attendre que l'organisme ait éliminé le produit, deux opinions pour lesquelles il réclama au comté la somme de vingt dollars. Plusieurs heures de discussion avec elle les avaient tour à tour amusés et lassés ; toutefois, elle n'avait rien changé à ses déclarations. Trois morts, *pan pan pan*. Elle trouvait ça moins drôle, à présent. Elle commençait à se remémorer qui était Burt et ce qu'elle en dit n'était pas joli-joli.

— Elle aurait pas besoin de planer beaucoup plus haut pour rejoindre les astronautes sur la lune, observa le capitaine.

— Trois cadavres sur un bateau quelque part, répéta le brigadier Freeland. Avec les noms et tout.

— Tu y crois ?

— Son récit n'a pas changé, non ?

— Ouais. Le capitaine leva les yeux. Tu devrais aller jeter un coup d'œil par là-bas. Ça te fait penser à quoi, Ben ?

— Aux alentours de Bloodsworth Island.

278

— On va la garder au chaud pour ivresse sur la voie publique... on l'a pincée pour détention de substances toxiques, non ?

— Mon capitaine, je n'ai eu qu'à lui demander. C'est elle-même qui m'a sorti ces trucs.

— D'accord, mais tu me la cuisines à fond.

— Et ensuite, capitaine ?

— Une virée en hélico, ça te dit ?

*

Il choisit une autre marina, cette fois-ci. C'était à vrai dire très facile, avec tous ces bateaux sortis pêcher ou se balader, et ce port-ci disposait de quantité d'anneaux pour les navires de passage qui sillonnaient la côte durant la saison estivale, faisaient étape et en profitaient pour se ravitailler en vivres et en carburant, comme la majorité des propriétaires d'engins à moteur. L'officier de port le regarda manœuvrer avec expertise pour venir l'amarrer au troisième par la taille de ses emplacements libres, ce qui n'était pas toujours le cas avec les propriétaires des plus gros yachts. Il fut encore plus surpris en constatant son jeune âge.

— Combien de temps comptez-vous rester ? demanda l'homme en l'aidant avec les aussières.

— Dans les quarante-huit heures. Pas de problème ?

— Aucun.

— Je peux vous payer en liquide ?

— Nous acceptons le liquide, lui assura le chef de port.

Kelly compta les billets et annonça qu'il dormirait à bord cette nuit. Il ne précisa pas ce qu'il comptait faire le lendemain.

34

Traque

— I L y a quand même un truc qui nous a échappé, Em, annonça Douglas, à huit heures dix, le lendemain.

— Quoi donc, cette fois-ci ? demanda Ryan. Qu'un truc leur échappe n'était pas franchement inédit dans leur métier.

— Comment ils ont fait pour savoir qu'elle était à Pittsburgh. J'ai appelé ce sergent Meyer, qu'il vérifie le nombre d'appels interurbains sur la facture téléphonique de la maison. Pas un seul au cours du dernier mois.

L'inspecteur écrasa sa cigarette.

— Il faut donc en déduire que notre ami Henry savait d'où elle venait. Deux de ses filles avaient déjà filé, il a sans doute pris le temps de demander d'où elles étaient originaires. T'avais raison, dit Ryan après une seconde de réflexion. Il a sans doute supposé qu'elle était morte.

— Qui savait qu'elle était là-bas ?

— Ceux qui l'y ont amenée. Ils n'en ont sûrement pas dit un mot à quiconque.

— Kelly ?

— Je l'ai découvert hier en passant à Hopkins, il était à l'étranger.

— Oh, vraiment ? Où ça ?

— L'infirmière, O'Toole, elle prétend le savoir mais ne pas avoir le droit de le dévoiler. Si t'y piges quelque chose. Il marqua un silence. Revenons à Pittsburgh.

— Apparemment, le père du sergent Meyer est pasteur. Il conseillait la fille et il a raconté à son fils le peu qu'il savait.

Bon. Là-dessus, l'agent en informe son capitaine, par la voie hiérarchique. Le capitaine connaît Frank Allen et le sergent appelle celui-ci pour lui demander qui s'occupe de l'enquête. Frank le rabat sur nous. Meyer n'en a parlé à personne d'autre. Douglas alluma une de ses clopes. Alors la question reste : qui a tuyauté nos amis ?

Question bien normale mais pas particulièrement facile. Désormais, les deux hommes étaient conscients de tenir une ouverture. Enfin, après tout ce temps. Et comme souvent, les choses se produisaient maintenant trop vite pour le processus d'analyse nécessaire à tout débrouiller logiquement.

— Comme nous le pensions depuis le début, ils ont un informateur dans la maison.

— Frank ? demanda Douglas. Il n'a jamais été en rapport avec aucune des affaires. Il n'a même pas accès à l'information dont nos amis auraient besoin. Ce qui était exact. L'affaire Helen Waters avait débuté dans le district ouest avec l'un des jeunes inspecteurs sous les ordres d'Allen mais le chef l'avait presque aussitôt confiée à Ryan et Douglas à cause de la violence des faits. Je suppose qu'on pourrait appeler ça un progrès, Em. Maintenant, nous avons une certitude. Il doit y avoir une fuite à l'intérieur du service.

— Qu'est-ce qu'on a comme autre bonne nouvelle ?

*

La police de l'État ne disposait que de trois hélicoptères, tous trois des Bell Jet Rangers, et elle en était encore à en apprendre le maniement. Arriver à en obtenir un fut loin d'être une sinécure mais le capitaine responsable de la caserne centrale était un officier rassis, à la tête d'un comté calme — cela tenait moins à sa compétence qu'à la nature de la région ; toutefois, dans la police, la hiérarchie s'intéresse d'abord aux résultats, quel que soit le moyen de les obtenir. L'hélicoptère se posa sur le terrain de la caserne à neuf heures moins le quart. Le capitaine Ernest Joy et le brigadier de première classe Freeland attendaient. Ni l'un ni l'autre n'étaient encore montés en hélicoptère et tous deux étaient un peu nerveux en découvrant à quel point l'engin était exigu. Ils avaient toujours l'air minuscules vus de près, et plus encore de l'intérieur. Utilisé avant tout pour des évacuations sanitaires, son équipage comprenait un pilote et un auxiliaire médical, l'un et l'autre agents de la police d'État. Tous deux étaient armés et vêtus d'une combinaison de vol qu'ils jugeaient assortie à leur étui d'épaule et à leurs lunettes d'aviateur. La lecture du formulaire PPV prit au total quatre-vingt-dix secondes, à peu près incompréhensible tant il était débité rapidement. On harnacha les deux rampants et l'hélico décolla. Le pilote décida de ne pas trop les secouer. L'officier était un capitaine, après tout, et nettoyer les dégueulis à l'arrière, c'était d'un chiant !

— Direction ? demanda-t-il par l'interphone.

— Bloodsworth Island, le cimetière, dit le capitaine Joy.

— Roger, répondit le pilote comme tout bon aviateur, et il vira au sud-est en inclinant le nez. Cela ne prit pas longtemps.

Le monde avait un aspect différent vu de haut et la première fois que les gens montent en hélicoptère, leur réaction est toujours la même. Le décollage, ambiance démarrage de grand huit à la foire, est déjà surprenant mais aussitôt après, la fascination commence. Le monde se transformait sous les yeux des deux policiers et c'était comme s'il devenait soudain entièrement compréhensible. Ils voyaient les routes et les fermes s'étaler devant eux comme sur une carte. Freeland le saisit le premier. Connaissant son territoire comme il le connaissait, il nota immédiatement que l'image mentale qu'il s'en faisait était déformée ; son idée de l'agencement réel des choses n'était pas tout à fait exacte. Il n'était qu'à trois cents mètres à peine au-dessus, une distance que sa voiture parcourait en quelques secondes, pourtant sa perspective était nouvelle et il se mit aussitôt à en tirer parti.

— C'est là que je l'ai trouvée, dit-il au capitaine par l'interphone.

— C'est bien loin de notre destination. Tu crois qu'elle a couvert cette distance à pied ?

— Non, mon capitaine. Mais ce n'était pas si loin que cela de l'eau, non ? Trois kilomètres plus loin, peut-être, ils virent le vieil appontement d'une ferme mise en vente, et celui-ci était situé à moins de huit kilomètres de leur destination, à peine deux minutes de vol. La baie de Chesapeake était à présent un large bandeau bleu sous la brume matinale. Au nord-ouest, on distinguait les vastes installations du Centre d'essais en vol de la Marine à Patuxent et l'on voyait des avions au-dessus du terrain — cause de nervosité pour le pilote de l'hélico, inquiet de voir surgir un appareil volant à basse altitude. Dans l'Aéronavale, on aimait raser les pâquerettes.

— Droit devant, lança l'auxiliaire médical en tendant le doigt, au cas où ses passagers ne sauraient pas ce que droit devant voulait dire.

— Sûr que ça a une autre gueule vu d'en haut, observa Freeland, avec dans la voix un émerveillement de petit garçon. Je pêche dans le coin. Depuis la surface, on dirait juste des marécages.

Mais ce n'était plus le cas maintenant. De mille pieds d'altitude, cela ressemblait à un chapelet d'îles au début, reliées par des bandes d'herbe et de vase, mais des îles tout de même. Comme ils approchaient, ces îles révélaient d'abord des formes régulières, vaguement en losange, puis on apercevait le fin tracé des bateaux, recouverts de végétation, entourés d'herbes et de roseaux.

— Bigre, il y en a un paquet, observa le pilote. Il avait rarement volé jusqu'ici et, la plupart du temps, de nuit pour des accidents.

— La Première Guerre mondiale, expliqua le capitaine. Mon père disait que c'étaient des reliques de la Grande Guerre, ceux que les Allemands n'avaient pas coulés.

— Que cherchons-nous au juste ?

— On ne sait pas trop, peut-être un bateau. Nous avons ramassé une droguée, hier, expliqua le capitaine. Elle disait qu'il y avait un labo, là-dedans, et trois cadavres.

— Sans blague ? Un labo de drogue dans ce truc ?

— C'est ce qu'a dit la dame, confirma Freeland, découvrant encore autre chose. Si rébarbative que paraisse la zone vue de la surface, elle était bel et bien sillonnée de chenaux. Sans doute un coin idéal pour la pêche aux crabes. Depuis le pont de son bateau, elle ressemblait à une île unique et massive mais plus depuis l'hélicoptère. N'était-ce pas intéressant ?

— J'ai aperçu un éclat de lumière, par ici. L'auxiliaire

médical indiqua au pilote un point sur la droite. Un reflet sur du verre ou quelque chose comme ça.

— Allons-y voir. Le manche bascula sur la droite et légèrement vers le bas pour faire descendre le Ranger. Ouais, j'ai repéré un canot près de ces trois bâtiments.

— Regardons ça de plus près, ordonna l'auxiliaire médical avec un sourire.

— Sans problème. Ce serait l'occasion de faire un peu de vrai pilotage. Ancien pilote de Huey au 1er régiment de cavalerie, il adorait pouvoir s'amuser avec son appareil. N'importe qui pouvait voler droit en palier, après tout. Il cercla d'abord au-dessus du site, estimant les vents, puis abaissa légèrement le levier de pas collectif, faisant descendre son appareil à deux cents pieds.

— Un six mètres, à vue de nez, dit Freeland, et tous aperçurent l'aussière de nylon blanc qui l'amarrait solidement à l'épave.

— Plus bas, commanda le capitaine. En quelques secondes, ils étaient quinze mètres au-dessus du pont de l'épave. Le bâtiment était vide. Il y avait une glacière à bière et quelques autres affaires entassées à l'arrière mais c'était tout. L'appareil fit une embardée quand deux oiseaux s'envolèrent de la superstructure délabrée. Le pilote avait instinctivement manœuvré pour les éviter. Un volatile aspiré dans la prise d'air du moteur pouvait les transformer en locataires définitifs de ce marécage d'origine humaine.

— Je ne sais pas qui est le proprio, remarqua le pilote dans l'interphone, mais on n'a pas vraiment l'air de l'intéresser. A l'arrière, Freeland mima avec la main trois coups de revolver. Le capitaine acquiesça.

— Je crois bien que t'as raison, Ben. Puis, au pilote : pouvez-vous marquer la position exacte sur une carte ?

— D'accord. Il envisagea la possibilité de descendre encore pour les déposer sur le pont. Sans problème s'ils avaient été dans la Cavalerie, la manœuvre paraissait trop dangereuse vu le contexte. L'auxiliaire médical sortit une carte et y porta les annotations idoines. Vous avez vu ce que vous vouliez ?

— Ouais, demi-tour.

Vingt minutes plus tard, le capitaine Joy était au téléphone.

— Les garde-côtes, Thomas Point.

— Le capitaine Joy, police d'État, à l'appareil. Nous aurions besoin d'un coup de main. Il passa quelques minutes à expliquer la situation.

— Mettons dans les quatre-vingt-dix minutes, lui dit l'adjudant English.

— Impeccable.

*

Kelly appela un Taxi jaune qui vint le prendre à l'entrée du port de plaisance. Sa première étape de la journée était pour une officine de réputation douteuse baptisée *Kolonel Klunker*, où il loua une Volkswagen 59, réglant un mois d'avance, kilométrage illimité.

— Merci, monsieur Aiello, dit le garagiste à un Kelly souriant, qui utilisait les papiers d'un homme qui n'en aurait plus besoin. Il ramena la voiture à la marina et se mit à débarquer tout ce dont il avait besoin. Personne ne lui prêta spécialement attention et, un quart d'heure après, la Coccinelle était repartie.

Kelly profita de l'occasion pour traverser sa zone de chasse et repérer les flux de circulation. Le quartier était agréablement désert ; c'était un coin de la ville qu'il n'avait encore jamais visité, non loin d'un faubourg industriel sinistre, O'Donnell Street, que plus personne n'habitait et où personne d'ailleurs n'aurait voulu s'installer. L'air était chargé des odeurs de divers produits chimiques, dont aucune n'était franchement agréable. La zone n'était plus aussi active que jadis, bon nombre d'édifices semblaient aujourd'hui à l'abandon. Point plus intéressant, il y avait de larges espaces découverts, la plupart des bâtiments étant séparés par de vastes zones de terre battue utilisées par les camions pour faire demi-tour. Pas de gosses jouant au ballon, pas une seule habitation en vue, et donc pas une seule voiture de police à l'horizon. Un stratagème habile de la part de ses ennemis, estima Kelly, en tout cas sous un certain angle. L'endroit qui l'intéressait était un bâtiment isolé surmonté d'une pancarte à moitié démolie au-dessus de l'entrée. L'arrière était un simple mur aveugle. Il n'y avait que trois portes et, bien que percées sur deux murs différents, elles pouvaient être surveillées d'un point unique. Dans son dos se dressait une autre bâtisse vide, une haute structure en béton truffée de fenêtres brisées. Sa reconnaissance préalable terminée, Kelly se dirigea vers le nord.

*

Oreza se dirigeait vers le sud. Il s'était déjà rendu dans les parages, dans le cadre d'une patrouille de routine, et il se demandait pourquoi les gardes-côtes ne se décidaient pas à installer un poste plus bas sur la rive est, voire près du phare de Cove Point, où se trouvait déjà une station pour les gars qui passaient leurs heures de veille (s'il y en avait) à contrôler que l'ampoule au sommet de la tour n'avait pas sauté. Oreza estimait que le poste n'était pas trop foulant, même s'il devait convenir idéalement à son actuel bénéficiaire. Après tout, sa femme venait de donner le jour à des jumeaux, et les gardes-côtes étaient une branche de l'Armée où l'on avait plutôt l'esprit popote.

Il avait confié la barre à un de ses jeunes matelots, pour profiter de la matinée, et s'était installé à l'extérieur de la timonerie exiguë pour déguster à l'aise son café maison.

— Message radio, annonça un des hommes.

Oreza rentra et saisit le micro.

— Quatre-un Alpha à l'écoute.

— Quatre-un Alpha pour English à la base Thomas. Votre gaillard est amarré à Dame's Choice. Vous y verrez des voitures de flics. Vous comptez arriver quand ?

— Disons vingt vingt-cinq minutes, monsieur E.

— Bien compris. Terminé.

— Barre à gauche, dit Oreza en consultant sa carte. Le fond semblait largement suffisant. Cap un-six-cinq.

— Un-six-cinq, à vos ordres.

*

Bien qu'encore faible, Xantha avait à peu près émergé. Sa peau noire avait une pâleur grisâtre et elle se plaignait d'une migraine que les analgésiques avaient à peine atténuée. Elle savait désormais qu'elle était en état d'arrestation et que son mandat d'arrêt venait d'arriver par télex. Elle était également assez maligne pour avoir réclamé la présence d'un avocat. Curieusement, cela n'avait pas tracassé les flics outre mesure.

— Ma cliente, dit le conseil, désire coopérer. Il n'avait pas fallu dix minutes pour parvenir à un accord. Si elle disait la vérité, et si elle n'était pas impliquée dans un crime majeur, on renoncerait aux poursuites pour détention de drogue, à condition qu'elle accepte de se soumettre à un programme de désintoxication. C'était un marché qui valait bien tous ceux qu'on avait pu proposer à Xantha Matthews depuis des années. L'évidence de la chose apparut immédiatement.

— Ils s'apprêtaient à me tuer ! Tout lui revenait maintenant qu'elle n'était plus sous l'effet des barbituriques et que son avocat lui avait donné l'autorisation de parler.

— Qui ça, « ils » ? demanda le capitaine Joy.

— Sont morts. Il les a tués, l'autre Blanc, il les a descendus. Et il a laissé la drogue, des sacs entiers.

— Parlez-nous de ce Blanc, pressa Joy en adressant à Freeland un coup d'œil qui aurait dû être incrédule mais qui ne l'était pas.

— Un grand mec, comme lui — elle désigna Freeland —, mais le visage tout vert comme une feuille. Il m'a mis un bandeau au moment de m'embarquer, puis il m'a déposée sur ce quai en me disant de prendre un car et de me débrouiller.

— Comment savez-vous qu'il était blanc ?

— Les poignets. Les mains étaient vertes mais pas jusqu'en haut, jusque-là, indiqua-t-elle sur ses propres bras. Il était habillé en vert, avec des rayures, comme un soldat, il portait un calibre .45. J'étais endormie quand il a tiré, même que c'est ce qui m'a réveillée. Il m'a fait m'habiller, m'a emmenée, m'a descendue à bord, et puis le bateau est parti.

— Quel genre de bateau ?

— Grand, blanc, gros, dans les dix mètres de long.

— Xantha, qu'est-ce qui vous fait croire qu'ils allaient vous tuer ?

— C'est ce qu'a dit le Blanc, il m'a montré les trucs dans le bateau, le petit.

— Comment ça ?

— Comme un filet d'pêche, et des blocs de ciment. Même qu'ils lui avaient dit l'avoir déjà fait.

L'avocat décida qu'il était temps d'intervenir.

— Messieurs, ma cliente détient là des informations sur ce qui pourrait bien être une affaire criminelle grave. Elle a besoin de protection et, en échange de sa collaboration, nous aimerions obtenir une aide financière de l'État pour son traitement.

— Maître, répondit calmement Joy, si c'est ce que j'imagine, je suis prêt à la payer de ma poche. Puis-je vous suggérer, en échange, qu'on la garde provisoirement au frais chez nous ? Dans l'intérêt même de sa propre sécurité, qui me semble manifestement en jeu. Le capitaine de la police d'État négociait depuis des années avec des avocats et leur style commençait à déteindre sur lui, estima Freeland.

— Ici, on bouffe de la merde ! s'exclama Xantha, en fermant douloureusement les yeux.

— On vous arrangera ça, également, promit Joy.

— Je crois qu'elle a besoin d'aide médicale, nota l'avocat. Comment peut-elle l'obtenir ici ?

— Le Dr Paige passera l'examiner juste après déjeuner. Maître, votre cliente n'est pas en état de se débrouiller seule. Toutes les charges relevées contre elles sont provisoirement suspendues en attendant qu'on ait vérifié sa déposition. Vous aurez tout ce que vous voudrez, en échange de votre coopération. Je ne peux pas mieux faire.

— Ma cliente accepte vos conditions et vos suggestions, répondit l'avocat sans la consulter. Le comté lui réglerait même ses honoraires. D'ailleurs, il se sentait d'humeur à faire une bonne action. C'était autre chose qu'obtenir la liberté des automobilistes en état d'ivresse.

— Il y a une douche par là. Si elle se débarbouillait un peu ? Vous pouvez peut-être aussi lui procurer des habits décents. Vous nous donnerez la facture.

— C'est un plaisir de traiter avec vous, capitaine Joy, dit-il alors que l'officier sortait avec lui pour monter dans la voiture de Freeland.

— Ben, t'es vraiment tombé sur quelque chose. Et tu t'en

es très bien sorti. Je ne l'oublierai pas. Maintenant, montre-moi ce que cette bête a dans le ventre.

— Accrochez-vous, mon capitaine. Freeland alluma les gyrophares avant de dépasser les cent dix. Ils parvinrent à l'appontement pile comme le garde-côte débouchait de la passe.

*

L'homme portait des galons de lieutenant — bien qu'il se baptisât capitaine — et Oreza le salua lorsqu'il monta à bord. On donna des gilets de sauvetage aux deux policiers, comme l'exigeait le règlement des gardes-côtes sur les bâtiments de petit tonnage, puis Joy lui montra la carte.

— Vous pensez pouvoir nous conduire là-bas ?

— Non, mais notre chaloupe, oui. Qu'est-ce qui se passe ?

— Sans doute un triple homicide, en relation avec une affaire de drogue. Nous avons survolé la zone ce matin. On y a aperçu un bateau de pêche.

Oreza hocha la tête, le plus imperceptiblement possible, et prit lui-même la barre, ramenant les gaz à zéro. Il y avait à peine cinq milles jusqu'au cimetière marin — c'était le nom que lui donnait Oreza — et il calcula son itinéraire d'approche avec le maximum de précaution.

— Pas plus près ? La marée nous porte, observa Freeland.

— C'est le problème. Ce genre d'endroit, on y pénètre à marée basse, comme ça, si on s'échoue, on peut toujours se dégager. A partir d'ici, on va prendre le canot. Des rouages tournaient dans sa tête, tandis que l'équipage larguait la chaloupe de cinq mètres. Plusieurs mois auparavant, lors de cette nuit d'orage avec le lieutenant Charon de Baltimore, pour une livraison de drogue censée se dérouler quelque part dans la baie... *Des clients sérieux*, avait-il dit à Portagee. Oreza se demandait déjà s'il n'y avait pas un rapport.

Ils pénétrèrent dans la zone, propulsés par les dix chevaux du hors-bord. Le maître de manœuvre prit note du jusant, suivant ce qui ressemblait à un chenal dont les méandres étaient orientés dans la direction générale indiquée par la carte. L'endroit était calme et rappelait à Oreza son affectation à l'Opération JOUR DE MARCHÉ, la contribution des garde-côtes à l'effort de guerre de la Marine au Viêt-nam. Il avait côtoyé les pataugeurs en eaux troubles, à la barre de canots Swift sortis des chantiers Trumpy d'Annapolis. C'était tellement similaire, les hautes herbes qui pouvaient (et c'était bien souvent le cas) dissimuler des hommes armés. Il se demanda s'ils n'allaient pas tarder à faire le même genre de rencontre. Les flics tripotaient leurs revolvers et Oreza se demanda, un peu tard, pourquoi il n'avait pas emporté un Colt. Non qu'il sache s'en servir. Sa réflexion suivante fut que Kelly aurait été à l'aise dans un endroit pareil. Il n'arrivait pas trop à cerner le bonhomme mais il le soupçonnait d'appartenir aux SEAL, avec qui il avait brièvement collaboré dans le delta du Mékong. Sûr qu'il avait dû décrocher sa *Navy Cross* pour quelque chose, et son tatouage au bras n'était pas arrivé là par accident.

— Bigre, souffla Oreza. On dirait un Starcraft seize... non, plutôt un dix-huit. Il prit sa radio portative. Quatre-un-Alpha pour Oreza.

— Je vous copie, Portagee.

— On a trouvé le bateau, pile où ils avaient dit. Restez en fréquence.

— Roger.

Soudain, la tension devint palpable. Les deux flics échangèrent un regard, en se demandant pourquoi ils n'avaient pas pris de renforts. Oreza accosta en douceur le Starcraft. Les flics montèrent à bord, avec précaution.

Freeland indiqua l'arrière. Joy acquiesça. Il y avait six blocs de béton et un tronçon roulé de filet de pêche en nylon. Xantha n'avait pas menti à ce sujet. Il y avait également une échelle de corde qui montait. Joy passa le premier, le revolver dans la main droite. Freeland le suivit tandis qu'Oreza se contentait d'observer. Une fois sur le pont, les hommes saisirent à deux mains leur arme de service et se dirigèrent vers la superstructure, pour disparaître durant ce qui parut une heure mais ne représentait en vérité que quatre minutes. Quelques oiseaux s'égaillèrent. Quand Joy revint, son revolver était invisible.

— Nous avons trois cadavres là-haut, et une sacrée quantité d'héroïne, selon toute vraisemblance. Appelez votre vedette, dites-leur de prévenir ma caserne que nous aurons besoin des gars du labo. Matelot, vous venez d'inaugurer un service de ferry.

— Monsieur, le service des pêches dispose de bateaux plus adaptés. Vous voulez que je les appelle en renfort ?

— Bonne idée. Vous pourriez peut-être sillonner la zone. Les eaux sont relativement limpides et elle nous a dit qu'ils avaient jeté plusieurs corps dans les parages. Vous voyez ce matériel dans le bateau de pêche ? Oreza regarda et nota pour la première fois le filet et les gueuses en béton.

Bon Dieu.

— C'est leur méthode. D'accord, je fais un tour dans le coin. Il repartit aussitôt, après avoir lancé son appel radio.

*

— Salut, Sandy.

— John ! Où êtes-vous ?

— Chez moi, en ville.

— Il y a un policier qui est passé nous voir, hier. On vous recherche.

— Oh ? Kelly plissa les paupières tout en mordant dans son sandwich.

— Il a dit que vous feriez bien de venir lui parler, que ça serait mieux si vous le faisiez tout de suite.

— C'est sympa de sa part, observa Kelly en étouffant un rire.

— Qu'est-ce que vous allez faire ?

— Vaut mieux pas que vous le sachiez, Sandy.

— Sûr ?

— Oui, sûr.

— Je vous en prie, John. Réfléchissez bien.

— Je l'ai fait, Sandy. Véridique. Tout se passera bien. Merci pour le tuyau.

— Un problème ? demanda une collègue infirmière après qu'elle eut raccroché.

— Non, répondit Sandy et son amie sut que c'était un mensonge.

*

Hmmm. Kelly termina son coca. Voilà qui confirmait ses soupçons sur la petite visite d'Oreza. Les choses se compliquaient donc, mais elles n'étaient déjà pas simples la semaine précédente. Il sortit de la chambre, presque en même temps qu'on frappait à la porte. La surprise était plutôt désagréable mais il fallait bien qu'il réponde. Il avait ouvert les fenêtres pour aérer l'appartement et il était évident qu'il y avait quelqu'un à l'intérieur. Il inspira un grand coup et ouvrit.

— J'me demandais où vous étiez passé, monsieur Murphy.

A son grand soulagement, Kelly reconnut le gérant.

— Ma foi, deux semaines de boulot dans le Midwest et une semaine de vacances dans le Sud, en Floride, mentit-il avec un sourire détendu.

— Vous n'avez pas beaucoup bronzé.

Sourire embarrassé.

— J'suis quasiment pas sorti. Le gérant parut se satisfaire de l'explication.

— A la bonne heure, je voulais juste savoir si tout se passait bien.

— Pas de problème, lui assura Kelly en refermant la porte avant que l'autre ne puisse lui poser une autre question. Il avait besoin de faire un somme. C'était à croire qu'il travaillait toujours de nuit. L'impression de se retrouver à l'autre bout du monde, se dit-il en s'effondrant sur son lit défoncé.

*

Il faisait torride, au zoo. Ils auraient mieux fait de fixer leur rendez-vous au pavillon des pandas. Il y avait une foule de gens venus s'extasier devant ce merveilleux cadeau d'amitié de la République populaire de Chine — les communistes chinois, pour Ritter. Le bâtiment était climatisé et confortable mais les agents de renseignement se sentaient en général mal à l'aise dans ce genre d'endroits, aussi se promenait-il aujourd'hui dans les allées de l'enclos remarquablement vaste réservé aux tortues des Galapagos — des tortues de mer, même si Ritter ignorait la différence avec leurs congénères terrestres, s'il y en avait une. Il ne savait pas non plus pourquoi elles avaient besoin d'autant d'espace. Cela lui paraissait bien luxueux pour une créature qui évoluait à peu près à la vitesse d'un glacier.

— Salut, Bob. « Charles » était désormais un subterfuge superflu, même si Volochine avait pris l'initiative de l'appel — directement au bureau de Ritter, histoire de montrer son habileté. Cela marchait dans les deux sens dans le renseignement. Lorsque c'étaient les Américains qui appelaient, le nom de code était « Bill ».

— Salut, Serguéï. Ritter indiqua les reptiles. Ça ne vous évoque pas la façon de travailler de notre gouvernement ?

— Pas dans ma branche. Le Russe sirota son coca. Ni dans la vôtre.

— Bien, que dit Moscou ?

— Vous avez omis de me préciser un détail.

— Lequel ?

— Que vous déteniez également un officier vietnamien.

— En quoi cela devrait-il vous concerner ? demanda Ritter d'une voix légère, dissimulant à l'évidence sa contrariété d'avoir découvert que Volochine le savait, comme put le constater son interlocuteur.

— C'est une complication. Moscou n'est pas encore au courant.

— Alors, ne leur dites rien, suggéra Ritter, mettant un terme à la discussion. Cette phase de la partie devait être jouée avec une prudence extrême et ce, pour plusieurs raisons. Écoutez, général, vous n'aimez pas plus que nous ces petits salopards, exact ?

— Ce sont nos fraternels alliés socialistes.

— Oui, et dans le même ordre d'idées, nous sommes le rempart de la démocratie dans toute l'Amérique latine. Vous êtes venu me donner un cours accéléré de philosophie politique ?

— Ce qu'il y a d'agréable avec les ennemis, c'est qu'on connaît leurs positions. Ce n'est pas toujours le cas des amis, admit Volochine. Cela expliquait également pourquoi son gouvernement se sentait à l'aise avec l'actuel président américain. Un salaud, peut-être, mais un salaud connu. Et non, admit Volochine — sans l'avouer —, les Vietnamiens ne leur servaient pas à grand-chose. L'important se passait en Europe.

De tout temps, il en avait été ainsi. Et cela continuerait. C'était là que se jouait depuis des siècles le cours de l'histoire, on n'y changerait rien.

— Appelez ça un rapport non confirmé, et essayez de voir ce que cela donne. Quel est le délai ? Je vous en conjure, général, les enjeux sont trop graves pour jouer à ça. Si jamais il arrive quoi que ce soit à ces hommes, je vous le promets, nous exhiberons votre officier. Le Pentagone est au courant, Sergueï, et ils veulent voir revenir ces hommes ; la *détente*, ils se la mettent au cul. La grossièreté de l'expression traduisait les sentiments réels de Ritter.

— Et vous ? Et votre conseil d'administration ?

— Sûr que ça rendrait l'existence bien plus prévisible. Où étiez-vous en 62, Sergueï ? demanda Ritter — connaissant la réponse et se demandant ce qu'il dirait.

— A Berlin, comme vous le savez, à regarder nos forces mises en état d'alerte parce que Nikita Sergueïevitch avait décidé de se lancer dans ce jeu stupide. Malgré l'avis contraire du KGB et des Affaires étrangères, comme ils le savaient tous les deux.

— Nous ne serons jamais amis mais même des ennemis peuvent se mettre d'accord sur la règle du jeu. N'est-ce pas tout le fond du problème actuel ?

Un esprit judicieux, songea Volochine, ce qui ne lui déplut pas. Cela rendait son comportement prévisible et c'était ce que les Russes recherchaient par-dessus tout chez les Américains.

— Vous êtes persuasif, Bob. Vous m'assurez que nos alliés ignorent que leur homme a disparu ?

— Affirmatif. Et ma proposition de rencontrer le vôtre tient toujours, ajouta-t-il.

— Sans exigence réciproque ? hasarda Volochine.

— Pour ça, j'aurai besoin du feu vert de ma hiérarchie. Je peux tenter le coup si vous me le demandez, mais cela risque également de compliquer les choses. Il jeta son gobelet vide dans une poubelle.

— Je pose la question. Volochine désirait que ce soit clair

— Bon d'accord. Je vous appellerai. Et en échange ?

— En échange, j'examinerai votre requête.

Volochine s'éloigna sans un mot de plus.

Gagné ! se dit Ritter, en retournant vers l'endroit où il avait garé sa voiture. Il avait joué un jeu prudent mais inventif. Trois personnes pouvaient être à l'origine des fuites pour VERT BUIS. Il avait rendu visite aux trois. A la première, il avait annoncé qu'ils avaient extrait un prisonnier, qui était mort de ses blessures. A une autre, que le Russe était grièvement blessé et ne survivrait peut-être pas. Mais Ritter avait gardé son plus bel appât pour la fuite la plus probable. Maintenant, il savait. Cela réduisait le champ à quatre suspects. Roger MacKenzie, cet assistant conseiller pédagogique, et deux secrétaires. C'était en réalité un boulot pour le FBI mais il ne voulait pas de complications supplémentaires, et une enquête pour espionnage au niveau de la Présidence des États-Unis était ce qu'on pouvait imaginer de plus compliqué. Remonté en voiture, Ritter décida de rencontrer un ami à la Direction des sciences et de la technologie. Ritter avait énormément de respect pour Volochine. En homme intelligent, fort prudent et méthodique, il avait dirigé ses agents dans toute l'Europe occidentale avant de se voir assigner la *rezidentura* de Washington. Il avait tenu parole et, pour être sûr de ne pas se créer de problème, il avait pris soin de toujours suivre scrupuleusement les règles de sa maison mère. Ritter jouait gros là-dessus. Qu'il tire son épingle du jeu sur ce coup-ci, en plus de celui qui était en cours, et quels sommets ne pourrait-il pas atteindre ? Mieux encore, son ascension, il l'avait méritée, lui qui n'était pas du sérail mais le fils d'un agent de la police montée du Texas qui avait dû travailler comme serveur pour payer ses études à Baylor. Un destin que Serguei aurait apprécié, dans la bonne tradition marxiste-léniniste, se dit Ritter en s'engageant dans Connecticut Avenue. Le fils de prolétaire qui réussit.

*

C'était une manière incongrue de recueillir des informations, un coup qu'il n'avait encore jamais tenté, mais assez agréable pour qu'il finisse par s'y accoutumer. Installé dans une alcôve d'angle chez Mama Maria, il faisait traîner son second plat — non merci, pas de vin, je conduis. Vêtu de son costume CIA, impeccable avec sa coupe de cheveux rafraîchie, il appréciait les regards de quelques femmes seules et d'une serveuse qui avait littéralement jeté son dévolu sur lui, surtout à cause de ses bonnes manières. L'excellence de la chère expliquait la salle bondée, et la foule expliquait pourquoi c'était l'endroit idéal pour une rencontre entre Tony Piaggi et Henry Tucker. Mike Aiello avait été fort loquace à ce sujet. Le Mama Maria était en fait la propriété des Piaggi qui depuis maintenant trois générations nourrissaient la communauté locale et lui fournissaient d'autres services, moins légaux, une tradition qui remontait à la Prohibition. Le patron était un bon vivant, accueillant en personne les bons clients, les guidant jusqu'à leur table avec une hospitalité surannée. Et tiré à quatre épingles, nota Kelly, en s'imprégnant de son visage, sa carrure, ses gestes et ses tics, tout en dégustant son plat de calmars. Un Noir entra dans la salle, vêtu d'un costume de bonne coupe. Il avait l'air d'un habitué, souriant à l'hôtesse et attendant quelques secondes sa récompense — et celle de Kelly.

Piaggi leva les yeux et se dirigea vers l'entrée, ne s'arrêtant que brièvement pour serrer la main de l'une ou l'autre connaissance. Il fit de même avec le Noir puis, repassant avec lui devant la table de Kelly, il le conduisit vers l'escalier du fond qui menait à ses appartements privés. Personne n'avait rien remarqué. Il y avait d'autres couples de Noirs dans le restaurant, qui n'avaient pas droit à un traitement de faveur. Mais ceux-là travaillaient honnêtement, Kelly en était sûr. Il revint à ses préoccupations du moment. *C'est donc lui, Henry Tucker. Celui qui a tué Pam.* Il n'avait pas l'air d'un monstre. Comme c'est souvent le cas avec les monstres. Pour Kelly, il n'était qu'une cible, et ses traits caractéristiques se gravèrent dans sa mémoire, à côté de ceux de Tony Piaggi. Il baissa les yeux et découvrit avec surprise que la fourchette dans sa main était tordue.

*

— Quel est le problème ? demanda Piaggi, à l'étage. Il servit à chacun un verre de chianti, en hôte qui se respecte, mais sitôt qu'il eut refermé la porte, les traits d'Henry devinrent éloquents.

— Ils ne sont pas revenus.

— Phil, Mike et Burt ?

— Oui ! aboya Henry. Comprendre : *non*.

— Bon, explique voir. Quelle quantité avaient-ils ?

— Vingt kilos de pure, mec. Normalement de quoi couvrir mes besoins, plus ceux de Philly et de New York pour un bout de temps.

— Ça fait un sacré paquet, Henry, reconnut Tony. Peut-être que ça leur a pris du temps, d'accord ?

— Ils devraient être déjà là.

— Écoute, Phil et Mike sont des *nouveaux*, sans doute un peu empotés, comme on l'était, Eddie et moi, la première fois — merde, Henry, et il n'y en avait que cinq kilos, tu te souviens ?

— J'en ai tenu compte, dit-il en se demandant s'il s'était trompé ou non.

— Henry, dit Tony en buvant une gorgée de vin. Il essayait de se montrer calme et raisonnable. Écoute-moi, d'accord ? Pourquoi t'excites-tu de la sorte ? On a réglé tous nos problèmes, d'accord ?

— Il y a un truc qui déconne, mec.

— Quoi donc ?

— J'en sais rien.

— Tu veux prendre un bateau et descendre vérifier ?

Tucker fit non de la tête.

— Trop long.

— Le rendez-vous avec l'autre mec n'est pas avant trois jours. Calme-toi. Ils sont probablement en route, à l'heure qu'il est.

Piaggi crut saisir l'origine de la trouille soudaine de Tucker. A présent, on ne rigolait plus. Vingt kilos d'héroïne pure, ça faisait une énorme quantité de doses à la revente, et la distribuer ainsi, déjà diluée et empaquetée, était suffisamment pratique pour que les clients soient prêts, pour la première fois, à payer rubis sur l'ongle. C'était réellement le gros coup que Tucker cherchait à décrocher depuis des années. Le seul fait d'avoir réuni la somme pour une telle quantité était déjà une prouesse. On pouvait comprendre sa nervosité.

— Tony, et si ce n'était pas Eddie, en définitive ?

Exaspération de Piaggi.

— C'est toi qui as dit que ça ne pouvait être que lui, tu te souviens ?

Mieux valait ne pas continuer sur cette voie. Tucker avait surtout cherché un prétexte pour éliminer ce bonhomme qu'il jugeait une complication inutile. Tony avait décelé en partie la raison de son anxiété, mais il y avait autre chose. Tout ce qui s'était produit un peu plus tôt dans l'été, tout ce qui s'était déclenché sans raison, et s'était arrêté également sans raison — pour lui c'était l'œuvre de Tony Morello. Il avait réussi à s'en convaincre, mais uniquement parce qu'il avait envie d'y croire. Quelque part, la petite voix qui l'avait amené si loin lui avait soufflé autre chose, et cette voix était de retour, et il n'avait plus sous la main un Eddie pour servir d'exutoire à son angoisse et sa colère. En homme réaliste qui avait jusqu'ici réussi à faire son trou grâce à une alchimie complexe de cerveau, de tripes et d'instinct, c'était en cette dernière qualité qu'il se fiait le plus. Et son instinct lui disait maintenant des trucs qu'il n'arrivait pas à comprendre, qu'il n'arrivait pas à démêler. Tony avait raison. Ce n'était peut-être qu'une simple question de maladresse dans le boulot. C'était une des raisons pour lesquelles ils avaient décidé de rapatrier leur labo dans les faubourgs est de Baltimore. Ils pouvaient se le permettre, dorénavant, avec l'expérience qu'ils avaient derrière eux et la solide couverture qu'ils auraient dès la semaine prochaine. Alors il but son vin et décida de se calmer, l'alcool de la boisson capiteuse apaisant son instinct écorché.

— Laisse-leur jusqu'à demain.

*

— Alors, ça ressemblait à quoi ? demanda l'homme à la barre. A une heure de route au nord de Bloodsworth Island, il estima avoir patienté suffisamment pour interroger le maître de manœuvre, toujours silencieux à ses côtés. Après tout, ils étaient tous restés là à attendre que ça se passe.

— Ils ont donné un mec à bouffer à ces saletés de crabes, leur expliqua Oreza. Ils ont pris peut-être deux mètres carrés de filet, l'ont lesté avec des blocs de ciment, et l'ont simplement balancé à la flotte — merde, il reste quasiment plus que les os ! Les gars du labo étaient sans doute encore en train de discuter du meilleur moyen de récupérer le corps. Oreza était certain que c'était un spectacle qu'il mettrait des années à oublier, ce crâne qui gisait là, ce squelette encore habillé, bougeant encore au gré des courants... ou peut-être des crabes restés à l'intérieur. Il avait préféré ne pas y regarder de trop près.

— Sale affaire, chef, reconnut le timonier.

— Et tu sais qui c'est ? lança Oreza.

— Comment ça, Portagee ?

— En mai, quand on avait ce type, Charon, à bord — le petit dériveur avec sa grand-voile rayée... voilà qui c'était, j'veux bien te le parier.

— Mouais. S'pourrait bien que vous ayez raison, chef.

Ils l'avaient laissé profiter de tout le spectacle, courtoisie dont, rétrospectivement, il se serait bien passé mais qui sur le coup, avait été impossible à éviter. Pas question de se défiler devant des flics, alors qu'il en était un lui aussi, dans son genre. Alors, il avait escaladé l'échelle après avoir signalé le corps qu'il avait trouvé à cinquante mètres à peine de l'épave et il en avait découvert trois autres, tous étendus à plat ventre sur le pont de ce qui avait été probablement le carré du navire de transport. Tous les trois abattus d'une balle dans la nuque, et dont les blessures avaient été attaquées par les oiseaux. Lorsqu'il en avait pris conscience, il avait failli perdre ses moyens. Les oiseaux avaient quand même eu la présence d'esprit de ne pas toucher à la drogue.

— Vous savez que ça va chercher dans les vingt kilos — quarante livres de merde — en tout cas, c'est ce qu'ont dit les flics. Il y en a pour des millions, annonça Oreza.

— J'ai toujours dit que j'aurais dû faire un autre boulot.

— Putain, on aurait dit que ça les faisait bander, tous ces flics, surtout le capitaine. J'ai bien l'impression qu'ils sont partis pour y passer la nuit.

*

— Eh, Wally ?

La bande était noyée dans les grésillements. C'était dû à la vétusté des lignes téléphoniques, expliqua le technicien. Il ne pouvait rien y faire. Le boîtier de répartition de l'immeuble datait du temps où Alexander Graham Bell fabriquait encore des appareils acoustiques.

— Ouais, qu'est-ce que c'est ? répondit la voix quelque peu inégale.

— Le marché qu'ils ont passé avec l'officier vietnamien. T'en es sûr ?

— C'est ce que m'a dit Roger. *Gagné !* pensa Ritter.

— Où le détiennent-ils ?

— Selon moi, à Winchester, avec le Russe.

— T'en es sûr ?

— Fichtre oui. Ça m'a même surpris, d'ailleurs.

— Je voulais m'en assurer avant de... enfin, tu sais quoi.

— Sûr, mec.

Sur ces mots, la communication fut coupée.

— Qui est-ce ? demanda Greer.

— Walter Hicks. Les meilleures écoles, James : Andover et Brown. Le père est un gros banquier d'affaires qui a su tirer les ficelles politiques convenables, et regardez-moi où ça a mené le petit Wally. Ritter crispa le poing. Vous voulez savoir la raison pour laquelle ces gars se trouvent toujours à VERT-DE-GRIS ? La voilà, mon ami.

— Alors, qu'est-ce que vous comptez faire ?

— Je n'en sais rien. *Mais ce ne sera pas légal.* La bande ne l'était pas. L'écoute avait été placée en dehors de toute décision judiciaire.

Greer le mit en garde :

— Réfléchissez bien, Bob. J'étais là, moi aussi, n'oubliez pas.

— Et si Serguéï n'y arrive pas assez vite ? Alors l'autre petit saligaud s'en tire en massacrant vingt hommes !

— Ça ne me plaît pas trop non plus.

— Moi, ça ne me plaît pas du tout !

— La trahison est toujours un crime capital, Bob.

Ritter leva les yeux.

— Il paraît.

*

300

Encore une longue journée. Oreza se surprit à envier le collègue responsable du phare de Cove Point. Au moins avait-il tout le temps sa famille auprès de lui. Ici, Oreza était avec la plus belle poule de la classe et c'est à peine s'il avait le temps de la voir. Peut-être qu'il accepterait ce poste d'instructeur à New London, après tout, histoire d'avoir un semblant de vie de famille pendant un an ou deux. Cela voulait dire côtoyer des gamins qui deviendraient un jour des officiers, mais au moins apprendraient-ils correctement leur métier de marin.

Dans l'ensemble, il était seul avec ses pensées. Son équipage était allé se pieuter au dortoir, et il aurait dû les imiter, mais les images le hantaient. L'homme-crabe, et les trois mangeoires à oiseaux allaient lui ôter le sommeil pour des heures, à moins qu'il n'arrive à les évacuer de sa conscience... et il avait une excuse, non ? Oreza fourragea autour de son bureau et retrouva la carte.

— Allô ?

— Lieutenant Charon ? C'est le maître de manœuvre de première classe Oreza, à Thomas Point.

— Il est un peu tard, vous savez, remarqua Charon qui était sur le point de se coucher.

— Vous vous rappelez, en mai dernier, quand on cherchait ce dériveur ?

— Ouais, pourquoi ?

— Je crois bien qu'on a retrouvé notre homme, monsieur. Oreza crut entendre le déclic des paupières de l'autre.

— Racontez-moi ça.

Ce que fit Portagee, sans rien omettre, et à mesure, il sentit l'horreur le quitter, comme s'il la transmettait par la ligne téléphonique. Il ne savait pas au juste ce qu'il faisait.

— Qui est le capitaine qui s'occupe de cette affaire pour la gendarmerie ?

— Il s'appelle Joy, monsieur. Comté de Somerset. Vous le connaissez ?

— Non.

— Ah, ouais, encore autre chose. Ça revenait à Oreza.

— Dites. Charon prenant des notes sans arrêt.

— Vous connaissez un lieutenant Ryan ?

— Ouais, il travaille en centre-ville, lui aussi.

— Il voulait que je lui surveille un gars, un certain Kelly. Bon sang ! Mais, vous l'avez vu, vous vous souvenez ?

— Comment ça ?

— La nuit où on cherchait ce fameux dériveur, le type dans le yacht à moteur que nous avons croisé juste avant l'aube. Il habite une île, non loin de Bloodsworth. Toujours est-il que ce Ryan veut que je le lui retrouve, d'accord ?... Eh bien, il est revenu, m'sieur, sans doute qu'il est remonté à Baltimore, à l'heure qu'il est. J'ai essayé de prévenir votre collègue, mais il était pas là, et de mon côté, j'ai couru toute la journée. Vous pouvez lui transmettre l'information, s'il vous plaît ?

— Bien sûr, répondit Charon et son cerveau s'était mis à calculer à toute vitesse.

35

Rite de passage

MARK Charon se retrouvait dans une position passablement délicate. Ce n'était pas parce qu'il était un flic
corrompu qu'il était un flic stupide. En fait, il avait un esprit
prudent et analytique et s'il avait commis des erreurs, il en était
conscient. C'était précisément le cas alors que, étendu sur son
lit, il venait de raccrocher le téléphone après sa conversation
avec le garde-côte. Le premier problème était qu'Henry ne
serait pas trop ravi d'apprendre que son labo avait disparu, et
trois de ses hommes avec. Pire encore, il semblait qu'une grosse
quantité de drogue avait été perdue et même pour Henry, les
sources d'approvisionnement n'étaient pas illimitées. Pis que
tout, l'auteur — ou les auteurs — de cette prouesse était non
identifié, avait pris le large et faisait... quoi au juste ?

Il savait qui était Kelly. Il avait même reconstitué les faits
jusqu'à cette coïncidence assez incroyable que Kelly avait été
celui qui avait ramassé Pam Madden dans la rue, par un pur
hasard, le jour même où Angelo Vorano avait été liquidé, et
qu'elle se trouvait en fait à bord de son bateau, à moins de dix
mètres de la vedette des gardes-côtes, au sortir de cette nuit de
tempête vomitive. Et voilà qu'Em Ryan et Tom Douglas
cherchaient à se renseigner sur lui et qu'ils avaient pris
l'incroyable initiative de demander aux gardes-côtes de faire le
boulot pour eux. Pourquoi ? Un interrogatoire de confirmation
avec un témoin ne résidant pas en ville était une question qui se
réglait le plus souvent au téléphone. Em et Tom travaillaient
sur l'affaire de la fontaine, de même que sur toutes celles qui

s'étaient déclenchées au cours des semaines ultérieures. « Un riche plaisancier excentrique », c'est tout ce qu'il avait révélé à Henry, mais les plus fins limiers de la criminelle s'intéressaient à lui, il avait été en relation directe avec l'une des filles qui avaient lâché Henry, il possédait un bateau et il n'habitait pas loin du laboratoire clandestin que ce même Henry avait la stupidité d'utiliser encore. Voilà qui formait une chaîne de coïncidences aussi longue qu'improbable, et rendue d'autant plus troublante que Charon n'était plus un policier enquêtant sur un crime, mais bien lui-même un criminel précisément impliqué dans les crimes sur lesquels on enquêtait.

La découverte fut plutôt rude pour le lieutenant étendu sur son lit. Quelque part, ce n'était pas ainsi qu'il se décrivait. Charon s'était cru en vérité au-dessus de tout ça : observateur, figurant occasionnel, mais certainement pas acteur principal du drame qui se déroulait au-dessous de lui. Après tout, c'était lui qui avait le plus beau palmarès dans la longue histoire de la brigade des stups, couronné par l'élimination d'Eddie Morello, peut-être la plus belle action de toute sa vie professionnelle — doublement plus belle parce qu'il avait éliminé un authentique trafiquant, grâce à un meurtre prémédité commis devant pas moins de six autres officiers de police et aussitôt maquillé en acte de légitime défense, ce qui lui avait valu un congé payé en sus du contrat que lui avait réglé Henry. En quelque sorte, cela lui avait fait l'effet d'un jeu particulièrement distrayant, et finalement pas si éloigné du boulot pour lequel le payaient les citoyens de cette ville. Les hommes se nourrissaient de leurs illusions, et Charon n'était pas différent des autres. Ce n'était pas tant parce qu'il s'était persuadé que ce qu'il faisait était bien, que parce qu'il avait pris à cœur les tuyaux à lui fournis par Henry au point d'éliminer lui-même tous les rivaux susceptibles d'entraver le petit commerce de ce dernier. Étant en mesure de contrôler qui enquêtait sur quoi parmi ses hommes, il avait fini par offrir l'ensemble du marché local au seul fournisseur sur lequel ses dossiers restaient vierges d'informations. Cela avait permis à Henry d'étendre son réseau, attirant par là même l'attention de Tony Piaggi et de ses relations personnelles sur la côte Est. Sous peu, et il en avait averti Henry, il allait être obligé de laisser ses hommes écorner les franges de son réseau. Henry l'avait compris, sans aucun doute après avoir pris conseil auprès de Piaggi, homme assez raffiné pour saisir les points les plus délicats de la partie en cours.

Mais quelqu'un avait balancé une allumette dans ce mélange hautement volatil. Les informations qu'il détenait n'allaient que dans un sens, mais pas assez loin. Il lui fallait donc creuser ça, pas vrai ? Charon réfléchit quelques secondes et décrocha son téléphone. Il lui fallut trois coups de fil pour obtenir le bon numéro.

— Police d'État.

— J'essaye de joindre le capitaine Joy. De la part du lieutenant Charon, de la police municipale de Baltimore.

— Vous avez de la veine, lieutenant. Il rentre à l'instant. Ne quittez pas, je vous prie. La voix qui prit le relais était lasse.

— Capitaine Joy.

— Bonjour, ici le lieutenant Charon, Mark Charon, police municipale. Je travaille aux stups. J'ai appris que vous aviez effectué une grosse prise.

— Ça, vous pouvez le dire. Charon entendit l'homme se laisser tomber dans son fauteuil avec un mélange de satisfaction et de lassitude.

— Pourriez-vous me faire un rapide topo ? J'aurais peut-être certaines informations sur cette affaire, de mon côté.

— Qui vous en a parlé, d'abord ?

— Ce garde-côte qui vous a piloté — Oreza. J'ai bossé avec lui sur deux ou trois coups. Vous vous souvenez de cette grosse prise de marihuana, dans la ferme du comté de Talbot ?

— C'était vous ? J'ai l'impression que les côtiers s'en sont attribué le mérite exclusif.

— J'ai été bien obligé, pour protéger mon indicateur. Écoutez, vous pouvez toujours les appeler si vous voulez une confirmation. Je vous donnerai leur numéro de téléphone, le chef de station s'appelle Paul English.

— C'est bon, Charon, vous m'avez convaincu.

— En mai dernier, j'ai passé une journée et une nuit entières en leur compagnie, à chercher un gars qui avait disparu sous notre nez. On ne l'a jamais retrouvé, on n'a jamais retrouvé son bateau. Oreza dit que...

— L'homme-crabe, dit Joy dans un souffle. Quelqu'un l'a balancé à la flotte, et on dirait qu'il y est depuis un bout de temps. Vous avez des trucs à me dire sur lui ?

— Il s'appelle probablement Angelo Vorano. Il vivait dans le coin ; un dealer à la petite semaine qui cherchait à décrocher le filon. Charon donna son signalement.

— La taille semble correspondre. On va quand même vérifier la formule dentaire pour confirmer l'identité. Parfait, ça devrait nous aider, lieutenant. Que voulez-vous en échange ?

— Que pouvez-vous me dire ? Charon passa plusieurs minutes à prendre des notes. Et qu'est-ce que vous comptez faire de Xantha ?

— On la garde comme témoin, avec la bénédiction de son avocat, soit dit en passant. Nous voulons protéger cette fille. Il semblerait qu'on soit tombés sur une sacrée bande de salopards.

— Je veux bien le croire, répondit Charon. D'accord, donnez-moi le temps de voir ce que je peux vous obtenir de mon côté.

— Merci de votre assistance.

— Bon Dieu, dit Charon après avoir raccroché. *Un Blanc... avec un grand bateau blanc.* Burt et les deux gars que Tony avait visiblement désignés pour le seconder, abattus chacun d'une balle de .45 dans la nuque. Les meurtres aux allures d'exécution n'étaient pas encore en vogue dans le milieu de la drogue, et le sang-froid dont ils témoignaient lui flanquait la chair de poule. Mais c'était moins du sang-froid que de l'efficacité, non ? Comme les revendeurs. Comme l'affaire sur laquelle Em et Tom travaillaient, et ils voulaient avoir des renseignements sur ce fameux Kelly, et c'était un Blanc avec un gros bateau blanc qui vivait non loin du labo. Ça faisait un peu trop de coïncidences.

La seule bonne nouvelle, en fait, était qu'il pouvait appeler Henry en toute impunité. Il connaissait toutes les écoutes téléphoniques du secteur en rapport avec les stupéfiants, et aucune ne visait le réseau de Tucker.

— Ouais ?

— Burt et ses potes sont morts, annonça Charon.

— C'est quoi, c't'histoire ? dit une voix soudain parfaitement réveillée.

— Tu m'as très bien entendu. La police d'État de Somerset a emballé les corps. Angelo également, enfin, ce qu'il en reste. Le labo n'existe plus, Henry. La drogue a disparu, et ils détiennent Xantha. Tout cela lui procurait à vrai dire une certaine satisfaction. Charon était encore suffisamment flic pour ne pas s'apitoyer du démantèlement d'un réseau criminel.

— Bordel, mais qu'est-ce qui se passe ? s'enquit une voix criarde.

— Ça, je crois que je peux aussi te l'expliquer. Il faut qu'on se voie.

*

Kelly jeta un nouveau coup d'œil à son perchoir, derrière le volant de sa Coccinelle de location, avant de retourner à son appartement. Il était fatigué, quoique rassasié par ce dîner succulent. Sa sieste de l'après-midi lui avait suffi pour tenir le coup après une longue journée, mais la raison principale de cette sortie était d'évacuer sa colère, et conduire l'y aidait le plus souvent. Il avait vu l'homme, désormais. Celui qui avait achevé Pamela, avec un lacet. Cela aurait été si facile de lui régler son compte tout de suite. Kelly n'avait jamais tué personne à mains nues, mais il savait comment procéder. Tout un tas de spécialistes avaient passé un temps considérable à Coronado, Californie, à lui enseigner les finesses de la technique, au point que, chaque fois qu'il croisait quelqu'un, il plaquait sur sa silhouette une sorte de feuille de papier millimétré, tel endroit pour tel geste, tel endroit pour tel autre — et se rendre compte qu'il savait s'y prendre, oui, ça valait le coup. Ça valait de courir le danger, ça valait d'en assumer les conséquences... mais ce n'était pas pour autant une raison de s'y livrer, de même que prendre des risques ne signifiait pas être casse-cou. C'était le revers de la médaille.

Mais il voyait maintenant le bout du tunnel, et il fallait commencer à envisager la suite. Il devrait même redoubler de précaution. Donc les flics connaissaient son identité mais il était sûr que ça se limitait à ça. Même si la fille, cette Xantha, se décidait un jour à leur parler, elle n'avait jamais vu ses traits — la peinture de camouflage était faite pour ça. En gros, le seul danger était qu'elle ait noté le numéro d'immatriculation de son bateau au moment où il s'éloignait du quai où il l'avait débarquée, mais c'était peu probable. Faute de preuve matérielle, ils se retrouveraient les mains vides devant un tribunal. Donc, ils savaient qu'il détestait certains individus — à la bonne heure. Ils pouvaient même connaître la teneur de son entraînement — parfait. La partie qu'il jouait suivait un certain nombre de règles. La leur en avait d'autres. Tout bien pesé, elles jouaient plutôt en sa faveur.

Il examina les lieux depuis sa voiture, pour estimer les angles et les distances, esquisser déjà un plan et envisager diverses variantes. Ils avaient choisi un quartier peu fréquenté par les patrouilles de police et doté de vastes espaces vides. Personne ne pouvait s'approcher de leur planque sans se faire aisément repérer... et leur laisser sans doute le temps de détruire si nécessaire toute trace compromettante. C'était une façon logique d'aborder leur problème tactique, à un détail près. Ils n'avaient pas envisagé un ensemble de règles tactiques différentes.

Pas mon problème, se dit Kelly en démarrant pour rejoindre son appartement.

*

— Dieu Tout-puissant... Roger MacKenzie pâlit et fut pris d'une nausée soudaine. Ils prenaient le petit déjeuner sous la véranda de sa maison au nord-ouest de Washington. Son épouse et sa fille étaient allées faire des courses à New York pour la rentrée. Ritter avait débarqué à l'improviste à dix-huit heures quinze, complet strict et mine résolue, note discordante dans l'agréable fraîcheur de la brise matinale. *Je connais son père depuis trente ans.*

Ritter but une gorgée de son jus d'orange, même si l'acidité ne faisait pas non plus franchement du bien à son estomac. C'était une trahison de la pire espèce. Hicks avait su pertinemment qu'elle nuirait à des concitoyens, dont au moins un qu'il connaissait de nom. Ritter s'était déjà fait son opinion là-dessus mais il fallait laisser à Roger le temps de radoter.

— Nous avons fait Randolph ensemble, nous étions dans le même Groupe de bombardement, poursuivait MacKenzie. Ritter décida de le laisser tout déballer, même si cela risquait de prendre un bout de temps. On a fait des trucs ensemble... conclut l'homme en regardant son petit déjeuner intact.

— Je ne peux pas vous reprocher de l'avoir pris dans votre service, Roger, mais le garçon est coupable d'espionnage.

— Que voulez-vous faire ?

— L'espionnage est un crime, Roger, souligna Ritter.

— Je dois partir bientôt. Ils me veulent dans leur équipe pour la réélection, je devrais m'occuper de tout le Nord-Est.

— Si tôt ?

— Jeff Hicks dirigera la campagne dans le Massachusetts, Bob. Je travaillerai directement avec lui. MacKenzie regarda de l'autre côté de la table. Il s'exprimait par phrases courtes, presque sans suite. Bob, une enquête pour espionnage dans notre service — ça pourrait tout foutre en l'air. Si ce que nous avons fait — si votre... opération était dévoilée au public — je veux dire, son déroulement et les circonstances de son échec...

— Je suis désolé, Roger, mais ce petit salopard a trahi sa patrie.

— Je pourrais lui retirer son visa de sécurité, le flanquer dehors...

— Pas suffisant, observa Ritter, glacial. Des gens risquent de mourir par sa faute. Il ne s'en tirera sûrement pas comme ça.

— On pourrait vous ordonner de...

— De faire obstacle à la justice, Roger ? observa Ritter. Parce qu'il s'agit de ça. C'est un crime.

— Cette écoute était illégale.

— Enquête relevant de la sécurité de l'État — nous sommes en guerre, au cas où vous l'auriez oublié — les règles sont légèrement différentes et d'ailleurs, la seule chose à faire est de les lui repasser et il craquera aussitôt. Ritter en était certain.

— Et courir le risque d'abattre le Président ? Maintenant ? En ce moment ? Croyez-vous que ça servira notre pays ?

Vous avez songé à nos relations avec les Russes ? Le moment est *crucial*, Bob. *Certes, mais ne l'est-il pas toujours ?* C'est ce que Ritter avait envie d'ajouter mais il se retint.

— Enfin, j'étais venu vous voir pour prendre un conseil, dit Ritter, qu'il finit par obtenir, d'une certaine façon.

— Nous ne pouvons nous permettre une enquête qui déboucherait sur un procès public. Politiquement, c'est inacceptable. MacKenzie espérait que ce serait suffisant.

Ritter acquiesça et se leva. Le retour à son bureau à Langley n'était pas aussi confortable que prévu. Même s'il était agréable d'avoir les coudées franches, il se retrouvait confronté à une situation qu'il ne voulait pas, si désirable soit-elle, voir se muer en habitude. La première chose à faire était de supprimer l'écoute. Au plus vite.

*

Après tout ce qui était arrivé, ce fut le journal qui annonça le premier la nouvelle. Le titre, sur quatre colonnes à la une, annonçait un triple meurtre lié à une affaire de drogue dans le comté tranquille de Somerset. Ryan dévora l'article, en oubliant de lire la page des sports qui occupait d'habitude un quart d'heure de son train-train matinal.

Ce ne peut être que lui, se dit le lieutenant. *Qui d'autre laisserait derrière lui « une importante quantité de drogue », en plus de trois cadavres ?* Il quitta la maison quarante minutes plus tôt ce matin-là, à l'étonnement de son épouse.

*

— Mme O'Toole ? Sandy venait tout juste d'achever sa première tournée de la matinée et elle était en train de remplir des papiers quand le téléphone sonna.

— Oui ?

— James Greer à l'appareil. Vous avez eu affaire à ma secrétaire, Barbara, je crois.

— Oui, tout à fait. Puis-je vous être utile ?

— Cela me gêne de vous déranger mais nous cherchons à mettre la main sur John. Il n'est pas chez lui.

— Non, je crois qu'il est en ville, mais je ne sais pas où exactement.

— Si vous avez de ses nouvelles, pouvez-vous lui demander de m'appeler ? Il a mon numéro. Excusez-moi encore de vous demander cela, ajouta poliment l'homme.

— Ce sera avec plaisir. *Qu'est-ce que c'était encore ?* se demanda-t-elle.

L'inquiétude la gagnait. La police en avait après John, elle l'avait prévenu et il n'avait pas paru s'en soucier. Et voilà que quelqu'un d'autre essayait également de lui mettre la main dessus. Pourquoi ? Puis elle avisa un exemplaire du journal du matin posé sur la table de l'aire d'accueil. Le frère de l'un de ses patients était en train de lire un article quelconque, mais à l'angle inférieur droit de la une s'étalait le titre : MEURTRE LIÉ À LA DROGUE DANS LE SOMERSET.

*

— Tout le monde s'intéresse à ce type, observa Frank Allen.

— Comment cela ? Charon était entré au commissariat ouest, sous prétexte de jeter un œil au dossier d'enquête administrative sur la mort d'Eddie Morello. Il avait réussi à convaincre Allen de lui permettre de consulter les dépositions des autres policiers et des trois témoins civils. Comme il avait gracieusement décliné son recours à un avocat et comme les circonstances de la fusillade semblaient parfaitement limpides, Allen n'y avait pas vu d'inconvénient, à condition qu'il le fasse devant lui.

— Je veux dire, juste après le coup de fil de Pittsburgh, cette dénommée Brown qui se fait descendre, Em a appelé ici pour avoir des renseignements sur lui. A présent, c'est toi. Comment ça se fait ?

— Son nom a été cité. Nous ne savons pas encore pourquoi, et il s'agit juste d'une vérification rapide. Qu'est-ce que tu peux me dire sur lui ?

— Eh, Mark, t'es en congé, souviens-toi ? remarqua Allen.

— Tu es en train de me dire que je ne vais pas reprendre le boulot tout de suite ? Je suis censé mettre ma cervelle en veilleuse, Frank ? Aurais-je manqué dans le journal l'article annonçant que les escrocs ont décidé de prendre des vacances ?

Allen dut en convenir.

— Toute cette attention... j'en viens à me demander si ce type n'aurait pas quelque chose à se reprocher. Je suppose que j'ai deux-trois renseignements sur lui — ouais, c'est vrai, j'avais oublié. Attends une minute. Allen se leva de son bureau pour se rendre aux archives, et Charon fit semblant de lire les dépositions, le temps qu'il revienne. Une mince chemise en papier bulle atterrit sur ses genoux. Tiens tiens...

C'était un extrait des états de service de Kelly, mais il n'y avait pas grand-chose, comme put le constater Charon en feuilletant le dossier. Il comprenait ses diplômes de plongée, le rapport de son instructeur et une photographie, accompagnés d'autres paperasses de style officiel. Charon leva les yeux.

— Il vit sur une île ? C'est ce que j'ai cru comprendre.

— Ouais, je lui ai posé la question. L'histoire est assez marrante. Cela dit, pourquoi ça t'intéresse ?

— C'est juste un nom qui a été cité, sans doute rien, mais je voulais quand même vérifier. Je n'arrête pas d'entendre parler d'une bande qui officierait dans la baie.

— Je devrais vraiment refiler ce truc à Em et Tom. J'avais complètement oublié que je l'avais.

Déjà mieux.

— Je file justement de ce côté. Tu veux que je le dépose ?

— Tu ferais ça ?

— Bien sûr. Charon glissa la chemise sous son bras. Son premier arrêt fut dans une succursale des librairies Pratt où il put photocopier les documents à dix cents la page. Puis il trouva une boutique de photographe. Sa plaque de policier lui permit d'obtenir en moins de dix minutes cinq agrandissements de la petite photo d'identité. Il les laissa dans la voiture lorsqu'il se gara au quartier général, mais il n'entra que le temps de confier le dossier au planton qui courut le monter à la criminelle. Il aurait pu garder l'information par-devers lui, mais réflexion faite, il semblait plus intelligent de se comporter en flic normal accomplissant une tâche normale.

*

— Alors, que s'est-il passé ? demanda Greer, derrière la porte close de son bureau.

— Roger dit qu'une enquête aurait des conséquences politiques désastreuses, répondit Ritter.

— Allons bon, si c'est pas dommage ?

— Là-dessus, il a dit qu'on n'avait qu'à régler ça, ajouta Ritter. *Pas en ces termes, mais c'était le sens général.* Inutile de tout embrouiller.

— Ce qui veut dire ?

— A votre avis, James ?

*

— D'où vient ce truc ? demanda Ryan quand le dossier atterrit sur son bureau.

— Un inspecteur m'a donné ça, en bas, répondit le jeune planton. Je ne le connais pas, mais il a dit que c'était à remettre à votre bureau.

— D'accord. Ryan le congédia d'un geste et ouvrit la chemise, découvrant pour la première fois une photographie de John Terrence Kelly. Il s'était engagé dans la Marine quinze jours après son dix-huitième anniversaire, il y était resté... six ans, et avait été rendu à la vie civile avec le grade de quartier-maître de première classe. Ryan se rendit compte aussitôt qu'il manquait pas mal de pièces au dossier. Rien d'étonnant, car le service avait été surtout intéressé par ses qualités de plongeur. Restaient sa date de sortie de l'école d'UDT et sa qualification ultérieure d'instructeur qui avait intéressé le service. Les trois rapports d'évaluation consignés dans le dossier portaient tous un 4.0, la note la plus élevée attribuée par la Navy, et ils étaient accompagnés d'une chaleureuse lettre de recommandation émanant d'un amiral à trois étoiles, que le service avait prise pour argent comptant. L'amiral avait eu la prévenance d'y joindre la liste de ses décorations, histoire d'impressionner un peu plus la police municipale de Baltimore : Croix de la Navy, avec Étoile d'argent, Étoile de bronze avec « V » de citation au combat et deux épis, valant attribution répétée de la même récompense. Cœur de pourpre, avec deux épis valant attribution répétée...

Bon Dieu, ce type est le portrait craché de ce que j'imaginais, non ?

Ryan reposa la chemise, remarquant qu'elle faisait partie du dossier de l'affaire Gooding. Cela voulait dire Frank Allen... encore une fois. Il l'appela.

— Merci pour les infos sur Kelly. Qui a déposé le dossier ?

— Mark Charon est passé me voir, lui expliqua Allen. Je suis en train de boucler le dossier sur le suspect qu'il a abattu et il m'a cité ce nom, indiquant qu'il était apparu au cours d'une de ses enquêtes. Désolé, vieux, j'avais oublié que je l'avais. Il m'a proposé de passer le déposer chez vous. Ce n'est pas franchement le mec que j'imagine se piquer, mais cela dit... La voix poursuivit mais elle n'intéressait déjà plus Ryan.

Ça commence à aller trop vite, bougrement trop vite.

Charon. On le retrouve partout, non ?

— Frank, j'ai une question vache à te poser. Quand ce sergent Meyer a appelé de Pittsburgh, t'en as parlé à quelqu'un d'autre ?

— Qu'est-ce que tu veux dire, Em ? demanda Allen. La suggestion faisait naître en lui un début d'inquiétude.

— Je n'ai pas dit que t'as appelé la presse, Frank.

— C'était le jour même où Charon a descendu le dealer, n'est-ce pas ? réfléchit Allen. J'aurais pu lui dire quelque chose... c'est la seule autre personne avec qui j'ai discuté ce jour-là, maintenant que j'y pense.

— D'accord, merci Frank. Ryan chercha le numéro de la caserne « V » de la police d'État.

— Capitaine Joy, répondit une voix fort lasse. Le commandant de la caserne serait volontiers allé se coucher dans son propre cachot, mais la tradition étant ce qu'elle était dans une caserne de la police d'État, il avait trouvé un lit confortable pour ses quatre heures trente de repos réglementaire. Joy avait déjà hâte de voir le comté de Somerset retrouver une vie normale, même si l'épisode pouvait bien lui rapporter des galons de commandant.

— Ici le lieutenant Ryan, de la brigade criminelle de Baltimore.

— Eh bien, on peut dire qu'on intéresse les gars de la grande ville, commenta Joy, avec une ironie désabusée. Et vous, qu'est-ce que vous voulez savoir ?

— Que voulez-vous dire ?

— Je veux dire que j'étais sur le point d'aller me coucher hier soir, quand un autre de vos collègues m'a appelé ici, un lieutenant Caron, ou quelque chose comme ça, je n'ai pas noté le nom. Il prétendait pouvoir identifier un des corps... ce nom-là, je l'ai écrit... enfin, quelque part. Désolé, je deviens un zombie.

— Pourriez-vous me tuyauter ? Vous me la faites courte. Il s'avéra que la version courte était à rallonge. Ryan reprit : La femme est toujours en garde à vue ?

— Un peu, oui.

— Capitaine, gardez-la ainsi jusqu'à ce que je vous avise du contraire, d'accord ? Excusez-moi, veuillez, s'il vous plaît la garder ainsi. Il se pourrait qu'elle soit citée comme témoin dans une affaire criminelle.

— Ouais, j'suis au courant, vous vous rappelez ?

— Non, je veux dire, de notre côté également, capitaine. Deux affaires sérieuses, cela fait neuf mois que j'enquête dessus.

— Elle sortira pas d'ici un bout de temps, promit Joy. On a pas mal à causer avec elle, de notre côté, et son avocat joue le jeu.

— Rien de neuf sur le tireur ?

— Juste ce que je vous ai dit : blanc, sexe masculin, aux alentours d'un mètre quatre-vingt-cinq, et il s'était barbouillé en vert, d'après la fille. Joy avait omis ce détail de sa relation initiale.

— Quoi ?

— Elle a dit qu'il avait la figure et les mains vertes, comme une peinture de camouflage, je suppose. Il y a encore un truc, ajouta Joy. C'est un sacré bon fusil. Les trois bonshommes, il les a refroidis d'une balle chacun, en plein dans le mille — la perfection.

Ryan rouvrit la chemise d'un geste sec. C'était indiqué au bas du palmarès de Kelly : Tireur d'élite à la carabine, Maître-tireur au pistolet.

— Je vous rappellerai, capitaine. On dirait que vous avez fait du sacré bon boulot pour un gars qui n'a pas souvent des homicides.

— Ouais, j'aimerais autant me remettre à aligner les chauffards, confirma Joy en raccrochant.

— T'es en avance, observa Douglas, qui entrait en retard, lui. T'as vu le journal ?

— Notre ami est de retour, et il a recommencé ses exploits. Ryan lui passa la photo.

— Il a l'air plus âgé, nota le sergent.

— Trois Cœurs de pourpre, ça donne toujours un coup de vieux. Ryan mit Douglas au courant. Tu veux descendre à Somerset interroger cette fille ?

— Tu crois... ?

— Oui, je crois qu'on tient notre témoin. Je crois aussi qu'on tient notre fuite. Ryan expliqua rapidement ce dernier point.

*

Il avait appelé juste pour entendre le son de sa voix. Arrivé si près du but, il se permettait de regarder un peu plus loin. Ce n'était peut-être pas vraiment digne d'un pro, mais Kelly avait beau en être un, il demeurait humain.

— John, où êtes-vous ? Le ton était encore plus inquiet que la veille.

— J'ai un endroit. Il ne voulait pas en dire plus.

— J'ai un message pour vous de James Greer, il a dit que vous le rappeliez.

— D'accord. Kelly grimaça — il était censé l'avoir contacté la veille.

— C'était vous, dans le journal ?

— Comment ça ?

— Je parle des trois cadavres retrouvés sur la côte Est ! dit-elle dans un souffle.

— Je vous rappelle, dit-il, presque aussi vite que le frisson l'envahit.

Kelly n'était pas abonné au journal à l'adresse de son appartement, pour des raisons évidentes, mais il fallait qu'il en ait un sous la main. Il se souvint qu'il y avait un distributeur au coin de la rue. Il n'avait besoin que d'y jeter un œil.

Que sait-elle de moi ?

Il était trop tard pour s'adresser des reproches. Il allait connaître le même problème avec elle qu'avec Doris. Celle-ci dormait quand il avait fait le boulot et les détonations l'avaient réveillée. Il lui avait bandé les yeux, puis l'avait larguée après lui avoir expliqué que Burt s'apprêtait à la tuer, en lui laissant de quoi se payer le Greyhound et filer quelque part. Même sous l'influence de la drogue, elle avait paru terrorisée, en état de choc. Pourtant, les flics lui avaient déjà mis le grappin dessus. Merde, comment était-ce possible ?

Rien à cirer du comment, *mec, l'important c'est qu'ils l'aient.*

L'univers avait aussitôt basculé pour lui.

Bon, d'accord, alors tu fais quoi à présent ? C'était ce qui accaparait ses pensées durant tout le trajet du retour à son appartement.

Pour commencer, il fallait qu'il se débarrasse du Colt .45 mais il avait déjà décidé de le faire. Même s'il n'avait laissé aucun indice derrière lui, le lien était possible. Quand sa mission était terminée, elle l'était pour de bon. Mais pour l'heure, il avait besoin d'aide et où l'obtenir, sinon de ceux pour qui il avait tué ?

— L'amiral Greer, je vous prie ? De la part de M. Clark.

— Ne quittez pas. Puis Kelly entendit : Vous étiez censé m'appeler hier, l'auriez-vous oublié ?

— Je peux être là dans deux heures, monsieur.

— Je vous attends.

*

— Où est Cas ? demanda Maxwell. Il était suffisamment préoccupé pour avoir utilisé le sobriquet de son ami. Le quartier-maître qui lui tenait lieu de secrétaire comprit aussitôt.

— J'ai déjà appelé chez lui, amiral. Pas de réponse.

— C'est drôle. Ce qui ne l'était pas, mais le quartier-maître comprenait également.

— Voulez-vous que j'envoie quelqu'un à Bolling, jeter un œil ?

— Bonne idée. Maxwell hocha la tête et retourna dans son bureau.

317

Dix minutes plus tard, un sergent de la sécurité militaire de l'Armée quittait sa guérite et partait en voiture vers un lotissement formé de pavillons jumelés, où logeaient les officiers supérieurs en poste au Pentagone. La plaque à l'entrée indiquait : Contre-amiral C.P. Podulski, USN, avec les ailes des aviateurs. Le sergent n'avait que vingt-trois ans et ne cherchait pas spécialement à fréquenter les huiles, mais il avait reçu l'ordre de vérifier s'il y avait un problème quelconque. Le journal du matin était posé sur les marches. Il y avait deux voitures garées à l'emplacement réservé, dont une portant le macaron du Pentagone sur le pare-brise, et il savait que l'amiral et son épouse vivaient seuls. Rassemblant tout son courage, le sergent frappa à la porte, fermement mais pas trop fort. Aucune réaction. Il essaya alors la sonnette. Aucune réaction. *Et maintenant ?* se demanda le jeune sous-off. La base tout entière était propriété de l'État et le règlement l'autorisait à pénétrer dans tous les bâtiments du périmètre, il avait des ordres et son lieutenant le couvrirait sans doute. Il ouvrit la porte. Aucun bruit. Il visita le rez-de-chaussée, ne découvrant rien d'autre que ce qui s'y était trouvé la veille au soir. Il appela plusieurs fois, sans résultat, et décida qu'il n'avait pas d'autre choix qu'aller voir à l'étage. Ce qu'il fit, une main posée sur l'étui en cuir blanc de son arme...

L'amiral Maxwell était là vingt minutes plus tard.

— Crise cardiaque, annonça le médecin de l'Air Force. Sans doute durant son sommeil.

Ce n'était pas le cas de son épouse, gisant près de lui. Une femme naguère si jolie, se souvenait Dutch Maxwell, mais ravagée par la perte de leur fils. Le verre d'eau à moitié rempli était posé sur un mouchoir pour ne pas marquer le bois de la table de nuit. Elle avait même remis le bouchon sur le tube de cachets avant de s'étendre auprès de son mari. Dutch avisa le valet de nuit. La chemise blanche était posée sur le cintre, prête pour une nouvelle journée de service pour son pays d'adoption, les Ailes d'or surmontant la brochette de rubans, dont le premier, bleu pâle frappé de cinq étoiles blanches. Ils devaient se voir pour discuter de son départ à la retraite. Quelque part, Dutch n'était pas surpris.

— Seigneur, prends pitié ! dit Dutch, en contemplant les seules victimes dans leur camp de l'opération VERT BUIS.

*

Qu'est-ce que je dis ? s'interrogea Kelly en franchissant la grille d'entrée. Le garde le scruta avec insistance malgré son laissez-passer, sans doute étonné que l'Agence paye vraiment si mal son personnel d'active. Il alla garer son épave sur l'aire réservée aux visiteurs, mieux située que celle dévolue au personnel, ce qui paraissait un peu bizarre. Kelly pénétra dans le hall où il fut accueilli par un agent de la sécurité qui le conduisit dans les étages. L'endroit lui semblait plus menaçant aujourd'hui, tous ces couloirs banals et sinistres sillonnés par des anonymes, mais c'était uniquement parce que cet édifice s'apprêtait à devenir une sorte de confessionnal pour une âme qui n'avait pas encore décidé si elle était, oui ou non, celle d'un pécheur. Il ne connaissait pas le bureau de Ritter. Il était situé au troisième et étonnamment exigu. Kelly avait cru le personnage important — et même s'il l'était effectivement, ce n'était pas encore le cas de son bureau.

— Salut, John, dit l'amiral Greer, encore sous le coup de la nouvelle reçue de Dutch Maxwell une demi-heure plus tôt. Greer lui indiqua un siège et l'on ferma la porte. Ritter fumait, au grand désagrément de Kelly.

— Heureux de retrouver le pays, monsieur Clark ? demanda l'officier supérieur. Un exemplaire du *Washington Post* était posé sur le bureau, et Kelly nota avec surprise que l'affaire du comté de Somerset y avait également fait la une.

— Oui, monsieur, j'imagine qu'on peut dire ça. Ses deux aînés saisirent l'ambivalence du propos. Pourquoi teniez-vous à me recruter ?

— Je vous l'ai dit dans l'avion. Il se pourrait bien que votre récupération du Russe contribue à sauver nos gars, en définitive. Nous avons besoin d'hommes qui réfléchissent en gardant les pieds sur terre. Comme vous. Je vous propose de travailler dans la section dont je m'occupe.

— Pour faire quoi ?

— Tout ce qu'on vous dira de faire, répondit Ritter. Il avait déjà une idée derrière la tête.

— Je n'ai même pas de diplôme universitaire.

Ritter sortit un épais dossier de son bureau.

— J'ai fait venir ceci de Saint Louis. Kelly reconnut les formulaires. C'était l'ensemble de son dossier personnel dans la Navy. Vous auriez vraiment dû accepter cette bourse. Vos résultats aux tests d'intelligence sont encore plus élevés que je ne le pensais, et ils révèlent que vous êtes encore plus doué que moi pour les langues. Avec James, nous pouvons vous accorder une dérogation.

— Une Croix de la Navy, cela pèse dans la balance, John, expliqua Greer. Et ce que vous avez fait, votre contribution au plan VERT BUIS, puis votre action sur le terrain, ce genre de chose pèse également son poids.

Kelly sentait son instinct affronter sa raison. Le problème, c'était qu'il n'était pas sûr de savoir quelle partie se rangeait dans quel camp. Puis il décida qu'il fallait qu'il avoue à quelqu'un la vérité.

— Il y a un problème, messieurs.

— Lequel ? demanda Ritter.

Kelly avança la main et tapa du doigt l'article à la une du journal.

— Vous feriez mieux de lire ça.

— Je l'ai fait. Et alors ? Quelqu'un a rendu service à l'humanité, dit l'officier, sur un ton léger. Puis il intercepta le regard de Kelly et son ton devint aussitôt méfiant. Continuez, monsieur Clark.

— C'est moi, monsieur.

— De quoi voulez-vous parler, John ? demanda Greer.

*

— Le dossier est sorti, monsieur, dit au téléphone l'employé aux archives.

— Comment ça, sorti ? objecta Ryan. J'en ai des copies sous les yeux.

— Pouvez-vous patienter un instant ? Je vous passe mon supérieur. La ligne passa en attente, ce que l'inspecteur détestait cordialement.

Ryan regarda par la fenêtre avec une grimace. Il avait appelé le Service central des Archives militaires, situées à Saint Louis.

320

L'ensemble des papiers concernant tous les hommes et femmes ayant servi sous les drapeaux étaient regroupés là, dans ce complexe parfaitement protégé et gardé — le policier y avait recouru plus d'une fois pour obtenir des renseignements.

— Irma Rohrerbach, je vous écoute, dit une voix après quelques gazouillis électroniques. L'inspecteur imagina aussitôt une femme de forte carrure, assise derrière un bureau encombré de dossiers qui auraient pu être réglés depuis une semaine.

— Je suis le lieutenant Emmet Ryan, de la police municipale de Baltimore. J'aurais besoin d'informations provenant d'un de vos dossiers personnels...

— Monsieur, il n'est pas ici. Mon employé vient de me montrer les notes.

— Que voulez-vous dire ? Vous n'avez pas le droit de sortir ainsi les dossiers. Je le sais très bien.

— Monsieur, ce n'est pas tout à fait exact. Il existe certaines dérogations. C'est le cas ici. Le dossier a été retiré et sera restitué mais je ne sais pas quand.

— Qui le détient ?

— Je ne suis pas habilitée à le dire, monsieur. Le ton de la bureaucrate révélait également l'intensité de sa curiosité. Le dossier était sorti et, tant qu'il ne serait pas revenu, il ne faisait plus partie de l'univers connu pour ce qui la concernait.

— Je peux vous balancer une décision judiciaire, vous savez. En général, ça marchait sur les gens, qui appréciaient assez peu d'être l'objet des attentions de la justice.

— Oui, certainement. Puis-je vous être utile à autre chose, monsieur ? Elle devait également avoir l'habitude de se faire rabrouer. Le coup de fil venait de Baltimore, après tout, et la citation d'un juge officiant à douze cents kilomètres de là semblait une péripétie futile et bien lointaine. Avez-vous notre adresse postale, monsieur ?

En vérité, il ne pouvait pas. Il n'avait pas encore assez d'éléments à faire valoir devant un juge. Ce genre de situation se réglait en général à l'amiable plutôt que par la contrainte judiciaire.

— Merci, je rappellerai.

— Bonne journée, monsieur. La formule de politesse n'était

que la façon narquoise de se débarrasser d'un de ces innombrables détails importuns dans la journée d'un fonctionnaire aux archives.

A l'étranger. Pourquoi ? Pour qui ? Qu'y a-t-il donc de si différent cette fois-ci ? Ryan savait qu'il y avait quantité de différences. Il se demanda s'il les avait relevées toutes.

*

— Et voilà ce qu'ils lui ont fait subir, leur dit Kelly. C'était la première fois qu'il décrivait tout cela à haute voix, et en narrant ainsi en détail le rapport d'autopsie, il avait l'impression d'entendre parler un autre. A cause de son passé, les flics n'ont jamais vraiment considéré l'affaire comme prioritaire. J'ai réussi à sortir deux autres filles. Ils en ont tué une. L'autre, eh bien... Il indiqua le journal.

— Pourquoi l'avez-vous simplement libérée dans la nature ?

— Vous vouliez que je l'assassine, monsieur Ritter ? C'était ce qu'ils comptaient faire, dit Kelly, les yeux toujours baissés. Elle avait plus ou moins émergé quand je l'ai libérée. Je n'avais pas le temps de faire autre chose. J'ai mal calculé.

— Combien ?

— Douze, monsieur, répondit-il, sachant que Ritter voulait le nombre total de tués.

— Bonté divine, observa Ritter. En fait, il avait envie de sourire. A vrai dire, on envisageait à la CIA de se lancer dans des opérations anti-drogue. Il était opposé à cette politique — ce n'était pas important au point de distraire des gens qui seraient mieux occupés à protéger leur pays des menaces bien réelles contre la sûreté de l'État. Mais il ne pouvait pas sourire. C'était bien trop sérieux. L'article parle de vingt kilogrammes de drogue. Est-ce exact ?

— Probablement. Kelly haussa les épaules. Je ne l'ai pas pesée. Il y a autre chose. Je crois savoir comment elle est introduite dans le pays. Les sachets sentent... le bain d'embaumement. C'est de l'héroïne asiatique.

— Oui ? demanda Ritter.

— Vous ne voyez donc pas ? Came asiatique. Bain d'embaumement. Point de chute, quelque part sur la Côte est. Ça ne vous paraît pas évident ? Ils se servent des corps de nos soldats tués au combat pour faire entrer cette saloperie.

Toutes ces qualités, plus des capacités d'analyse ?

Le téléphone de Ritter sonna. C'était la ligne intérieure.

— J'avais dit, pas d'appels, grommela l'officier de renseignements.

— C'est « Bill », monsieur. Il dit que c'est important.

*

Le minutage était absolument parfait, songea le capitaine. On sortit les prisonniers dans le noir. Il y avait encore une coupure d'électricité, et le seul éclairage provenait des lampes à accumulateurs et des quelques torches que son sergent-chef avait réussi à récupérer. Tous les prisonniers avaient les pieds entravés ; tous avaient les mains et les coudes liés dans le dos. Ils marchaient tous légèrement voûtés. Ce n'était pas simplement pour les contrôler. L'humiliation importait aussi, et chaque homme était talonné par un conscrit chargé de le harceler jusqu'à ce qu'ils soient regroupés au centre du camp. Ses hommes y avaient bien droit, estima le capitaine. Ils s'étaient entraînés dur, ils étaient sur le point d'entamer leur longue marche vers le sud pour achever de libérer et réunifier leur pays. Les Américains étaient déboussolés, visiblement terrifiés par ce bouleversement de leur train-train quotidien. Les choses s'étaient plutôt bien passées pour eux depuis une semaine. Peut-être avait-il commis une erreur en les regroupant un peu plus tôt. Cela aurait pu fortifier un semblant de solidarité dans leurs rangs, mais la leçon de choses pour ses troupes valait amplement ce risque. Ses hommes ne tarderaient pas à tuer des Américains à plus grande échelle encore, le capitaine en était sûr, mais il fallait bien qu'ils commencent quelque part. Il cria un ordre.

Comme un seul homme, les vingt soldats sélectionnés prirent leur fusil pour frapper chacun son prisonnier d'un coup de crosse à l'abdomen. Un seul Américain réussit à tenir encore debout après le premier coup mais pas au second.

Zacharias était surpris. C'était la première attaque physique qu'il subissait depuis que Kolya avait arrêté les sévices, des mois auparavant. L'impact lui coupa le souffle. Il souffrait déjà du dos, parce qu'il gardait des séquelles de son éjection et qu'ils l'avaient délibérément forcé à marcher les membres entravés, et sous l'impact de la plaque de crosse en acier du AK-47, son corps épuisé et blessé l'avait trahi aussitôt. Il tomba sur le flanc, contre un autre prisonnier, et essaya de replier les jambes et de se protéger. Puis les coups de pied commencèrent. Il ne pouvait même pas se protéger la figure à cause de ses bras douloureusement ligotés dans le dos, et ses yeux virent le visage de son ennemi. Rien qu'un gamin, de dix-sept ans peut-être, les traits presque féminins, et ce regard était celui d'une poupée, les mêmes yeux vides, dénués d'expression. Aucune fureur, il ne montrait même pas les dents, non, il le frappait comme il aurait frappé une balle, parce qu'on lui avait dit de le faire. Il ne pouvait haïr le garçon, mais il pouvait le mépriser pour sa cruauté, et même après que le premier coup de botte lui eut cassé le nez, il continua de le fixer. Robin Zacharias avait touché le fond du désespoir, avait assumé le fait qu'on l'avait brisé et qu'il avait livré les secrets qu'il connaissait. Mais il avait également eu le temps de l'assimiler. Il n'était pas plus un couard qu'il n'était un héros, se répéta-t-il au milieu des coups, rien qu'un homme. Il endurerait la souffrance comme un châtiment physique pour sa faute passée, et il continuerait d'implorer son Dieu pour qu'il lui donne du courage. Le colonel Zacharias gardait ses yeux, à présent bouffis d'ecchymoses, fixés sur le visage de l'enfant qui le tourmentait. *J'y survivrai. J'ai survécu à pire, et même si je meurs, je suis encore un homme meilleur que tu le seras jamais*, disait son visage au tout petit soldat. *J'ai survécu à la solitude et c'est bien pis que ça, gamin.* Il ne priait plus pour sa délivrance. Elle était venue de l'intérieur, après tout, et si la mort devait arriver, alors il saurait y faire face comme il avait fait face à sa faiblesse et ses défauts.

Un nouvel ordre aboyé par leur officier et ils reculèrent. Dans le cas de Robin, il y eut un dernier, un ultime coup de botte. Il saignait, un œil presque clos, et sa poitrine était déchirée par la douleur et la toux, mais il était toujours en vie, il était toujours un Américain, et il avait survécu à une épreuve de plus. Il se tourna pour regarder le capitaine qui commandait le détachement. Il y avait de la fureur sur ses traits, une fureur différente de celle du soldat qui avait reculé de quelques pas. Robin se demanda pourquoi.

— Relevez-les ! hurla le capitaine. Deux des Américains avaient perdu connaissance et durent être relevés chacun par deux hommes. C'était le mieux qu'il pouvait faire pour ses hommes. Il aurait mieux valu les tuer mais l'ordre dans sa poche l'interdisait formellement et, dans son armée, on ne tolérait aucune violation des ordres.

Robin regardait à présent dans les yeux le garçon qui l'avait assailli. De près, moins de quinze centimètres. Il n'y lut aucune émotion, mais il continua de le fixer, et dans ses yeux non plus, il n'y avait aucune émotion. C'était une épreuve de force entre eux deux, à leur échelle. Pas un mot ne fut échangé mais les deux hommes respiraient irrégulièrement, l'un à cause de l'épuisement, l'autre à cause de la douleur.

Ça te dit de remettre ça un de ces quatre ? Entre hommes. Tu crois que tu serais capable de tenir la distance, fiston ? Est-ce que tu éprouves de la honte pour ce que tu as fait ? Est-ce que ça en valait le coup ? Te sens-tu plus un homme à présent, gamin ? Je ne le pense pas, et t'as beau le masquer de ton mieux, nous savons tous les deux qui a gagné cette reprise, pas vrai ? Le soldat se porta à la hauteur de Robin, ses yeux n'avaient rien trahi, mais sa main agrippa avec force le bras de l'Américain, il fallait bien ça pour le maîtriser, et Robin y vit une victoire. Le gamin avait toujours peur de lui, malgré tout. Car il était de la race de ceux qui hantent le ciel — haïs peut-être, mais redoutés aussi. La torture était l'arme du couard, après tout, et ceux qui l'appliquaient le savaient aussi bien que ceux qui devaient la subir.

Zacharias faillit trébucher. Voûté comme il l'était, il avait du mal à redresser la tête, et il n'aperçut le camion que parvenu à moins de deux mètres de celui-ci. C'était une antiquité russe, grillagé au-dessus, à la fois pour empêcher toute évasion et pour rendre visible le chargement. On les emmenait quelque part. Robin ne savait pas vraiment où et il pouvait difficilement échafauder des hypothèses. Rien ne pourrait être pire que ce camp — et pourtant, il y avait survécu d'une certaine manière, se dit-il tandis que le véhicule s'éloignait en cahotant. Le camp disparut dans le noir, et avec lui, la pire épreuve de son existence.

Le colonel inclina la tête, murmura une prière d'action de grâces, et puis pour la première fois depuis des mois, il pria pour sa délivrance, quelque forme qu'elle puisse prendre.

*

— C'était votre œuvre, monsieur Clark, dit Ritter après un long regard appuyé au combiné téléphonique qu'il venait de reposer sur sa fourche.

— Je ne l'avais pas exactement calculé ainsi, monsieur.

— Certes non, mais au lieu de tuer cet officier russe, vous l'avez ramené avec vous. Ritter se retourna vers l'amiral Greer. Kelly ne remarqua pas le hochement de tête qui annonçait le bouleversement de son existence.

— Je regrette que Cas ne l'ait pas su.

*

— Alors, qu'est-ce qu'ils savent ?

— Ils ont Xantha, vivante ; elle est détenue dans la prison du comté de Somerset. Que sait-elle au juste ? demanda Charon. Tony Piaggi était là, lui aussi. C'était la première fois qu'ils se rencontraient tous les deux. Ils se trouvaient dans le labo qu'ils s'apprêtaient à mettre en route, dans les quartiers est de Baltimore. Le policier des stups avait jugé qu'il ne risquait rien à s'y rendre juste une fois.

— Problème…, observa Piaggi. Ça paraissait facile pour les autres jusqu'à ce qu'il poursuive. Mais on peut le régler. La première priorité, toutefois, c'est d'assurer la livraison à mes amis.

— Merde, on a quand même perdu vingt kilos, mec, remarqua Tucker, atterré. Il savait maintenant ce que c'était que la peur. A l'évidence, un truc leur rôdait autour, qui la justifiait amplement.

— Il t'en reste ?

— Ouais, dix kilos, à la maison.

— Parce que tu la gardes chez toi ? demanda Piaggi. Bon Dieu ! Henry !

— La pute sait pas où je crèche.

— Elle sait ton nom, Henry, rétorqua Charon. On peut faire des tas de trucs rien qu'avec un nom. Merde, pourquoi selon toi j'ai tout fait pour éloigner mes gars des tiens ?

— Il va falloir rebâtir toute l'organisation, observa calmement Piaggi. On en est capables, d'accord ? Il faut qu'on déménage, mais c'est pas bien difficile. Henry, ta came arrive ailleurs qu'ici, d'accord ? Eh bien, tu nous l'amènes et on se charge de la faire sortir. Alors, déménager le réseau, c'est vraiment pas un problème.

— Ouais mais, sur la région, j'ai perdu...

— Laisse tomber la région, Henry ! Je m'apprête à monopoliser la distribution sur toute la côte Est. Est-ce que tu vas te mettre à réfléchir, pour l'amour de Dieu ? T'as paumé peut-être vingt-cinq pour cent de ce que tu comptais ramasser. On peut se refaire en deux semaines. Cesse de penser petit.

— Toute la difficulté ensuite, c'est de masquer vos traces, poursuivit Charon, intéressé par le portrait de l'avenir qu'avait brossé Piaggi. Xantha n'est qu'une personne isolée, et droguée en plus. Quand ils l'ont ramassée, elle était défoncée. Pas terrible, comme témoin, et à moins qu'ils aient un autre atout à jouer et à condition que vous déménagiez dans un autre secteur, vous devriez pas avoir de problème.

— Tous les autres vont devoir partir. Et vite, insista Piaggi.

— Burt éliminé, je suis en manque d'effectifs. Je peux recruter des types que je connais...

— Pas question, Henry ! Tu veux faire rentrer de nouvelles recrues, en ce moment ? Laisse-moi appeler Philadelphie. On a deux mecs qui attendent, tu te souviens ? Piaggi obtint un hochement de tête qui réglait la question. Première étape, satisfaire mes amis. On a besoin de l'équivalent de vingt kilos de came, traitée et prête à partir, et on en a besoin vite.

— J'en ai que dix, remarqua Tucker.

— Moi je sais où trouver le reste, et vous aussi. N'est-ce pas exact, lieutenant Charon ? La question ébranla tellement le flic qu'il en oublia de les informer d'un autre truc le concernant.

36

Drogues dangereuses

L'HEURE était à l'introspection. Il ne s'était jamais livré à ce genre d'exercice sur l'ordre d'autres personnes, sauf pour le Viêt-nam, mais les circonstances alors étaient bien différentes. Il lui avait fallu être de retour à Baltimore, ce qui était l'une des choses les plus dangereuses qu'il ait faites jusqu'ici. Il possédait de nouveaux papiers d'identité, mais c'étaient ceux d'un individu passé pour mort, si jamais quelqu'un prenait le temps de les vérifier. Il se rappela presque avec affection le temps pas si lointain où la ville était divisée en deux zones — la première relativement circonscrite et dangereuse, la seconde bien plus vaste et parfaitement sûre. Les choses avaient changé. À présent, le danger était partout. La police avait son nom. Ils pouvaient bientôt connaître son visage, ce qui voudrait dire que dans chaque voiture de police — et elles lui semblaient grouiller, désormais — se trouveraient des gens susceptibles de le repérer au premier coup d'œil. Pire encore, il ne pouvait s'en défendre, il ne pouvait pas se permettre de tuer un policier.

Et maintenant ça... Tout était devenu bien confus aujourd'hui. Moins de vingt-quatre heures auparavant, il avait identifié sa dernière cible mais il se demandait à présent si le boulot serait jamais fini.

Peut-être aurait-il mieux valu ne jamais l'avoir commencé, avoir accepté simplement la mort de Pam et poursuivi sa vie, attendant patiemment que la police élucide l'affaire. Mais non, ils ne l'auraient pas élucidée, ils n'auraient jamais consacré leur temps et leurs effectifs à élucider la disparition d'une putain. Les mains de Kelly se crispèrent sur le volant. Et son assassinat n'aurait jamais été réellement vengé.

Aurais-je pu supporter de vivre avec cela ?

Il se souvint de ses cours d'anglais au lycée, alors qu'il filait vers le sud, sur la voie express Baltimore-Washington. Les règles de la tragédie d'Aristote. Le héros doit avoir une faille tragique, qui le conduit vers son destin. La faille de Kelly... c'était qu'il aimait trop, qu'il s'occupait trop, s'investissait trop dans les choses et les gens qui touchaient sa vie. Il ne pouvait pas se défiler. Même si c'était le moyen de sauver sa vie, c'était aussi le moyen immanquable d'empoisonner celle-ci. Alors, il lui fallait prendre des risques pour aller jusqu'au bout.

Il espérait que Ritter l'avait compris, qu'il avait compris pourquoi il faisait ce qu'on lui avait demandé de faire. Il ne pouvait tout simplement pas se défiler. Pas avec Pam. Pas avec les hommes de VERT BUIS. Il secoua la tête. Mais il aurait voulu pouvoir interroger quelqu'un d'autre.

La voie express devint une artère urbaine, New York Avenue. Le soleil était couché depuis longtemps. L'automne approchait, adieu la chaleur moite de l'été sur la côte Atlantique. La saison de football allait bientôt commencer, celle de basket se terminer, et le ballet des ans se poursuivre.

*

Peter avait raison, se dit Hicks. Il devait rester. Son père traçait lui aussi sa voie dans le système, à sa façon, en devenant la plus essentielle des créatures politiques, collecteur de fonds et coordinateur de campagne électorale. Le Président serait réélu et Hicks accumulerait lui aussi le pouvoir. Dès lors, il pourrait réellement influer sur les événements. Attirer l'attention sur ce raid était bien l'initiative la plus valable qu'il ait jamais prise. Ouais, ouais, tous les éléments se rassemblaient, estimait-il en allumant son troisième joint de la soirée. Il entendit sonner le téléphone.

— Comment va ? C'était Peter.

— Bien, mec. Et toi ?

— T'as cinq minutes ? Je voudrais voir un truc avec toi.

Henderson faillit pester — il sentait bien que Wally était encore une fois défoncé.

— Dans une demi-heure ?

— D'accord, à tout de suite.

Moins d'une minute plus tard, on frappait à la porte. Hicks écrasa son joint et se leva pour ouvrir. Trop tôt pour Peter. Est-ce que ça pouvait être un flic ? Veine, non.

— Vous êtes Walter Hicks ?

— Ouais, qui êtes-vous ? Le type avait à peu près son âge, mais son allure laissait quelque peu à désirer.

— John Clark. Il regarda, nerveux, les deux extrémités du corridor. J'aurais besoin de vous parler quelques minutes, si vous n'y voyez pas d'inconvénient.

— Me parler de quoi ?

— De VERT BUIS.

— Que voulez-vous dire ?

— Il y a des choses qu'il faut que vous sachiez, lui dit Clark. Il travaillait pour l'Agence, désormais, donc Clark était son nom. Ça facilitait les choses, dans un sens.

— Entrez donc, mais je n'ai que quelques minutes.

— Il ne m'en faut pas plus. Je n'ai pas l'intention de m'attarder.

Clark accepta le geste d'invitation et, sitôt entré, décela l'odeur âcre de chanvre brûlé. Hicks lui indiqua un siège en face du sien.

— Je vous sers quelque chose ?

— Non, merci, sans façon, répondit-il, veillant à l'endroit où il posait ses mains. J'étais là-bas.

— Comment cela ?

— A VERT-DE-GRIS, pas plus tard que la semaine dernière.

— Vous étiez du groupe ? demanda Hicks, pris d'une curiosité intense et incapable de déceler le danger qui venait de s'introduire dans son appartement.

— C'est exact. Je suis le gars qui a sorti le Russe, dit calmement son visiteur.

— Vous avez *enlevé* un *citoyen* soviétique ? Pourquoi bordel avez-vous fait un truc pareil ?

— Pourquoi je l'ai fait n'est pas important à présent,

monsieur Hicks. L'est, en revanche, un des documents que j'ai trouvés sur lui. C'était un ordre de prendre des dispositions pour tuer tous nos prisonniers de guerre.

— Oh, c'est vraiment pas de veine, dit Hicks en secouant la tête sans grande conviction. *Oh... votre chien est mort ? C'est vraiment pas de veine.*

— Est-ce donc que ça ne signifie rien pour vous ?

— Bien sûr que si, mais les gens prennent des risques. Attendez une minute... Kelly vit ses yeux devenir soudain vitreux et il comprit qu'il essayait d'identifier un point qui lui avait échappé. J'avais cru que nous détenions également le commandant du camp, ce n'est pas le cas ?

— Non, je l'ai tué moi-même. Ce détail a été délibérément fourni à votre patron pour nous permettre d'identifier qui avait trahi la mission. Clark se pencha. Et c'était vous, monsieur Hicks. J'étais là-bas. Tout était prêt. Ces prisonniers devraient être auprès de leurs familles à l'heure qu'il est — tous les vingt.

Hicks écarta la remarque.

— Je ne voulais pas leur mort. Écoutez, je vous l'ai dit, les gens prennent leurs risques. Vous ne comprenez donc pas ? Ça ne valait pas le coup, point final. Alors, qu'est-ce que vous comptez faire ? M'arrêter ? Pour quoi ? Vous me prenez pour un idiot ? C'était une opération confidentielle. Vous ne pouvez pas la révéler, ou c'est vous qui risqueriez de foutre en l'air les pourparlers de paix, et la Maison Blanche ne vous laissera jamais faire une chose pareille.

— C'est exact. Je suis venu pour vous tuer.

— Quoi ? Hicks rigola presque.

— Vous avez trahi votre pays. Vous avez trahi vingt hommes.

— Écoutez, c'était une affaire de conscience.

— Ceci également, monsieur Hicks. Clark glissa la main dans sa poche et en sortit un sachet en plastique. Dedans, il y avait la drogue récupérée sur le cadavre de son vieux pote Archie, mais aussi une cuillère et une seringue hypodermique en verre. Il posa le sachet sur ses genoux.

— Je refuse de faire ça.

— A votre guise. De derrière son dos, il sortit le coutelas Ka-Bar. J'ai également exécuté des gens de cette manière. Il y a là-bas vingt hommes qui devraient aujourd'hui être dans leur foyer. Vous leur avez volé leur vie. Choisissez, monsieur Hicks.

Son visage était livide à présent, ses yeux dilatés.

— Allons, vous n'iriez quand même pas...

— Le commandant du camp était un ennemi de mon pays. Vous aussi. Il vous reste une minute.

Hicks regarda le couteau que Clark faisait tourner dans sa main et il comprit qu'il n'avait aucune chance. Il n'avait encore jamais croisé un regard comme celui de son vis-à-vis, de l'autre côté de la table basse, mais ce regard était éloquent.

Hicks parcourut des yeux la pièce, avec l'espoir d'y découvrir un élément susceptible de changer le cours des choses. Les aiguilles de l'horloge sur le dessus de cheminée semblaient s'être figées alors qu'il récapitulait les événements. Il avait affronté la perspective de la mort d'une manière toute théorique à Andover, en 1962, et avait par la suite bâti sa vie selon cette même image théorique. Le monde avait été une équation pour Walter Hicks, une chose à gérer et ajuster. Il découvrait maintenant, conscient que c'était trop tard, qu'il n'en constituait jamais qu'une variable comme les autres, qu'il n'était pas le gars contemplant le tableau noir, sa craie à la main. Il songea à se ruer hors de son siège mais son visiteur s'était déjà penché en avant, le couteau avancé de quelques centimètres et ses yeux se fixèrent sur le mince tranchant argenté de la lame crénelée. Elle lui paraissait si aiguisée qu'il eut du mal à trouver sa respiration. Il regarda de nouveau la pendule. La trotteuse s'était décidée à bouger, après tout.

*

Peter Henderson prit son temps. C'était une nuit de semaine et Washington se couchait tôt. Tous les bureaucrates, leurs adjoints et leurs assistants-particuliers-pour-se-lever-tôt devaient avoir leur content de sommeil s'ils voulaient être alertes pour gérer les affaires de leur pays. D'où les rues désertes de Georgetown, où les racines des arbres soulevaient les dalles de béton des trottoirs. Il avisa deux personnes âgées promenant leur petit chien, mais seulement un autre passant, du côté du pâté de maisons de Wally. Un homme d'à peu près son âge, à cinquante mètres de lui, pénétrant dans une voiture dont le bruit de tondeuse à gazon trahissait la Coccinelle, sans doute d'un modèle ancien. Ces fichues horreurs étaient increvables, pour peu qu'on y mette du sien. Quelques secondes plus tard, il frappait à la porte de Wally. Elle n'était pas complètement fermée. Wally était négligent pour un certain nombre de choses. Il ne ferait jamais un bon espion. Henderson poussa le battant, prêt à réprimander son ami, jusqu'au moment où il le découvrit, assis sur une chaise, au milieu de la pièce.

Hicks avait retroussé sa manche gauche. Sa main droite avait saisi son col, comme s'il cherchait sa respiration, mais la raison véritable était à la saignée du coude gauche. Peter ne s'approcha pas du corps. Durant plusieurs secondes, il resta sans rien faire. Puis il comprit qu'il ne devait pas rester là.

Il sortit son mouchoir, essuya le bouton de la porte, referma celle-ci et s'éloigna, en essayant de se retenir de vomir.

Va te faire foutre, Wally ! rageait Henderson. *J'avais besoin de toi. Et crever comme ça... d'une overdose.* Pour lui, l'irrévocabilité de cette mort était aussi évidente qu'elle était inattendue. Mais il lui restait toujours ses convictions, estimait-il en retournant chez lui à pied. Elles n'étaient pas mortes, elles. Il allait y veiller.

*

Le trajet prit toute la nuit. Chaque fois que le camion cahotait sur la route, les os et les muscles hurlaient leur protestation. Trois des hommes étaient plus touchés que lui, deux gisaient inconscients sur le plancher et il ne pouvait rien faire pour eux, avec ses mains et ses jambes entravées. Il y avait pourtant une certaine satisfaction. Chaque pont détruit qu'ils devaient contourner était pour eux une victoire. Quelqu'un ripostait ; quelqu'un faisait souffrir ces salauds. Plusieurs hommes chuchotaient des trucs que le garde à l'arrière ne pouvait entendre à cause du bruit du moteur. Robin se demanda où on les emmenait. Le ciel nuageux empêchait de se guider aux étoiles mais l'aube lui permit de repérer la direction du levant et il apparut qu'ils roulaient vers le nord-ouest. Deviner leur véritable destination, c'était trop espérer, estima Robin, puis il se ravisa et décida que l'espoir était réellement une chose illimitée.

*

Kelly était soulagé d'en avoir terminé. Il n'avait éprouvé aucune satisfaction à la mort de Walter Hicks. L'individu était un traître et un couard, mais il aurait dû exister une meilleure méthode. Il était content que Hicks ait décidé de se suicider, car il n'était pas du tout certain qu'il aurait été capable de le tuer au poignard — ou par tout autre moyen. Mais Hicks avait mérité son sort, ça au moins, il en était sûr. *Mais n'est-ce pas le cas pour nous tous ?* songea-t-il.

Kelly rangea ses vêtements dans la valise, assez grande pour contenir toute sa garde-robe, et il l'emporta dans la voiture de location, marquant ainsi la fin de son séjour dans l'appartement. Il était minuit passé quand il repartit vers le sud, retournant dans la zone dangereuse, prêt pour son ultime action.

*

Le calme était à peu près revenu pour Chuck Monroe. Il avait encore à s'occuper de cambriolages et de toutes sortes d'autres crimes, mais le massacre des trafiquants dans son secteur avait cessé. Il avait presque tendance à le regretter et il s'en ouvrit auprès de ses collègues au repas — en l'occurrence, le semblant de collation de trois heures du matin.

Monroe conduisait sa voiture radio en suivant un itinéraire à peu près régulier, traquant toujours le détail sortant de l'ordinaire. Il nota que deux nouveaux avaient pris la place de Ju-Ju. Il allait devoir apprendre leurs surnoms dans le milieu, voire se faire tuyauter sur eux par un indic. Peut-être que la brigade des stups du commissariat central pourrait enfin se décider à agir dans le coin. Quelqu'un avait bien montré la voie, même fugitivement, admit Monroe en filant vers l'ouest et la limite de sa zone de patrouille. Quel que pût être ce type. Un clochard... L'idée le fit sourire dans l'obscurité. Le nom dont on l'avait officieusement affublé lui allait si bien. L'Homme invisible. Étonnant que les journaux ne l'aient pas repris. Les nuits mornes favorisaient ce genre de réflexion. Il en était reconnaissant. Les gens avaient veillé tard pour voir les Orioles flanquer une tannée aux Yankees. Il avait appris qu'on pouvait souvent corréler la criminalité urbaine avec le calendrier des équipes sportives. Les O's étaient dans la course au titre et semblaient bien capables de le décrocher, rien que grâce à la batte de Frank Robinson et au gant de son frère Brooks. Même les truands aiment le base-ball, songea Monroe, intrigué par cette observation incongrue mais l'acceptant comme un fait admis. D'où la nuit morne, mais ça ne le dérangeait pas. Cela lui donnait l'occasion de rouler tranquille, d'observer et d'apprendre, et puis de réfléchir. Il connaissait à présent tous les habitués officiant dans la rue et s'entraînait à repérer les moindres différences, à les jauger en flic expérimenté, afin de décider ce qui méritait plus ample examen et ce qu'on pouvait laisser couler. C'est ainsi qu'il parviendrait à prévenir certains crimes, et pas seulement réagir lorsqu'ils survenaient. C'était un talent qui ne pouvait s'acquérir qu'avec de la patience, estimait Monroe.

L'extrémité ouest de son secteur était délimitée par une rue nord-sud. Un de ses trottoirs était pour lui, l'autre dépendait d'un collègue. Il s'apprêtait à s'y engager quand il avisa un autre clodo. Quelque part, l'individu lui parut familier, même s'il n'était pas celui qu'il avait alpagué quelques semaines plus tôt. Fatigué de rester assis au volant, et las de n'avoir, de toute la soirée, rien eu d'autre à se mettre sous la dent qu'un banal PV, il se rangea le long du trottoir et descendit.

— Hep, arrête-toi voir, l'ami ! La silhouette continua d'avancer, lentement, d'une démarche inégale. Peut-être une arrestation pour ivresse sur la voie publique en perspective, plus probablement un clochard au cerveau définitivement rétamé par les longues nuits passées à biberonner du picrate. Monroe glissa sa matraque dans l'anneau de retenue et pressa le pas pour rattraper le bonhomme. Il n'était qu'à cinquante pas, mais on aurait cru que le pauvre diable était sourd, il n'entendait même pas le chuintement de ses bottes en cuir sur le trottoir. Sa main s'abattit sur l'épaule du clodo : J'ai dit, on s'arrête. Maintenant.

Le contact physique changea tout. Cette épaule était ferme et robuste — et tendue. Monroe n'y était tout bonnement pas préparé — trop crevé, trop las, trop conforté par ce que lui avaient dit ses yeux, et même si son cerveau lui cria aussitôt *l'Homme invisible*, son corps n'était pas prêt à agir. Ce qui n'était pas le cas du clochard. Presque avant que sa main se soit abattue, Monroe vit l'univers vaciller brutalement en diagonale, d'en bas à droite en haut à gauche, lui montrant le ciel, puis le trottoir, puis à nouveau le ciel, mais cette fois, la vue des étoiles fut interceptée par un pistolet.

— T'aurais pas pu rester dans ta putain de bagnole ? gronda l'homme, furieux.

— Qui...

— Silence ! Le pistolet plaqué contre sa tempe lui donnait la réponse, presque. Mais ce furent les gants de chirurgien qui le trahirent et forcèrent le policier à parler.

— Mon Dieu... C'était un murmure respectueux. C'est vous...

— Oui, c'est moi. Merde, et maintenant, qu'est-ce que je vais faire de toi ? demanda Kelly.

— Je ne vais pas implorer. Le nom de l'homme était Monroe, nota Kelly en lisant sa plaque. Ça ne semblait effectivement pas son genre.

— Tu n'as pas besoin. Tourne-toi — vite ! Le policier obéit, avec un peu d'aide. Kelly détacha les menottes de sa ceinture et les lui mit aux poignets. Détendez-vous, agent Monroe.

— Que voulez-vous dire ? L'homme gardait un ton égal, forçant l'admiration de Kelly.

— Je veux dire que je ne vais pas tuer des flics. Kelly le releva et le poussa pour le raccompagner à sa voiture.

— Ça ne change rien au problème, l'ami, lui dit Monroe, prenant soin de toujours parler à voix basse.

— Expliquez-moi. Où rangez-vous vos clés ?

— Dans ma poche droite.

— Merci. Kelly les sortit avant de pousser le policier sur la banquette arrière de la voiture. Il y avait un grillage de séparation pour empêcher les passagers arrêtés de déranger le chauffeur. Kelly démarra rapidement et alla se garer dans une impasse. Les poignets, ça va ? Les menottes ne serrent pas trop ?

— C'est ça, c'est ça, tout baigne impec. Le flic tremblait à présent, de rage surtout, estima Kelly. C'était compréhensible.

— Calmez-vous. Je ne veux pas vous faire de mal. Je vais verrouiller la voiture. Les clés seront dans un égout quelque part.

— Et je suis censé vous remercier, peut-être ?

— J'ai rien demandé, non ? Kelly avait terriblement envie de lui présenter ses excuses. Vous m'avez facilité la tâche. La prochaine fois, soyez plus prudent, agent Monroe.

Le relâchement de la tension était tel qu'il avait du mal à ne pas rire en s'éloignant de nouveau à pied en direction de l'ouest. *Dieu merci*, mais pas pour tout. Ils continuent à emmerder les ivrognes. Il avait espéré qu'ils auraient fini par se lasser au bout d'un mois. Encore une complication. Kelly tâchait autant que possible de marcher à l'ombre.

C'était une devanture, comme le lui avait dit Billy et comme l'avait confirmé Burt, une boutique fermée entourée d'immeubles vides de part et d'autre. Ces gens étaient si bavards, quand les circonstances s'y prêtaient. Kelly examina le bâtiment depuis le trottoir d'en face. Malgré le rez-de-chaussée vide, il y avait de la lumière à l'étage. Il nota que la porte de devant était fermée par un gros cadenas de laiton. Celle de derrière également, sans doute. Eh bien, il pouvait recourir à la méthode forte… ou à l'autre, tout aussi radicale. Le chrono tournait. Ces flics devaient avoir un système d'appel régulier. Et même si ce n'était pas le cas, tôt ou tard, Monroe recevrait un appel radio pour aller récupérer le petit chat de quelqu'un dans un arbre, son sergent aurait vite fait de se demander où diantre il était passé, et bientôt les flics allaient grouiller dans tout le secteur, à la recherche du disparu. Et ils fouilleraient avec soin. C'était une possibilité que Kelly se refusait à envisager et que l'attente n'allait pas améliorer.

Il traversa la rue en vitesse ; pour la première fois, il abandonnait en fait sa couverture, un risque qu'il avait pesé pour découvrir que la balance penchait du côté de la folie. Mais enfin, toute cette entreprise avait été folle depuis le début, non ?

Il tâcha d'abord de s'assurer autant que possible qu'il n'y avait personne au rez-de-chaussée. Rassuré, il sortit le poignard de son étui et entreprit d'attaquer le mastic autour du panneau vitré de la vieille porte en bois. Peut-être que les cambrioleurs n'étaient tout bêtement pas assez patients, voire carrément idiots — ou au contraire, beaucoup plus malins que lui en ce moment, se dit Kelly, en s'y prenant à deux mains pour détacher les rubans de mastic. Cela lui prit six minutes interminables, tout cela sous un réverbère situé à moins de trois mètres, avant d'être en mesure d'ôter la glace, en se coupant par deux fois dans l'opération. Kelly pesta silencieusement en contemplant la profonde entaille à sa main gauche. Puis il se glissa de biais par l'ouverture et se dirigea vers le fond du bâtiment. Une petite boutique familiale, abandonnée ou fermée, sans doute parce que le quartier mourait aussi. Enfin, ça aurait pu être pire. Le sol était poussiéreux mais dégagé. Il y avait un escalier au fond. Kelly percevait du bruit à l'étage et il gravit les marches, son .45 lui ouvrant la voie.

— On s'est bien éclatés, ma poule, mais c'est fini maintenant, dit une voix masculine. Kelly perçut l'humour grivois, suivi d'un gémissement de femme.

— Je t'en supplie... tu ne veux pas dire que...

— Désolé, chou, mais c'est comme ça que ça se passe, dit une autre voix. Je m'occupe de devant.

Kelly se glissa au bout du couloir. Ici aussi, le sol était dégagé, juste sale. Le plancher était vieux mais il avait été récemment...

Il crissa.

— Qu'est-ce... ?

Kelly se figea une imperceptible fraction de seconde, mais il n'avait ni le temps ni d'endroit où se cacher, alors il fonça sur les cinq derniers mètres avant de plonger, rouler sur lui-même et démasquer son arme.

Il y avait deux hommes, la vingtaine l'un et l'autre, de simples silhouettes, en fait, tandis que son esprit éliminait les détails importuns pour se concentrer sur ce qui était important pour l'instant : taille, distance, mouvement. L'un des hommes voulut saisir un pistolet pendant la roulade de

Kelly, et il réussit même à sortir l'arme de sa ceinture et se retourner avant que deux balles ne pénètrent dans sa poitrine et une autre dans sa tête. Kelly avait déjà fait pivoter le Colt avant que le corps n'ait touché le sol.

— Nom de Dieu ! D'accord ! D'accord ! Un petit revolver chromé tomba par terre. Un cri perçant retentit, quelque part devant, mais Kelly l'ignora pour se relever, l'automatique braqué sur le second homme, verrouillé sur sa cible comme s'il lui était relié par une tige d'acier.

— Ils vont nous tuer. C'était une curieuse petite voix de souris, terrifiée mais à l'élocution pâteuse.

— Combien ? aboya Kelly.

— Juste ces deux-là, ils vont me...

— Je ne pense pas, dit Kelly en se redressant. Tu es laquelle, toi ?

— Paula. Il surveillait toujours sa cible.

— Où sont Maria et Roberta ?

— Devant, lui dit Paula, encore trop désorientée pour se demander comment il connaissait leurs noms. L'autre homme répondit pour elle.

— Elles sont HS, mec, vu ? *Causons*, semblaient dire ses yeux.

— T'es qui, toi ? Il y avait quelque chose dans le .45 qui rendait les gens loquaces, nota Kelly, ignorant à quoi ressemblait son regard, derrière le viseur.

— Frank Molinari. Un accent, et la compréhension que Kelly n'était pas un flic.

— Et d'où tu viens, Frank ? — Vous, vous ne bougez pas ! lança-t-il à Paula, en étendant la main gauche. Il braquait toujours son arme, balayant des yeux la pièce, l'oreille tendue, guettant le moindre bruit suspect.

— De Philly. Eh, mec, on peut causer, d'accord ? L'homme tremblait et ne cessait de jeter des coups d'œil vers l'arme qu'il avait laissée tomber, tout en se demandant ce qui avait bien pu lui arriver.

Pourquoi un gars de Philadelphie venait-il faire le sale boulot d'Henry ? L'esprit de Kelly tournait à toute vitesse. Deux des gars au labo avaient eu le même genre d'accent. Tony Piaggi. Bien sûr, la même filière, et Philadelphie...

— Déjà visité Pittsburgh, Frank ? La question avait jailli, comme à l'improviste.

Molinari joua son va-tout. Mauvais choix.

— Comment tu sais ça ? Pour qui tu bosses ?

— T'as tué Doris et son père, hein ?

— C'était un contrat, mec, t'as déjà rempli un contrat ?

Kelly lui fournit la seule réponse possible, et il entendit un autre cri venir de la pièce de devant, en même temps qu'il ramenait le pistolet près de sa poitrine. Temps de réfléchir. Le chrono tournait toujours. Kelly se dirigea vers Paula et la releva sans ménagement.

— Ça fait mal !

— Grouille, allons récupérer tes copines.

Maria était juste en slip et trop défoncée pour réagir. Roberta était consciente, et terrifiée. Il n'avait pas envie de les regarder, pas maintenant. Il n'avait pas le temps. Kelly les regroupa, les poussa au bas des marches, puis dehors. Aucune des trois n'avait de chaussures et la combinaison de la drogue, de la crasse et du verre pilé sur le trottoir les faisait marcher comme des estropiées, avec force pleurs et gémissements tout au long du chemin vers l'est. Kelly les poussait, leur grondait dessus, les brusquant pour les faire accélérer, ne redoutant rien tant qu'une voiture passant dans la rue, car cela suffirait à flanquer par terre tout ce qu'il avait accompli. La vitesse était vitale et le trajet lui prit dix minutes, aussi interminables que sa cavalcade au bas de la colline de VERT-DE-GRIS, mais la voiture de patrouille était toujours là où il l'avait abandonnée. Kelly déverrouilla l'avant et dit aux filles de monter. Il avait menti pour les clés.

— C'est quoi, ce bordel ? objecta Monroe. Kelly confia les clés à Paula qui semblait la plus en mesure de tenir le volant. Au moins était-elle capable de garder la tête droite. Les deux autres se tassèrent sur le siège du passager, évitant de cogner la radio avec leurs jambes.

— Agent Monroe, ces dames vont vous conduire au poste. J'ai des instructions pour vous. Etes-vous prêt à écouter ?

— J'ai le choix, connard ?

— Vous voulez jouer au plus fin, ou ça vous branche d'avoir des renseignements intéressants ? demanda Kelly sur le ton le plus raisonnable possible. Deux regards posés se croisèrent en un long moment de contact. Monroe eut du mal à ravaler son orgueil mais il acquiesça.

— Allez-y.

— C'est au sergent Tom Douglas que vous allez vous adresser — à lui et à personne d'autre. Ces dames sont dans de très sales draps. Elles peuvent vous aider à élucider un certain nombre d'affaires délicates. J'insiste. Personne d'autre que lui... c'est important, vu ? *Tu fais le con et on se retrouve*, lui disaient les yeux de Kelly.

Monroe saisit l'ensemble des messages et hocha la tête.

— Ouais.

— Paula, vous conduisez, vous ne vous arrêtez sous aucun prétexte, quoi qu'il vous dise, compris ? La fille acquiesça. Elle l'avait vu tuer deux hommes. Décolle !

Elle était vraiment trop défoncée pour conduire mais il n'avait guère le choix. La voiture de police démarra et s'éloigna au ralenti, éraflant un poteau télégraphique avant le bout de la rue. Puis elle tourna au coin et disparut. Kelly inspira un grand coup et rebroussa chemin vers l'endroit où il avait garé sa voiture. Il n'avait pas sauvé Pam. Il n'avait pas sauvé Doris. Mais il avait sauvé ces trois-là et Xantha, au péril de sa vie, prenant involontairement un risque, mais un risque nécessaire. Il en avait presque terminé.

Enfin, pas tout à fait.

*

Les deux camions du convoi avaient dû emprunter un itinéraire plus détourné que prévu, et ils n'arrivèrent pas avant midi à leur destination. Qui était la prison de Hoa Lo. Son nom signifiait « endroit où l'on fait la cuisine » et sa réputation était bien connue des Américains. Une fois les camions entrés dans la cour et les grilles bouclées, on fit descendre les hommes. Une nouvelle fois, chacun se vit assigner un gardien qui l'emmena à l'intérieur. On leur permit juste de boire un verre d'eau avant de leur attribuer des cellules individuelles réparties dans tout le bâtiment. Robin Zacharias pénétra enfin dans la sienne. Ça ne le changeait pas beaucoup en fin de compte. Il trouva un coin de sol propre et s'assit, épuisé du voyage, la tête calée contre le mur. Il lui fallut plusieurs minutes avant d'entendre qu'on tapait.

Une coupe et un rasage, six fois.

Une coupe et un rasage, six fois.

Il rouvrit les yeux. Il fallait qu'il réfléchisse. Les prisonniers de guerre communiquaient en utilisant un code aussi simple qu'ancien, un alphabet graphique.

A B C D E

F G H I J

L M N O P

Q R S T U

V W X Y Z

tap-tap-tap-tap-tap pause tap-tap

5/2, transcrivit Robin ; la surprise contrait son épuisement. *La lettre W. Bien. C'est dans mes cordes.*

2/3, 3/4, 4/2, 4/5

« W-H-O R U » : *Who are you. Qui êtes-vous ?*

tap-tap-tap-tap-tap-tap... Robin interrompit la séquence pour fournir sa réponse.

4/2, 3/4, 1/2, 2/4, 3/3, 5/5, 1/1, 1/3

« R-O-B-I-N Z-A-C »

tap-tap-tap-tap-tap-tap

1/1, 3/1, 5/2, 1/1, 3/1, 3/1

« A-L W-A-L-L »

Al Wallace ? Al ? Il est vivant ?

tap-tap-tap-tap-tap-tap

COMMENT VA ? demanda-t-il à son pote de quinze ans.

ON FAIT ALLER, réponse complétée d'un additif pour ses compatriotes de l'Utah.

1/3, 3/4, 3/2, 1/5, 1/3, 3/4, 3/2, 1/5, 5/4, 1/5

Come, come, ye saints... Venez, venez, vous les saints...

Robin étouffa un cri, ce n'était plus les coups qu'il entendait, c'était le Chœur, c'était la musique, et le sens qu'elle véhiculait.

tap-tap-tap-tap-tap-tap

1/1, 3/1, 3/1, 2/4, 4/3, 5/2, 1/5, 3/1, 3/1, 1/1, 3/1, 3/1, 2/4, 4/ 3, 5/2, 1/5, 3/1, 3/1

A-L-L I-S W-E-L-L A-L-L I-S W-E-L-L

Robin ferma les yeux et remercia son Dieu pour la seconde fois de la journée et depuis plus d'un an en tout. Il avait été stupide, après tout, d'imaginer que la délivrance pouvait ne pas venir. Le lieu lui semblait étrange, les circonstances plus étranges encore pour une telle révélation, mais il y avait un autre Mormon dans la cellule voisine et son corps fut pris de tremblements alors que son esprit entendait le plus émouvant de tous les cantiques, celui dont le dernier vers n'était pas du tout un mensonge, mais une affirmation.

Tout est bien, tout est bien.

*

Monroe ne savait pourquoi cette fille, cette Paula, refusait de l'écouter. Il essaya de la raisonner, essaya de gueuler, mais elle continuait, imperturbable, quoiqu'en suivant ses indications, se traînant dans les rues du petit matin à un bon quinze à l'heure, et encore, en ne maintenant son cap qu'avec difficulté. Le trajet prit quarante minutes. Elle se perdit à deux reprises, confondant droite et gauche, et dut une autre fois s'arrêter complètement quand une des deux autres vomit par la fenêtre. Lentement, Monroe réussit à comprendre ce qui se passait. Cela grâce à une combinaison de divers éléments, mais surtout parce qu'il avait tout le temps pour deviner.

— Qu'est-ce qu'il a fait ? demanda Maria.

— I..I... ils allaient nous tuer, comme les autres, mais il les a *descendus* !

Bon Dieu, se dit Monroe. Ça collait.

— Paula ?

— Oui ?

— Avez-vous connu une fille du nom de Pamela Madden ?

Elle hocha lentement la tête, en se concentrant de nouveau sur la route devant elle. Le poste de police était en vue.

— Dieu du ciel, dit le policier dans un souffle. Paula, tournez à droite dans le parking, d'accord ? Faites le tour par-derrière... brave fille... vous pouvez vous arrêter là, parfait. La voiture s'arrêta dans une dernière embardée et Paula se mit à pleurer piteusement. Il n'y avait rien d'autre à faire qu'attendre une ou deux minutes, jusqu'à ce qu'elle ait surmonté le plus gros de la crise, et si Monroe avait peur, c'était pour elles désormais, pas pour lui. Bon, ça va, maintenant je veux que vous me laissiez descendre.

Elle ouvrit sa portière, puis celle de derrière. Il fallut aider le flic à se mettre debout, et elle le fit instinctivement.

— Le trousseau de clés de la voiture, celle des menottes est dessus, pouvez-vous me libérer, mademoiselle ? Il lui fallut trois essais pour lui libérer les mains. Merci.

*

— Ça a intérêt à être bon ! grommela Tom Douglas. Le cordon du téléphone qui passait devant le visage de sa femme la réveilla à son tour.

— Sergent, c'est Chuck Monroe, district ouest. J'ai là trois témoins du meurtre de la fontaine. Il marqua un temps. Je crois également que nous avons deux autres cadavres à mettre à l'actif de l'Homme invisible. Il m'a dit que je ne devais m'adresser qu'à vous.

— Hein ? Un rictus déforma le visage de l'inspecteur dans le noir. Qui ça ?

— L'Homme invisible. Vous voulez passer ici, monsieur ? C'est une longue histoire, ajouta Monroe.

— N'en parlez à personne d'autre. Absolument personne, pigé ?

— C'est ce qu'il m'a dit aussi, monsieur.

— Qu'est-ce qui se passe, chéri ? demanda Beverly Douglas, aussi réveillée maintenant que son inspecteur de mari.

Cela faisait huit mois maintenant, depuis la mort d'une gamine triste nommée Helen Waters. Puis Pamela Madden. Puis Doris Brown. Il allait enfin pouvoir coincer ces salauds, à présent, se dit Douglas, mais il se trompait.

*

— Qu'est-ce que vous faites ici ? demanda Sandy au personnage debout à côté de sa voiture, celle-là même qu'il avait réparée.

— Je venais vous faire mes adieux pour un petit moment, dit Kelly, très calme.

— Que voulez-vous dire ?

— Je vais devoir m'absenter. J'ignore pour combien de temps.

— Pour où ?

— Je ne peux pas vraiment le dire.

— Encore le Viêt-nam ?

— Peut-être. Je ne suis pas sûr. Véridique.

Ce n'était tout simplement pas le moment, comme si ça pouvait l'être un jour, se dit Sandy. Il était tôt, et elle devait être au boulot à six heures trente, et même si elle n'était pas encore en retard, elle n'avait tout bonnement pas les minutes nécessaires pour lui dire les mots qu'il fallait.

— Est-ce que vous reviendrez ?

— Si vous y tenez, oui.

— J'y tiens, John.

— Merci. Sandy... J'en ai sorti quatre, ajouta-t-il.

— Quatre ?

— Quatre filles, comme Pam et Doris. L'une est sur la côte Est, les trois autres sont ici, en ville, dans un poste de police. Veillez à ce que quelqu'un s'occupe bien d'elles, d'accord ?

— Oui.

— Ne prêtez pas attention à ce que vous entendrez. Je reviendrai. Je vous supplie de me croire.

— John !

— Plus le temps, Sandy. Je reviendrai, lui promit-il en s'éloignant.

*

Ni Ryan ni Douglas ne portaient de cravate. Tous deux sirotaient un café dans des tasses en carton pendant que les gars du labo remettaient ça.

— Deux dans le corps, remarquait l'un d'eux, une dans la tête — il laisse toujours ses cibles sur le carreau. Un vrai boulot de professionnel.

— Un vrai, souffla Ryan à son partenaire. C'était un .45. Forcé. Aucun autre calibre ne faisait de tels dégâts — en outre, il y avait six douilles en laiton sur le plancher de bois, chacune cerclée à la craie à l'attention des photographes.

Les trois femmes étaient dans une cellule du district ouest, sous la surveillance constante d'un policier en uniforme. Douglas et lui s'étaient brièvement entretenus avec elles, mais cela leur avait suffi à comprendre qu'ils tenaient enfin leurs témoins contre un certain Henry Tucker, assassin. Un nom, un signalement, rien d'autre, mais infiniment plus que ce qu'ils avaient encore, quelques heures plus tôt à peine. Ils allaient commencer par éplucher le nom dans leurs propres archives, puis au sommier national du FBI, et enfin dans la rue. Ils contrôleraient ensuite le fichier des véhicules, pour trouver une carte grise à ce nom. La procédure était parfaitement définie, et avec une identité, ils finiraient par le pincer, bientôt peut-être, ou peut-être pas. Cela dit, il leur restait quand même cette autre petite affaire sur les bras.

— Les deux venaient de l'extérieur ? demanda Ryan.

— Philadelphie. Francis Molinari et Albert d'Andino, confirma Douglas, lisant les noms sur leur permis de conduire. Combien es-tu prêt à parier...

— Pas de pari, Tom. Il se retourna, il tenait une photo. Monroe, ce visage vous dit quelque chose ?

L'agent prit le petit cliché d'identité de la main de Ryan et l'examina dans la faible lumière de l'appartement à l'étage. Il secoua la tête.

— Pas vraiment, monsieur.

— Que voulez-vous dire ? Vous l'avez vu en face.

— Les cheveux plus longs, des marques sur le visage, et puis, quand il était près, j'ai surtout vu le canon de son Colt. Trop vite, trop sombre.

*

C'était délicat et dangereux, ce qui n'avait rien d'étonnant. Quatre voitures étaient garées devant, et il ne pouvait pas se permettre le moindre bruit — mais c'était encore la méthode la plus sûre, avec ces quatre bagnoles. Il se tenait dressé sur l'étroite corniche formée par l'appui d'une fenêtre murée, pour attraper le câble du téléphone. Kelly espéra que personne n'était en communication lorsqu'il cisailla les fils, avant d'y pincer rapidement ses propres câbles. Cela fait, il se laissa retomber au sol et se mit à longer vers le nord l'arrière du bâtiment, en déroulant derrière lui sa bobine de fil téléphonique, le laissant simplement courir sur le sol. Il tourna le coin, laissant la bobine pendre de sa main gauche comme une gamelle à repas, et traversa la rue déserte avec la démarche tranquille de quelqu'un du coin. Cent mètres encore et il tourna de nouveau, pénétrant dans l'immeuble désert pour gagner son perchoir. Une fois là, il retourna à sa voiture de location récupérer le reste de son barda, y compris sa fidèle flasque à whisky, remplie d'eau du robinet, et une provision de barres Snickers. Ainsi paré, il s'attela à la tâche.

Le fusil était mal aligné. Si fou que cela puisse paraître, la méthode la plus sensée était de prendre l'immeuble pour cible. Il épaula en position assise et chercha sur le mur un endroit adéquat. Là, cette brique abîmée. Kelly maîtrisa sa respiration, la lunette réglée au grossissement maximal, et pressa doucement la détente.

Cela faisait drôle de tirer avec ce fusil. La balle de .22 chemisée est un petit projectile, naturellement peu bruyant, et avec le silencieux élaboré qu'il y avait adapté, pour la première fois de sa vie il entendit le *pinggg* musical du percuteur venant frapper l'amorce, accompagné du *plop* assourdi de la décharge. La nouveauté de la perception faillit lui faire manquer le bruit sec et bien plus sonore de l'impact du projectile sur la cible. La balle créa un nuage de poussière, cinq centimètres à gauche et deux centimètres et demi plus bas que le point visé. Kelly rectifia le réglage du viseur Leupold et tira de nouveau. Parfait. Il fit jouer la culasse et mit trois balles dans le chargeur, ramenant le viseur au grossissement minimal.

*

— T'as pas entendu quelque chose ? demanda Piaggi, d'une voix lasse.
— Quoi donc ? Tucker leva les yeux de sa tâche. Plus de

douze heures maintenant, à se taper le boulot minable dont il se croyait définitivement débarrassé. Et il n'en était même pas à la moitié, malgré les deux « soldats » descendus exprès de Philadelphie. Tony n'était pas non plus à la fête.

— Comme un truc qui tombe, dit Tony, hochant la tête avant de se remettre à la tâche. Le seul avantage était que l'épisode lui vaudrait le respect d'un bout à l'autre de la côte quand il le relaterait à ses associés. Un gars sérieux, l'Anthony Piaggi. Alors que tout partait à vau-l'eau, il s'était tapé le boulot lui-même. Il livre et il fait face à ses obligations. Vous pouvez compter sur Tony. C'était une réputation qui valait d'être gagnée, même s'il fallait en payer le prix. Cette saine résolution dura peut-être trente secondes.

Tony fendit un nouveau sachet, notant l'infecte odeur chimique qui en émanait, sans bien en reconnaître l'origine. La fine poudre blanche emplit le bol. Puis il ajouta le lactose. Il mélangea les deux éléments à la cuillère, en touillant lentement. Il était sûr qu'il devait exister une machine pour effectuer cette opération, mais elle était probablement trop grosse, comme celles utilisées en boulangerie industrielle. C'était surtout que son esprit se révoltait devant ce boulot de grouillot, de sous-fifre. Et pourtant, il fallait bien qu'il assure la livraison, et il n'avait personne d'autre pour l'aider.

— Qu'est-ce t'as dit ? demanda Henry, d'une voix lasse.

— Laisse tomber. Piaggi se concentra sur sa tâche. Mais où étaient passés Albert et Frank, bordel ? Ils étaient censés être ici depuis deux heures. Se croyaient spéciaux parce qu'ils éliminaient les gens ? Comme si ça avait réellement de l'importance.

*

— Eh, mon lieutenant ! Le sergent responsable de la salle où l'on consignait les pièces à conviction était un ancien agent de la circulation dont le side-car avait été percuté par un chauffard. Cela lui avait coûté une jambe et l'avait relégué aux tâches administratives. Ça convenait au sergent qui avait son bureau, ses beignets et son journal, en échange d'un boulot de paperasse qui lui prenait aux alentours de trois heures de travail effectif par quart de huit heures. On appelait ça retraite en poste.

— Comment va la famille, Harry ?

— Très bien, merci. Que puis-je pour vous ?

— J'aurais besoin de vérifier les numéros sur les sachets de drogue que j'ai amenés la semaine dernière, lui dit Charon. Je crois qu'il y a eu un mic-mac dans les étiquettes. En tout cas — il haussa les épaules —, faut que je les vérifie.

— D'accord, laissez-moi une minute et je vous les...

— Lisez votre canard, Harry. Je sais où chercher, lui dit Charon avec une tape sur l'épaule. La consigne était que personne ne venait fureter dans cette pièce sans escorte officielle, mais Charon était lieutenant et Harry n'avait qu'une jambe, et sa prothèse le faisait souffrir, comme bien souvent.

— C'était une sacrée prise, Mark, dit le sergent à l'officier qui lui avait déjà tourné le dos. *Merde, Mark avait quand même descendu le gars qui transportait la came.*

Charon ouvrit l'œil et tendit l'oreille, guettant s'il y avait quelqu'un dans les parages, mais non. Il faudrait qu'ils alignent les gros billets. Alors comme ça, ils envisageaient de déménager leur réseau, hein ? En le laissant, lui, mariner derrière, recommencer à traquer les petits dealers... enfin, il n'y avait pas que des inconvénients. Il avait déjà mis de côté pas mal de fric, largement de quoi rendre heureuse son ancienne femme et payer l'éducation des trois gosses qu'il lui avait donnés, plus un petit chouïa pour lui. Et même, il ne tarderait sans doute pas à décrocher une promotion pour le boulot accompli en éliminant plusieurs trafiquants de drogue...

Là... les dix kilos qu'il avait saisis dans la voiture d'Eddie Morello étaient dans une boîte en carton étiquetée, posée sur le troisième rayon, à l'endroit précis où ils étaient censés être. Il descendit le carton et vérifia quand même son contenu. Chacun des dix sacs d'un kilo avait été ouvert, analysé et scellé de nouveau. Le technicien du labo qui s'en était chargé avait simplement inscrit des initiales sur les étiquettes, et des initiales, c'est facile à maquiller. Charon fouilla dans ses poches de chemise et de pantalon, et en sortit les sachets plastique de sucre en poudre extra-fin de même couleur et de même consistance que l'héroïne. Seul son service toucherait à cette pièce à conviction, et il pouvait maîtriser ça. Dans un mois, il enverrait une note de service recommandant la destruction des pièces, puisque l'affaire était close. Son capitaine approuverait. Il jetterait la poudre à l'égout, devant plusieurs témoins, les sacs en plastique seraient brûlés, ni vu ni connu. Cela ne semblait pas si compliqué. Moins de trois minutes après, il ressortait d'entre les étagères à pièces à conviction.

— Z'avez vérifié les numéros ?

— Ouais, Harry, merci, dit Charon qui lui adressa un signe de la main en sortant.

*

— Que quelqu'un décroche ce putain de téléphone ! grogna Piaggi. Merde, qui pouvait bien appeler ici, d'abord ? Ce fut l'un des gars de Philly qui alla décrocher, prenant quand même le temps d'allumer une clope.

— Ouais ? Le type se retourna. Henry, c'est pour toi.

— Merde, quoi encore ? Tucker traversa la pièce.

*

— Salut, Henry, dit Kelly. Il avait branché un téléphone de campagne sur la ligne de l'immeuble, désormais coupé du monde extérieur. Assis près de l'appareil recouvert de sa housse en toile, il avait sonné à l'autre bout de la ligne rien qu'en tournant la manivelle. La technique pouvait sembler primitive, mais elle lui était familière, elle était rassurante et, surtout, efficace.

— Qui est-ce ?

— Mon nom est Kelly, John Kelly.

— Et qui est John Kelly ?

*

— Vous vous y êtes mis à quatre pour tuer Pam. Tu es le seul qui reste, Henry, dit la voix. J'ai eu les autres. A présent, c'est ton tour. Tucker se retourna et parcourut la pièce du regard, comme s'il s'attendait à y trouver son mystérieux

350

interlocuteur. Était-ce une espèce de tour sordide qu'ils étaient en train de lui jouer ?

— Comment... comment avez-vous eu ce numéro ? Où êtes-vous ?

— Tout près, Henry, lui dit Kelly. T'es bien peinard, là-dedans, avec tes potes ?

— Écoutez, j'ignore qui vous êtes...

— Je t'ai dit qui j'étais. Tu es là-dedans avec Tony Piaggi. Je t'ai vu au restaurant l'autre soir. Tu t'es régalé, au fait ? Moi, c'était super, ajouta la voix, narquoise.

Tucker se raidit, la main crispée sur le combiné du téléphone.

— Et qu'est-ce que tu comptes faire, hein, petit ?

— Sûrement pas t'embrasser sur les deux joues, *petit*. J'ai eu Rick, j'ai eu Billy, j'ai eu Burt et maintenant, c'est toi que je vais avoir. Fais-moi plaisir, passe-moi M. Piaggi, suggéra la voix.

— Tony, tu ferais bien de venir ici, dit Tucker.

— Qu'est-ce que c'est, Henry ? Piaggi se prit les pieds dans sa chaise en se levant. *Tellement crevé avec tout ce bordel. Ces salopards de Philly ont intérêt à avoir déjà sorti le fric.* Henry lui passa le téléphone.

— Qui est à l'appareil ?

— Ces deux types sur le bateau, ceux que t'avais prêtés à Henry ? Je les ai descendus. J'ai également descendu les deux autres, ce matin.

— C'est quoi cette histoire, enfin merde ?

— Devine. On raccrocha. Piaggi lorgna son partenaire et puisqu'il n'avait pu obtenir de réponse au téléphone, il allait l'exiger de Tucker.

— Henry, qu'est-ce que c'est que ce bordel ?

*

Parfait, voyons un peu ce que ça donne. Kelly s'autorisa une gorgée d'eau et un Snickers. Il était installé au deuxième étage du bâtiment. Une espèce d'entrepôt, sans doute, une construction massive en béton renforcé, la bonne planque pour le jour de la Bombe. Le problème tactique était intéressant. Il ne pouvait pas se ruer comme ça à l'intérieur. Même avec un pistolet-mitrailleur — ce qui n'était pas le cas —, à quatre contre un, les chances étaient quasiment nulles, surtout quand on ignorait ce qui guettait derrière la porte et qu'on ne pouvait plus jouer sur l'effet de surprise. Il lui fallait donc tenter une autre méthode. Il n'avait encore jamais rien fait de tel mais du haut de son perchoir, il couvrait toutes les portes de l'édifice. Les fenêtres de derrière étaient murées. Les seules issues étaient situées dans son champ visuel, à peine à plus de cent mètres et il espérait bien qu'ils tenteraient une sortie. Kelly épaula le fusil mais garda la tête levée pour continuer de scruter les parages de gauche à droite, patiemment, consciencieusement.

*

— C'est lui, dit Henry, doucement, pour que les autres n'entendent pas.
— Qui ?
— Le type qui a descendu tous ces dealers, le type qui a eu Billy et les autres, le type qui a attaqué le bateau. C'est lui, *lui* !
— Putain, mais c'est qui, lui, Henry ?
— Mais j'en sais rien, moi, bordel de merde ! La voix était devenue perçante et les deux autres levèrent la tête. Tucker essaya de se dominer. Il dit qu'il veut que nous sortions.
— Oh, impeccable — contre qui on se bat ? Attends voir une minute... Piaggi décrocha le téléphone mais n'obtint aucune tonalité. Bon sang ?

*

Kelly entendit le bourdonnement et décrocha aussitôt.
— Ouais, qu'est-ce que c'est ?
— Qui êtes-vous, bordel ?
— C'est Tony, c'est ça ? Pourquoi fallait-il que tu tues Doris, Tony ? Elle ne représentait aucun danger pour toi. Maintenant, je vais me voir obligé de t'éliminer, toi aussi.
— Moi, je n'ai rien...
— Tu sais ce que je veux dire, mais merci quand même d'avoir fait venir les deux autres zigues. Je voulais régler cette affaire une bonne fois pour toutes et je n'espérais pas avoir

cette chance. A l'heure qu'il est, ils doivent être à la morgue, je suppose.

— T'essayes de me foutre la trouille ? lança l'homme, sur la ligne grésillante.

— Non, juste de te tuer.

*

— Merde ! Piaggi raccrocha violemment.

— Il dit qu'il nous a vus au restaurant, mec. Il dit qu'il y était.

Il était clair pour les deux autres que quelque chose clochait. Ils avaient levé la tête, curieux mais surtout méfiants, en voyant leurs supérieurs dans un tel état d'agitation. Qu'est-ce qui se passait, bordel ?

— Comment a-t-il pu savoir — oh ! dit Piaggi. Le ton devint traînant, plus calme. Ouais, ils me connaissaient, pas vrai... ? Bon Dieu.

Il n'y avait qu'une seule fenêtre aux vitres transparentes. Les autres étaient munies de dalles de verre, ces pavés de dix centimètres réputés laisser passer la lumière et dissuader les vandales. Ils empêchaient également de voir à l'extérieur. La seule fenêtre transparente était équipée d'une manivelle permettant d'ouvrir d'un certain angle les panneaux pivotants. Ce bureau avait sans doute été aménagé par un connard de gestionnaire qui ne voulait pas que ses secrétaires se mettent à la fenêtre pour regarder dehors. Eh bien, le salaud avait vu son souhait exaucé. Piaggi tourna la manivelle pour ouvrir — enfin, il essaya : les trois panneaux avaient pivoté de quarante degrés quand le mécanisme se coinça.

*

Kelly les vit bouger et se demanda s'il devait manifester sa présence de manière plus directe. Mieux valait s'en abstenir, se dit-il, mieux valait être patient. L'attente pèse à ceux qui ne savent pas ce qui se passe.

Le plus remarquable, c'est qu'il n'était que dix heures du matin, en cette journée limpide de fin d'été. Des camions passaient sur O'Donnell Street, à un demi-pâté de maisons d'ici, quelques voitures particulières également, filant en vitesse. Peut-être leurs conducteurs apercevaient-ils la grande bâtisse abandonnée où se trouvait Kelly et se demandaient, tout comme lui, à quoi elle avait bien pu servir ; avisant les quatre voitures garées près de l'ancien entrepôt, ils devaient se demander si l'affaire n'avait pas repris ; mais même si tel était le cas, ce n'était qu'une réflexion en passant pour des gens qui avaient leur boulot. Le drame se jouait en pleine lumière et seuls ses acteurs en étaient conscients.

*

— J'y vois goutte, dit Piaggi, accroupi pour regarder à l'extérieur. Il n'y a personne dans le coin.

C'est le gars qui a éliminé les dealers, était en train de se dire Tucker lorsqu'il quitta la fenêtre. *Cinq ou six. Et il a tué Rick avec un putain de* couteau...

Tony avait choisi le bâtiment. C'était la partie la plus visible d'une petite affaire de transport routier inter-États, dont les propriétaires trempaient dans le coup et savaient se montrer discrets. Absolument parfait, avait-il jugé : proche des artères principales, dans un quartier tranquille rarement visité par les flics, une bâtisse anonyme parmi d'autres pour un boulot tout aussi anonyme. Parfait, avait également songé Henry en la voyant.

Ça ouais, absolument parfait...

— Laisse-moi jeter un œil... Ce n'était plus le moment de se défiler. Henry Tucker ne se considérait pas comme un trouillard. Il s'était battu, il avait tué, de ses mains, et pas seulement des femmes. Il avait passé des années à s'établir, et la première partie de l'opération s'était déroulée sans effusion de sang. Par ailleurs, il n'était pas question de faire montre de faiblesse devant Tony et deux « soldats ». Non... rien, admit-il.

— Essayons voir un truc. Piaggi retourna au téléphone et le décrocha. Pas de tonalité, juste un grésillement...

*

Kelly regarda le téléphone de campagne, écoutant le bruit qu'il émettait. Il n'allait plus y toucher de quelque temps, histoire de les laisser mariner à leur tour. Même si la situation tactique était de son fait, les options demeuraient malgré tout limitées. Parler, ne pas parler. Tirer, ne pas tirer. Bouger, ne pas bouger. Avec seulement trois choix fondamentaux, il devait sélectionner ses actions avec soin pour parvenir à l'effet désiré. Cette bataille n'était pas physique. Comme la plupart, elle se jouait au niveau mental.

Il commençait à faire chaud. Les derniers jours de canicule avant que les feuilles ne se mettent à rougir. Déjà plus de vingt-cinq, sans doute le thermomètre allait-il dépasser les trente degrés, une dernière fois. Il essuya la sueur de son visage, continuant d'observer le bâtiment, écoutant grésiller la ligne, les laissant transpirer pour une autre raison que la chaleur de la journée.

*

— Merde, grogna Piaggi en raccrochant brutalement le téléphone. Vous deux !

— Ouais ? C'était le plus grand, Bobby.

— Faites le tour du bâtiment...

— Non ! dit Henry, réfléchissant. Et s'il est juste dehors ? On n'y voit goutte par cette putain de fenêtre. Il pourrait être juste à côté de la porte. Tu veux courir ce risque ?

— Que veux-tu dire ? demanda Piaggi.

Tucker faisait les cent pas, maintenant, respirant un peu plus vite que d'habitude, se forçant à réfléchir. *Comment ferais-je, à sa place ?*

— Je veux dire que ce salaud coupe la ligne téléphonique, nous appelle, nous menace et ensuite il n'a plus qu'à nous attendre à la porte, par exemple...

— Qu'est-ce que tu sais de lui ?

— Je sais qu'il a tué cinq revendeurs et quatre de mes gars...

— Et quatre des miens, s'il ne raconte pas d'histoires...

— Donc, on a intérêt à deviner ce qu'il va faire, okay ? Comment tu t'y prendrais, toi ?

Piaggi réfléchit à la question. Il n'avait jamais tué. C'est simplement que la situation ne s'était jamais présentée. Dans l'affaire, il était plutôt le cerveau. Il avait certes dû en brusquer quelques-uns, en son temps, voire en tabasser quelques autres, mais ça s'arrêtait là, n'est-ce pas ? *Comment ferais-je à sa place ?* L'hypothèse d'Henry se tenait. Rester planqué hors de vue, mettons, derrière un angle, dans une ruelle, dans l'ombre, et puis les amener à regarder dans l'autre direction. La porte la plus accessible, celle par où ils étaient entrés, s'ouvrait sur la gauche, détail visible de l'extérieur par la disposition des paumelles. Elle avait également l'avantage d'être la plus proche des voitures et puisque celles-ci constituaient leur seul moyen d'évasion, il devait s'attendre logiquement à ce qu'ils l'empruntent.

Ouais.

Piaggi jeta un coup d'œil à son partenaire. Henry regardait en l'air. Les panneaux acoustiques avaient été démontés du faux plafond. Et là, perçant la dalle horizontale, il y avait une trappe d'accès. Elle était fermée par un simple loquet pour empêcher les voleurs d'entrer. On pouvait l'ouvrir aisément, peut-être même silencieusement, pour accéder à la terrasse goudronnée et gravillonnée : un gars pouvait monter là-haut, gagner la corniche, jeter un œil en bas et descendre quiconque attendait planqué près de la porte de devant.

Ouais.

— Bobby, Fred, ramenez-vous ici, ordonna Piaggi. Il les informa de la situation critique. Dans l'intervalle, ils avaient eu le temps de se douter qu'il se passait un truc sérieusement grave, mais ce n'étaient pas les flics — c'était pourtant le truc le plus grave qui puisse leur arriver, croyaient-ils, et le fait qu'il ne s'agissait pas des flics aurait eu plutôt tendance à les rassurer. Tous deux avaient une arme, tous deux étaient malins et Fred avait tué une fois, pour régler une petite histoire de famille, sur les quais de Philadelphie. Tous deux firent glisser un bureau sous la trappe. Fred avait hâte de montrer qu'il était un gars sérieux, et de gagner ainsi les faveurs de ce Tony qui lui faisait également l'effet d'un gars sérieux. Il monta sur le meuble. Pas assez haut. Ils posèrent une chaise dessus, ce qui leur permit d'accéder à la trappe et de monter sur le toit.

*

Aha ! Kelly aperçut l'homme juché là-haut — en fait, seuls la tête et le torse étaient visibles. Le fusil s'éleva et les fils du réticule se calèrent sur le visage. Il faillit tirer. Ce qui l'arrêta fut de le voir poser les mains sur l'encadrement de la trappe, se tourner pour regarder autour de lui, scrutant le toit en terrasse avant d'aller plus loin. Il voulait y monter. *Eh bien, laissons-le faire*, se dit Kelly alors qu'un semi-remorque passait en grondant, à cinquante mètres de là. L'homme se hissa sur le toit. A travers sa lunette de visée, Kelly aperçut un revolver dans sa main. L'homme se redressa, regarda autour de lui puis s'avança très lentement vers la façade. Pas mauvaise, la tactique, en vérité. C'était toujours une bonne chose de commencer par la reconnaissance... *alors, c'est ce qu'ils se disent ?* songea Kelly. Dommage pour eux.

*

Fred avait ôté ses chaussures. Le fin gravillon lui faisait mal aux pieds, de même que la chaleur irradiant du bitume en dessous, mais il devait être silencieux — et, de toute façon, il était un vrai dur, quelqu'un comme l'avait un jour appris à ses dépens, sur les berges de la Delaware. Sa main étreignit la crosse familière du Smith à canon court. Si l'autre salaud était bien là-dessous, il l'abattrait comme un chien. Tony et Henry tireraient le corps à l'intérieur, puis ils verseraient de l'eau pour laver le sang, avant de se remettre au boulot, parce qu'il s'agissait d'une livraison importante. Plus que la moitié du parcours. Fred redoubla de prudence. Il s'approcha du parapet, les pieds en avant, le corps penché vers l'arrière jusqu'à ce que ses orteils en chaussette touchent la rangée de briques basses qui formait la corniche. Puis, rapidement, il se pencha en avant, le pistolet braqué vers le bas sur... rien. Fred parcourut du regard toute la façade de l'immeuble.

— Merde ! Il se retourna et lança : Il n'y a personne en bas !

— Quoi ? La tête de Bobby passa dans l'ouverture pour regarder, mais Fred inspectait maintenant les voitures, pour voir s'il y avait quelqu'un tapi derrière.

*

Kelly se dit que la patience était presque toujours récompensée. Cette réflexion lui permit de contrer la fièvre qui prend le chasseur quand le gibier s'inscrit dans son viseur. Sitôt que sa vision périphérique eut décelé un mouvement du côté de la trappe, il porta son fusil sur la gauche. Un visage, blanc, la vingtaine, les yeux noirs, regardant l'autre, un pistolet dans la main droite. Une simple cible, désormais. *Commencer par celui-ci.* Kelly aligna le réticule sur l'arête du nez et pressa doucement la détente.

*

Smack. Fred tourna la tête quand il entendit le son à la fois sec et mouillé, mais quand il regarda, il n'y avait rien. Il n'avait rien noté d'autre que ce drôle de bruit sec et mouillé, mais voilà qu'il entendait un fracas, comme si la chaise de Bobby avait glissé de sur le bureau pour tomber par terre. Rien de plus mais, sans raison apparente, il sentit la peau sur sa nuque se glacer soudain. Il s'éloigna du bord à reculons, scrutant l'horizon plat et rectangulaire aussi vite qu'il pouvait tourner la tête. Rien.

*

L'arme était neuve et la culasse était encore un peu raide quand il chargea la deuxième balle. Kelly ramena le canon vers la droite. Deux pour un. La tête tournait à toute vitesse, maintenant. Il sentait la peur chez l'homme qui avait compris le danger mais sans pouvoir le définir ou le localiser. Puis l'homme se mit à battre en retraite vers la trappe. Il ne pouvait pas le laisser faire. Kelly calcula une quinzaine de centimètres d'avance et pressa de nouveau la détente. *Pinggggg.*

Smack. Le bruit de l'impact était bien plus fort que le *plop* assourdi de la détonation. Kelly éjecta la douille et engagea une troisième balle au moment où une voiture approchait sur O'Donnell Street.

*

Tucker regardait encore le visage de Bobby quand il leva brusquement la tête, surpris par le bruit sourd de ce qui devait être un second corps heurtant les poutrelles d'acier du toit-terrasse.

— Oh mon Dieu...

37

Jugement de Dieu

— Vous avez l'air en bien meilleure forme que la dernière fois, colonel, observa plaisamment Ritter, en russe. L'agent de la sécurité se leva et quitta le séjour, laissant les deux hommes entre eux. Ritter portait une mallette qu'il déposa sur la table basse. On vous soigne bien ?

— Je n'ai pas à me plaindre, dit Grichanov, d'une voix lasse. Quand pourrai-je rentrer chez moi ?

— Ce soir, probablement. Nous attendons quelque chose. Ritter ouvrit la mallette. Cela mit Kolya mal à l'aise mais il n'en laissa rien paraître. Pour autant qu'il sache, elle pouvait fort bien contenir un pistolet. Si confortable qu'ait été sa détention, si amicale qu'aient été les conversations avec les gardiens, il était sur le sol ennemi, sous le contrôle de l'ennemi. Tout cela lui évoqua un autre homme, bien loin d'ici et dans des circonstances bien différentes. Des différences qui lui donnèrent des scrupules de conscience et lui firent honte d'avoir peur.

— Qu'est-ce que c'est ?

— La confirmation que nos hommes sont bien à la prison d'Hoa Lo.

Le Russe baissa la tête et murmura quelques mots que Ritter ne put saisir. Grichanov leva la tête.

— Je suis heureux de l'entendre.

— Vous savez, je vous crois. Votre échange de courrier avec Rokossovski est explicite. Ritter prit la théière posée sur la table et se servit, remplissant également la tasse de Kolya.

— Vous m'avez traité correctement. Grichanov ne savait quoi dire d'autre et le silence devenait pesant.

— Nous avons une certaine habitude de traiter amicalement nos hôtes soviétiques, lui assura Ritter. Vous n'êtes pas le premier à séjourner ici. Faites-vous de l'équitation ?

— Non, je ne suis jamais monté à cheval.

— Hmmm. La mallette était bourrée de papiers, nota Kolya, en se demandant de quoi il s'agissait. Ritter sortit deux grandes fiches cartonnées et un tampon encreur. Pouvez-vous me donner vos mains, je vous prie ?

— Je ne saisis pas.

— Pas de quoi vous inquiéter. Ritter saisit la main gauche de Kolya et encra le bout des doigts avant de les apposer, un par un, sur les cases appropriées de la première fiche, puis de la seconde. La procédure fut rééditée avec la main droite. Là, ça ne fait pas mal, n'est-ce pas ? Vous pouvez vous laver les mains, à présent, il vaudrait mieux avant que l'encre ne sèche. Ritter glissa l'une des fiches dans le dossier, pour remplacer celle qui s'y trouvait précédemment. L'autre alla simplement dessus. Il referma la mallette puis jeta l'ancienne fiche dans la cheminée et l'enflamma avec son briquet. Elle brûla rapidement, se mêlant au tas de cendres du feu que les gardiens aimaient à faire un soir sur deux. Grichanov revint dans la pièce, les mains propres.

— Je ne comprends toujours pas.

— A vrai dire, ça ne vous concerne pas directement. Vous venez de me donner un coup de main pour quelque chose, c'est tout. Que diriez-vous de déjeuner avec moi ? Ensuite, nous pourrions rencontrer un de vos compatriotes. Je vous en prie, détendez-vous, camarade colonel, ajouta Ritter, sur le ton le plus rassurant possible. Si votre camp respecte le marché, vous serez sur le chemin du retour dans sept ou huit heures. C'est honnête ?

*

Mark Charon n'aimait pas trop devoir revenir ici, même s'il n'y avait pas encore trop de risque, l'endroit n'étant utilisé que depuis peu. Enfin, ça ne prendrait pas longtemps. Il gara sa

Ford banalisée devant le bâtiment, descendit et gagna la porte d'entrée. Elle était verrouillée. Il dut frapper. Tony Piaggi l'entrouvrit, l'arme au poing.

— Qu'est-ce qui se passe ? demanda Charon, inquiet.

*

« Qu'est-ce qui se passe ? » se demanda Kelly, sans s'affoler. Il n'avait pas prévu qu'une voiture se pointe devant l'immeuble et il avait déjà rajouté deux balles dans le chargeur quand le véhicule s'arrêta et qu'un homme en descendit. Le mécanisme était si raide qu'il eut du mal à réengager la culasse ; le temps d'y arriver, la silhouette bougeait trop rapidement pour qu'il puisse tirer. Bigre. Évidemment, il ne savait pas qui c'était. Il tourna la bague du viseur jusqu'au grossissement maximal et examina la voiture. Caisse banale... une antenne radio supplémentaire... une voiture de police ? Les reflets l'empêchaient de voir à l'intérieur. Merde. Il avait commis une légère erreur. Il avait prévu un répit après avoir descendu les deux autres sur le toit. *Ne jamais croire que tout va de soi, bougre de crétin !* La légère erreur le fit grimacer.

*

— Merde, mais enfin qu'est-ce qui se passe ? aboya Charon. Puis il vit le corps étendu, un petit trou légèrement au-dessus et à gauche de l'œil droit grand ouvert.

— C'est lui ! Il est là, dehors ! dit Tucker.

— Qui ça ?

— Celui qui a descendu Billy, Rick et Burt...

— Kelly ! s'exclama Charon en se retournant pour regarder la porte fermée.

— Vous connaissez son nom ? demanda Tucker.

— Ryan et Douglas sont après lui — ils veulent le pincer pour des meurtres en chaîne.

Piaggi grommela.

— La chaîne a deux maillons de plus : Bobby ici présent, et Fred sur le toit. Il se pencha de nouveau devant la fenêtre. *Il doit se trouver juste de l'autre côté de la rue...*

362

Charon venait de dégainer son arme, sans raison apparente. D'une certaine façon, les sachets d'héroïne lui semblaient curieusement lourds à présent, et il posa son arme de service pour les sortir de ses poches et les déposer sur la table avec les autres, à côté du bol à mélange, des enveloppes et de l'agrafeuse. Cette activité mit fin à sa possibilité de faire quoi que ce soit d'autre que surveiller les deux autres. C'est à cet instant que le téléphone sonna. Tucker alla décrocher.

— On s'amuse bien, enculé ?

*

— Tu t'es bien amusé avec Pam ? demanda Kelly, glacial. Eh bien, demanda-t-il sur un ton plus aimable, qui est ton copain ? Serait-ce le flic que tu arroses ?

— Tu crois tout savoir, hein ?

— Non, pas tout. Je ne sais pas pourquoi un homme arrive à prendre son pied en tuant des filles, Henry. Tu veux bien m'expliquer ça ?

— Va te faire enculer !

— Tu veux venir essayer ? Tu penches aussi de ce côté, ma poule ? Kelly espérait que Tucker n'avait pas brisé le téléphone, tant il l'avait raccroché brutalement. Il ne pigeait strictement rien au jeu et c'était tant mieux. Quand vous ne connaissiez pas les règles, vous ne pouviez pas vous défendre de manière efficace. Il y avait des traces d'épuisement dans sa voix, comme dans celle de Tony. Le gars sur le toit avait la chemise déboutonnée ; elle était froissée, nota Kelly en examinant le corps dans son viseur. Le pantalon avait des poches aux genoux comme si l'homme était resté assis toute la nuit. Avait-il été du genre négligé ? Peu probable, les pompes qu'il avait laissées près de l'ouverture étaient bien cirées. Non, il avait dû veiller toute la nuit, jugea Kelly après quelques secondes de réflexion. *Ils sont fatigués, et ils sont terrorisés, et ils ignorent la règle du jeu. Parfait.* Il avait son eau, ses barres chocolatées et toute la journée devant lui.

*

363

— Si vous connaissiez le nom de ce salopard, comment se fait-il... bordel de merde ! jura Tucker. Vous m'aviez dit que c'était qu'un riche plaisancier, je vous ai répondu que je pouvais lui régler son compte à l'hosto, souvenez-vous, mais non, surtout pas, que vous m'avez dit, fallait lui foutre la paix !

— Calmos, Henry, intervint Piaggi, le plus doucement possible. *C'est vraiment un client sérieux que nous avons là. Il a éliminé six de mes hommes. Six ! Bon Dieu. C'est pas le moment de paniquer.*

— Cette fois, il s'agit de bien réfléchir, okay ? Tony frotta ses joues mal rasées, rassemblant ses idées, examinant la question à fond. Il a un fusil, et il se trouve dans cette grande bâtisse blanche en face.

— Tu veux traverser la rue, comme ça, pour aller le cueillir, Tony ? Tucker indiqua la tête de Bobby. Vise plutôt ce qu'il a fait !

— Déjà entendu parler du crépuscule, Henry ? Il y a une lampe, là-haut, juste au-dessus de la porte. Piaggi se dirigea vers la boîte à fusibles, l'ouvrit, consulta l'étiquette à l'intérieur de la porte et dévissa la tabatière convenable. Là, plus de lumière. On n'a qu'à attendre la nuit pour agir. Il ne pourra pas nous avoir tous. Si l'on fait assez vite, il n'en aura peut-être même aucun.

— Et la dope ?

— On peut laisser un gars ici pour la garder. On fait venir quelques gros bras pour lui tomber dessus, et on règle la question, okay ? Le plan était jouable, estimait Piaggi. L'autre n'avait pas tous les atouts en main. Il ne pouvait pas tirer à travers les murs. Ils avaient de l'eau, du café, et le temps pour eux.

*

Les trois récits étaient à peu près aussi identiques qu'il aurait pu l'espérer compte tenu des circonstances. Ou les avait interrogées séparément, dès qu'elles avaient suffisamment décroché de leurs pilules pour être en état de parler, et leur agitation ne pouvait que faciliter les choses. Les noms, les lieux où cela s'était produit, comment ce salaud de Tucker exportait à présent son héroïne, une remarque émise par Billy sur la puanteur des sacs — et confirmée lors du démantèlement du « labo » découvert sur la côte Est. Ils disposaient à présent d'un numéro de permis de conduire et d'une adresse possible pour Tucker. L'adresse pouvait être bidon — le cas n'avait rien d'improbable —, mais ils avaient également une marque de voiture, ce qui leur avait fourni un numéro d'immatriculation. Il tenait désormais tous les éléments, en tout cas suffisamment pour lui permettre enfin d'envisager l'enquête d'une manière cohérente. Le moment était venu pour lui de prendre du recul et de laisser venir. L'alerte générale venait d'être lancée. Lors des prochaines réunions de service, le nom d'Henry Tucker, la marque et le numéro de son véhicule seraient transmis à tous les agents de patrouille qui étaient l'œil des forces de police. Ils pouvaient avoir beaucoup de chance, agir vite, le trouver, l'interpeller, l'inculper, l'accuser, le juger et le mettre définitivement à l'ombre même si la Cour Suprême avait la mauvaise grâce de lui refuser le sort que ses agissements lui auraient mérité. Ryan était à deux doigts de pouvoir agrafer ce monstre.

Et pourtant.

Et pourtant, il savait qu'il avait une étape de retard sur quelqu'un. L'Homme invisible utilisait maintenant un .45 — plus son fusil avec silencieux ; il avait changé de tactique, il cherchait maintenant à tuer vite, à coup sûr... sans se soucier du bruit... il avait parlé à d'autres avant de les tuer et il en savait probablement encore plus que lui. Ce fauve dangereux décrit par Farber courait les rues, chassant désormais au grand jour, sans doute, et Ryan ne savait pas où.

John T. Kelly, quartier-maître de première classe, SEAL de la Marine des États-Unis. Où diable êtes-vous ? Si j'étais à votre place... où serais-je ? Où irais-je ?

*

— Toujours là ? demanda Kelly lorsque Piaggi décrocha le téléphone.

— Ouais, mec, on se fait un déjeuner tardif. Ça te dit de venir bouffer avec nous ?

— J'ai mangé des calmars chez toi, l'autre soir. Pas mauvais. C'est ta mère qui cuisine ? demanda doucement Kelly en se demandant quel genre de réponse il allait obtenir.

— Exact, répondit Tony, aimable. C'est une vieille recette de famille, mon arrière-grand-mère l'a ramenée du pays, tu te rends compte ?

— Tu sais, tu me surprends.

— Comment ça, monsieur Kelly ? demanda l'homme, poliment, le ton beaucoup plus détendu maintenant. Il se demandait quel effet cela pourrait avoir à l'autre bout du fil.

— Je m'attendais à te voir tenter de me proposer un marché. Tes gars l'ont fait, mais je n'étais pas acheteur, indiqua Kelly en laissant transparaître un début d'irritation.

— Je renouvelle mon invitation. Passe donc nous voir, on pourra discuter en déjeunant. On raccrocha.

Excellent.

*

— Là, ça devrait lui donner matière à réflexion, à ce salaud. Piaggi se versa une autre tasse de café. Le breuvage, réchauffé, était épais, amer, mais il était également si chargé en caféine qu'il devait faire un effort conscient pour empêcher ses mains de trembler. Mais il s'estimait parfaitement alerte et réveillé. Il regarda les deux autres, leur sourit en hochant la tête avec confiance.

*

— Triste pour Cas, confia le directeur à son ami.

Maxwell acquiesça.

— Que puis-je dire, Will ? Ce n'était pas précisément le candidat à la retraite idéal, n'est-ce pas ? Sans famille, ici comme là-bas. C'était toute sa vie et il arrivait au bout, d'une manière ou d'une autre. Aucun des deux hommes n'avait envie de discuter de l'acte de son épouse. Peut-être que d'ici un an ou deux, ils seraient capables de discerner la symétrie poétique de la perte de deux amis, mais pas maintenant.

— J'ai entendu dire que tu rendais également ton tablier, Dutch. Le directeur de l'Académie navale des États-Unis

366

n'arrivait pas à comprendre. Le bruit avait couru que Dutch était assuré de décrocher le commandement d'une flotte au printemps. Les bruits s'étaient éteints à peine quelques jours plus tôt et il en ignorait la raison.

— C'est exact. Maxwell ne pouvait dire pourquoi. Les ordres — sous forme de « suggestion » — étaient venus de la Maison Blanche, via le CNO, le chef des opérations navales. Cela fait assez longtemps, Will. Il est temps d'injecter un sang neuf. Nous autres vieux de la Seconde Guerre mondiale... eh bien, il est temps qu'on laisse la place, j'imagine.

— Le fiston va bien ?

— Je suis grand-père.

— A la bonne heure ! Enfin, une bonne nouvelle, alors que l'amiral Greer faisait son entrée, vêtu de son uniforme, pour une fois.

— James !

— Chouette bureau directorial, observa Greer. Comment va, Dutch ?

— Eh bien, qu'est-ce qui me vaut une telle sollicitude de la part du Haut État-Major ?

— Will, nous allons t'emprunter un de tes rafiots. Tu as quelque chose de sympa et confortable qui soit à la portée de deux amiraux ?

— Pas le choix qui manque. Vous voulez un de nos huit mètres ?

— Impeccable.

— Ma foi, je vais appeler le Service des affectations et leur demander s'ils peuvent vous en dégager un. Logique, songea l'amiral. L'un et l'autre avaient été proches de Cas, et quand on faisait ses adieux à un marin, on le faisait en mer. Il passa son coup de fil et ils prirent congé.

*

— A court d'idées ? demanda Piaggi. Sa voix trahissait désormais la confiance et le défi. La dynamique avait changé de camp, estimait-il. Pourquoi ne pas pousser son avantage ?

— Franchement, je ne crois pas que t'en aies beaucoup. Vous m'avez l'air d'avoir peur de la lumière, mes salauds. Je vais vous en donner, cracha Kelly. Regarde voir !

Il posa le téléphone, saisit son fusil et visa la fenêtre.

Plop.

Crash.

*

— Le bougre de con ! lança Tony au téléphone, même s'il savait qu'on avait raccroché. Vous voyez ? Il sait qu'il ne peut pas nous avoir. Il sait que le temps joue en notre faveur.

Deux carreaux étaient cassés, puis la fusillade cessa. Le téléphone sonna de nouveau. Tony le laissa grelotter plusieurs fois avant de répondre.

— Raté, connard !

— Et ça t'avance à quoi, trouduc ? La voix était si forte que Tucker et Charon l'entendirent résonner à trois mètres de là.

— Je crois qu'il est temps pour vous de filer au pas de course, monsieur Kelly. Qui sait, peut-être qu'on ne vous rattrapera pas. Peut-être que les flics s'en chargeront. J'ai cru comprendre qu'ils vous recherchaient, eux aussi.

— C'est quand même vous qui êtes pris au piège, faudrait pas l'oublier.

— C'est toi qui le dis, mec. Piaggi lui raccrocha de nouveau au nez, histoire de bien lui montrer qui avait le dessus.

*

— Et comment allez-vous, colonel ? demanda Volochine.

— Le voyage a été intéressant. Ritter et Grichanov étaient assis tous les deux sur les marches du mémorial de Lincoln, deux touristes fatigués après une journée de canicule, bientôt rejoints par un troisième comparse, sous les yeux attentifs d'un homme de la sécurité posté à dix mètres d'eux.

— Et votre ami vietnamien ?

— Hein ? demanda Kolya, légèrement surpris. Quel ami ? Ritter sourit.

— Simple ruse de ma part. Il nous fallait identifier la fuite, vous comprenez.

— Je pensais qu'elle émanait de vous, observa, amer, le général du KGB. Le piège était gros, et il était tombé dedans. Enfin presque. La chance lui avait souri et Ritter l'ignorait sans doute.

— La partie continue, Sergueï. Allez-vous pleurer un traître ?

— Un traître, non. Un partisan de la cause d'un monde pacifique, oui. Vous êtes très habile, Bob. Vous avez joué finement. *Peut-être pas tant que ça*, se dit Volochine, *peut-être pas aussi loin dans le piège que tu l'imagines, mon jeune ami américain. Tu as agi trop vite. Tu as réussi à tuer ce Hicks, mais pas CASSIUS. Trop impétueux, mon jeune ami. Tu as commis une erreur d'évaluation sans vraiment t'en rendre compte, n'est-ce pas ?*

Temps de passer aux choses sérieuses.

— Et nos pilotes ?

— Comme convenu, ils ont rejoint les autres. Rokossovski confirme. Acceptez-vous ma parole, monsieur Ritter ?

— Oui, tout à fait. Très bien, il y a un vol Pan Am qui décolle de Dulles en direction de Paris, ce soir à dix-huit heures trente. Nous vous l'amènerons là-bas, si vous voulez venir le saluer avant son départ. Vous pourrez le faire récupérer à Orly.

— D'accord. Volochine s'éloigna.

— Pourquoi m'a-t-il laissé ? demanda Grichanov, plus surpris qu'inquiet.

— Colonel, c'est parce qu'il se fie à ma parole, tout comme je me fie à la sienne. Ritter se leva. Nous avons quelques heures à tuer...

— Tuer ?

— Excusez-moi, c'est une expression. Nous avons quelques heures rien que pour nous. Que diriez-vous d'une petite visite de Washington ? Il y a un rocher lunaire au Smithsonian. Les gens aiment bien le caresser, je ne sais pas pourquoi.

*

Dix-sept heures trente. Kelly avait le soleil dans l'œil à présent. Il devait s'éponger le visage plus souvent. L'observation de la fenêtre en partie brisée ne lui révélait rien d'autre qu'une ombre fugitive parfois. Il se demanda s'ils se reposaient. Pas bon, ça. Il décrocha le téléphone de campagne et tourna la manivelle. Ils le firent encore attendre.

— Qui est à l'appareil ? demanda Tony. C'était lui, l'adversaire le plus formidable, presque aussi formidable qu'il se le figurait. Quel gâchis, vraiment.

— Ton restaurant livre à domicile ?

— On commence à avoir la dalle, c'est ça ? Une pause. T'as peut-être envie de t'entendre avec nous.

— Sors donc, qu'on en cause, rétorqua Kelly. Pour toute réponse, il perçut un *clic*.

Ça se présente pas trop mal, estima-t-il, en regardant les ombres avancer sur le sol. Il but le reste de son eau, mangea sa dernière barre chocolatée, tout en scrutant de nouveau les alentours pour y détecter un éventuel changement. Il avait depuis longtemps décidé de la conduite à tenir. En un sens, ils avaient décidé pour lui. Il luttait de nouveau contre la montre, en un compte à rebours qui était extensible mais pas indéfiniment. Il pouvait laisser tomber à tout instant, s'il le fallait mais — en fait, non, il ne pouvait pas. Il consulta sa montre. Ce serait dangereux et le temps désormais n'y ferait rien. Ils veillaient depuis vingt-quatre heures maintenant, voire plus. Il leur avait fait peur, puis les avait laissés s'y accoutumer. Ils croyaient à présent avoir de bonnes cartes en main, exactement comme il avait osé l'espérer.

Kelly glissa à reculons sur le sol de ciment, abandonnant tout son barda. Il n'en aurait plus besoin désormais, quoi qu'il advienne. Une fois debout, il épousseta ses vêtements et vérifia son Colt automatique. Une balle engagée dans la chambre, sept dans le chargeur. Il s'étira un peu et se rendit compte soudain qu'il ne pouvait plus attendre. Il descendit l'escalier, sortit les clés de la Volkswagen. Elle démarra, bien qu'il ait redouté qu'elle refuse de le faire. Il laissa chauffer le moteur en regardant les voitures passer dans la rue transversale devant lui. Il démarra et s'y engagea, encourant l'ire bruyante d'un conducteur venant en sens inverse, mais réussit à s'insérer dans la circulation de l'heure de pointe.

*

— Tu vois quelque chose ?

C'était Charon qui avait suggéré que l'angle empêcherait Kelly de voir jusqu'au fond du bâtiment. Il pouvait certes tenter de traverser, après tout, mais à deux, ils pouvaient surveiller chacun un flanc du bâtiment blanc. Et ils savaient qu'il était toujours là. L'étau se resserrait. Il n'avait pas pensé à tout, décréta Tony. Il était très malin, mais pas tant que ça, et quand il ferait nuit, et quand l'ombre aurait gagné, ils agiraient. Ça marcherait. Ce n'était pas une petite .22 de rien du tout qui pouvait pénétrer une carrosserie de voiture s'ils arrivaient à la rejoindre, et s'ils le prenaient par surprise, ils pourraient...

— Juste les voitures en face.

— T'approche pas trop de la fenêtre, mec.

— Putain de merde, s'exclama Henry. Et la livraison ?

— On a un dicton dans la famille, mec, mieux vaut tard que jamais, tu piges ?

Charon était le plus mal à l'aise des trois. Peut-être était-ce dû à la proximité de la drogue. Une belle saloperie. *Un peu tard pour y penser.* Y avait-il un moyen de s'en sortir ?

L'argent de sa livraison était posé là, à côté du bureau. Il était armé.

Mourir comme un criminel ? Il les regarda tous les deux, postés de part et d'autre de la fenêtre. C'étaient des criminels. Lui n'avait rien fait pour irriter ce Kelly. Enfin, pas qu'il sache. C'était Henry qui avait tué la fille, et Tony qui avait réglé son compte à l'autre. Charon n'était jamais qu'un flic véreux. Il s'agissait pour Kelly d'une affaire strictement personnelle. Facile à comprendre. Tuer Pam comme ils l'avaient fait avait été un acte brutal et stupide. Il l'avait déjà dit à Henry. Il pouvait se sortir d'ici en héros, non ? On lui avait filé un tuyau, il avait débarqué au beau milieu d'une fusillade effrénée. Il pouvait même aider Kelly. Et il se promit de ne plus, mais alors jamais plus, se fourrer dans un binz pareil. Mettre le fric à la banque, obtenir sa promotion, et démanteler le réseau d'Henry, grâce à ses informations. Ils ne viendraient plus l'emmerder après ça, pas vrai ? Tout ce qu'il avait à faire, c'était décrocher son téléphone et *raisonner* ce mec. Excepté un petit détail.

*

Kelly prit à gauche, vers l'ouest, jusqu'à la rue suivante, où il tourna de nouveau à gauche, redescendant vers le sud pour rejoindre O'Donnell Street. Ses mains transpiraient maintenant. Ils étaient trois et il allait devoir être très, très bon. Mais il était un bon, et il fallait qu'il achève le boulot, même si c'était le boulot qui risquait de l'achever. Il arrêta la voiture un pâté de maisons avant, descendit, verrouilla la portière et finit le trajet à pied. Les autres entreprises étaient fermées à cette heure-ci, il en avait compté trois, qui fonctionnaient dans la journée, sans savoir ce qui se passait... en l'occurrence, juste en face.

Bon, t'avais bien calculé ton coup, non ?

Ouais, Johnnie-boy, mais c'était la partie facile.

Merci. Il s'était arrêté à l'angle de l'immeuble, regarda dans toutes les directions. Ce serait mieux de l'autre côté... il se dirigea vers le coin où se trouvaient les raccordements de téléphone et d'électricité, remontant sur le demi-appui de fenêtre qu'il avait utilisé déjà, puis escaladant la façade pour atteindre le parapet, en tâchant d'éviter les câbles électriques.

Parfait, maintenant tu n'as plus qu'à traverser le toit sans faire de bruit.

Sur du bitume recouvert de gravillons ?

Il y avait une solution alternative qu'il n'avait pas envisagée. Kelly se jucha sur le parapet. Il faisait au moins vingt centimètres de large, se dit-il. Il était surtout silencieux, remarqua-t-il en progressant en funambule sur l'étroit cordon de briques plates en direction de la trappe, tout en se demandant s'ils allaient utiliser le téléphone.

*

Charon devait se décider en vitesse. Il se leva, regarda les autres et s'étira ostensiblement avant de s'approcher d'eux. Il avait ôté sa gabardine, desserré sa cravate et son Smith à cinq coups battait contre sa hanche droite. Il suffisait de descendre ces salopards, puis de s'arranger avec ce fameux Kelly au téléphone. Pourquoi pas ? C'étaient des truands, pas vrai ? Pourquoi devrait-il mourir à cause de ce qu'ils avaient fait ?

— Qu'est-ce que vous faites, Mark ? demanda Henry, sans voir le danger, trop polarisé qu'il était par la fenêtre. *Bien.*

— Marre d'être assis. Charon sortit le mouchoir de sa poche revolver droite et s'essuya le visage tout en évaluant angles et distance, puis l'écart jusqu'au téléphone qui restait sa seule planche de salut. Il en était certain. C'était son unique chance de se tirer d'ici.

Piaggi n'appréciait pas du tout ce qu'il crut lire dans ses yeux.

— Et si on restait assis bien tranquillement, mec, d'accord ? On va pas tarder à avoir du boulot.

Pourquoi lorgne-t-il ainsi le téléphone ? Pourquoi nous regarde-t-il ?

— Bouge pas, Tony, d'accord ? lança Charon sur un ton de défi, en glissant la main vers sa poche pour ranger le mouchoir. Il ne savait pas que son regard l'avait trahi. Sa main avait à peine effleuré son revolver que Tony visait et lui logeait une balle en pleine poitrine.

— Un vrai petit malin, hein ? dit Tony au mourant. Puis il remarqua une ombre dans le rectangle de lumière oblong de la trappe du toit. Il l'observait encore quand elle disparut, remplacée par une tache floue qu'intercepta sa vision périphérique. Henry regardait le corps de Charon.

*

La détonation le fit sursauter — l'idée première était que c'était lui qu'on visait — mais il était lancé et il sauta par l'ouverture de la trappe. Comme en parachute : *Garde les pieds joints, les genoux fléchis, le dos droit, roule en avant au moment de l'impact.*

Le contact fut rude. C'était du carrelage sur une chape en béton mais ses jambes encaissèrent le plus gros du choc. Kelly roula aussitôt sur lui-même, raidit le bras. Le plus proche était

Piaggi. Il leva son arme, visa à hauteur de poitrine et tira à deux reprises, en changeant d'angle, atteignant l'homme sous le menton.

Des cibles mouvantes.

Kelly boula de nouveau, comme il l'avait appris d'un soldat nord-vietnamien. Ça y était. Le temps s'arrêta à cet instant. Henry avait dégainé son arme et visé : leurs regards se croisèrent et durant ce qui parut une éternité, ils s'entre-regardèrent simplement, chasseur contre chasseur, le chasseur et sa proie. Puis Kelly fut le premier à se souvenir à quoi servait l'image dans son viseur. Son doigt pressa la détente, logeant un tir bien ajusté dans la poitrine de Tucker. Le Colt tressauta dans sa main et son cerveau tournait si vite à présent qu'il vit la culasse glisser vers l'arrière, éjecter la douille de laiton vide, puis repartir vers l'avant pour charger une autre balle en même temps que, d'un mouvement de son poignet, il rabaissait le canon de l'arme, et cette balle à son tour se logea dans la poitrine de l'homme. Tucker bascula tout en pivotant. Soit il avait glissé sur le carrelage, soit l'impact des deux projectiles l'avait déséquilibré, mais il s'effondra par terre.

Mission accomplie, se dit Kelly. Au moins avait-il réussi à achever un de ses boulots après tous les échecs de cet été sinistre. Il se releva et s'approcha d'Henry Tucker. D'un coup de pied, il dégagea l'arme de sa main. Il voulait dire quelque chose à ce visage qui vivait encore mais les mots lui manquaient. Peut-être que Pam connaîtrait la paix maintenant, mais c'était douteux. Ça ne marchait pas comme ça, n'est-ce pas ? Les morts étaient partis pour de bon et ils se fichaient bien de ce qu'ils laissaient derrière eux. Sans doute. Kelly ne savait pas ce qu'il en était, même s'il s'était bien souvent posé la question. Si les morts vivaient encore à la surface de cette terre, alors c'était dans l'esprit de ceux qui en gardaient la mémoire, et c'était pour cette mémoire qu'il avait tué Henry Tucker et tous les autres. Ce n'était peut-être pas ça qui aiderait Pam à mieux reposer en paix. Lui, si. Kelly s'aperçut que la vie avait quitté Tucker alors qu'il était plongé dans ses réflexions et faisait son examen de conscience. Non, il n'y avait nul remords pour cet homme, pas plus que pour les autres. Kelly remit le cran de sécurité et parcourut la pièce du regard. Trois morts, et le mieux qu'on puisse en dire était qu'il ne faisait pas partie du lot. Il gagna la porte et sortit. Sa voiture était garée une rue plus loin et il avait encore un rendez-vous à honorer, une vie encore sur laquelle tirer un trait.

Mission accomplie.

*

Le bateau était là où il l'avait laissé. Kelly gara la Coccinelle, une heure plus tard, et sortit sa valise. Il verrouilla le véhicule en laissant les clés à l'intérieur : celui-là non plus, il n'en aurait plus besoin. Son trajet à travers la ville jusqu'à la marina s'était heureusement déroulé l'esprit vide, comme une suite d'actions purement mécaniques, manœuvrer la voiture, s'arrêter à des feux, en franchir d'autres, se diriger vers la mer, ou la baie, un des rares endroits où il se sentait chez lui. Il souleva la valise, gagna l'appontement pour rejoindre le *Springer* et monta à bord. Tout avait l'air normal et dans moins de dix minutes, il serait loin de tout ce qu'il avait fini par associer à cette ville. Kelly fit coulisser la porte du salon principal et se figea aussitôt en décelant la fumée, puis en entendant une voix.

— John Kelly, c'est ça ?

— A qui aurais-je l'honneur ?

— Emmet Ryan. Vous avez vu mon collègue, Tom Douglas.

— Que puis-je faire pour vous ? Kelly posa sa valise, et sentit l'automatique contre ses fesses, à l'intérieur de la saharienne déboutonnée.

— Vous pourriez me dire pourquoi vous avez tué tant de monde, suggéra Ryan.

— Si vous pensez que c'est moi, alors vous savez pourquoi.

— Exact. Pour l'heure, je cherche Henry Tucker.

— Il n'est pas ici, non ?

— Vous pourriez peut-être m'aider, dans ce cas ?

— Je vous suggère l'angle des rues O'Donnell et Mermen. Il n'ira pas bien loin, confia-t-il au policier.

— Qu'est-ce que je suis censé faire de vous ?

— Les trois filles de ce matin, sont-elles...

— Elles sont en sûreté. Nous nous occuperons d'elles. Vos amis et vous, vous avez fait du bon travail avec Pam Madden et

Doris Brown. Pas de votre faute si ça n'a pas marché. Enfin, peut-être un peu. L'inspecteur marqua un temps. Je dois vous inculper, vous savez.

— Pour quoi ?

— Pour meurtre, monsieur Kelly.

— Non. Kelly secoua la tête. Ce n'est un meurtre que lorsque des innocents meurent.

Les yeux de Ryan s'étrécirent. Il ne voyait que la silhouette de l'homme, en fait, avec ce ciel qui jaunissait derrière lui. Mais il avait très bien entendu ce qu'il disait et il n'aurait pas été loin de partager son opinion.

— Ce n'est pas ce que dit la loi.

— Je ne vous demande pas de me pardonner. Je ne vous causerai plus de problèmes et je ne vais pas aller en prison.

— Je ne peux pas vous laisser partir. Mais il n'avait pas sorti son arme, nota Kelly. Qu'est-ce que cela signifiait ?

— Je vous ai rendu l'agent Monroe.

— Je vous en suis reconnaissant.

— Je ne me contente pas de tuer des gens. J'ai été formé à ça mais il y faut une bonne raison. J'avais une raison amplement suffisante.

— Peut-être bien. Franchement, que croyez-vous avoir réalisé ? demanda Ryan. Ce problème de drogue ne va pas disparaître.

— Henry Tucker ne tuera plus de filles. J'ai déjà réalisé ça. Je n'avais jamais espéré faire plus, mais j'aurai déjà démantelé ce réseau. Kelly marqua une pause. Il y avait autre chose que cet homme devait savoir. Il poursuivit : Vous trouverez un flic dans ce bâtiment. Je crois qu'il avait les mains sales. Tucker et Piaggi l'ont descendu. Peut-être qu'il en sortira en héros. Il y a un bon paquet de came, là-bas. Comme ça, votre service ne fera pas trop mauvaise figure. *Et Dieu merci, je n'ai pas eu à tuer un flic — même un pourri.* Je vais vous donner un autre tuyau, je sais comment Tucker faisait entrer sa marchandise. Kelly l'expliqua rapidement.

— Je ne peux pas vous laisser partir, répéta l'inspecteur même si, plus ou moins, il souhaitait le contraire. Mais c'était impossible, et il s'y refuserait car lui aussi vivait selon certaines règles.

— Pouvez-vous m'accorder une heure ? Je sais que vous ne me lâcherez pas. Une heure. Ça arrangera les choses pour tout le monde.

La requête prit Ryan par surprise. Elle allait à l'encontre de tous ses principes — mais enfin, les monstres qu'il avait tués aussi. *Nous sommes en dette envers lui... aurais-je élucidé ces affaires sans lui ? Qui aurait pris la défense des victimes ?... Et du reste, que pouvait-il faire — où pouvait-il aller ?... Ryan, es-tu devenu cinglé ?* Oui, peut-être bien...

— Vous avez une heure. Ensuite, tout ce que je peux vous recommander, c'est de prendre un bon avocat. Qui sait, il arrivera peut-être à vous faire sortir.

Ryan se leva et se dirigea vers la porte latérale sans un regard en arrière. Il s'arrêta devant la porte juste une seconde.

— Vous avez épargné quand vous auriez pu tuer, monsieur Kelly. Voilà pourquoi. Votre heure a commencé.

Kelly ne le regarda pas partir. Il se mit aux commandes, fit préchauffer les diesels. Une heure, ça devrait suffire, juste. Il se précipita sur le pont, largua les amarres, les laissant attachées aux bollards de quai et, le temps de redescendre, les diesels étaient prêts à tourner. Ils démarrèrent du premier coup, et aussitôt Kelly fit pivoter son bateau pour gagner la sortie du port. Sitôt qu'il fut hors du bassin de plaisance, il poussa à fond les deux manettes de gaz, amenant le *Springer* à sa vitesse maximale de vingt-deux nœuds. Le chenal était désert, Kelly mit le pilote automatique et procéda rapidement aux préparatifs nécessaires. Il coupa son virage à Bodkin Point. Obligé. Il savait qui ils allaient lancer à ses trousses.

*

— Garde-côtes, Thomas Point.
— Ici, la police municipale de Baltimore.

C'était l'enseigne Tomlinson qui avait pris la communication. Fraîchement diplômé de l'Académie des gardes-côtes à New London, il était ici pour faire ses classes, et même s'il avait un rang équivalent à l'adjudant-chef qui dirigeait le poste, l'officier comme le garçon n'étaient pas dupes. Âgé seulement de vingt-deux ans, ses galons dorés avaient encore le brillant du neuf, et il était temps de le lâcher sur une mission, estimait Paul English, mais uniquement parce que ce serait Portagee qui commanderait vraiment. Quarante et un Bravo, la seconde grosse vedette de patrouille du poste était prête à partir, moteurs chauds. Le jeune enseigne fonça, comme s'ils risquaient de démarrer sans lui, au grand amusement de l'adjudant-chef English. Cinq secondes après que le gamin eut bouclé son gilet de sauvetage, Quarante et un Bravo s'éloignait du quai en vrombissant et virait au nord, au ras du phare de Thomas Point.

*

Sûr qu'il ne me laisse pas de marge, songea Kelly en regardant la vedette approcher par tribord. Enfin, il avait réclamé une heure et on lui avait accordé une heure. Kelly faillit allumer sa radio pour lancer un dernier au revoir mais c'eût été déplacé et c'était d'autant plus regrettable. L'un de ses diesels commençait à chauffer, et cela aussi était regrettable, même s'il n'allait plus chauffer bien longtemps.

C'était une sorte de course, à présent, et voilà que survenait une complication, sous la forme d'un gros cargo français apparu juste à l'endroit où Kelly désirait se rendre, et il allait bientôt se retrouver pris en étau entre ce bâtiment et la vedette des gardes-côtes.

*

— Eh bien, nous y voilà, dit Ritter en congédiant l'agent de sécurité qui les avait suivis comme leur ombre tout l'après-midi. Il sortit un billet de sa poche. Première classe. Alcool à volonté, colonel. Un simple coup de fil leur avait permis d'esquiver le contrôle des passeports.

— Merci de votre hospitalité.

— Ouais, rigola Ritter. Le gouvernement américain vous a offert les trois quarts du tour du monde en avion. Je suppose que l'Aeroflot peut se charger du reste. Ritter marqua un temps et reprit, plus cérémonieusement : Votre conduite à l'égard de nos prisonniers a été aussi correcte que le permettaient les circonstances. Soyez-en remercié.

— C'est mon souhait qu'ils puissent rentrer chez eux sains et saufs. Ce ne sont pas de méchants hommes.

— Vous non plus. Ritter l'accompagna jusqu'à la porte où un gros véhicule de transfert attendait pour le conduire à un Boeing 747 flambant neuf. Revenez un de ces jours. On continuera la visite de Washington. Ritter le regarda embarquer avant de se tourner vers Volochine.

— Un brave homme, Serguéï. Cela va-t-il nuire à sa carrière ?

— Avec ce qu'il a dans la tête ? Je ne pense pas.

— A la bonne heure, dit Ritter, en s'éloignant.

*

Ils étaient trop semblables. L'autre bateau avait un léger avantage, puisqu'il était en tête et en mesure de choisir le cap, alors que la vedette avait besoin de garder un avantage de vitesse d'un demi-nœud pour se rapprocher avec cette lenteur désespérante. C'était une question de métier, en fait, et là aussi, il n'y avait qu'un poil de différence entre eux. Oreza regarda l'autre homme se glisser par le travers du sillage du cargo, surfant littéralement dessus, pour passer devant l'onde générée par le gros bâtiment et le doubler par bâbord, gagnant peut-être un demi-nœud d'avantage momentané. Oreza était forcé de l'admirer. Il n'avait guère d'autre choix. L'homme barrait son engin avec une facilité déconcertante, au mépris des lois du vent et des flots. Mais cela n'avait rien d'amusant, en vérité. Pas avec ses hommes postés autour de la timonerie, le fusil chargé. Pas avec ce qu'il devait faire à un ami.

— Pour l'amour du ciel, grogna Oreza en amenant la barre légèrement sur tribord. Faites gaffe avec ces putains d'armes à feu ! Les autres membres d'équipage dans la timonerie cessèrent de tripoter les pistolets et rabattirent la languette de fermeture de leur étui.

— Cet homme est dangereux, dit l'homme derrière Oreza.

— Non, il ne l'est pas, pas avec nous !

— Et tous les types qu'il a...

— Peut-être que ces salauds l'avaient bien cherché !

Encore un petit coup de gaz et Oreza appuya de nouveau sur bâbord. Il allait bientôt pouvoir chercher les passages faciles dans les vagues, portant son bâtiment de treize mètres quelques décimètres à gauche et à droite pour tirer parti du clapot et gagner ainsi quelques précieux mètres, exactement comme celui qu'il poursuivait. Jamais aucune régate de la Coupe de l'América au large de Newport n'avait été excitante à ce point et Oreza en voulait intérieurement à son adversaire que le but de la course soit aussi malsain.

— Peut-être que vous devriez laisser...

Oreza ne daigna pas tourner la tête.

— M. Tomlinson, vous croyez que quelqu'un sait barrer ce bateau mieux que moi ?

— Non, chef Oreza, dit l'enseigne, le ton pincé. Oreza regarda le pare-brise et renifla. On pourrait peut-être demander un hélicoptère à la Marine ? poursuivit Tomlinson, sans conviction.

— Et pour quoi faire, monsieur ? Où croyez-vous qu'il file, à Cuba, peut-être ? J'ai deux fois plus de mazout dans les soutes, je le bats d'un demi-nœud en vitesse et il n'a que trois cents mètres d'avance. Faites vous-même le calcul. Tournez ça dans le sens que vous voulez, nous serons bord à bord dans vingt minutes, si habile soit-il. *Traite cet homme avec respect*, se retint d'ajouter Oreza.

— Mais il est dangereux, insista l'enseigne Tomlinson.

— Je vais courir le risque. Là... Oreza entama sa glissade à bâbord, chevauchant le sillage du cargo, exploitant l'énergie de l'autre bâtiment pour gagner de la vitesse. *Intéressant, c'est la méthode employée par les dauphins... ça me donne un bon nœud d'avantage et ma coque est plus fine que la sienne...* En contradiction avec tout ce qu'il aurait dû ressentir, Manuel Oreza sourit. Il venait d'apprendre quelque chose en navigation, grâce à un ami qu'il essayait d'arrêter pour meurtre. Pour le meurtre de gens qui avaient besoin de tuer, se rappela-t-il, et il se demanda ce qu'en tireraient les avocats.

Non, il devait le traiter avec respect, le laisser disputer sa course du mieux possible, tenter de gagner sa liberté, même s'il n'avait aucune chance. Faire moins eût été avilir cet homme et, reconnut Oreza, s'avilir soi-même. Quand tout le reste avait échoué, il restait encore l'honneur. C'était peut-être la dernière loi de la mer et Oreza comme sa proie étaient gens de mer.

*

Il était diaboliquement proche. Portagee était simplement trop bon marin, raison pour laquelle Kelly avait d'autant plus de mal à risquer la manœuvre qu'il avait prévue. Il avait joué toutes ses cartes. Amener le *Springer* de biais dans le sillage du cargo était son plus bel exploit de barreur mais ce satané garde l'avait imité, n'hésitant pas à taper dans les vagues. Ses deux moteurs étaient dans le rouge, à présent, ils frôlaient tous les deux la surchauffe et ce putain de cargo filait juste un poil trop vite. *Pourquoi Ryan n'avait-il pas pu attendre dix fichues minutes de plus ?* La commande des charges pyrotechniques était à portée de sa main. Cinq secondes après le déclenchement, les soutes à combustible sauteraient mais ça ne servait plus à grand-chose avec cette vedette des garde-côtes qui le talonnait à moins de deux cents mètres.
Que faire ?

*

— On vient de gagner vingt mètres, nota Oreza avec une satisfaction mitigée.
Il ne regardait même pas derrière lui, nota le sous-officier. Il savait. Il devait savoir. *Bon Dieu, t'es un bon*, essaya de se dire le maître de manœuvre de première classe, en regrettant tous les coups d'épingle qu'il avait pu lui infliger, mais il avait bien dû se rendre compte que ce n'étaient que plaisanteries, entre marins. Et en courant cette régate de la sorte, il rendait lui aussi honneur à Oreza. Il devait avoir des armes à bord, il aurait pu faire front et tirer pour distraire et gêner ses poursuivants. Mais non, et Portagee Oreza savait pourquoi. Cela aurait violé les règles d'une telle course. Il la courrait du mieux possible et le moment venu, il accepterait la défaite et les deux hommes auraient à la fois orgueil et tristesse à partager, mais chacun garderait intact son respect pour l'autre.

— Va pas tarder à faire nuit, remarqua Tomlinson, tirant de sa rêverie le sous-officier. Le garçon ne pigeait rien à rien mais enfin, ce n'était qu'un bleu. Peut-être apprendrait-il un jour. La plupart y arrivaient et Oreza espérait que la leçon d'aujourd'hui lui serait profitable.

— Pas encore assez, monsieur.

Oreza parcourut rapidement le reste de l'horizon. Le cargo battant pavillon français en bloquait un bon tiers. C'était une masse imposante, qui dominait la surface, tout luisant d'une peinture récente. Son équipage ignorait tout du drame qui se jouait. Un bâtiment neuf, releva machinalement le sous-officier, et son étrave bulbeuse créait de jolies vagues de proue que l'autre vedette utilisait pour surfer dessus.

*

La solution la plus simple et la plus expéditive était d'attirer le garde-côte derrière lui sur le flanc tribord du cargo, puis de plonger par le travers avant de celui-ci et ensuite seulement de faire sauter le bateau... mais... il y avait une autre solution... meilleure...

*

— Maintenant ! Oreza tourna la barre de peut-être dix degrés, glissant sur bâbord et gagnant une bonne cinquantaine de mètres apparemment d'un seul coup. Puis il renversa la barre, sautant un nouveau rouleau d'un mètre cinquante, et il s'apprêtait à répéter la manœuvre. L'un des plus jeunes matelots siffla, en proie à une allégresse soudaine.

— Vous voyez, monsieur Tomlinson ? Nous avons une coque mieux conçue que la sienne pour ce genre d'exercice. Il peut nous battre d'un cheveu sur mer étale mais pas dans ce clapot. Nous avons été conçus pour ça. Deux minutes avaient suffi à réduire de moitié l'écart entre les deux navires.

— Vous êtes sûr de vouloir terminer cette course, Oreza ? demanda l'enseigne Tomlinson.

Pas si con, en fin de compte, hein ? ma foi, c'était un officier, et ils étaient censés être malins une fois de temps en temps.

— Toutes les courses ont une fin, monsieur. Il y a toujours un gagnant et un perdant, remarqua Oreza, en espérant que son ami le comprendrait aussi. Portagee glissa la main dans sa poche de chemise et sortit une cigarette qu'il alluma de la main gauche, tandis que la droite — juste du bout des doigts, en fait — manœuvrait la barre, effectuant les infimes ajustements qu'exigeait la partie de son cerveau qui déchiffrait pour les analyser les moindres rides à la surface. Il avait dit à Tomlinson vingt minutes. Il avait été pessimiste. Plus tôt que ça, il en était sûr.

Oreza scruta de nouveau la surface. Quantité de bateaux étaient en mer, la plupart remontant la baie ; aucun ne se doutait de la poursuite en cours. La vedette n'avait pas allumé ses gyrophares de police. Oreza n'aimait pas ces accessoires : ils étaient une insulte à sa profession. Quand passait une vedette des gardes-côtes des États-Unis, vous n'aviez pas besoin de gyrophares, estimait-il. Du reste, cette course était quelque chose de privé, strictement une affaire de professionnels, comme il se devait, parce que les spectateurs dégradaient toujours les choses, distrayaient les joueurs de leur partie.

*

Il était par le milieu du cargo à présent et Portagee avait gobé l'appât... comme de bien entendu. Bon Dieu, ce type était sacrément bon. Un mille encore et il serait parvenu à sa hauteur, réduisant ses options précisément à zéro, mais il avait son plan, lui aussi, maintenant qu'il apercevait l'étrave en bulbe du cargo, en partie exposée. Un des matelots regardait du haut du pont, comme ce premier jour avec Pam, et son estomac se noua un instant, à ce souvenir. C'était si loin, et tant de choses s'étaient passées depuis. Avait-il bien ou mal agi ? Qui pouvait en juger ? Kelly secoua la tête. Il laissait à Dieu cette tâche. Il se retourna pour la première fois de cette course, évaluant l'écart, et il était bougrement réduit.

*

Le treize mètres était bien calé sur sa poupe, déjaugeant d'une quinzaine de degrés, sa coque profonde coupant le sillage clapoteux. Il roulait de gauche à droite en balayant un arc de vingt degrés, ses gros diesels marins dégonflés rugissaient avec leur accent typiquement félin. Et toute cette puissance était entre les mains d'Oreza, la barre et les manettes de gaz sous ses doigts experts, tandis que ses yeux scrutaient et mesuraient. Sa proie faisait exactement de même, tirant parti de chaque tour-minute de ses moteurs, usant au mieux de son talent et de son expérience. Cependant, ses atouts étaient un rien inférieurs à ceux de Portagee, c'était peut-être fort regrettable, mais c'était ainsi.

Juste à cet instant, Oreza vit le visage de l'homme qui se retournait pour la première fois.

Il est temps, mon ami. Viens, maintenant, terminons ceci de manière honorable. Peut-être que la chance te sourira et que tu pourras sortir dans pas trop longtemps, que nous puissions être à nouveau amis.

— Allez, coupe les gaz et barre à tribord, dit Oreza, se rendant à peine compte qu'il parlait et que chacun de ses hommes d'équipage pensait exactement pareil, heureux de savoir qu'ils analysaient les choses de la même façon que leur capitaine. La course n'avait duré qu'une demi-heure mais c'était le genre de récit de marin dont ils garderaient le souvenir durant toute leur carrière.

L'homme tourna de nouveau la tête. Oreza n'avait plus qu'une demi-longueur de retard maintenant. Il pouvait lire sans peine le nom sur le tableau arrière et il serait ridicule de s'entêter plus avant. Cela gâcherait la course. Cela trahirait une mesquinerie indigne de vrais marins. Une conduite de plaisanciers, pas de professionnels.

Et puis Kelly fit quelque chose d'imprévu. Oreza fut le premier à s'en apercevoir et ses yeux évaluèrent la distance une première fois, puis une seconde, une troisième, et à chaque fois, la réponse ne collait pas et il se précipita vers sa radio.

— Fais pas ça ! s'écria-t-il sur la fréquence « réservée ».

— Quoi ? demanda Tomlinson, aussitôt.

Fais pas ça ! cria l'esprit d'Oreza, soudain tout seul dans un monde minuscule, lisant les pensées de l'autre et se révoltant contre ce qu'il y découvrait. Ce n'était pas une façon d'en finir. Il n'y avait là aucun honneur.

*

Kelly redressa légèrement la barre pour prendre la vague d'étrave, les yeux fixés sur la crête d'écume à l'avant du cargo. Quand le moment fut propice, il tourna la barre à fond. La radio couina. C'était la voix de Portagee et Kelly sourit en l'entendant. Quel brave gars, quand même. La vie serait tellement solitaire sans des hommes comme lui.

Le *Springer* bascula sur tribord sous la force de ce virage brutal, gîte encore accentuée lorsqu'il aborda la petite colline liquide de la vague d'étrave du cargo. Kelly maintint la barre de la main gauche tandis que de la droite, il saisissait la bonbonne à laquelle il avait fixé six ceintures lestées. *Bon Dieu*, songea-t-il instantanément au moment où le *Springer* se retournait de quatre-vingt-dix degrés, *je n'ai pas vérifié la profondeur. Et s'il n'y a pas assez de fond — Oh, mon Dieu... oh, Pam...*

*

Le bateau vira brutalement sur bâbord. Oreza en fut témoin alors qu'il était à cent mètres à peine mais la distance aurait aussi bien pu être de mille milles, cela n'aurait rien changé, et son esprit le comprit avant même que la réalité ne s'impose : déjà fortement incliné sur la droite par le virage, le yacht escalada le rouleau de la vague d'étrave du cargo et, la prenant de biais, se retourna complètement, sa coque blanche disparaissant aussitôt dans l'écume sous l'étrave du navire marchand...

Ce n'était pas une façon de mourir pour un marin.

*

Quarante et un Bravo fit machine arrière toute, violemment secoué quand le sillage du navire le dépassa alors qu'il s'immobilisait. Le cargo coupa ses machines également, mais il lui fallut deux bons milles pour s'arrêter et, entre-temps, Oreza et sa vedette s'étaient mis à fouiller les alentours de l'épave. Les projecteurs s'allumèrent dans l'obscurité grandissante et le regard des matelots était lugubre.

— Garde-côte Quarante et un, Garde-côte Quarante et un, ici le voilier de la Marine américaine par votre travers bâbord, pouvons-nous vous porter assistance, à vous ?

— On veut bien quelques yeux supplémentaires, la Navy. Qui avez-vous à bord ?

— Deux amiraux, et celui qui vous parle est aviateur, si ça peut vous aider.

— Volontiers, monsieur.

*

Il était encore en vie. La surprise était aussi grande pour Kelly qu'elle l'aurait été pour Oreza. Les eaux ici étaient si profondes que, lesté avec sa bouteille, il était descendu de vingt mètres jusqu'au fond. Il se débattit pour l'attacher contre sa poitrine au milieu des violentes turbulences du cargo passant au-dessus de lui. Puis il se mit à nager frénétiquement pour s'éloigner de la trajectoire des moteurs et des autres grosses pièces qui, encore quelques secondes plus tôt, composaient un yacht luxueux. Ce n'est qu'après deux ou trois minutes qu'il accepta le fait d'avoir survécu à ce jugement de Dieu. Réflexion faite, il se demanda s'il n'avait pas été complètement fou de courir un tel risque, mais pour une fois, il avait cru nécessaire de confier son existence à un jugement supérieur au sien, et s'était senti prêt à en assumer les conséquences, quelles qu'elles soient. Et le jugement l'avait épargné. Kelly aperçut la coque du garde-côte au-dessus de lui, côté est... et vers l'ouest, la forme plus sombre d'un voilier, plût à Dieu que ce soit le bon. Kelly libéra quatre des six ceintures lestées attachées à la bouteille et nagea dans sa direction, gauchement parce qu'il devait le faire sur le dos.

Sa tête creva la surface derrière le dériveur qui avait mis en panne, assez près pour en lire le nom. Il plongea de nouveau. Il lui fallut encore une minute pour remonter sur l'autre flanc du huit mètres.

— Hé ho ?

— Seigneur... est-ce vous ? lança Maxwell.

— Je crois bien. *Enfin, pas exactement.* Il tendit la main. Le doyen de l'Aéronavale se pencha par-dessus bord, hissa le plongeur épuisé et couvert d'ecchymoses, et le guida vers la cabine.

*

— Quarante et un, pour Navy sur votre ouest maintenant... ça ne m'a pas l'air de trop bien s'annoncer, l'ami.

— J'ai bien peur que vous ayez raison, la Navy. Vous pouvez arrêter si vous voulez. Je pense que nous allons encore rester un moment, répondit Oreza. Ils avaient fait l'effort de sillonner le secteur trois heures durant, un sérieux coup de main de la part de deux officiers généraux. Ils arrivaient même à peu près à barrer leur voilier. En d'autres circonstances, il n'aurait pas hésité à railler les talents de navigateurs des gars de la Marine. Mais pas maintenant. Oreza et Quarante et un Bravo allaient poursuivre leurs recherches toute la nuit, pour ne trouver que des débris.

*

Cela fit les gros titres, sans qu'ils soient plus explicites pour autant. Le lieutenant de police Mark Charon, suivant une piste à ses heures perdues — après une suspension administrative à la suite d'une fusillade, pas moins —, était tombé sur un labo de drogue, et au cours de la fusillade qui était survenue, il avait perdu la vie dans l'exercice du devoir tout en mettant fin quand même à celles de deux gros trafiquants. L'évasion simultanée de trois jeunes femmes avait permis d'identifier l'un des défunts comme un assassin particulièrement brutal, ce qui pouvait expliquer le zèle héroïque de Charon et permettait de clore un certain nombre d'affaires d'une façon qui satisfaisait parfaitement la presse spécialisée. En page six, on pouvait lire un entrefilet sur un accident de navigation dans la baie.

Trois jours plus tard, une employée des archives de Saint Louis appela le lieutenant Ryan pour l'informer que le dossier Kelly était revenu mais qu'elle ne pouvait lui dire d'où. Ryan la remercia de ses efforts. Il décida de clore le dossier avec les autres et ne chercha même pas à contacter le registre central du FBI pour obtenir la fiche de Kelly, rendant ainsi vaine la substitution effectuée par Bob Ritter au profit des empreintes d'un homme qui avait peu de chances de remettre les pieds sur le sol américain.

La seule bavure, et qui troublait fortement Ritter, était un simple appel téléphonique. Mais même les criminels reçoivent des coups de fil, et Ritter n'avait pas envie de coincer Clark sur un truc pareil. Cinq mois plus tard, Sandra O'Toole démissionna de son poste à l'hôpital Johns Hopkins pour se rapprocher des côtes de Virginie où elle prit en charge un étage entier du CHU local grâce à la chaude recommandation du professeur Samuel Rosen.

12 février 1973

— Nous sommes honorés d'avoir eu l'occasion de servir notre pays en des circonstances difficiles, dit le capitaine Jeremiah Denton, du haut de la passerelle à la base aérienne de Clark, concluant une déclaration de trente-quatre mots par un sonore : « Dieu bénisse l'Amérique. »

— Mais que dites-vous de ça ? s'exclama le reporter, cherchant à faire partager sa surprise — il était payé pour. Juste derrière le capitaine Denton, voici qu'apparaît le colonel Robin Zacharias de l'Armée de l'air ! C'est l'un des cinquante-trois prisonniers dont nous n'avions aucune nouvelle jusqu'à très récemment. Il est accompagné de...

John Clark n'écouta pas le reste du commentaire. Il regardait le téléviseur posé sur la commode de son épouse, dans la chambre, et y vit le visage d'un homme, à l'autre bout du monde, un homme dont il avait été physiquement bien plus proche, et plus proche encore en esprit pas si longtemps auparavant. Il vit l'homme étreindre son épouse après quelque chose comme cinq ans de séparation. Il vit une femme vieillie par le chagrin mais aujourd'hui rajeunie par son amour pour l'époux qu'elle avait cru mort. Kelly pleura avec eux, découvrant pour la première fois les traits de l'homme sous une forme animée, y lisant la joie qui pouvait donc remplacer la douleur, si vaste fût-elle. Il serra si fort la main de Sandy qu'il lui fit presque mal jusqu'à ce qu'elle la prenne pour la poser sur son ventre afin qu'il y sente bouger leur premier enfant à naître. Le téléphone retentit alors et Kelly pesta contre cette invasion de ce moment d'intimité avant de reconnaître la voix.

— J'espère que vous êtes fier de vous, John, dit Dutch Maxwell. Nous les avons récupérés tous les vingt. Je voulais être sûr que vous le sachiez. Sans vous, ce ne serait jamais arrivé.

— Merci, monsieur. Clark raccrocha. Il n'y avait rien à ajouter.

— Qui était-ce ? demanda Sandy, qui n'avait pas enlevé sa main.

— Un ami, dit Clark, en s'essuyant les yeux avant de se tourner pour embrasser sa femme. Un ami d'une autre vie.

LEXIQUE

On trouvera dans ce lexique la liste des principaux sigles et acronymes techniques, politiques ou militaires rencontrés dans le cours du récit, avec leur traduction et, le cas échéant, une brève définition ou un court descriptif technique lorsque ces termes n'ont pas été explicités par l'auteur.

J.B.

Je tiens ici à remercier Christian Zuccarelli pour son aide précieuse en matière de vocabulaire maritime.

Le lecteur intéressé pourra se reporter aux ouvrages de références ci-dessous (liste non limitative) :

Camille Rougeron, *L'Aviation nouvelle* (Larousse, Paris, 1955); *La Puissance militaire des USA* (Bordas, Paris, 1981); *La Puissance militaire soviétique* (Bordas, Paris, 1981); Miller, Kennedy, Jordan, Richardson, *L'Équilibre militaire des superpuissances* (Bordas, Paris, 1983); Enzo Angelucci, *Les Avions* (Sequoia-Elsevier, Bruxelles, 1979); *Boeing B-52 Stratofortress* (Atlas, Paris, 1983); William Prochnau, *Les Minutes de l'Heure H* (Denoël, Paris, 1984).

RAPPEL DE QUELQUES NOTIONS UTILES :

En navigation maritime ou aérienne, on emploie toujours ces unités non métriques :

1 mille (nautique) = 1852 mètres.
1 nœud (mesure de vitesse) = 1 mille nautique à l'heure.
1 pied (mesure d'altitude ou de profondeur) = 0,3048 m. En gros, pour convertir en mètres, on multiplie par trois et on ôte un zéro.
1 pouce = 2,54 cm
1 livre = 453,6 grammes.

Les armées américaines attribuent à leurs appareils aériens une ou deux lettres préfixes indiquant sa catégorie, suivie de chiffres précisant son type (les numéros sont en général attribués dans l'ordre chronologique de réception par les diverses armes), éventuellement complétés d'une ou deux lettres pour distinguer les variantes ou évolutions dans la série du type. En outre, ces engins héritent traditionnellement d'un nom de baptême : ainsi le F-105G est un chasseur (F = Fighter), type 105, dit « Thunderchief », en l'occurrence du modèle biplace équipé pour les contre-mesures électroniques (série G).

En voici les principales catégories (qui peuvent être précédées d'une lettre indice complémentaire précisant les attributions de l'appareil : D (drone), plate-forme de lancement d'engins-cibles, W (Weather) avion de surveillance météo, K (Kerosene), avion-citerne de ravitaillement en vol, et ainsi de suite.

A [Attack]	appareils d'appui tactique
B [Bomber]	bombardier
C [Carrier]	avion ou hélicoptère de transport (matériel et personnel)
E [Eye = Œil]	Avions d'observation / avions-radar
F [Fighter]	chasseur
H [Helicopter]	hélicoptère (AH : attaque)/(CH : transport)
P [Pursuit]	ancien qualificatif des chasseurs et intercepteurs (exemple : le Lockheed P-38) abandonné après 1945.
T [Training]	avion d'entraînement
V [vertical]	appareil à décollage vertical
X [eXperimental]	prototype expérimental (XB : bombardier prototype, FX, chasseur prototype, etc.
Y	prototype d'évaluation (avion de pré-série) avec la même déclinaison : YB...

Par ailleurs, durant la Seconde Guerre mondiale, les Alliés avaient adopté un code à base de prénoms pour désigner les appareils engagés par l'aviation japonaise : *Tony, Claude, Val* ou *Zeke* (dans ce cas, pour le célèbre chasseur Mitsubishi A6M3 ZERO)

Durant la Guerre froide, l'OTAN a systématisé le procédé avec les appareils et engins soviétiques (dans l'attente de connaître leur désignation officielle), en leur attribuant un surnom dont l'initiale était calquée sur la classification américaine : chasseurs MiG-25 « Foxbat » ou Sukhoï Su-15 « Flagon », bombardiers Myasichtchev Mya-4 « Bison » ou Tupolev-22 « Backfire ».

Ce système de codification avec lettres-indices et numéros matricule s'applique également aux autres armes et matériels (véhicules de l'Armée de terre et bâtiments de la Marine) : ainsi, les porte-avions sont-ils affectés des lettres-indices CV (Carrier Vessel).

NOTA : Pour les divers engins, la définition est généralement indiquée à l'entrée correspondant au nom sous lequel ils apparaissent dans le corps du récit mais des renvois permettent à chaque fois, quelle que soit la dénomination, d'établir les correspondances. Les entrées sont classées successivement par ordre numérique puis alphabétique.

A-4 « Skyhawk »
Bombardier d'attaque léger à aile delta de l'aéronavale américaine, construit par McDonnell-Douglas. Livré entre 1956 et 1972.

A-6 « Intruder »
Avion d'attaque subsonique tout temps embarqué. Construit par Grumman et livré entre 1963 et 1975. Il a été utilisé jour et nuit au Viêtnam pour ses qualités de pénétration et de bombardement précis grâce à ses équipements de navigation évolués.

A-6B « Prowler »
Évolution du précédent aux capacités ECM renforcées.

A-7A « Corsair »
Bombardier d'attaque monoplace monoréacteur embarqué dérivé du Crusader. Construit par Vought et mis en service dès fin 1967, dans le golfe du Tonkin dans sa version A fabriquée à 199 exemplaires.

AAA « Triple-A » [Anti-Aircraft Artillery]
Artillerie antiaérienne. Regroupe la DCA classique et les missiles surface-air.

ADAMS [classe Charles F. Adams]
Classe de 33 destroyers lance-engins (DDG) construits au début des années 60, équipés de lanceurs balistiques Tartar, de tubes lance-missiles ASROC en sus de leurs canons de 127mm. Mais il leur manque une plate-forme pour hélicoptère.

AFB [Air Force Base]
Voir BA.

AGI [Auxiliary General Intelligence]
Auxiliaire des services de renseignements.

AH-1 « HueyCobra »
Hélicoptère biplace d'attaque [= AH] construit par Bell et utilisé en grand nombre au Viêt-nam à partir de septembre 1967. Dérivé du célèbre hélicoptère de transport multitâche Bell Huey Iroquois, il s'en distingue par une cellule affinée grâce à sa disposition biplace en tandem — mitrailleur à l'avant, pilote en retrait au-dessus — et par un armement puissant qui peut être extrêmement varié.

AICHI D3AI
Voir VAL.

AIRPAC
Commandant des opérations aéronavales dans le Pacifique.

ANV Armée nord-vietnamienne. Par extension : un ANV = un soldat nord-vietnamien.

ASAP [As Soon As Possible] : jargon militaire. « Le plus vite possible. »

ASM Air Surface Missile : Missile air-surface.

AUSTIN [classe]
Série de douze navires d'assaut amphibies de la Marine américaine, construits à partir de 1964. Il s'agit d'une variante rallongée (coque de 183m) des navires de transport d'assaut de la classe RALEIGH. Équipés de quatre tourelles doubles de 76mm, ils emportent 6 hélicoptères Sea Knight, et sont équipés d'un radier de 50 m (pouvant abriter jusqu'à vingt péniches de débarquement) recouvert d'un pont d'envol. Leur taille leur permet d'emporter, outre les barges, le matériel et les troupes.

B-24J « Liberator »
Gros quadrimoteur caractérisé par son empennage à double dérive, construit par Consolidated à partir de 1941 et utilisé comme bombardier, avion de transport et de reconnaissance durant la Seconde Guerre mondiale. On en construisit plus que tout autre appareil du côté allié (plus de 18 000 exemplaires).

B-47 « Stratojet »
Bombardier stratégique hexaréacteur construit par Boeing en 1951 et mis en service en 1956. Le prototype XB-47 a volé dès 1947. Ce fut le premier appareil à voilure en flèche et ailes affinées grâce à l'installation des réacteurs dans des nacelles au-dessous de celles-ci. Les 1 600 exemplaires qui équipaient le SAC furent remplacés au cours des années 60 par le B-52, plus gros, plus puissant, doté d'une capacité d'emport et d'une autonomie bien supérieurs.

B-52 « Stratofortress »
Bombardier stratégique octoréacteur construit par Boeing.
Sans doute l'appareil le plus célèbre au monde. Tout, dans cet engin, dépasse les normes : son poids (229 t dans sa version B-52H), son rayon d'action (plus de 20 000 km), sa capacité d'emport (grappes de plusieurs dizaines de missiles nucléaires dans sa version stratégique), le nombre d'exemplaires construits (744, dont la moitié est encore en service) et la longévité : l'avant-projet date de 1946, les prototypes XB et YB-52 ont volé en 52, la mise en service est intervenue en 55 et il est probable que, faute de remplaçant, cet appareil volera encore en 2005...
Le « Buff » a été décliné en de nombreuses versions : bombardier stratégique nucléaire ou classique (les B-52D et F engagés au Viêtnam), plate-forme de contre-mesures électroniques, lanceur de missiles de croisière.

B-70 « Valkyrie »
Conçu en 1964 par North American, ce bombardier révolutionnaire capable d'atteindre Mach 3 devait remplacer le B-52. Mais le projet était trop coûteux et les deux seuls prototypes (XB-70A) construits furent mués en avions expérimentaux, dont l'un devait être détruit en vol, heurté par un avion d'accompagnement.

BA Base aérienne [aux États-Unis : AFB = Air Force Base]

« BACKFIRE »
Voir TU-26.

« BADGER »
Voir TU-16.

BOEING B-47 « Stratojet »
Voir B-47.

BOEING B-52 « Stratofortress »
Voir B-52.

BŒING C-135 « Stratolifter »
Voir C-135.

BOEING CH-46 « Seaknight »
Voir CH-46.

BOEING KC-135 « Stratotanker »
Voir KC-135.

C-2A « Greyhound »
Version avion de transport (39 passagers) du biturbopropulseur GRUMMAN E-2 « Hawkeye », utilisé comme avion radar d'alerte avancée par la marine américaine.

C-4 Type de charge explosive.

C-47A « Skytrain »
Version militaire du célèbre DC-3 construit par Douglas depuis 1935, utilisé entre autres comme transport de parachutistes et décliné en de nombreuses versions : transport de troupes, de matériel, avion-hôpital, sous diverses dénominations (C-53 « Skytrooper », « Dakota » de la RAF) et à plus de dix mille exemplaires pendant la Seconde Guerre mondiale.

C-135 « Stratolifter »
Version militaire du célèbre quadriréacteur civil Boeing 707, décliné en de nombreuses variantes, dont le C-135, transport de troupes et le KC-135, « Stratotanker », ravitailleur en vol.

C-141 « Starlifter »
Quadriréacteur de transport stratégique construit par Lockheed. C'est l'avion le plus utilisé par le MAC (Commandement du transport aérien militaire). Pendant la guerre du Viêt-nam, ils effectuaient des missions d'approvisionnement à l'aller et des rapatriements sanitaires au retour.

CAR-15 [CAR = carabine. 15 = nombre de balles par chargeur]
Fusil automatique léger de l'armée américaine.

CH-46 « Seaknight »
Hélicoptère birotor construit par Boeing-Vertol et affecté au transport d'assaut (25 hommes avec leur équipement), à la recherche/sauvetage et au dragage de mines, utilisé par la Navy et le Corps des Marines.

CIA [Central Intelligence Agency] : Service central du renseignement américain.

CIC [Combat Information (ou Intelligence) Centre]
Poste d'information de combat. PC de combat à bord d'un bâtiment de guerre où sont centralisées toutes les informations radio, radar, sonar, télémétrie, etc.

CINCPAC [Commander IN Chief PACific]
Commandant en chef des opérations dans le Pacifique.

CNO [Chief of Naval Operations]
Chef des opérations navales.

CO [Commanding Officer]
Dans la marine américaine, acronyme désignant le commandant d'un bâtiment ou d'une flotte.

CONSOLIDATED B-24J « Liberator »
Voir B-24J.

CONSTELLATION (CV-64)
Porte-avions de la classe « Kitty Hawk », construits entre 1957 et 1961. Le « Connie » et ses *sister-ships* reprennent le plan des porte-avions de la classe « Forrestal » avec des améliorations, en particulier par déplacement des ascenseurs pour dégager le pont et accélérer les manœuvres de catapultage et d'appontage.

CQR [acronyme phonétique pour « secure »]
Ancre de marine pour les fonds d'algues ou sableux, dite « ancre-charrue ».

CTF Commander Task Force : Commandant de la *Task Force*.

CURTISS SB2C-4
Voir SB2-C.

DANFORTH Ancre marine de conception récente, munie d'un bras rectiligne et de pattes longues et larges pour mieux accrocher le fond.

DANIEL WEBSTER [SSBN-626]
Sous-marin lanceur d'engins appartenant aux 31 bâtiments de la classe La Fayette construits dans les années 60. Il s'en distingue par la disposition particulière de ses gouvernails de profondeur (sur le sonar de coque et non sur le kiosque). Long de 130 m et jaugeant 8 250 tonnes en immersion, il est équipé de missiles Poseidon.

DC-130 « Hercules »
Version transport (indice C) et commandement d'engins-cibles (indice D pour drone) d'un quadriturbopropulseur multirôle construit par Lockheed et décliné en de multiples variantes (transport d'assaut, contre-mesures électroniques, avion-citerne, surveillance météo, interdiction de nuit, etc.) ; livré à plus de 1 600 exemplaires à 30 armées de par le monde !

DFC [Distinguished Flying Cross]
Croix de la valeur militaire. Plus haute distinction spécifique aux aviateurs américains.

DOUGLAS C-47A
Voir C-47 « Skytrain ».

DRONE Engin-cible sans pilote utilisé pour l'entraînement des pilotes de chasse, la formation des servants de batteries de DCA ou de missiles sol-air.
Le qualificatif officiel est RPV [Remotely Piloted Vehicle : Engin piloté à distance]

EC-121 « Warning Star »
Quadrimoteur de transport tactique reconverti en appareil de surveillance électronique pour son engagement au Viêt-nam.

ECM [Electronic Counter Measures]
Contre-mesures électroniques : dispositifs électroniques embarqués ou au sol destinés à brouiller les systèmes de repérage adverses — radars et systèmes de guidage.

ELINT [ELectronic INTelligence]
Renseignements électroniques : tous dispositifs de collecte de renseignements par des moyens de surveillance électronique installés sur des engins terrestres, aériens ou maritimes spécialement équipés (« plate-formes de surveillance électronique »).

ENTERPRISE
Porte-avions américain de la classe ESSEX, construit pendant la Seconde Guerre mondiale, engagé dans la flotte du Pacifique.

ENTERPRISE (CVN-65)
Premier porte-avions nucléaire américain (et dans le monde), mis en service en novembre 1961. Long de 326 mètres, il pèse 90 000 tonnes en charge, possède huit moteurs nucléaires. Son équipage est de 5 500 hommes. Il emporte 90 appareils (avions et hélicoptères) dont, depuis 1975, un certain nombre d'engins anti-sous-marins (ce qui l'a fait passer dans la catégorie « CVN »).

F-4 « Phantom » II
Biréacteur construit par McDonnell-Douglas à partir de 1961 et utilisé, entre autres, par l'aéronavale américaine comme intercepteur puis comme chasseur multirôle et avion de reconnaissance. Construit à plus de 5 000 exemplaires en 1977, cet appareil capable d'atteindre mach 2,6 a équipé également les Marines et l'US Air Force ainsi que de nombreuses armées alliées.

F4F-4 « Wildcat »
Chasseur monoplan construit par Grumman et principal appareil utilisé par l'aéronavale américaine entre 1941 et 1943.

F6F-3 « Hellcat »
Successeur du « Wildcat » ci-dessus, mis en service dès la fin 1943, il a servi jusqu'à la guerre de Corée mais c'est surtout lors de la bataille de la mer des Philippines qu'il s'est particulièrement illustré.

F-14 « Tomcat »
Chasseur multirôle biplace embarqué, étudié par Grumman à partir de
1969. Les premiers exemplaires ont été embarqués sur l'*Enterprise* en
1974. Il a été construit à près de 500 exemplaires, malgré un coût de
production bien plus élevé que prévu.

F-86 « Sabre »
Construit par North American en 1949, c'est le premier chasseur
américain de série à ailes en flèche. Appareil remarquable, extrêmement maniable, il s'est illustré dans la guerre de Corée face aux MiG-15
soviétiques. Construit à près de 6 000 exemplaires dans les années
cinquante, il a équipé une trentaine d'armées de l'air.

F-86H Ultime évolution du F-86 « Sabre » en 1959.

F-89D « Scorpion »
Chasseur biplace, premier intercepteur tout temps produit par Northrop jusqu'en 1956. Mais avec sa voilure droite, il n'avait que des
performances subsoniques.

F-104G « Starfighter »
Construit par Lockheed à partir de 1954 (et par la suite, sous licence,
par Canadair, Fiat, Mitsubishi...), ce chasseur construit à plus de
2 000 exemplaires a été décliné en de multiples versions mono et
biplaces (chasseur-bombardier, appareil de reconnaissance ou d'entraînement), qui n'ont pas été, pour certaines, sans influer défavorable-
ment sur ses qualités de vol initiales.

F-105 « Thunderchief »
Chasseur-bombardier construit par Republic-Fairchild, décliné en de
nombreuses versions mono et biplaces. La version G « Wild Weasel »
(Fouine enragée) est un biplace ECM (équipé de matériels de contre-
mesures électroniques).

FBI [Federal Bureau of Investigation] : Bureau fédéral d'enquêtes.

« FIREBEE »
Variante du RPV 147SC construit par Teledyne Ryan et employé à
l'origine comme engin-cible.

FOD [Foreign Object Damage]
Terme de vocabulaire aéronautique. Dégâts occasionnés par des corps
étrangers (par introduction dans les tuyères d'entrée de réacteurs). Par
extension, désigne une inspection effectuée sur le pont d'envol d'un
porte-aéronefs ou autour d'une plate-forme d'atterrissage d'hélicoptères, visant à éliminer de tels corps suspects.

GRU [Glavnoï Razvedyvatelnoï Upravlenyïe] : Service du renseignement
militaire soviétique.

GRUMMAN C-2A
Voir C-2A « Greyhound ».

GRUMMAN F4F-4
Voir F4F-4 « Wildcat ».

GRUMMAN F6F-3
   Voir F6F-3 « Hellcat ».

GRUMMAN F-14
   Voir F-14 « Tomcat ».

GRUMMAN TBF-1
   Voir TBF-1 « Avenger ».

HF [High Frequency]
   Gamme de fréquences entre 3 et 30 MHz, utilisée pour les communications radio civiles (CB, radio-amateurs) et militaires (radio-téléphonie, talkie-walkies, etc.)

HRD [High Resiliency Depth]
   Fond de bonne résistance (indication de la qualité des fonds sur les cartes marines).

HUEY COBRA
   Voir BELL AH-1.

ICBM [InterContinental Ballistic Missile]
   Missile balistique intercontinental.

INTRUDER
   Voir A-6.

IP [Insertion Point]
   Point d'insertion (lors d'une attaque aérienne).

KAMAN SH-2 « Seasprite »
   Voir SH-2.

KGB [Komitet Gosudartsvennoy Bejopasnosti]
   Comité pour la Sécurité de l'État : Services de renseignements soviétiques.

KC-135 « Stratotanker »
   Évolution du Boeing C-135 destinée à servir à la fois de citerne volante de ravitaillement en vol, pour le Strategic Air Command et de transport logistique pour le commandement aérien. Cette dernière utilisation ne fut d'ailleurs qu'épisodique.

KITTY HAWK (CV-63)
   Porte-avions de 80 000 tonnes et 324 mètres de long. Construit à la fin des années 50, il reprend la disposition des bâtiments de la classe FORRESTAL mais avec des améliorations substantielles (déplacement des ascenseurs et de l'île latérale pour accélérer la rotation des appareils sur la piste d'envol et la piste oblique). Malgré des dimensions légèrement différentes, on range dans la même classe les porte-avions *Constellation*, *America* et *Kennedy* construits par la suite.

LOCKHEED C-141 « Starlifter »
   Voir C-141.

LOCKHEED C-130 « Hercules »
Voir DC-130.

LOCKHEED F-104G « Starfighter »
Voir F-104G.

LOCKHEED SR-71 « Blackbird »
Voir SR-71.

LST [Landing Ship / Tank]
Navire de débarquement de blindés. (Voir [classe] Newport.)

L-T « Lieutenant »

LZ [Landing Zone] : Zone d'atterrissage (d'hélicoptères.)

M-16A1 Fusil automatique de 5,56 mm.
Dérivé du fusil d'assaut AR-10, utilisé par l'Aviation puis l'Armée américaine au Viêt-nam, et devenu depuis l'arme standard des forces armées américaines.

M-60 Mitrailleuse légère de calibre 7,62 mm, équipement standard de l'Armée américaine depuis 1959.

M-79 Lance-grenades de 40 mm utilisé par l'infanterie américaine. D'une portée maximale de 400 m et 150 m en tir précis.

MAC [Military Airlift Command] : Commandement du transport aérien militaire américain.

McDONNELL DOUGLAS F-101 « Voodoo »
Voir RF-101.

McDONNELL DOUGLAS F-4 « Phantom II »
Voir F-4 « Phantom ».

MiG Avions militaires soviétiques issus des usines du constructeur Mikoyan-Gourevitch.

MiG-17 « Fresco »
Chasseur soviétique, construit à partir de 1954, évolution directe du MiG-15 et rival direct du F-86 américain.

MiG-25 « Foxbat »
Intercepteur soviétique. Il avait été mis en chantier au début des années 60 pour répondre à la menace du futur bombardier supersonique B-70 américain, destiné à succéder au B-52. Après l'abandon de ce projet, le MiG-25, armé de missiles AA-6 ou AA-7, n'a retrouvé un emploi possible que plusieurs années plus tard, comme appareil d'interception de missiles de croisière.

MIRANDA (Carte)
Carte plastifiée que porte sur lui tout officier de police américain et sur laquelle sont inscrits les droits que l'on doit énoncer à un inculpé au moment de son arrestation (« Tout ce que vous direz désormais pourra être retenu contre vous. Vous avez le droit de ne pas parler et de faire appel à un avocat... » etc.), conformément à la loi Miranda (d'où son nom).

MISSISSIPPI
L'un des derniers cuirassés américains, en service jusqu'à la fin des années quarante. A ne pas confondre avec son homonyme qui est un croiseur nucléaire mis en service en 1976.

MO [du latin : Modus Operandi]
En police criminelle, méthode employée pour commettre un meurtre.

NAUTILUS (SSN-571)
Premier navire à propulsion nucléaire jamais construit, ce sous-marin mis en service début 1955 était équipé d'une coque à dessin tradition-nel, inspirée de celle des submersibles allemands de la Seconde Guerre mondiale. Avec le *Seawolf* (SSN-575), il servit de prototype aux sous-marins nucléaires employés par la suite par la Marine américaine.

NSA [National Security Agency] : Agence pour la sécurité nationale.

NSC [National Security Council] : Conseil national de sécurité.

NEWPORT [Classe]
Navires de débarquement blindés de fort tonnage. Longs de 160 mètres, capables d'atteindre 20 nœuds, ils sont armés de plusieurs tourelles de 76 mm et peuvent emporter jusqu'à 500 tonnes de matériel.

NEWPORT NEWS
Croiseur de la classe BALTIMORE.
Ces croiseurs de 13 700 tonnes furent les plus puissants croiseurs lourds jamais construits. Ils avaient été équipés de trois tourelles triples de 203 mm, six tourelles doubles de 127 mm et 48 tubes de 40, 22 et 20 mm. Une partie de ces bâtiments datant de la Seconde Guerre mondiale furent refondus dans les années 50 (superstructure allégée, canons de gros calibre supprimés) pour être reconvertis en croiseurs lance-engins.

NORTH AMERICAN F-86 « Sabre »
Voir F-86.

NORTH AMERICAN XB-70A « Valkyrie »
Voir B-70.

NORTH-AMERICAN ROCKWELL RA-5 « Vigilante »
Voir RA-5 « Vigilante ».

NORTHROP F-89D « Scorpion »
Voir F-89D.

OCS [Officer Candidate School]
École d'élèves officiers (équivalent américain des EOR français, Élèves Officiers de réserve).

OGDEN Transport d'assaut amphibie de la classe AUSTIN.
Voir [classe] AUSTIN.

OSS [Office of Strategic Services]
Bureau des Services stratégiques : services du renseignement militaire

américain pendant la Seconde Guerre mondiale. Remplacé en 1947 par la CIA.

PCVN Parti communiste vietnamien (parti au gouvernement au Nord-Viêt-nam).

POW [Prisoner Of War] : Prisonnier de guerre.

PPV Préparation pré-vol (vérifications techniques avant le décollage).

PUEBLO
Navire-espion américain arraisonné par les Nord-Coréens le 23 janvier 1968, ce qui provoqua une grave crise diplomatique. Les 82 marins ne furent libérés que onze mois plus tard.

PVO-STRANY [Protivo Vojdouchnoï Oboronyi-Strany]
Forces de défense aérienne de l'URSS.

RA-5 « Vigilante »
Version reconnaissance (RA-5C) de l'avion d'attaque embarqué (A-5A ou B) construit par North American Aviation (aujourd'hui, Rockwell International). Ce biréacteur révolutionnaire étudié dès 1956 pouvait emporter des charges nucléaires. Tous les appareils des séries initiales ont été reconvertis en RA-5C, suréquipés en matériel photo et électronique pour assurer la surveillance de la flotte et des autres forces armées. Les fans de la BD *Buck Danny* d'Hubinon et Charlier connaissent sa silhouette caractéristique qui est celle évoquée dans l'album « Prototype FX-13 ».

RAM [Radar-Absorbing Material] : Matériau absorbant les ondes radar.

REMF [REserve Military Forces] : Réservistes de l'Armée américaine.

REPUBLIC-FAIRCHILD F-105
Voir F-105.

RESCAP [RESCUE Air Patrol]
Patrouille héliportée spécialisée dans le sauvetage et la récupération des aviateurs abattus.

RF-101 « Voodoo »
Version avion de reconnaissance tout temps (RF) d'un biréacteur d'attaque tactique construit par McDonnell Douglas entre 1954 et 1961 à près de 500 exemplaires.

ROCKEYE Nettoyage à la bombe anti-personnel.

RPV [Remotely Piloted Vehicle]
Engin piloté à distance, du sol ou généralement d'un autre appareil en vol (voir Drone).

SA Désignation OTAN pour les missiles sol-air soviétiques.

SA-2 « Guideline »
Principal type de missile sol-air soviétique, déployé par batteries de 6 guidées par radar.

SA-6 « Gainful »
Missile soviétique de théâtre d'opérations, également utilisé pour protéger les districts militaires.

SAC [Strategic Air Command]
Commandement aérien stratégique américain.

SAM ou SA [Surface to Air Missile] : missiles sol-air.

SB2-C « Helldiver »
Bombardier en piqué monomoteur embarqué sur les porte-avions, utilisé durant la guerre du Pacifique. Construit par Curtiss, à plus de 7 000 exemplaires, de 1943 à 1950.

SEAL acronyme pour SEa Air & Land [Terre/Air/Mer]
En anglais, SEAL = phoque, d'où leur insigne. Commandos de la Marine américaine (équivalent des « marsouins » français) engagés dans les opérations délicates.

SERE [Survival/Evasion/Resistance/Escape]
Survie, Esquive, Résistance, Évasion : Stage commando que suivent les aviateurs américains pour apprendre à survivre s'ils sont abattus en territoire hostile.

SH-2 « SeaSprite »
Hélicoptère multirôle embarqué construit par Kaman de 1959 à 1972. Utilisé d'abord pour le transport, l'observation, la recherche et le sauvetage, il a été progressivement modifié pour la défense anti-sous-marins et le lancement de missiles air-surface.

sigint [Signals Intelligence]
Branche du renseignement chargée d'intercepter et de décrypter les communications radio.

SIOP [Single Integrated Operational Plan]
Plan opérationnel intégré unique. Ce plan, déclenché par le comman-dement national des États-Unis, organise à l'avance la chronologie et la coordination de l'ensemble des opérations militaires à partir de scénarios simulés sur ordinateur.

727 B-727
Triréacteur civil construit par Boeing.

SKATE [Classe]
Classe de 4 sous-marins à propulsion nucléaire de l'US Navy, construits entre 1955 (SSN-578 *Skate*) et 1959 (SSN-584 *Seadragon*) ; premiers navires opérationnels après le prototype *Nautilus*. Armés de six tubes lance-torpilles, ils étaient dotés d'une coque dessinée pour optimiser les performances en immersion.

SOG [Special Operations Group]
Groupe d'opérations spéciales en commando.

SR-71 LOCKHEED SR-71 « Blackbird »
Appareil de reconnaissance américain construit par Lockheed. Il s'agit d'un biréacteur révolutionnaire dont la cellule est construite en titane. Capable de voler à 3 000 km/h à 30 000 m d'altitude.

SRS [Strategic Reconnaissance Squadron]
Escadron (Armée de terre) ou escadrille (Aviation) de reconnaissance stratégique.

TBF-1 « Avenger »
Bombardier lance-torpilles monomoteur embarqué sur les porte-avions. En service de 1942 à 1950. Les premières unités, embarquées sur le *Hornet*, furent engagées dans la bataille de Midway. Près de 10 000 unités ont été produites par Grumman.

TF-77 [Task Force = Escadre]
L'une des six escadres composant la Septième Flotte de la Marine américaine (Flotte du Pacifique ouest, basée à Yokosuka au Japon) et constituée de 2 porte-avions et 19 bâtiments de surface.

THUD
Voir F-105.

TO & E [Table of Organisation and Equipment] : Tableau d'affectation.

Triple-A
Voir AAA.

Tu-16 « Badger »
Construit par Tupolev, ce bombardier biréacteur est utilisé par l'aviation navale soviétique comme avion d'attaque tactique et comme bombardier stratégique, mais dans ce rôle, handicapé par un rayon d'action trop faible, il a été remplacé par le Tu-26 « Backfire ».

UDT [Underwater Demolition Team]
Unité de démolition sous l'eau. Unités de plongeurs de combat de la Marine américaine, spécialisées dans les missions de sabotage.

USAF [United States Air Force] : Armée de l'air des États-Unis.

USMC [United States Marine Corps] : Corps des Marines des États-Unis.

USN [United States Navy] : Marine de guerre des États-Unis.

USS *** Préfixe d'identification d'un bâtiment de guerre américain. [Voir à chaque nom.]

VAL Désignation alliée du bombardier japonais AICHI D3AI. Bombardier en piqué sur porte-avions construit en 1941 qui s'illustra particulièrement lors de l'attaque de Pearl Harbor.

VHF [Very High Frequency]
Très hautes fréquences : gamme de fréquences radio entre 30 et 300 MHz, utilisée pour des transmissions civiles (TV, FM, radio-amateurs, radio-téléphones) et professionnelles ou militaires, en particulier par l'aviation (bande de 108 à 136 MHz). Par extension, désigne toute communication ou appareil radio utilisant cette bande de fréquences.

« VIGILANTE »
Voir RA-5 « Vigilante ».

VOUGHT A-7A
    Voir A-7A « Corsair ».

WILD WEASEL [Fouine enragée]
    Nom générique des avions d'attaque tactique de l'Armée américaine
    équipés de systèmes d'arme anti-radar, en particulier les F-4G et
    F-105G. Par extension, nom des aviateurs et spécialistes radar compo-
    sant leur équipage. [Voir F-105G.]

XO [Executive Officer]
    Dans la marine américaine, acronyme désignant le second.

YORKTOWN
    Porte-avions américain de la classe ESSEX construit pendant la
    Seconde Guerre mondiale et engagé dans la flotte du Pacifique.

ZA Zone d'Atterrissage d'hélicoptères [= LZ, Landing Zone].

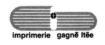

imprimerie gagné ltée

IMPRIMÉ AU CANADA